Un Tartaruga, bitte!

Un Tartaruga, bitte!

Alfred Kreusel

**Un Tartaruga, bitte!**

*Sonne, Meer und Emelie*

## *Das Buch*

Mit dem Kanu gegen die Strömung eines kanadischen, ungebändigten Flusses ankämpfen, ohne Sicherung auf die schwindelerregenden Achttausender des Himalaya Gebirges klettern oder sich das Great Barrier Riff mit seiner faszinierenden Tierwelt von unten ansehen. In Afrika mit der neuen, perfekten Kameraausrüstung auf einer Safari auf der Lauer liegen, um fauchende Löwen, turmhohe Giraffen und trockene Erde aufwirbelnde Zebras auf sensationellen festzuhalten. Den Pariser Eifelturm, Roms Colosseum, Berlins Brandenburger Tor und den Roten Platz Moskaus auf einer Rundreise besichtigen. Sich drei Wochen in ein Schweigekloster zurückziehen oder den Jakobs Weg mit blutenden Blasen an den Füßen bis an sein Ende laufen, um zu sich zu finden. Mit einem kühlen Cocktail an der Strandbar die Sonne genießen oder im heimischen Garten den Grill anfeuern, um sich mit Freunden über Fußball, neue Schminktechniken oder das richtige Steak Gewürz zu unterhalten.

Es gibt viele Arten, den Urlaub zu verbringen. Doch hat jeder denselben Wunsch, sich dabei zu erholen. So, wie das Paar, das zwar jedes Jahr gemeinsam in Urlaub fährt und dennoch kein Paar ist.

Der Autor Alfred Kreusel lebt in München. Dort fühlt er sich nicht nur beim Schreiben pudelwohl.

Nach dem Ausflug in die harte Zeit des Mittelalters und dem Roman »*Die Gerber Marie und das Satansdenkmal*«, hat er nun das zweite Werk fertiggestellt, das jedoch mit der Zeit von Recken und Henkern nichts mehr gemein hat. Nur mit der Tatsache, es hatte ihm auch bei diesem Buch viel Freude bereitet, mit Ehrgeiz und Humor daran zu arbeiten.

»*Un Tartaruga, bitte!*«,

erzählt Geschichten, die der Autor mit humorvollen Worten niedergeschrieben und dabei auf seine ganz eigene Art auch noch ein bisschen ausdekorierte.

Ähnlichkeiten mit noch lebenden Personen wären rein zufällig und somit nicht beabsichtigt.

»Das Leben muss nicht perfekt sein,
um wundervoll zu sein.«
(Annette Funicello, 1942-2013)

Biografische Information der Deutschen Nationalbibliothek.

Die Deutsche Nationalbibliothek verzeichnet diese Publikation in der Deutschen Nationalbibliografie, detaillierte bibliografische Daten sind im Internet über dnb.dnb.de abrufbar.

Herstellung und Verlag

BoD – Books on Demand, Norderstedt

ISBN: 9783738608533

# *Prolog*

Die einen machen es nie, andere manchmal, die dritten würden es nie tun. Es käme für die letztere Gruppe auch gar nicht infrage. Nein, *das* doch nicht! Es geht doch lediglich darum, in den Urlaub zu fahren. Es ist ja schließlich nicht egal, wo man die sicher schönste Zeit des Jahres verbringt. Während die einen meinen, sie müssten jedes Jahr an einen anderen Ort fahren, um möglichst viel zu sehen von unserer mit schlechtem Mief verpesteten Kugel, oder weil sie sich an ihrem letzten Urlaubsziel nicht mehr blickenlassen dürfen, warum auch immer, so kehrt die zweite Gruppe immer wieder an einen ganz bestimmten Ort zurück. Und die Dritten können es sich gar nicht vorstellen, den Urlaub mal wo anders als immer nur am gleichen, gewohnten Platz zu verbringen. Selber Ort, gleiche Zeit. Wenn möglich, dann bitte auch noch die gleichen Leute dort wiedertreffen, über die man sich schon im letztem Jahr aufgeregt hat.

Es kommt natürlich darauf an, mit wem man den Urlaub verbringt. Ob mit der buckligen Verwandtschaft, nicht gern gesehenen Freunden oder aufdringlichen Arbeitskollegen, die noch so keck sind, sich selbst einzuladen, um aus deinem Garten eine Kneipe zu machen. Für die du deinen Grill für Steaks anfeuern und ihnen kistenweise Freibier hinstellen darfst. Zum Dank darfst du ihnen dann die im Angesicht deines nackten Schweißes handgesäte, blassrote Tomaten, extra krummen Gurken und von Nacktschnecken angefressene Salate anbieten. Hundert Prozent Bio-Saat, der für die an Laktose Intoleranz leidende, rumnörgelnde Schwägerin essbar ist, und für die altkluge Teenie-Tochter des moppenden Arbeitskollegen, die im Supermarkt allein schon beim Blick auf nicht ganz fair gehandelten, mit allen möglichen und unmöglichen Sachen besprengten, gewachsten, rotbackigen Äpfel der neuen Generation, die ohne jeden Mangel im Obstregal liegen, eine Schnappatmung kriegt. Nicht zu vergessen, dass das kleine Einwegklo des Schrebergartens, wenn der Grilltag nicht eben auf deiner Terrasse stattfindet, nur sehr wenig Fassungsvermögen hat und alle Stunde ausgeleert werden muss. Dass am späten Abend dann noch der Fußballverein, der wieder mal das Tor nicht ganz getroffen hat, über den Zaun steigt, um dir das letzte kühle Fass Bier vor der Nasen wegzusaufen, das alles gehört dann natürlich in die Rubrik … Nachbarschaftshilfe.

Der nächste Urlauber … Oh, pardon! Klar, könnte auch eine Urlauberin sein. Der, die, und das fliegt um den halben Erdball, der oben und unten, Nord, Süd, noch mit ein wenig Schnee und Eis bedeckt ist, macht mit seinem allerneuesten Smartphone garantiert nicht gefakte, nicht nachbearbeitete, gestochen brillantscharfe Fotos von seltenen Menschen, die heut noch genauso leben wie vor vielen hundert Jahren. Als es die vier bis drei Stunden Eil-Lieferung für Schuhe in drei verschiedenen Größen noch nicht gab, bei der man sogar all die drei Paar wieder zurückschicken darf, ohne auch nur einen Cent dafür berappen zu müssen. Klar, die Bilder werden dann nicht nur an all die traurigen Daheimgebliebenen geschickt. Nicht doch, sie werden dazu auf allen den ober- und unterirdischen Kanälen des Internets, den sogenannten sozialen Medien, neidvoll zu sehen sein. Na, zumindest ein winzig kleiner Ausschnitt davon. Den meisten Platz auf den Bildern, benötigt ja die eigene Selfie-Visage.

Dann gibt es noch die Urlauber, die den Pfad der Tugend

nie verlassen. Man könnte ja in den größten Scheißhaufen seines Lebens steigen. Und so fährt man auch wieder dahin, wo man denkt, der Sommerurlaub wird genauso wie immer werden. Kein Tröpfchen Regenwasser fällt auf die sonnengebräunte Haut. Ach, wie beruhigend das doch ist. Und das phantastische Essen erst! Kein Sodbrennen von dem Rheinischen Sauerbraten, weil es diesen dort auch gar nicht gibt. Auch kriegt man keinen Durchfall, weil man ausversehen einen Schluck Wasser aus der Leitung getrunken hat.

Zu letzteren gehören Emelie und ich. Wer ist jetzt *Emelie* schon wieder? Dazu später mehr, ich hatte mich doch noch nicht mal selbst vorgestellt, und es hebt die Spannung! Und ich habe mehr Zeit mir auszudenken wie Emelie aussehen, was für eine Art Frau sie wohl sein könnte. Auf jeden Fall wird sie mir die nächsten Wochen nicht mehr von der Pelle rücken. Nicht, dass mich es stören würde, aber es gibt Orte, an die man gern allein … Nein, ganz so schlimm ist *Emelie* auch wieder nicht. Und, wir müssen doch erst mal in Urlaub fahren, was noch lang nicht der Fall ist, denn wir befinden uns gerade im Monat Februar. Dem Monat, an dem wir den gemeinsamen, erholsamen und so wunderschönen Urlaub buchen. Natürlich über Satellit, wie es sich für die heutige, schnelllebige Zeit nun einmal gehört.

Tja, jeder, wie es ihm gefällt! Wir zwei jedenfalls, haben schon im eisigen Februar Schmetterlinge im Bauch. Oder war es bloß das Schnitzel mit Pommes und Ketchup, nur Ketchup, das uns diagonal in der Magengrube liegt? Nein, es ist die Vorfreude. So wie bei Kindern, wenn sie Anfang September bereits die Nikoläuse und Lebkuchen erspähen. Ich bin übrigens auch solch ein Kind, bei dem es das ganze Jahr durch Weihnachten sein könnte. Wegen der leckeren Lebkuchen und Dominosteine! Und bei Emelie könnte das ganze Jahr Sommer- und Winterschlussverkauf stattfinden. Wegen Schuhe, wo bei zwölf Zentimetern Absatz noch lang nicht Schluss ist.

*

Nun sitze ich hier Mutter Selen allein in meinem trauten Heim an meinem arg altersschwachen Computer und denke beim so Dahintippen an den letzten Sommerurlaub.

Erst fieberte man ihm monatelang entgegen und es schien noch eine Ewigkeit zu dauern bis zur Abreise. War aber der Urlaub endlich gekommen, verflog dieser so rasant als habe einer an meiner digitalen Armbanduhr gedreht. Was aber gar nicht geht, an der digitalen Uhr drehen. Die Batterie mal auswechseln, mehr braucht es bei der nicht, da sie den Rest von ganz alleine macht. Sogar die Winter- auf Sommerzeit umstellen. Tja, man sollte eben nicht alles für bare Münze nehmen. So wie dieses Buch. Es sollte weder Reiseführer noch Benimm-dich-Buch werden. Es sollte, so mein erster Gedanke, ein heiteres Werk werden, bei dem man ruhig ein wenig schmunzeln dürfe. Ob Emelie und ich es im letzten Urlaub auch durften, das bleibt abzuwarten.

Ich erinnere mich noch bestens daran, so als wäre gestern gewesen. Wahrscheinlich habe ich auch deshalb soeben im Moment, gleich am Anfang unserer Geschichte, eine ganz bestimmte helle Stimme im Ohr klingen. Eine Stimme, die mich damals fragte:

»Hihi. Ich kann es schon riechen. Und was ist mit dir, was sagt dein dicker Zinken? Riecht der krumme Hund es auch schon?«

Nanu, dachte ich damals. Das ist ja mal was ganz Neues, dass jetzt auch mein Rückspiegel aus seinem Nähkästchen plaudert. Sonst war das doch die aufmüpfige Handbremse, die mich ständig ermahnte, ich würde sie vernachlässigen. Da diese jedoch völlig nackt, also kein bisschen angezogen war, so muss es wohl doch dein aufmerksamer Rückspiegel gewesen sein. Naja, warum auch nicht? Schließlich war der doch ein solcher geworden, um meinen dicken Zinken auch als Nase zu erkennen.

Als ich der Sache dann doch nicht so ganz traute und mit einer leichten Vorahnung meinen verdutzten, etwas locker behaarten Blondschopf um ganz neunzig Grad nach rechts bewegte und ein bisschen nach unten neigte, grinsten mich zwei geschlossene, rehbraune Augen an. Noch bis vor einer halben Sekunde hatten die noch tief und fest geschlafen, die schmalen Lippen hatten geschnarcht wie ein ausgewachsenes Walross, das auf einer dicken Eisscholle rumlag. Doch genau jetzt, in diesem Moment, als ich an der weltberühmten Autobahnausfahrt Udine Süd vorbeifuhr, wurden diese braunen Augen, die Lippen und der dazugehörige lächelnde Mund, sogar ein ganzer, weiblich gerundeter Körper wach. Nicht etwa, weil ich ihr ins Ohr gepfiffen, oder sie mit einer buschigen Adlerfeder gekitzelt hätte. Oh, nein! Jedes Jahr machte *Sie* das. Genau hier, genau an der Stelle! Ich könnte fast denken, *Sie* mache das in böser Absicht, um mich auf meine dicke Knollennase hinzuweisen.

Wenn die Gedanken daran, so wie eben, die Regentschaft in meinem Kopf übernehmen, bin ich total machtlos und muss schreiben, was mir von ganz oben, meinen zum Haar passenden grauen Zellen, diktiert wird. Doch damit ich den einzelnen Absatz jetzt nicht so ganz allein in meiner weiten Buchstabenwüste verhungern oder verdursten lasse, führe ich ihn lieber noch schnell zu Ende, ehe die Geschichte so richtig beginnt.

Es war eben noch um eine weibliche Stimme gegangen, die mir eine ganz bestimmte, etwas neckische Frage stellte. Und um das Erschnuppern von irgendwas Besonderem.

Was *Sie* witterte? Nein, nicht die kieksende Stimme, die mein sprach und schnarch gesteuertes, menschliches Navi während unserer ganzen Fahrt war. Das süße Näschen, das zur verschlafenen Stimme dazugehörte, was das gewittert hatte, dazu später mehr. Eines steht jedenfalls fest, es war Emelies Wagen, in dem wir gerade saßen, und den ich mit ihrer freundlichen Genehmigung steuern durfte. War doch nett von ihr. Dies sollte man zumindest denken. Hatte aber seinen guten Grund, dass ich genau das tun durfte, was nur ganz wenige durften. Ihr schnuckeliges Auto bedienen. Am Lenkrad drehen, den Knüppel gleich neben dem Fahrersitz vor- und zurückschieben und die Handbremse vergessen.

Emelie liebte es nicht so besonders, eigentlich überhaupt nicht, selbst lange hinter dem ledernen Steuerrad zu sitzen. Sich stundenlang auf den Verkehr konzentrieren oder ein Kloschild auf der eintönigen Autobahnfahrt zu übersehen. Kurz um, lange Autofahrten hatte sie dick. Aber nur wegen ihres zarten Hinterteils. Zumindest behauptete sie es, wenn es bei uns um das Autofahren ging. Worin der Unterschied bestand, ob sie nun stundenlang auf dem Fahrersitz oder die ganze Zeit über daneben saß, das wollte, besser konnte sie mir bisher noch nicht verständlich erklären.

Dass mir aber mein knochiger Ar … nach spätestens dreihundert Kilometer mindestens genauso weh tat wie ihrer, der dazu auch nicht recht viel besser gepolstert war, das war ganz klar - mein Problem. Weil ich so doch so hager wäre. Einen zaundürren Spargel nannte sie mich daher gerne. Ich hingegen, ich sah mich eher als sportlich schlank an. Auch, wenn ich überhaupt keinerlei Art von irgendwelchem Sport betrieb. Ich hatte weder zu viel Fleisch auf den Knochen noch am verlängerten Rücken. Ich war jedoch trotzdem zäh genug, um es zu wagen, mit Emelie in den Sommerurlaub zu fahren. Wer nix riskiert, der erlebt auch nix!

Bei Emelies Hinterteil sah es natürlich ganz anderes aus. Sie war einen Meter siebenundfünfzig - groß? Allerhöchstens acht- bis neunundvierzig Kilos ... schwer? Was schon eine beachtliche Menge an Gewicht war, das sie bei diesen Traummaßen da tagtäglich mit sich rumschleppte, laut ihrer tatsächlich ernst gemeinten Aussage. Und ich armer Tropf, durfte noch nicht mal drüber lachen.

Da fällt mir ein, auch wenn das nicht hierhergehört. Ich hatte Emelie mal durch die ... nicht Blume, durchs Telefon gefragt, warum hatten denn die alten Römer ausgerechnet Elefanten quer über die Alpen gescheucht, anstatt die Adria zu uns hochzubringen? Tja, das wusste die sonst so Google kluge Emelie ebenso wenig wie ich. Aber wenn sie es getan hätten, früher, als die Welt noch ein kleines bisschen anders gewesen war, und wären wir anno dazumal auch selbst mit dabei gewesen, wir hätten den idealen Ort gewusst. Für die Adria, nicht für die Dickhäuter. Ach ja, apropos. Die Adria, die war kein modernes Frauenzimmer, so wie Emelie, oder der Name einer antiken Oper. Die Adria war, und ist es noch immer, das italienische Meer.

Wo wir das Meer abgelegt hätten? Zwischen Luxemburg und München. Weil, Emelie kam aus der kleinen Großstadt, ich aus der anderen, großen, die dreimal so viel Einwohner hat wie ganz Luxemburg zusammen.

Und da Emelie nicht gerne mit dem Auto fuhr, musste ich zuerst über die nicht vorhandene Grenze nach Luxemburg fliegen, um sie von zuhause abzuholen, damit wir danach in unseren gemeinsamen Urlaub fahren konnten.

Würde ich nicht in München, sondern in dem beschaulichen Luxemburg wohnen, Emelie aber in dem weiß-blauen München, würde sich für uns so einiges einfacher gestalten. Vor allem die Urlaubsfahrt. Einfach im Vorbeifahren hätte ich sie mitnehmen können. Ich bräuchte in München nur kurz vom Gas gehen, schon könnte sie während der Fahrt zusteigen, ohne dass ich anhalten müsste. Rein theoretisch. Aber es war halt Emelies kleine Rennsemmel, nicht meine, mit der wir stets gen Süden aufbrachen. Ihr schneeweißer Wagen mit schwarzem Dach und gelbem Nummernschild, der in Luxemburg noch tatenlos herumstand.

Daher auch der Gedanke an Hannibal und die Elefanten, und an die alten Römer. Hätte es sich damals so zugetragen, wie wir es für gutgeheißen hätten, so könnte uns die zeitraubende hin- und her Fahrerei heute erspart bleiben.

Wir könnten uns so in Schlauchboote setzen, Motorboote ohne Führerscheinzwang gingen auch. Emelie würde dann am West-, ich am Ostufer ablegen. Wir könnten uns ganz gemütlich in der Mitte der Adria treffen. An einem für uns günstig gelegenen Ufer mit feinstem Sandstrand. In Höhe Stuttgarter Flughafen wäre die goldene Mitte. Dort könnten wir den Anker werfen und bissige Doraden und glitschige Lachsforellen grillen. Dazu riesige Eisbecher schlemmen und braun werden wie überreife Bananen.

Diese geniale Idee hätte aber einen winzigen Haken. Am Stuttgarter Adriaufer gäbe es nicht genau die italienischen Schuhe, die Emelies kleines Modeherz ins Stottern bringen würden. Die Schweißausbrüche hervorriefen. Husten, Heiserkeit und auch Fieber auslösten. Wenn Emelie jedoch in einem bestimmten Ort in Italien an einem ganz bestimmten Schuhgeschäft vor dem Schaufenster stand, dann schon.

Nichts gegen lecker handgeschabte schwäbische Spätzle. Emelies heiß geliebte San Marzano Tomaten nach Stuttgart einfliegen lassen, wäre durch die Flughafennähe kein Problem. Das hätte ich locker mit Links und Rechts hingebogen. Aber echt italienische Schuhe, von einem original italienischen Schuster, von denen sie noch nicht mal wusste, wie die neuen Schuhe überhaupt aussehen sollen, das wäre nie machbar gewesen.

So blieb uns also auch nichts anderes übrig als zu ihren Schuhen hinzufahren. Jahr für Jahr. Sommer für Sommer. So auch letztes Jahr. Die römischen Legionäre mussten ja damals, mit der oberen Adria in ihrem Handgepäck, wegen der blöden Grenzkontrollen, da es die EU noch nicht gab, auch wieder schnurstracks umkehren. Die Adria an ihren gewohnten Platz bringen und ihre Expedition von Neuem beginnen. Das alles, weil nördliche Adria keine haushaltsübliche, zollfreie Menge gewesen war. Was ich so hörte.

Damit aber auch ich ein bisschen etwas davon hatte, die fünfhundertvierunddreißig Kilometer runter zu gurken, von München, von Luxemburg Eintausend fünfzig, damit Emelie zu ihrem alljährlichen Schuherlebnis kam, so durfte ich dann am Ende der Fahrt wenigstens Fruchteis mit und ohne Sahne schlemmen, bis es mir zu den Segelohren raus kam. Sie sind aber nicht annähernd so groß wie meine Nase.

Ich liebe nämlich original italienisches Eis über alles, so wie Emelie Schuhe. Das »Original« bezieht sich nur auf den Standort. Münchner Weißwürste, kann man ja auch in London und Paris kaufen, aber das »Original« kommt nun mal aus München.

Und so waren wir nun doch wieder heilfroh, dass sich die Römer bloß für mausgraue Elefanten, nicht die türkisblaue Adria entschieden hatten.

Es waren doch die Römer, oder nicht? Die Schuld daran waren, dass die Adria noch immer unten in Italien lag, und nicht oben im Schwabenländle. Oder sollte ich mich etwa irren und es waren stocksteife Preußen gewesen? Piep egal. Irgendwo her waren sie halt damals gekommen, wer auch immer, mit ihren Dickhäutern.

Ich wollte damit jetzt keine Behauptung loswerden, man bekäme in Stuttgart kein leckeres Eis oder eine anständige Pizza oder köstliche Pasta. O Himmel, bewahre mich! Ich war schon in Stuttgart, und nicht zu meiner Enttäuschung.

Es war einfach das unbeschreibliche Glücksgefühl, das Emelie und mich jedes Mal übermannte, sie mehr Fraute, mich eher Mannte, wenn wir die eingemottete Staatsgrenze zu Italien überschritten. Auch ohne Elefanten.

Gleich nachdem wir den ersten Fuß auf unsre italienische Leihmuttererde setzten, ging alles schon langsamer. Fast in Zeitlupe, schwebend. Kein bisschen Hektik und kein Funke Stress. Selbst die Butterblumen gelbe Sonne ging dort morgens genauso gemächlich auf, wie sie abends untertauchte. Sie knallte uns ihre hauchdünnen, so wohltuenden Strahlen nicht nur einfach auf die Birne, bis es uns schlecht wurde, wir uns den nächsten Winter herbeiwünschten.

Nicht in *unserem* Italien. Da streichelte sie die Großstädterhaut mit jedem einzelnen Strahl. Flüstert dabei: »Hallo, ihr beiden! Warum macht ihr nicht einen Gang langsamer. Genießt doch einfach diese herrlichen Tage. Für wen, meint ihr, mache ich sie denn?«

Natürlich wird jetzt jeder denken, das kann der Hirni ja leicht schreiben, weil er keinen Wecker stellen braucht, da er auf dem Weg in den Sommerurlaub ist. Etwas langsamer machen und genießen, hat aber wenig damit zu tun, denn wir wissen, zwischen Schweißausbruch und Kreislaufkollaps gibt es immer eine Lücke, um mal kurz durchzuatmen, wieder runterzukommen. Wenn man die Lücke nicht damit füllt, ständig auf das blöde Smartphone zu gaffen, weil man mit der Furcht lebt, was Wichtiges zu verpassen.

Ein brandneues Video-Posting zum Beispiel, in dem eine fauchende Katze den friedlich vor sich hindösenden Hund zu Tode erschreckt. Oder wie eine frisch vermählte Braut auf den Arsch knallt, weil der Trottel von Bräutigam beim Hochzeitswalzer einfach nur zu dämlich war, sie schon dort festzuhalten. Und so weiter. Das hört sich vielleicht etwas ironisch an, es gehört aber heute leider zu unserem Alltag wie, die leichte Margarine aufs Bio-Brot.

Es ist einfach nur die Gewohnheit, diese Art zu leben, wie wir solche Dinge angehen. Ganz egal, ob man in die Arbeit geht oder in den wohlverdienten Sommerurlaub fährt. Und eben das ist genau der Grund, warum es Emelie und mich jedes Jahr aufs Neue nach in *unser* Italien zieht.

Mich, das ist im Übrigen jener ironische Mensch, der die selbsterlebten Urlaubsgeschichten von Emelie und mir fast aus dem Gedächtnis runter tippt. Fredy, manchmal auch nur Fred. Ich bin da nicht sehr wählerisch. So ein y mehr oder weniger, macht mich das etwa ärmer? Reicher sicher nicht. Und die Minestrone auch nicht fetter.

Die Geschichten tippen, das stimmt nicht ganz. Heute ja, aber früher, als die Zeiten noch ganz anders waren und ich meinen ersten Roman schrieb, machte ich das tatsächlich noch von Hand. Aber nur so lang, bis ich vor lauter Papier nicht mehr zu sehen gewesen war hinter meinem Schreibtisch. Das lästige Suchen und sortieren war auch ziemlich nervenaufreibend, und schweißtreibend gewesen. Wenn du was Wichtiges suchst, nur eine ganz kurze, aber wichtige Szene, eine mickrige Zeile, die sich da irgendwo im Papierkram versteckt hält, dann folgt eben bald der Papierkollaps. Was mich auch letztendlich zum Umdenken bewegte.

Gemütlich und stressfreie Tippen auf Laptop oder Tower, das ist jetzt angesagt bei. So lang, bis die zwei Mittelfinger, die ich dazu brauche, nach einer Auszeit schreien und mein Akkumulator so proper leer ist, der des Laptops natürlich, weil ich gemütlich auf einer Parkbank hocke, es Strom aus der Hosentasche noch nicht gibt. Eine Steckdose im Freien, die hatte man bisher weder an jeder Hausecke hängen noch im Grundgesetz verankert. Habe auch schon versucht, mich zum Schreiben unter ein Windrad zu setzen. Funktionierte leider nicht. Die Dinger haben keinen USB-Anschluss.

So viel zu mir und meinem etwas eigenwilligen Typus des Schreibens. Emelies Jawort, nicht vor einem Pfarrer in der Kirche, nur zwecks dem vielen Unsinn, den ich gleich schreiben werde, hat sie mir, dem Himmel sei Dank, schon im vorab und blind anvertraut. Ich hoffe, ihr gehen nicht die rehbraunen Äuglein auf. Dann nämlich, wenn Dritte in den herrlichen Genuss kommen, sich über unsere schönste Zeit im Jahr krumm, deppert und schief zu lachen.

Ups! Eigentlich hatte ich gar nicht vorgehabt, in unserer Geschichte so weit auszuholen, darum kehre ich jetzt auch wieder zurück zur langsamen, Stress bremsenden Ruhe.

Langsam, vor allem in Ruhe zu neuen Kräften kommen, so hieß unser Urlaubsmotto, neben Emelies Schuhen und meinem Eis. Entschleunigen, genau, das Wort trifft es ganz gut. Wie Emelie und ich das machen? Nun, wir fangen ganz langsam an mit dem Entschleunigen, steigern es danach immer schneller. Hä? Eigentlich ein Widerspruch. Schnell und Entschleunigen. Wie soll was schneller gehen, um dadurch langsamer zu werden? Funktioniert aber.

Am besten macht man das dort, wo am wenigsten Ruhe ist. Bei Emelie wäre das ein Schuhladen, bei mir eine Eisdiele. Schnell mal ein Paar Schuhe kaufen, um danach die Selenruhe in Person zu sein. Schnell mal ein Eis hamstern, um es dann ganz langsam, um zu Entschleunigen, zu genießen. Noch zwei kurze Beispiele gefälligst, bevor die etwas chaotischen Geschichten endlich beginnen?

Nicht? Na gut. Ich mache es aber trotzdem.

Emelie schaute sich mal um, dann ging alles blitzschnell. Nicht bei ihr, bei dem aufgescheuchten Personal. War auch nicht einfach, aus hunderten Paar Tretern eines auswählen zu müssen. Ohne dass die zwischen Schaufenster und dem Lager pendelnde Verkäuferin gleich an die Kündigung oder ihre vorzeitige Pensionierung dachte, da nach nicht einmal eine halbe Stunde das gesamte Schuhlager samt Kartons im Laden stand. Das verstand Emelie unter entschleunigen.

Wenn Emelie sich richtig beruhigt, also passende Schuhe gefunden hatte, war ich dran mit Entschleunigen. Nicht mit Schuhe kaufen. Mit Gelassenheit und innerer Ruhe finden, die ich am besten an einer Eisschlecken antraf. Dann, wenn ich andere Leute beobachte, wie diese versuchen, ihr Eis so stresslos zu genießen wie ich es tat. Manchem gelang dies auch. Andere verschluckten sich an der Eiswaffeltüte, weil sie ihren starren Blick nicht zur dahinschmelzenden Kiwi-Joghurt-Eiskugel, sondern auf das ultraneue Smartphone richten. »Sie haben nun schon siebzehn neue Nachrichten! Noch so einen Datenstau und wir kündigen ihren Vertrag!« Durchschnitt, wenn ein User gerade mal drei Minuten nicht aufs Tuchscreen-Display geguckt hat. Arme Welt!

Apropos Eistüten schlemmen. Ich vermute stark, dass ich der einzige Erdbewohner bin, der weiß, dass die bösen Fettpolster-Kalorien in tief gefrorenem Zustand einem Körper nichts, aber wirklich auch rein gar nichts anhaben können. Und darum gibt es im Urlaub auch täglich eine Portion Eis. Mindestens eine! Aber Vorsicht! Das mit den tiefgekühlten Kalorien gilt nicht für Tiefkühlpizza, Lasagne und Pommes aus dem Eisfach! Frisch, unaufgetaut und nicht erhitzt muss das Zeug sofort von der Spitzwaffel oder dem Eisbecher in den Schlemmermund kommen, sonst erwachen diese bösen Kaloriengeister wieder zu neuem Leben.

Doch ehe ich jetzt noch mehr über die Nebenwirkungen von Eis schreibe oder rasant langsamen Schuhkauf, bleibe ich wieder beim Thema: In Urlaub fahren mit Emelie. Ich merkte nämlich grad, dass ich unserer Urlaubszeit etwas zu weit voraus war. Schuhe kaufen und Eis essen, das hatte ich erst ab Seite fünfzig bis hundertachtzig vorgesehen.

Geplant hatten wir ihn ja schon lang, den Sommerurlaub. Wer jetzt meint, die Vorbereitung wäre ein Klaps. Ha, dass ich nicht lache! Ihr kennt Emelie und mich noch nicht. Und dieses Buch.

Lust auf ein paar lustige Geschichten? Zum Beispiel, was die Tempelritter mit der Terrasse eines roten Caravans zu tun haben. Wie viel verschiedene Schwarztöne es gibt. Und warum der gute Ernest Hemingway beinahe unser Nachbar gewesen wäre. Dass eine al dente Nudel, scusa, Spaghetti, am Ohr hängend kein gertenschlankes Hörgerät ist, sondern von zu viel Neugier zeugt? Bene! Gut! Dann drehe ich jetzt das Rad der Zeit retour. Emelies Schuhe kommen wieder in den Laden, mein Eis in die Eisdiele.

So, nun steht alles wieder auf null. Und Tag Null, das war jener Tag, an dem bei Emelie und mir alles begann. Er war sozusagen unser … Urknall!

## Kapitel 1

### Die Urlaubsbuchung

»Ich habe grad die Buchungsbestätigung erhalten, Fredy, aber *unser* »Z11« steht nun nicht mehr auf dem alten Platz! Wir sollten doch bitte auf den neuen Lageplan im Internet schauen. Vielleicht möchten wir dieses Jahr lieber einen anderen Maxi-Caravan nehmen. Könntest du dies übernehmen, dann brauche ich nämlich meine Lesebrille nicht erst lang suchen«, hallte es vor Vorfreude jauchzend durch meinen Telefonhörer. Um Punkt neun Uhr morgens! Ich hatte noch nicht mal den letzten Bissen der wohlverdienten Frühstückssemmel verdrückt, da ich eben erst vor einer halben Stunde von der Arbeit zurückkam. Späte Nachtschicht, bis weit in den Morgen hinein, doch das hat wenig mit unserer Urlaubplanung zu tun. Dafür aber das fröhliche Glockengeläute meines wehrten Herrn Pfarrer, über das sich Emelie so herrlich aufregen kann, wenn sie es am Telefon erlebt.

Ich wohne nämlich ganz nah an einer Kirche dran! Und ich stelle mich zum Telefonieren mit Emelie absichtlich ans Wohnzimmerfenster und öffne dieses sperrangelweit. Dann weiß sie, während sie über die dröhnenden Kirchenglocken lästert, dass wir uns genau in unserem Zeitfenster befinden. Wie gesagt, es ist neun Uhr morgens.

Nicht, dass Emelie etwa ungläubig gewesen wäre, weil sie über das Gebimmel rumnörgelte. Es sind extrem große Glocken, in die sich die katholische Geistlichkeit legte, sich in entsprechender Lautstärke bemerkbar machte. Das auch noch mehrmals am Tag. Mich störte es noch nie.

»Ich wünsche dir auch einen wunderschönen guten Morgen, Emelie«, erwiderte ich, sobald sie es mal zuließ. »Und nein, die Arbeit war heute auch nicht anders als sonst. Aber trotzdem toll, dass unser Lieblingscaravan noch frei ist. Du hast ja gehört, mein Pfarrer ist auch vollauf begeistert.«

Es dauerte etwas, es war wahrscheinlich noch zu früh für Scherze, doch dann kicherte sie mir ins Ohrgewölbe. »Hihi, bist du ein Depp!« Sie meinte doch glatt, ich solle bitte die Kirche in meinem Dorf, also in München lassen, wenn wir in Urlaub führen. Die Italiener hätten auch welche, nur viel kleinere Glocken. Aber weit weg vom Campingplatz. Und von ihren zarten Öhrchen.

Ich fuhr meinen Tower-PC hoch, trank derweil eine Tasse vom schwarzen starken Kaffee und hätte noch genug Zeit für die Treppenwoche gehabt. Weil der alte Computer sogar noch viel lahmarschiger war als ich selbst, wenn mitten in der dunklen Nacht mein Wecker klingelt. Altersschwäche. Beide, der Computer und ich. Ich blieb aber am Telefon.

»Du, Emelie, bist du noch dran?« Sie war. »Die gute Frau hatte tatsächlich richtig recht. Die Maxi-Caravans stehen nun mehr in der Mitte des Campingplatzes, nicht mehr ganz so nah an der Rezeption. Und der Caravan, *unser* »Z11«, den wir bisher gebucht hatten, verweilt nun dummerweise genau gen Morgensonne. Das finde ich aber jetzt ich nicht so prickelnd, Emelie.«

»Warum? Ist doch ganz nett, wenn uns die Sonne schon frühmorgens angrinst. Besser, als wenn du es tust, hihi.«

»Ja, aber dann müssten wir abends im Dunkeln grillen. Wenn wir aber den »Z9« nehmen würden, wie ich auf dem neuen Lageplan gerade sehe, dann hätten wir Abendsonne.

Du weißt doch, wenn wir abends noch ein bisschen an die Lagune vorgehen und der Sonne oder einem Schiff beim Untergehen zuschauen. Wie die Abendsonne rot wird, weil sie sich vor uns schämt, ehe sie in der Adria untergeht wie ein nasser Goldsack voller Silbermünzen.« Es kam nichts. »Hallo! Abendrot, Emelie, nicht Abendbrot!«

»Ah! Könnten wir nicht nachmittags telefonieren, Fredy? Dann wäre ich nämlich wach genug, um deinen Blödsinn auch zu verstehen, und du, du wärst müde genug, damit dir keiner mehr einfällt.« Sie hatte nebenbei ihren funkelnagelneuen Laptop scharf gemacht. Das ging in Sekunden. »Jetzt sehe ich es auch. Na gut, wenn du halt meinst, dann nehmen wir eben diesen »Z9«. Aber nur auf deine Verantwortung! Ich schick dann gleich mal eine dringendste Eil-Email los. Ist dir doch recht, oder?« Klar, es war mir sogar mehr als nur recht, so hatte ich Zeit, mein Frühstücksgeschirr noch wegzuräumen. Keine zwei Minuten später kam auch schon die italienische Rückantwort, dass wir den Caravan »Z9» soeben gebucht hätten.

Nachdem sich unsere helle Freude auf den diesjährigen Urlaub etwas gelegt hatte, stellten wir mit Grausen fest, es waren bloß noch drei winzig kleine Monate bis zu unserer Abreise. Höchste Zeit, um sich ernsthaft Gedanken darüber zu machen, was wir wieder alles zu viel einpacken werden.

Warum? Gleich nach dem ersten gemeinsamen Italien-Urlaub hab ich eine total perfekte Einpackliste erstellt, was man zum Campen in einem ausgewachsenen Maxi-Caravan, ein mit allem ausgestattetes und Hochwasser sicheren Holzhaus auf Stelzen, an sinnlosem Kram alles bräuchte. Den ganzen Klamotten nach, die wir damals im Probelauf, dem ersten gemeinsamen Urlaub, eingepackt hatten, hätten wir es locker bis zum Winter in Italien ausgehalten. Ohne dabei auch nur ein einziges Mal eine der drei Campingplatz Waschmaschine zu benutzen!

Seitdem studierten wir meine geniale Einpackliste jedes Jahr. Emelie in ihrem schnuckeligen Luxemburg, und ich in meinem kirchturmnahen Heim. Doch trotz unserer Liste, änderte sich nichts. Gepackt wurde stets frei Schnauze.

Emelies Kleinwagen, das wusste ich schon heute und so sicher wie das Amen, würde wieder so voll werden, bis fast Unterkante Dachreling. Samt Dachkoffer darauf. Doch die Hauptsache, der sprechende Rückspiegel hatte freie Sicht nach hinten. Das war dann am Ende unseres Urlaubs immer richtig lustig, wenn wir verzweifelt versuchten, das bereits Mitgebrachte und das im Urlaub dazu Neuerworbene noch irgendwo, irgendwie in Emelies Auto reinzuquetschen.

## Kapitel 2

### *Die Vorbereitung*

Es war Anfang Juni. Wie immer neun Uhr morgens, als mein Telefon klingelte, leiser als die Glocken des Pfarrers. Die digitale Anzeige des Apparats zeigte es mir an: »Dienst nicht möglich«. So wusste ich, das war Emelie. Luxemburg schien über eine eigene und ganz spezielle Leitung mit dem Rest der Welt verbandelt zu sein, sonst wäre ihre eingespeicherte Rufnummer auf meinem Display erscheinen.

»Hallo, Emelie, was gibt es?«, fragte ich schnell, da sie nach einer Zehntelsekunde, in der ich bereits am Apparat war, noch nichts gesagt hatte. Es schien heute einer meiner wenigen Glückstage zu werden. Sonst hatte ich den Hörer noch nicht mal richtig an meinem angespannten Vorderohr, da fragte sie mich schon, ob ich nicht nur schlecht sehen, auch schlecht hören würde, da ich noch nichts gesagt habe. Wie auch, wenn sie ununterbrochen quasselte.

»Nichts!«, meinte sie, was natürlich eiskalt gelogen war.

»Und was ist das ... Nichts? Hast du Probleme mit deiner Einpackliste?«

»Nein, kein Problem. Ich finde das blöde Ding erst gar nicht. Könntest du mir bitte noch mal eine mailen?«

Was ich natürlich sofort tat. Nach zwanzig Minuten, weil mein uralter Tower beim hochgefahren die Ruhe weghatte. Beneidenswert!

Eigentlich hätte ich mir die Arbeit mit der Mail sparen

können, denn Emelie hat die Einpackliste mindestens fünfmal auf ihrem ultra-superschnellen Laptop abgespeichert. Sooft habe ich sie ihr in den letzten fünf Jahren geschickt. Aber da ihr Mail-Briefkasten stets dermaßen voll war, man könnte beinah meinen, es gäbe tolle Prämien dafür. Schuhe und Klamotten, je fünfhundert ungelöschter E-Mails. Also herrschte auf ihrem Geräte natürlich etwas Chaos.

In ihrem Favoriten-Postfach für wichtige Post schaute es auch nicht besser aus. Den Ausdruck vom letzten Jahr, das gestand sie mir reumütig, musste sie leider entsorgen, weil Druckertinte umso einiges schwächer wäre als hartnäckige Milchkaffeeflecke. Mein Ohr bekam auch eine E-Mail, als habe sie mir Emelie persönlich vorbeigebracht.

»Yippie! Ich hab sie! Ist da!« Und so erlitt meinen ersten Gehörsturz des Tages. Kam alle drei Telefonate vor, wenn wir drei Mal pro Tag telefonierten. Ach, darf man frische Druckertinte küssen? Emelie schon.

»Schön«, freute ich mich mit. »Drucke sie dir aber gleich noch mal aus. Nein, Halt! Stopp! Warte! Tu es lieber doch nicht!! Räum erst deine Kaffeetasse weg, danach drucke sie aus. Und steck sie dahin, wo sie auch wirklich sicher ist.«

»Warum? Wegen einem Einbrecher? Ich wohne doch im zweiten Stock. Oder meintest du, ich soll sie lieber in einen Safe, in ein Schließfach tun? Habe ich aber beides nicht.«

»Puh, lasse es gut sein, Emelie. Du hast ja Recht. Besser Kaffeeflecke auf bedrucktem Papier als auf dem polierten Eichentisch. Ich schicke dir nächstes Jahr eine Neue. Eine, wo weniger draufsteht, damit du mehr Platz für deine Tasse hast!« Ich dachte bei einer verkürzten Liste weniger an ihre zig Schuhkartons und den übervollen Klamottenkoffer. Ich hatte zwar schon alle Tricks ausprobiert, aber Frauen haben anscheinend so etwas wie ein Langzeit Outfit-Gedächtnis. Funktioniert ungefähr so wie beim Mann das Baumarktgedächtnis. Dafür braucht *Mann* aber keine extra Liste.

»Oh, das ist aber nett von dir, Fredy. Könntest du nicht mal eine Liste machen, auf der auch Farben draufstehen. Ich bin mir nämlich nicht ganz sicher, ob ich das schwarze T-Shirt, du weißt schon, das mit dem weiten V-Ausschnitt, im letzten Jahr nicht schon dabei hatte. Ich möchte mich ja nicht blamieren in Italien, weil die Leute denken, ich habe nur ein Shirt.« Für Emelies Klamottenschrank, da bräuchte sie keine bunte Liste, ein eigenes Computerprogramm wäre eher angebracht. Mit dem dazu passenden Betriebssystem. Scheiße fällt mir gerade ein, dass ich nicht programmieren kann. Das Programm, wäre eine Sensation, eine Weltneuheit. Ich wäre sicher in ein paar Tagen so steinreich wie … Ich tippe zwar gerade auf seinem Programm, aber mir will der Name vom Bill nicht einfallen.

»Meintest du jetzt das schwarze Shirt mit der grinsenden Katze drauf oder das mit der rosanen Rose«, fragte ich mit arg ironischem Unterton. »Oder das Schwarze ohne alles darauf? Ich meinte das Dunkelschwarze, das Schwärzeste von den sieben Schwarztönen, in denen du das T-Shirt mit weitem V-Ausschnitt schon besitzt. Mach dir keine Sorgen, Emelie, ich kann dich beruhigen. Du hast alle sieben erst dann gekauft, kurz bevor wir Italien verlassen hatten. Kein Mensch hat sie seither zu Gesicht bekommen. Oder hast du sie etwa schon ausgepackt, gewaschen und getragen?«

»Willst du mich stressen, Fredy? Natürlich sind sie noch verpackt. Du hattest mir letztes Jahr gesagt, wenn wir erst wieder zuhause sind, dann machen wir auch langsamer, so wie die Italiener!«

Aha, dachte, so kann man es natürlich auch ausdrücken, wenn einem die Klamotten im Schrank einstauben. Und wer war schuld? Klar, ich natürlich!

Meine Rache war so zuckersüß, manchmal orangenbitter. Mein Festnetz hat nämlich die enorme Reichweite von hundert Metern, also bis vor die Haustür des Pfarrers. Wenn ich auf den Glockenturm steige, so müsste ich eigentlich eine supertolle Verbindung haben. Und die liebe Emelie morgen Früh, Punkt neun Uhr, einen gewaltigen Tinnitus.

»Ist noch was, Hase, sonst machen wir jetzt Schluss für heute«, meinte ich scheinheilig, da ich genau wusste, ihre blonden Gehirnzellen liefen gerade auf Hochtouren.

»Jaja, dir auch einen schönen Tag, Fredy. Dank dir noch mal für die Liste. Bis Morgen dann, um neun. Kann auch ein paar Minuten später werden, je nachdem, ob ich ...« Am nächsten Tag wird sie mir sagen, sie habe es nicht bemerkt, dass ich längst nicht mehr am Telefon gewesen war.

So ähnlich verliefen dann auch die nächsten Gespräche. Emelie fragt mich was, ich antworte, bekomme nur keinen Preis für die richtige Lösung. Alles Brisante, das bei Emelie leicht zu einem Gedächtnisverlust führen könnte, schickte sie mir per E-Mail. Pech für sie, dass ich diese nie las. Ich weiß nicht, wie viele schlaflose Nächte ich ihr damit schon bereitete. Ich war eben ein Mensch mit festen Prinzipien, so wie mein Tower. Emelie fand mich altmodisch, ich aber war froh, noch ohne einen Computer denken zu können. Auch wenn ich zum Schreiben einen benutzte. Schreiben ist eben Denken in purster Form.

## Kapitel 3

*Die Anreise - Teil 1*

Nur noch zwei lächerlich kurze Tage, dann musste ich per Privatjet nach Luxemburg düsen, den ich, wenn ihn nicht benötigte, an eine größere Airline auslieh. Nein! Ich besaß natürlich keinen sechsstrahligen Düsenjet, ich musste per Ottonormalklasse zur Emelie fliegen.

Bis auf ein paar Kleinigkeiten aus dem Badezimmer hatte ich die meinen Urlaubsachen schon reisefertig eingepackt. Emelie behauptete am Telefon zwar dasselbe, wurde aber von meinem Herr Pfarrer gleich bestraft. »Emelie, darfst du lügen?!«, schrien ihr die dröhnenden Kirchenglocken neun Mal durch das offenstehende Fenster entgegen. Nach einem Fluch ihrerseits, meinte sie, bald hätte sie alles eingepackt, versuchte sie sich rasch zu korrigieren. Was die mächtigen Glocken nur noch mehr erboste. Spätestens am Mittwoch, wenn mein Flieger bei ihr landen würde, da wären sie aber garantiert fertig. Das arge Glockengebimmel verstummte zwar kurz, maulte aber noch einmal leise nach. »Lass dich nicht verarschen, Fredy«, flüsterten die Glocken mir zu.

»Macht dein lieber Herr Stadtpfarrer denn nie Urlaub?«, fragte Emelie kleinlaut, als die Glocken verstummt waren. Sie flüsterte, da mein Fenster noch offen war.

»Habe ich ihn auch schon gefragt«, scherzte ich, »aber er hat keine verlässliche Vertretung, der die Glocken läutet. Ich habe mich ihm gleich angeboten«, haute ich weiter auf den Fensterputz, »aber er will genau zur selben Zeit fahren

30

wie wir. Äh, hast du schon einmal mit einem Pfarrer Urlaub gemacht, Emelie? Das ist bestimmt recht lustig. Wenn du mit ihm willst, dann sage ich ihm gleich, dass er schon mal die Badekutte und seine Hostien einpacken soll. Du findest mich ja dann auf dem Glockenstuhl, wenn was sein sollte. Dort oben bin auch viel näher an deinem Privat-Satelliten dran, über den du mich mit deinen lästigen E-Mails ständig zumüllst und schikanierst.« Ich lachte.

»Bah, das war aber jetzt nicht lieb von dir, Fredy! Und überhaupt. Meinst du, dein Pfarrer bekommt meine Dorade genau so schön kross hin wie du? Ich glaube nämlich nicht, dass er schon mal an einem Kugelgrill gestanden hat.«

»Ob er schon mal an einem Grill stand, übersteigt meinen geistigen Horizont, Hase. Von Feuer und Schmoren, hat er ganz sicher und auch ganz viel Ahnung. Das sagte er sogar letzten Sonntag. Im Höllenfeuer sei tierisch gut schmoren.

Emelie bekam einen gar heftigen Lachanfall, ich konnte sogar durchs Telefon sehen, wie sie sich am Boden kugelte. Ihrem Stöhnen nach, versuchte sie, sich an der Stuhllehne aufzurappeln, was ihr dann auch gelang. In meinem Kopfbild zumindest. Ich solle solche Scherze bitte nur machen, wenn sie auf ihrer weichen Couch säße.

»Sitzt du, Emelie?«

»Ja, warum? Kommt etwa noch mehr so Scheiß?«

»Nein, ich finde nur meine blöde Einpackliste nicht mehr. Ich glaube, mein E-Mailingprogramm hat diese ständigen Wiederholungen satt und hat die Liste selbsttätig gelöscht.«

Es herrschte eine unerträgliche Ruhe in Luxemburg. Ein eisig kalter Wind wehte nach München. Das Thermometer fiel im Bruchteil einer Sekunde auf unter null Grad, meine Wohnzimmerfensterscheibe gefror so stark, Panzerglas war ein Dreck dagegen. Richtig beklemmend.

Hat er das ernst gemeint, wird Emelie gedacht haben. Ich gab grünes Neonlicht. Entschärfte die Lachbombe. Erlöste sie. Entwarnung. Ich behaupte, die Datei sei bloß unter die Wohnzimmercouch gerutscht.

»Jetzt ziere dich nicht so« tadle ich schmunzelnd. »Geh wieder dort rein, wo du auch hingehörst, du blödes Ding! So ist es recht! So, jetzt bin ich wieder da, Emelie. Ich habe die störrische Liste mit Sekundenkleber fixiert. Mach das aber bitte ja nicht nach, für Laptops wie deinem, gibt es den Einpacklisten-Kleber noch nicht!«

Schon waren wir an jenem Fragezeichen angelangt, wo wir nicht mehr wussten, worüber wir eigentlich reden wollten. Ich schwenkte aufs Essen um, das ich mir heute Abend königlich kredenzen werde. Kesselfrische Weißwürste mit knuspriger Breze und süßem Hausmachersenf. Damals war zwar Mittwoch, dienstags war mein gewohnter Weißwursttag, aber da der Urlaub kurz bevorstand, musste ich vorarbeiten. Gestern gab es nämlich auch welche.

Bei Emelie sollte es wieder was ganz »Gesundes« geben. Fisch oder Gemüse. Oder Fisch mit Gemüse. Doch so kurz vor der Strand-Saison, wohl eher nur ein Gemüse-Solo, ihr Bikini Leibgericht. Ach ja. Vier Weißwürste, mit Beilagen waren mindestens genauso gesund wie Fisch und Gemüse. Für einen echten Bajuwaren wie mich jedenfalls.

»Lass dir die Würste schmecken, Fredy. Wenn noch was sein sollte, rufe ich später noch mal an.«

War das etwa eine Drohung? Ja, es war. Emelies Telefon

meldete sich am Abend noch mal. Emelies traurige Stimme informierte mich, sie habe ihr Postfach aufgeräumt. Nicht das mit dem schmalen Briefschlitz, in das der Briefträger die Post reinwirft, das Elektronische. Sie hat doch glatt am Nachmittag eine von zweitausendvierzehn Mails gelöscht. Die hätte sie doppelt gehabt. Braves Mädchen!

Nur noch einen winzigen Tag, dann hob mein Flugzeug ab. Mit dem Fahrrad zu fahren, hatte mir mein Arzt strengstens verboten. Nicht wegen der endlos langen Strecke nach Luxemburg. Wegen meiner maroden Knochen, die schon etliche Jahre mehr auf dem Buckel haben als ich überhaupt alt bin. Und ich bin erst knackig frische … Also mehr knack als frisch. Emelie ist noch einige Jahre jünger. Und um des Friedens willen behaupte ich jetzt, sie wäre viel jünger. Ein junger Grashüpfer, wie man in Bayern so schön sagt.

Der Flieger ging frühmorgens in München ab und war auch dann morgens in Luxemburg. Abheben, Fahrwerk rein und den gratis putzig leckeren Frühstücks-Donut der Sorte Heidelbeere verdrücken. Das Fahrwerk ausfahren, landen, fertig. Wegen der geringen Entfernung flog mein Propeller-Flieger so niedrig, ich musste sogar nach oben schauen, um den strahlendblauen Himmel sehen zu können. Scherz!

Jetzt habe ich wieder genau das gemacht, was ich Depp nur allzu gern mache. Vorgreifen! Wofür ich mich manchmal selbst in den Arsch beißen könnte. Nö, mach ich nicht! Blöd werde ich sein. Tut doch sauweh so was! Also werde ich den vorgezogenen Tiefflug später nicht mehr erwähnen. Ein Donut am Morgen genügt doch, oder?

Ich musste mir dann auch gleich einen Spickzettel an den Monitor kleben, sonst mache ich es ja doch wieder. In dem Buch vorspringen wie ein Fenstersims.

*Sollte ich noch schnell aufs Klo gehen? Noch nicht ganz Neun, zehn Sekunden hätte ich ja noch. Aber wenn erst mal das blöde Telefon klingelt, ist es zu spät. Ein Zweitapparat. Fängst du jetzt auch schon damit an?!,* ermahnte ich mich auf dem Weg zu meinem stillen Örtchen. Warum eigentlich heißt der kleine Raum stilles Örtchen. Wenn ich drin war, war es dort noch nie still gewesen. Geschafft! Emelie hörte sogar noch, wie sich der Spülkasten wieder füllte.

»Na, seit wann tust du morgens abspülen, Fredy? Sonst machst du es doch immer bevor du zu Abend isst! Du weißt schon, in der Zeit, wo dein Zahnkleber trocknet.«

Ach, war Emelie nicht ein bezauberndes Biest? Aus Rache für den Zahnkleber verkaufte ich ihr den Klospülkasten nun als meinen neuen Geschirrspüler. Sie glaubt es mir aber nicht, da ich Spüler genauso liebe wie Smartfons. Denn bei meinem Steinzeit-Handy, mit dem ich sogar richtig simsen und telefonieren kann, ist bei mir Schluss mit lustig.

Die gute alte Handarbeit, mit dreißigfach konzentriertem Spülmittel, war bei mir noch angesagt. Ich schmiss ja auch nicht gleich Fensterscheiben ein und bestellte den Glaser, bloß weil die Scheiben ein klein bisschen schmutzig waren. Solange ich es noch einwandfrei erkannte, dass es Sommer war, dass dies, was an meinen vielen Fenstern dranklebte, kein Neuschnee war, der das Glas so trübe macht, wurden die Fenster auch nicht geputzt.

»Du, könnten wir uns heute mal kürzerfassen, Emelie?«, flehte ich sie fast betend an. »Ich müsste mir die Fahrkarte zum Flughafen besorgen. Du weißt wie lang das dauert, bis die Omi im Laden kapiert, dass ich nur eine einfache Fahrt, kein Tages-, Monatsticket und kein Jahres-Abo brauche.«

»Klar doch. Passt mir prima, Fredy«, vernahm ich so, als hätte sie soeben ein Halleluja gesungen. »dann kann ich mir noch rasch die Nägel machen lassen.« Sie meinte nicht die Nägel in der Wand, an denen ihre Katzenbilder dranhingen. »Die unten an der Ecke, die meine nämlich, sie könnte mich noch rasch zwischenrein schieben. Aber nur, wenn ich bald komme. Soll ich Rot oder Schwarz?«, fragte sie ausgerechnet mich, wo sie sich die Antwort ja eigentlich hätte schon denken können.

»In Rot bitte! Wir fahren in den Sommerurlaub, nicht zu einer Beerdigung! Nimm aber dieses grell leuchtende Rot. Passt besser zu schwarzen Shirts, sonst bist du gleich unten durch bei der italienischen Damenkonkurrenz.«

Ach ja? Gut! Könntest du nicht schnell vorbeikommen, Fredy? Meine Augen …«

»Nimm einfach deine Lesebrille mit, Emelie! Das Mädel in der Lackiererei weiß doch, dass du ohne nichts siehst.« Was war ich froh. Emelie stimmte mir ohne nachmaulen zu, sonst hätte ich einen Mittagsflug nehmen und am Nachmittag gleich wieder zurückfliegen müssen. Zurück, da sie auf kurzfristige Besuche nicht eingestellt ist.

Während Emelies Fingernägel gerade noch roter als reife Tomaten wurden, wurde mein schlanker Hals es auch, und dicker. Eine einfache Fahrt zum Münchner Flughafen. Die ältere Dame raffte es einfach nicht. Welch Glück, dass noch eine Kollegin da war und mir nach einer gefühlten halben Stunde den richtigen Fahrschein überreichte, als wäre der ein Lottoschein, der am kommenden Samstag den Sechser samt der Superzahl garantiert.

Nach diesem Psychoterror benötigte ich meinen heiligen

Schönheitsschlaf, den ich stets zu Mittag abhielt. Der mir echt was brachte. Ich hatte keine natürliche Falte. Nur wenn ich mit Emelie am Telefon war manchmal. Die war dann aber nicht natürlichen Ursprungs.

Eineinhalb Stunden später, ich stellte den Wecker, damit ich abends müde genug war, um einschlafen zu können. Ich wachte bestens ausgeruht auf und stellte meinen Espresso-Kocher auf den E-Herd und wartete ab, bis der Hörer von der Gabel sprang. Was auch nicht lang auf sich warten ließ. Emelie erzählte mir, neben dem neuen roten Rot auf ihren Krallen, auch, was in den letzten Wochen alles passiert war in Luxemburg. Ihre Nageldesignerin war so was Ähnliches wie ein Figaro. »Tag, Frau Müller. Wussten Sie schon, dass die Frau Hubermeierweber ihren Lebensabschnittspartner ausgewechselt hat? Und dabei kannte sie diesen noch nicht mal drei Wochen. Sie wissen schon, der aufgedunsene Typ, der ihr täglich … Ach, und der Gruber ist den Führerschein endgültig los. Zum dritten Mal!«

Toll, und genau das wusste ich jetzt auch. Nur gut, dachte ich, während mir der linke Arm schon einschlief, dass sie ihre Nägel nur alle acht Wochen machen lässt. Aber wenn, dann nahm sie das volle Malprogramm. Ich stellte mir mit Gänsehaut vor, wie es dann da wohl zugehe. So wie in einer Autowerkstatt? Abschleifen, bis ganz runter auf die letzte Schicht der Nagelhaut. Grundieren, antrocknen, lackieren. Danach erste Schutzschicht auftragen, mit Lampe fixieren. Zweite Schutzschicht einbrennen. Dann die durchsichtige Spezial-Deckschicht, die, mit der man sogar ins Spülwasser langen darf. Rein theoretisch! Emelie besitzt nämlich eine Spülmaschine, daher hielt bei ihr der Lack auch mindestens zwei Monate. Der Preis für ihre Neulackierung? So teuer wie ein Mittelklassewagen. Luxemburg war halt nicht nur ein stolzes Land, es hat auch ebenso stolze Preise.

Gegen Emelies neue Horrorgeschichten war mein Einzelfahrkartenkauf ein harmloser Postkarten-Kurzkrimi. Kurz und schmerzhaft. In zwei haarsträubenden Sätzen erzählt.

Ich erinnerte Emelie daran, dass sie mich morgen auch ja vom Flughafen abhole, dann würgte ich sie. Ab! Ich musste doch noch den Rucksack packen, dabei höllisch aufpassen, dass nichts Falsches darin landet. Wäre auch peinlich, wenn bei meiner Eincheckkontrolle Lebkuchen drin wären. Jetzt, im Sommer. Die Kontrolleure am Flughafen waren nämlich sehr gründlich, was ich auch gut fand.

Seit meinem letzten Alleinflug wusste ich auch, ich darf mir vor der Endkontrolle keine original verschlossene Cola mehr kaufen. Die wanderte unerbittlich im Müll. Könnte ja etwas in der Flasche drin gewesen sein, was nicht drin sein durfte. Ein Antifaltenvitamin, das nicht auf der Zutatenliste stand, oder so was ähnliches. Also, entweder weg damit in den Müll oder man trat zwei Schritte zurück und trank die Cola vor den Augen des Kontrolleurs. Der Sanitäter, der in meiner Nähe gestanden hatte, betete. Weil die Cola eiskalt, der Inhalt somit nicht zu erkennen gewesen war.

*

Ich war pünktlich, der Flieger war pünktlich, und Emelie war es auch. Nach der herzlichen Begrüßung, Bussi links, Kussi rechts, Nase umdrehen, ich kam mir eben vor wie bei einem Staatsbesuch, fuhren wir zu Emelies Wohnung, die ja bekanntlich im zweiten Stock lag. Westseite. Ob sie diese Ein-Frau-Wohnung wegen ihrer Einbruchssicherheit oder dem wunderschönen Ausblick über die nahen Weinfelder genommen hatte, hatte ich sie bis dato noch nicht gefragt.

Ich durfte mit ihrem schneeweißen Wagen, der mit dem schwarzen Dach, fahren. Zum schon mal Üben. Hätte ja gut sein können, ich hätte seit meinem letzten Besuch bei ihr nicht nur Raum und Zeit vergessen.

Nach grob geschätzten zweiundzwanzig Minuten dreißig und ein paar Kurven waren wir da. Wo, das darf ich leider aus datenschutzrechtlichen Gründen nicht sagen. Hatte mir Emelie verboten. Wegen dem Einbrecher, die noch immer auf ihre geheime Urlaubseinpackliste scharf wäre.

Als wir ihre Wohnung betraten, traf mich fast der Schlag. Nicht, weil der Einbrecher dagewesen war, oder sie zu viel eingepackt hätte.

»Ist das alles, Hase?«, erkundigte ich mich kreidebleich nach Luft schnappend. »Hast du etwa den Rest schon in die Garage geschleppt? Oder sind das die Sachen, die hierbleiben?« Ihr offener Hartschalen-Trolley war halb voll. Drei Handtaschen, eine davon könnte auch eine Katzen gewesen sein, die nur hundsfaul auf dem Fußboden rumgammelte, und Emelies Geliebter. Nein! Kein Muskelmann im tragbaren Kleiderschrank. Ihr so geliebter Laptop, den sie zärtlich »Läppi« nannte. Der hing noch an der Nabelschnur, am Ladegerät. Himmel, das hätte ich ja beinahe übersehen. Zwei Schuhkartons und einen Sack voll flacher Treter konnte ich auch noch ausmachen. Emelie beichtete mir, sie wäre leider noch nicht weiter gekommen, wegen der blöden doppelten E-Mail, die sie nach reiflicher Überlegung und schweren Herzens gelöscht hatte.

»Hast aber schon vorher angerufen, ob es der Firma recht ist, oder? Nicht dass die eine E-Mail-Inventur machen und ihnen fehlt eine, weil diese jetzt in deinem Papierkorb liegt. Den wirst du ja hoffentlich nicht ausgeleert haben, oder?«

Ein kurzes Schweigen, das von rotierenden Kreisen in den Augen unterstrichen wurde, danach gab sie mir Kontra. Auf ihre, von mir gewohnte Art.

»Du Depp!«

Was war ich doch froh, dass wir erst morgen Früh nach München zurückmussten. So hatte ich am Nachmittag noch genügend Zeit dazu, um die Halterung samt Dachkoffer auf ihren kleinen Flitzer zu montieren.

Dreizylinder mit einhundertdreizehn Vollblutpferden und Turbolader. Eine echte fünfundneunzig Oktan-Rakete, die sanft über den Asphalt flog. Emelie würde sich, hoffte ich, in der Zwischenzeit bemühen, den restlichen Urlaubskram zu packen. Fehlanzeige! Ich hätte es so machen müssen wie dieser zitternde Sanitäter am Münchner Flughafen. Vorher Beten. Emelie stand nämlich schon bald in der Garage und half mir bei der kinderleichten Montage.

Zu zweit ginge es wesentlich schneller, meinte sie. Dass ich dafür beim Einpacken ihres ganzen Krimskrams helfen durfte, verstand sich von selbst. Und, ich bekam sogar eine schöne Belohnung. Cremigen Kaffee, aus ihrer weinroten Maschine. Ein Knopfdruck und fünf Sekunden später war das Gebräu fertig. Nicht, dass ich wählerisch wäre, aber ich liebte nun mal schwarzen Filterkaffee, in dem ein Kochlöffel stehen konnte wie Schrobenhausener Spargel auf dem Feld. Doch so musste ich meine eigenen Löffel anlegen und mich mit dem Dünnkaffee begnügen. Emelie hätte mir auch ayurvedischen Grüntee mit Ingwer anbieten können. Aber dann hätte sie morgen selbst fahren müssen.

Ich leide nämlich seit Kindheit an einer ganz schlimmen, bei Frauen eher seltenen, Allergie. Bei allem wo »Gesund«

oder »Bio« draufsteht, krieg ich büschelweise Haarausfall, eitrige Pickel auf der Nase, die Hände fangen an, extrem zu verkrampfen. Ich hätte die Teetasse auch nicht lange halten können, den Inhalt auf Emelies Einpackliste gekippt, würde ich meinen Körper damit quälen. Ich muss aber noch dazu anmerken. Ich habe überhaupt nix gegen Bioprodukte oder kerngesunde Ernährung. Jedem das seine. Emelie zum Beispiel, die fliegt voll drauf ab. Ich nicht. Ein triftiger Grund, warum wir zwei zwar gemeinsam in Urlaub fahren, jedoch im Alltag niemals miteinander klarkommen würden. Den ganzen Tag hässliche Pickel im Gesicht? Wie sollte ich die ausdrücken mit verkrampften Fingern? Nein, danke! Was ich aber trotzen an Bio- oder Gesundartikeln so alles verzehre oder in Gebrauch habe, folgt später.

Es hatte dann keine Stunde mehr gedauert, bis ihr Wagen halb voll war. Naja, schon etwas mehr. Gut dreiviertel. Der Rest, der noch mit hinein musste, stand in München. Damit wir Kraft genug hatten, um hinzukommen, verdrücken wir eine Pizza. Emelie rief ihren Italiener an. Nicht bei dem in Italien, bei dem am Marktplatz. Irgendwo in Luxemburg.

»Un Frutti de Mare, un Pizza Quattro Stagione, prego!«, piepste Emelie ins Telefon. Der Pizzabäcker antwortete ihr pronto mit dem Standardspruch aller Pizzazauberkünstler. »Si, dieci minuti!«

Ich setzte mich ins Auto und holte die heißen, reichlich belegten Teigfladen ab. Vorgeschnitten waren sie ja bereits. Das ersparte Emelie zwei flache Teller, sowie Hammer und Meißel, Kreissäge… Unsinn! Wegen unserer zwei Gedecke ihre Spülmaschine einzuschalten. Einen kurzen Trip noch in Emelies Fernsehglotze, die bestimmt dreimal breiter und höher war als mein gesamter Wohnzimmertisch, schon war

Feierabend. So um zweiundzwanzig Uhr war das.

Ich schlief in Emelies begehbarem Kleiderschrank. Nein, kein blöder Witz! Tatsache! Sie hat ihr kleines Zimmer, das ursprünglich als Schlafzimmer gedacht war, so umfunktioniert, damit sie ihre schwarzen Shirts farblich sortiert in den monströsen Kleiderschrank räumen kann. Mit Originalfolie vom Kauftag. Natürlich brauchte ich nicht im Stehen, in der Hocke oder in einer Socken-Schubladen schlafen. Für eine Notmatratze reichte der schmale Durchgang zwischen Bad- und Balkontüre gerade noch. Emelie schlummerte in ihrem bequemen achtziger Bett. Nicht aus dem Jahrgang. Achtzig breit. Den Wecker zu stellen, ersparten wir uns, obwohl wir sehr früh abdüsen wollten. Einer von zwei würde bestimmt schon vor der Luxemburger Sonne wach sein. Und wenn es nur der Gockel vom Weinbauern gegenüber wäre.

*

Es war dann, ausnahmsweise, Emelie, die ihre rehbraunen Augen zuerst aufmachte. Ich habe nämlich stahlblaue Augen. Und ich hörte es auch an dem leisen Brummen ihrer ratzfatz Kaffeemaschine. Also schlich ich auf den Balkon und zündete mir meine allererste Zigarette des mit ekelhaft riechendem Sauerstoff getränkten Morgen an. Das Husten hielt sich jetzt schon seit Monaten in Grenzen. Was nicht besorgniserregend war, ich rauche nur noch die Hälfte. Ich hab das Qualmen reduziert, und mich für die vordere Hälfte entschieden, da die Filterwatte gruselig schmeckt. Und, da ich nur naturreinen Tabak rauche. Fast schon Bio.

»Qualm mir aber bloß nicht in meine Wohnung rein! Du weißt, wie ich es hasse, so früh am Morgen!« Ich wusste es, die nörgelnde Emelie rauchte selber. Sie war das, was man ein typische Gelegenheitsraucherin nannte. Eine oder sogar zwei ihrer hauchdünnen Stängel am Tag. Wenn es mehr als drei waren, wusste ich, sie war nervös, irgendwas muss sie aufgebracht haben. Und wenn sie mal an der Zigarette zog, nicht um diese ungnädige Zeit. Morgens um fünf Uhr!

Ich wunderte mich sowieso, warum Emelie heute schon auf ihren Füßen der Größe sechsunddreißigeinhalb stand.

Sehr ruhige Lage war einst in der Annonce gestanden, als Emelie vergangenes Jahr, eine waschechte Luxemburgerin, von München zurück nach Luxemburg gezogen war. Passte wie Arsch auf Hose, das mit der sehr ruhig gelegenen Lage. Vor ihrem elf Meter-Balkon gab es nur einen Parkplatz für die Hausbewohner. Dahinter, durch eine Wiese und einen Schotterweg getrennt, glänzten Grabsteine verschiedenster Art auf dem steinwurfnahen Friedhof. Jener war eigentlich der Grund gewesen, warum sie die Wohnung nicht nehmen wollte. Heute ist sie froh, dass sie es doch getan hat. Wenn nachts die roten Grablaternen flackerten, richtig idyllisch. Dass der Friedhof auch noch mit roten und weißen Weinreben eingezäunt ist, einmalig. Viel schöner kann man ja gar nicht liegen. Wenn es irgendwann mal so weit ist.

Nach ihrem »leckeren« Kaffee und meiner Katzendusche und vier köstlichen Schokokeksen, brauchte ich noch zwei weitere Beruhigungszigaretten. Emelie hatte mich ja schon vorgewarnt, sie hätte wegen des bevorstehenden Urlaubs nicht einmal einen winzigen Brösel Brot im Haus. Darum hatte ich mir an der Tanke um die Ecke die Kekse besorgt. Nach einem letzten prüfenden Blick, ob wir nix vergessen hätten, begaben wir uns auf unsere Weltreise nach - Bayern. Zuvor mussten wir tanken, wo die Kassiererin nachfragte, wie mir ihre Kekse denn gemundet hätten. Super sagte ich. Wie richtige Kekse mit Schokolade drin.

Ganze ein Euro dreizehn Cent kostete der Liter vom fünfundneunziger Super. Das war kein Benzinpreis, das war ein Urlaubsgeschenk des Himmels!

*

Nur fünf Stunden und lächerliche fünfhundert Kilometer später. Das gelb-schwarze Ortsschild von München war ja nicht zu übersehen. Endlich wieder festen Boden unter den Füßen, dachte ich. Emelie freute sich auf ihre alte Heimat. Sie musste umdenken, denn Sie plapperte gleich mehrere Sprachen. Freihändig, ohne zu stottern dabei. Sie entschied sich, wie klug und passend von ihr, für die normal deutsche Ausdrucksweise. Hatte aber auch ansatzweise den bayrisch Akzent drauf. Hört sich echt lustig an.

Das Erste was ich tat, als wir meine Wohnung betraten, ich öffnete alle Fenster. Dreizehn Stück! Nicht etwa, weil es in meiner Junggesellenbude gestunken hätte wie in einer Käsefabrik. Wegen der Uhrzeit. Bald zwölf Uhr. Also jene Zeit, in der mein liebenswerter Herr Pfarrer gegenüber zu seiner Höchstform auflief. Erst bimmelte dieser sturm das übliche Mittag-Läuten. Darauf folgte, dreieinhalb Minuten lang, seine Aufforderung zum Angelus. Ein wahrer Ohrenschmaus für mich. Für Emelie, als würde sie direkt neben einem startenden Flugzeug stehen.

Meine schwarze, wieder einmal viel zu volle Reisetasche stand schon reisefertig im Schlafzimmer. Gleich daneben das Grillzeug, die frisch entkalkte zwölf Tassen Kaffeemaschine mit zwei Thermoskannen, ohne die wir nicht in den Urlaub fuhren. Die Eckbankgruppe ließen wir daheim.

Als mein Zeug in Emelies Kleinwagen, dank Dachkoffer ein wahres Raumwunder, gequetscht und reingedrückt war, verbrachten wir den Rest des Nachmittags auf verschiedene Weise. Genauso unterschiedlich wie auch wir waren. Emelie rief noch einmal all ihre Bekannten an. Diejenigen, die sie nicht erreichte, die kriegten eine lange Kurzinfo auf den Nachrichtendienst geschickt, bei dem ja schon so mancher nicht nur sein Gesicht oder die Freundin, auch den Hund oder die Katze verlor. Das hat man davon, sagte ich immer zur Emelie, wenn man beim Gassigehen nur noch auf sein doofes Tuchscreen-Display glotz. Während die Freundin, mit dem nächstbesten Typen durchbrennt. Oder der Berner-Sennen-Hund mit einer schmucken läufigen Dackel Lady, die ein aufreizendes rosa Haarband trägt. Ich hatte mich schon vor drei Tagen verabschiedet. Nicht von der Freundin, dem Hund oder der Katze. Ich besitze sowas nicht. Darum freut sich Emelie doch immer so, wenn wir mal bei mir Zuhause sind. Diese himmlische Ruhe zwischen den einzelnen Glockenschlägen. Persönlich, mit Handschlag hatte ich mich bei all meinen Bekannten verabschiedet. Und so hatte ich jetzt Zeit, die Zigaretten für die nächsten Tage im zu stopfen. Was aber nicht annähernd so lang dauerte, wie Emelies zig Telefonate.

Abendessen. Auch da merkt man, dass wir von zwei ganz ungleichen Planeten stammen. Auf dem Kleineren aß man Fischfilets mit Brokkoli, auf dem bayrischen Weißwürste mit süßem Senf und Brezen.

Ehe ich mein Schreibbüro, den Laptop, noch reisefertig machte, brachte ich ihn noch mal auf den neuesten Stand. Hätte ich mir eigentlich sparen können. Im Urlaub knipse ich den Websatelliten, das Internet, generell ab. Aber bis die fünf Weißwürste und zwei Brezen in meinem Magen verdaut waren, das dauerte eben. Hier ein linker Klick mit der grauen Maus und dort ein ungetrübtes, knallhartes löschen

44

mit Enter. Enter, nicht entern! Ich bin kein Pirat. Obwohl es diese im Computerwesen tatsächlich geben soll. Was man so hört, sogar eine ganze Armada davon.

Emelie war in der Küche, holte sich dort die eiskalte Cola ultralight aus dem Kühlschrank. Genauso eiskalt traf mich dann auch ihre Frage.

»Was machst du gerade, Fredy?«

»Ich sitze am Computer und leere meinen Papierkorb!«

»Super! Könntest du meine leere Cola-Flasche mit runter in den Müll nehmen? Das wäre superdoll lieb von dir!«

Was sollte ich da noch antworten? Genau. Nix!

Ein paar wenige Stunden zum Ausruhen blieben uns jetzt noch vor der Abreise. Zum vor sich hin und her träumen, dann war unsere Münchner Sanduhr abgelaufen.

# Kapitel 4

*Die Anreise - Teil 2*

»Könntest du bitte an der Kirche vorn noch mal anhalten, Fredy, ich möchte deinem Pfarrer schnell Bescheid sagen, dass wir jetzt weg wären. Und dass er die leiseren Glocken wieder raus holen kann für die nächsten Wochen.«

Natürlich hielt ich nicht an, hupte auch nicht, als wir am Gotteshaus mit dem spitzen Kirchturm vorbei fuhren. Auch ein Kirchendiener verdiene seinen Schlaf, meinte ich. Wäre ja ziemlich anstrengend, die großen Glocken in Schwung zu halten. Zudem, um Mitternacht, es war kurz davor, einen Würdenträger des Himmels aus dem Bett schmeißen? Ich wollte nicht in der Hölle landen.

»Fredy, weckst du mich bitte, wenn wir da sind?«, sagte Emelie.

»Wo ist da? Am Ortsende von München, oder am ersten Autobahnklo nach München- Süd, dem Drive-in-Schalter eines Hamburgerspezialisten?«

»Depp!«, mehr kam nicht mehr. Emelies Augenlider hatten zuvor schon leicht geflackert.

»Schlaf du ruhig, Emelie. Wenn du mal rausmusst, pfeife rechtzeitig.«

»Ich kann nicht pfeifen!«

»Eben! Also, mach deine Klapplichter zu und schlaf. Ich mach aber das Autoradio auf leise an, nicht dass du denkst, ich würde Selbstgespräche führen oder könnte sogar super singen.« Sie nickte brav. Erst mit ihrem blondierten Kopf, dann ein.

Es war manchmal komisch mit Emelie. Erst verpennte sie beinah unsere Abreise, da ich sie nicht wach kriegte. Dann jammerte sie, sie wäre ja so hundemüde, wollte aber bei der Fahrt partout nicht schlafen, da ich an einem Autobahnklo vorbeifahren könnte, das sie noch nicht kennt. Von innen! Als ich ihr glaubwürdig erklärte, die Salzburger Autobahn führe auch heute Nacht wieder nach Salzburg und ich alle Raststationen mit Klohaus gegoogelt hätte, und kein neues entdeckt hätte, schloss das Reh Emelie die braunen Augen.

»Okay, aber an der Grenzlinie zu Österreich, wenn du das Dingsda, das Pickerl kaufst, weckst du mich aber, gell?«, murmelte sie noch als ihr Kopf bereits zur Seite fiel.

»Klar, Hase, mach ich. Ich würde mir ja Sünden fürchten, wenn du die aktuelle Farbe der Vignette verpassen würdest, bevor das an der Frontscheibe klebt. Aber du wirst es auch dieses Jahr nicht schaffen, dass dir der nette Tankwart an der österreichischen Europagrenze unsere Vignette in eine andere Farbe umtauscht. In eine Farbe, die besser zu deinen Schuhen passt, wenn du neben deinem Auto stehst!«

Murmel, Murmel, drang kaum hörbar zu mir, was so viel geheißen hatte wie: Tja, dann muss ich mich halt in Italien wieder ganz neu einkleiden, bloß weil die Österreicher so sturschädelig sind. Nur gut, dass Emelies Wagen weiß war. Außer dem schwarzen Dach, sonst müsste sie sich jeden Sommer einen neuen, andersfarbigen Flitzer zulegen. Noch an der Ösi-Staatsgrenze, wegen ihrer Farbe der Autobahn-vignette. Das schneeweiße Auto mit pechschwarzem Dach passte zum Glück immer. Das war auch ein Grund, warum Emelie oft schwarze T-Shirts trug. Das Weiß ihres Flitzers hatte sie beim Kauf im Autohaus mit ihren strahlend bissigen Zähnen abgeglichen.

Unsere Reiseroute war eigentlich echt simpel. Zuerst auf dem Ring durch München, hinauf die Salzburger Autobahn und dann … gradaus. Abgesehen von den wenigen Kurven, die ich auch genauso hinnehmen musste wie Emelies leises Geschnarche oder ihre etwas seltsamen Kommentare. Oder wie sie die Farbe der Autobahnvignette.

Die Fahrt wäre ziemlich einfarbig, wären da nicht diese Baustellen, die uns auch dieses Jahr in ausreichender Zahl begleiteten. Das Einzige, was sich an denen änderte, das war der Standort. Was aber nicht nur in Deutschland so war. Auch unsere beiden Nachbarländer renovierten und teerten nur allzu gern. In Emelies Lieblingsfarbe. Schwarz!

Warum mussten die Straßenbeläge ausgerechnet schwarz sein? Jeder Mensch, außer Emelie, wusste doch, dass man im heißen Sommer bloß helle Sachen tragen sollte. Wegen dieser hinterlistigen Hitze, die mit Vorliebe in alles Dunkle kroch. Ein arg knalliges Hellgelb auf den Autobahnen oder leuchtendes Moosgrün, wären doch sicher gleich ein ganz anderes Fahrgefühl. Gestreift, wäre auch nicht so schlecht. Rechts das Gelb für die langsamen Fahrzeuge, die Mitte ein hellgrün und links dunkelrot, für die, die es etwas eiliger haben. Aber wehe der Fahrer, wäre farbenblind. Doch dafür gäbe es sicher bald eine nützliche App. Auch wieder blöd. Handy am Steuer?

Was sich bei unseren Urlaubsfahrten auch selten änderte? Der nervige Dauerregen, der bis zu einem ganz bestimmten Ort anhielt. Aber da waren wir noch lang nicht. Gerade erst mal am Anfang der Salzburger Autobahn waren wir, wo ich mich vergewisserte, ob mein Reiseproviant, der schwarze

Kaffee, meine Schokokekse und der letzte Rest des genau bis in den Sommer hineinreichenden Vorrats an Lebkuchen auch in meiner greifbaren Nähe wären. In Emelies komfortablen Speise-Kleinwagen war Selbstbedienung angesagt, da sie immer dann fest schlief, wenn mich ein hungriger Wolf plagte.

Lebkuchen? Von Weihnachten? Im Sommer? Jawohl! Ich horte vor dem Fest stets so viele, dass sie mir garantiert bis zum Sommerurlaub reichen. Emelie meint, der Kerl, sie meint mich, spinnt total. Andere hingegen beneideten mich darum, wenn ich bei angenehm milden dreißig Grad Plus in mein Lieblingsgebäck beiße. Im arschkalten Winter, bei gemütlichen zwanzig Grad Minus, kann's doch jeder.

Der Irschenberg! Bei vielen Autofahren nicht sonderlich beliebt, eher gefürchtet. Bub, mach langsam, ermahnte ich mich. Dort blitzten sie sogar noch um halb ein Uhr nachts. Manchmal auch bei heftigstem Regen. So wie er eben auf uns niederprasselte. So meldete es zumindest der Verkehrsfunk, den ich mir beim Fahren ganz leise anhöre, damit mir Emelie ja nicht aufwacht.

Doch nix war zu sehen von einem Blitzlichtgewitter. Und trotzdem fuhr ich nur langsam weiter. Vielleicht standen sie heute nur woanders, diese freundlichen Herren in Uniform. Ich sammle weder Punkte noch Herzen. Herzen, die gingen ja noch, da bekam man wenigstens etwas dafür. Für Punkte aber, wurde einem was weggenommen. Kann ich mir nicht leisten, sonst müsste Emelie fahren.

Ich war zwar kein Angsthase, aber selbstfahrende Autos, in denen die Fahrerin nach Lust und Laune schlafen könnte, waren leider noch nicht in Betrieb. Ob ich den Heli-Schein machen sollte? Nur für den Notfall. Ist doch kein Gefährt, das auf der Straße fährt, sondern darüber, kam es mir in den Sinn. Der hätte also nichts mit dem normalen Führerschein gemein, oder? Mein hellwaches Kleingehirn setzte diese geniale Idee gleich auf meine »Noch-zu-tun-Liste«.

Bis zu dem bayrischen Meer, dem Chiemsee, war es nicht mehr weit. Baustelle! Einspurig, ellenlang. Wochenende - zum Glück. Kein dicker Brummi auf der leeren Autobahn. Auch nicht daneben, dem Himmel sei Dank. Das hatten wir leider schon mal erleben müssen.

Das Schild »Samerberg« sah ich, jenen bewaldeten Berg, auf dem die Motocross Fahrer gerne ihre holprigen Runden drehen, aber nicht. Lag sicher daran, dass es ja stockdunkel war, was mir beim strömendem Regen wesentlich dunkler erschien. Dem mit Fernlicht rasenden Fahrer auf der anderen Straßenseite, dreitausend Watt pro Birne, war es scheinbar auch zu dunkel. Manche werden es wohl nie schaffen, rechtzeitig abzublenden. Ich liebe das total, wenn ich vom Gas gehen muss, weil mich ein Vollidiot für zwei Sekunden zum Blinden macht.

Ah, Bad Reichenhall! Für einen Besuch der weltberühmten Saline war es noch etwas zu früh, so beschloss ich, bis zur österreichischen Grenze durchzufahren.

Eigentlich gab es ja keine Grenzen mehr im vereinigten Europa. Wahrscheinlich hatten sich die hohen Herrschaften gedacht, lassen wir die hübschen Hinweisschilder mir der Aufschrift: »Achtung, österreichische Staatsgrenze! Betreten auf eigene Gefahr!«, mal stehen. Wer weiß, was …

»Oh, sind wir etwa schon da, Fredy? Das passt ja suppi, ich müsste nämlich mal. Dringendst!«, murmelte Emelie.

»Wo denn da, in Italien? Nein, mein Schnarch-Tiger. Ich

musste noch mal umkehren, weil ich Hirnbeiß mich nicht mehr erinnern konnte, ob die Kaffeemaschine aus ist.«

»Ach so! Aber, du hast ja auch ein Klo daheim.« Erst als sie ihre Rehaugen öffnete und von den grellen Lichtern der Tankstelle erhellt wurde, kam ihr, ich hatte nur geflunkert.

Erst eilten wir in der Tankstelle den Keller runter. Nach unserer gründlichen Inspektion der Kundentoiletten kaufte ich ein Pickerl, das uns berechtigt, den Abrieb von Emelies Reifen auf Österreichs Autobahnen zurücklassen zu dürfen.

Ich orderte eine Vignette für zehn Tage. Kein Pickerl, da ich keinen unnötigen Ärger wollte. Der nette Tankwart war ein echter, g'standner Österreicher. Bei »Pickerl«, wäre bei dem Schluss mit lustig gewesen. Er dankte es mir, indem er lächerliche achtneunzig für seine Vignette verlangte. Beim verhassten Pickerl hätte der sicher eine saftige Strafgebühr draufgeschlagen.

Getankt hatten wir trotz halb vollen Tank noch nicht, da die Spritpreise an Autobahntanken an Wahnsinn grenzten. Wie eben in vielen anderen Ländern auch. Das könnte auch ein Grund sein, warum es das Schild »Grenze« noch immer gab. Ein Warnhinweis für Wahnsinnspreise. Irgendwo war auch bei Autofahrern eine bestimmte Grenze erreicht.

»O mei, ist des aba a wunderschene Farb, Fredy!« Emelie erstrahlte in bayrischem Akzent. Der komplette Rastplatz wusste jetzt, dass Emelie sich über etwas sehr freute, und freute sich mit. Die diesjährige Vignette leuchtete in einem traumhaft beruhigendem hellgrün. Einem Moosgrün, wie ich es gern auf der Mittelspur einer zweispurigen Autobahn gehabt hätte. Ihre Freude nicht lang an.

Eine finstere Gestalt, männlich, aus einem arg finsteren

osteuropäischen Land, quatschte uns auf dem Rastplatz an. Wir waren eben erst wieder eingestiegen. Erst redete der in der der eigenen Sprache, dann in kleingehacktem Englisch. Er würde ganz dringendst ein Ladegerät für sein angeblich leeres Smartphon brauchen. Uns wurde irgendwie anders. Unsere Hautfarbe glich sich der Vignette an. Moosgrün.

Ein deutsches Ehepaar, etwa in unserem Alter, ebenfalls mit Dachkoffer bewaffnet, stand nur zwei Plätze weiter und zeigte uns mit Handzeichen, sie wären auch schon von ihm bedrängt worden. Die Frau schüttelte heftig den Kopf, doch Mutter Teresa, also Emelie, wollte ihm unbedingt helfen. Sie zog ihr Ladekabel aus ihrer Handtasche, die bei ihren Füßen stand. Aus einer von Dreien vor dem Sitz, in der sich ihr prallvolles Portemonnaie samt Kreditkarten befand. Ich hielt die Tasche vorsichtshalber zu. Genau das schien dem hilfedürftigen Haderlumpen nicht in den Plan zu passen, als der sich plötzlich bückte und mich mit arg finsterem Blick tötete. Doch er schien partout nicht aufgeben zu wollen. Er stöpselt sein Smartphon, baugleich mit Emelies, ans Kabel an, das die gute Seele Emelie in ihren Zigarettenanzünder steckte. Wie das Kabel noch nicht einmal richtig in seinem Handy steckte, tippte er auf eine x-beliebige Taste. Hoppla, sag ich mir. Das Display leuchtet bei leerem Akku auf? Da stimmt doch was ganz und gar und überhaupt nicht.

Den Gedanken hatte ich schon anfangs gehegt gehabt, als uns der scheinbar angetrunkene Bursche mit seiner ekligen Alki-Fahne angesprochen hatte. Er hatte noch nicht mal auf die Einschalt-Taste gedrückt, die ein Handy normalerweise zu neuem Leben erweckt, während der Akkumulator langsam lädt. Seines war aber sofort betriebsbereit gewesen. Ich schaute ihm ganz genau auf die krummen Langfinger. Oder besser gesagt, auf die und das taghell leuchtende Display, da er jetzt eine App nach der anderen öffnete. Wahllos.

Emelies irritierter Blick flüsterte mir, dass sie es mit der Hasenangst zu tun bekam, weil der aufdringliche Typ nun schon fast in der Tür drinnen war. Jetzt reiche es mir. Ohne lang zu zögern zog ich das Ladekabel aus seinem verkratzten Smartphone und fauchte ihn mit einem unfreundlichen abweisendem Lächeln an, dass wir es furchtbar eilig hätten. Was der Kerl jedoch erst dann kapieren wollte, als ich mich zum Aussteigen bereitmachte. Knurrend, so wie ein Hund, machte er einen Schritt zurück. Emelie knallte die Tür zu.

»Puh! Danke, Fredy!«

»Kein Problem, Hase. Ich hätte ihm die Nase gebrochen, wenn er dir noch näher gekommen wäre«, beruhigte ich sie, da ihre jetzt Hände genauso zitterten wie die meinen. Auch ich zog die Tür zu, startete den lauffreudigen Kleinwagen. Sozusagen … im Handumdrehen. Der Turbo heulte auf wie ein junger Seehund auf der Eisscholle. Ich sag dem Widerling durch das geschlossene Fenster, er soll seine jetzt noch nicht platten Füße besser in Sicherheit bringen, sonst könne er das nächste Opfer nicht nach einem Ladekabel, sondern nach einem Gipsverband anbetteln.

Was er bei seiner wankenden Flucht fluchte, konnten wir durch die geschlossenen Fenster nicht verstehen, auch, weil er es in seiner Sprache tat.

Mit einer freundlichen Geste bedankten wir uns bei dem hilfsbereiten Ehepaar, das nicht einfach abgehauen war, so wie es manch einer getan hätte, sondern eisern die Stellung gehalten hatte. Der Kotzbrocken, bei dem das Handy auch ohne Saft im Akku funktioniert hatte, torkelte in den Rasthof und kaufte sich dort eine null zweier Flasche Weißwein.

Er trank sie noch beim Rausgehen auf ex aus. Dann fuhren wir erleichtert weiter.

Wie gesagt, die Raststation lag auf der österreichischen Seite, so brauchte ich am wenige hundert Meter entfernten Autobahnkreuz auch nicht lang überlegen, in welche der drei angegebenen Richtung wir fahren müssen. Nicht nach »D«, auch nicht nach »A«. Wir mussten dem großen Wegweiser mit dem »I« folgen.

Ich hätte es auch selbst gewusst und trotzdem erinnerte mich das händefuchtelnde Sprach-Navi Emelie daran, dass wir auf die ganz rechtere Spur wechseln müssen. Eigentlich schade. Der so berühmte Salzburger Christkindlmarkt wäre sicher einen kleinen Abstecher wert gewesen, aber die Jahreszeit passe nicht ganz, scherzte Emelie. Ja, sie hatte auch richtig gute Scherze drauf. Ganz besonders dann, wenn es drum ging, mich an Lebkuchen im Sommer zu erinnern, die in unserem Fresskorb obenauf lagen.

Ich bemerkte eben, es regnet nicht mehr. Schon seitdem in der Dunkelheit unsichtbaren Chiemsee, glaubte ich mich zu erinnern, bewegten sich die Wischer gar nicht mehr. Ich hatte auf Wisch-Intervall geschaltet, somit war mir das auch nicht weiter aufgefallen. Doch da es wieder zu regnen begann, konnte ich die Scheibenwischer auf dieser Position lassen. Das trist feuchte Wetter blieb dann auch noch eine ganze Weile lang so beschissen.

Mit gerademal hundertzehn zuckelten wir so dahin. Nicht etwa die Altersgrenze für Chauffeure auf österreichischen Autobahn. Die Höchstgeschwindigkeit war damit gemeint. Mehr war hier nicht erlaubt. Allerhöchstens einhundert und dreizehn, denn der Tacho musste ja laut Gesetz vorgehen. Bei und in Deutschland käme dann noch die Messtoleranz dazu, wären wir also schon bei hundertsechzehn.

Emelie blieb hellwach. Irgendwie traute sie mir nach all den Jahren noch immer nicht. Was unsere Route betraf, da ich nur allzu gern längere Abkürzungen in Kauf nahm, auf denen wir herrliche Landschaften und alte Orte sahen, die wir sonst nie im Leben erblickt hätten.

Diesen wunderschön grünen Schwarzwald zum Beispiel. Luxemburg – München. Totalstau auf der vollen Autobahn. Beidseitig, weil die Rettungskräfte auf der Gegenfahrbahn anrückten. Samt Hubschrauber, den wir aber nicht landen sahen. Wir waren glücklicherweise zu weit weg gewesen von diesem schrecklichen Geschehen.

Zeitverlust laut Radiomoderator. Mindestens, wenn nicht noch länger, da auch er nicht genau wusste, wann genau die Autobahn wieder frei befahrbar wird. Ich wusste eine super Abkürzung. Die wir auch fuhren, sobald wir die Autobahn verlassen hatten. So wie andere Autofahrer auch, die Polizei hatte den Pannenstreifen freigegeben. Hätten wir nicht so dringend auf ein ganz bestimmtes Örtchen gemusst, wir wären vermutlich im Stau stehen geblieben, hätten dort den Rest der Nacht verbracht.

Es war ein einmaliges Erlebnis, den kaum beleuchteten Schwarzwald bei finsterer Dunkelheit und dichtem Schneefall zu erkunden. So konnten wir später Stolz behaupten, wir hätten eine hochinteressante Schwarzwald-Rundfahrt gemacht. Es waren höchstens fünf Dörfer, deren Ortsschilder wir in dichtem Schneetreiben nicht gesehen hatten, sonst wäre unsere Rundfahrt komplett gewesen. Zum Dank für dieses einmalige Wintererlebnis hatte mir Emelie mein rechtes Trommelfell zum Platzen gebracht. Da, als sie ein Schild entdeckte, das uns zurück zur Autobahn brachte, die inzwischen autofrei und menschenleer war.

Ich fand die Irrfahrt total romantisch, hatte Emelie sogar vorgemacht, wir säßen in einer prunkvollen, güldenen Kutsche, nicht in ihrem Kleinwagen. Wären wir nicht nur beste Freunde, Kumpels, so wie Brüderchen und Schwesterchen, weder verschwägert noch irgendwie verwandt, so hätte ich uns ein gar prachtvolles Kerzen-Licht-Dinner unter die verschneiten Tannen gezaubert. Auch damals hatte ich Lebkuchen im Gepäck. War aber auch Winter gewesen.

Die österreichischen Autobahn-Tunnel, Tauern, Katschberg und so weiter, meisterten wir die Profis. Problemlos, da um halb vier Uhr morgens fast niemand auf den Straßen war. Wir unterhielten uns auf unserem Weg nach Villach-Warmbad noch ein wenig über diesen skurrilen Typen von der Rastanlage und spekulierten dabei, was wäre wenn … Mann, was war das für ein scheiß Gefühl gewesen, als wir Angst hatten, er könnte jeden Moment eine geladene Waffe ziehen. Uns als Geiseln nehmen und uns nach Usbekistan, Bangkok oder New York entführen. Wir wären jämmerlich wie Kanalratten verreckt, weil kein Schwein auch nur einen Cent Lösegeld gezahlt hätte für uns.

Das Dunkel der Nacht hatte sich derweil von Tiefschwarz in ein augenfreundlicheres Hellgrau umgewandelt. Letztes Jahr hatte sich nämlich ein blöder Vogel in meinem linken Auge eingenistet. Ein grauer Star. Seit nach der Operation, man glaubt ja kaum wie blind man durch das eigene Leben läuft, sah ich, Himmel sei Dank, wieder wie ein Turmfalke. Auch ein Vogel wie der Star. Ein Falke ist nützlicher.

Auch die eitle Emelie plagte ein Problem. Das aber erst, seit sie vor der Fahrt unbedingt noch mal in ihren langen, frech lügenden Schlafzimmerspiegel schauen musste. Sie glaubte, der Schwimmreifen um ihre Hüfte rum habe seine Tragkraft über den Winter um ein Vielfaches erhöht. Was jedoch reiner Blödsinn war. Die paar wenigen Kilo, die sie zugenommen habe, würden gar nicht ins Gewicht fallen, schwor ich mit zwei gekreuzten Fingern hinter meinem Rücken. Ihre Kilos würden vielleicht grad etwas konzentriert, nicht gleichmäßig verteilt ans Licht kommen.

*

An Rosenheim, Chiemsee, auch Bad Reichenhall waren wir nun, wenn auch nur aus der Ferne, vorbeigekommen. Auch Bischofshofen und Spittal an der Drau waren passé. Um einen Schweißausbruch vor Emelie zu verbergen, den ich Dussel auf der Tauernautobahn bekam, da ich mich mit der Kilometerzahl bis Villach total verschätzt hatte, schlug ich ihr vor, sie könne sich noch ein wenig auf die Rückbank legen. Da wäre es wesentlich gemütlicher zu nicken, als auf dem recht unbequemen Beifahrersitz. Hurra! Sie gehorchte anstandslos, konnte so die Benzinanzeige so nicht sehen.

Bis zur italienische Europagrenze war dann nix passiert. Nichts Erwähnenswertes. Kurz vor der Grenze fuhren wir von der langweiligen Autobahn runter, um den Wagen dann endlich vollzutanken, da die orangefarbene Reserveanzeige nun schon arg im Minus gelandet war.

Ich erzählte ihr bei unserer Abfahrt in München, mit dem halb vollen Tank, den wir noch hätten, würden wir locker bis Italien und wieder zurückkommen. Doch nach dreihundert Kilometern und einigen zerquetschten, schafften wir es dann mit Ach und Krach und Leck mich am Arsch so grad noch so bis zur Zapfsäule in Villach.

Es waren bis nach Villacher Warmbad drei Kilometer, die

ich bis zu unserer Stammtankstelle fahren musste. Doch bei einem super Benzinpreis von gerade mal eins dreizehn, wie in Luxemburg, musste das eben drin sein. An der Autobahn hätten wir sicher fünfzehn Euro mehr bezahlt für dieselbe Menge Kraftstoff.

Die Kassiererin gab uns nicht nur das Wechselgeld raus, sie rückte auch mit dem Schlüssel für die Toilette heraus. Emelie kaufte sich ein belegtes Sandwichbrot, welches sie unterwegs verzehren wollte. Wollte, was aber nur zum Teil passierte, da auf diesem Ding ganz dick Mayonnaise drauf war. Emelie hasste Majo. Ich auch. Dem Himmel tausend Dank, dass man im fränkischen Nürnberg, wo doch meine Lebkuchen herstammen, die schmierige Majo damals nicht ins Grundrezept des gesunden Gebäcks geschrieben hat.

Habe ich behauptet, Lebkuchen wären gesund? Hatte ich eben das Wort gesund in den Mund genommen? Ich meinte natürlich lecker. Na, sie sind beides, lecker und - ungiftig. Meine waren aber zum Glück nicht aus rein biologischem Anbau, erneuerbar oder ohne Mülltrennung abbaubar. Da führten stinknormales Weißmehl und der Kristallzucker die Ernährungstabelle an.

\*

Zucker war wichtig für mein Gehirn. Ohne ihn könnte ich nur miserabel denken, oder kriegte gar Kopfweh, wenn ich dies ohne Zucker tat. Denken. Frage ich mich also, warum manche Leute nicht erst eine Tüte Zucker essen, bevor sie ihren Mund weit aufmachen. Wahrscheinlich, weil sie beim Reden gar nicht erst in die Verlegenheit kamen, zu denken. Wenn ich mir vorstelle, ich müsste mal ein Buch schreiben, ohne der Süßwarenindustrie zu einem neuen Dax-Hoch zu verhelfen … Mein lieber Schieber.

*

»Müssen wir vielleicht da vorne auch schon wieder etwas zahlen?«, fragte Emelie etwas arg mürrisch, als wir uns der ersten Mautstation Italiens näherten. Wieso eigentlich wir? Ich muss die Hinfahrt finanzieren, du bist ja erst auf dem Heimweg dran, grübelte ich und hob meine bereits etwas schmerzenden Schultern. Vom ständigen Lenkrad halten. »Wenn das so weitergeht, Fredy, bist du schon bankrott, ehe wir dort sind.« Jetzt grinste sie auch noch frech. »Na, dann musst du eben dieses Jahr auf deine großen Eisbecher verzichten. Hihi.«

Sie hatte zu früh gelacht. Es war keine Zahlstelle, es war der Kontrollpunkt, an dem wir eine Eintrittskarte für unser Lieblingsland ziehen mussten. Für die Weiterfahrt in *unser Paradies*. Ein All-Inklusive-Ticket. Die gelbe Sonne, die blaue Adria und das Sau gute Essen. Leckeres Eis, auch die Autobahngebühr bis zu *unserem Garten Eden* war in dem *tutti biglietto* schon mit drin. Der Nachteil an dem Ticket, wir mussten für alles und jedes extra bezahlen.

Durch die letzten Tunnel, insgesamt waren es acht- oder neunundzwanzig bis wir mal durch die Alpen durch waren, dann ging es leicht flach abfallend weiter. Emelies Wagen rollte dabei so ruhig über den schwarzen und wachsglatten Asphalt, es war fast schon ein Schweben, sodass wir kaum Benzin verbrauchten. Immer Richtung Venedig. Venezia, wie die Italiener es so liebevoll nannten. Am Tagliamento, dem Fluss mit der außergewöhnlichen Farbe entlang.

Beim Schild »San Daniele« bekam Emelie immer Herzrasen. Bekäme, hätte sie nicht geschlafen. San Daniele war nämlich ihr absoluter Lieblingsschinken, den sie on Maß genoss, auch geschickt in ihrem dünnen Schwimmreifen versteckte. Auch hier waren wir zu früh dran, sonst hätten wir über eine Schinkenmanufaktur herfallen können. Wie zwei ausgehungerte Pilger auf dem Weg nach Süden.

Fünf Uhr morgens, aber schon so derart taghell. Daheim in Deutschland oder Luxemburg natürlich auch, da war das Taghell sein aber viel dunkler, viel dezenter.

Auf San Daniele folgte bald Udine-Nord. Dann …? Dann waren wir wieder genau dort, wo wir auch am Anfang der Geschichte schon einmal gewesen waren. Dort nämlich, wo die schnarchschlafende Emelie mit den fest geschlossenen Augen zu murmeln begann.

»Hihi, ich kann es schon riechen! Und du, was sagt dein dicker Zinken?« Die Sätze hatte ich ganz bewusst ganz am Anfang geschrieben. Was ich anfangs jedoch nicht aufklärt hatte, war, was Emelie mit ihrer Stupsnase erschnupperte. Es war aber weder der arg auffällige Geruch von frisch geodelten Maisfeldern, die es hier in Fülle gab, noch waren es faule Eier, die jemand auf der Autobahn verloren hatte.

Es war *unser Meer*, die italienische Adria, unsere zweite Heimat, die Emelies Stupsnäschen und auch mein Zinken bei Udine bereits riechen konnten. Wir ließen die Fenster runter und streckten neugierig die Köpfe raus, als könnten wir das endlose Meer so auch sehen. Emelie auf ihrer Seite, ich auf der …

Wie sollte ich dies Glücksgefühl beschreiben, das unsere feinen, sehr unterschiedlich großen Nasen in diesem himmlischen Augenblick in uns beiden weckte? Am besten wohl so: Es war die perfekte Mischung aus einer wohlig warmer Sommersonne, einer wohltuenden Brise salzige Meeresluft und dem Eindruck, plötzlich in einer vollkommen anderen

Welt angekommen zu sein.

Der schmeichelnde Duft glich einem erotisch anziehenden Parfüm und weckte sogar Scheintote auf. Erst grinste Emelie mit geschlossenen Augen. Nein, erst ging ihre Nase auf und nieder wie bei einem, scusi liebste Emelie, Trüffelschwein. Dann grinste sie freudig wie ein Lebkuchenpferd. Erst das eine Auge, das zweite folgte zugleich. Es fehlte nur noch, dass sich ihre eine Problempobacke jetzt auch noch melden würde, die ja erstaunlicherweise schon bis hierher durchgehalten hatte, ohne zu murren.

»Da vorne kommt doch jetzt gleich ein Rastplatz mit Klo, oder, Fredy? Mir tut nämlich schon der halbe Arsch bis zum Hals weh. Und pinkeln müsste ich auch mal!«

Das war ein O-Zitat Emelie!

»Ja, Hase, in etwa due minuti«, schaltete ich umgehend auf perfektes Italienisch um. Buongiorno, bene und grazie konnte ich nach all den Jahren Italien Urlaub schon sagen. »Ach ja, bevor ich es noch vergesse. Schöne Grüße soll ich dir ausrichten.«

Emelie sah mich schief an. Gerade funktionierte nicht, da sie krummer als der Schiefe Turm von Pisa im Sitz kauerte.

»Von wem?«

»Vom ehrenwerten Münchner Pfarrer. Er hat die große Glocke bereits ausgewechselt.« Sie kniff ihre schmalen Brauen eng zusammen und grübelte. Fragte mich dann im Ernst, ob ich denn wirklich noch mal umgekehrt sei. Wegen meiner brennenden Kaffeemaschine. Wobei ich aber anfügen muss, dass nur das Kontrolllicht, nicht gleich die ganze Maschine gebrannt hätte, wäre dem so gewesen.

»Du Dummerchen!« Ich taufte sie kurzerhand um. »Hast mir doch selbst noch zugeschaut, wie ich die beiden Stecker von Kaffeemaschine und Toaster gezogen habe. Der Gruß kam auch nicht von *meinem* Pfarrer, sondern von dem aus San Daniele. Autsch!« Hat mir das Biest doch tatsächlich in den Oberarm geboxt. Warum ich sie nicht geweckt hätte, hatte sie dabei auch noch gekeift. Hätte ich nicht umgehend laut aufgelacht, ich hätte wohl einen erfahrenen Exorzisten rufen müssen, so höllenfeuerrot glühten ihre nun gar nicht mehr müden Augen.

»Noch solch ein saublöder Scherz von dir, Fredy, und ich fahre im nächsten Jahr ganz allein nach Italien, und schick dir eine Grußkarte aus *meinem Urlaub*!«

Ah, doch nix für den Exorzisten, nur ein leichter Sonnenstich. Um fünf Uhr morgens!

»Gut, wie du meinst, Emelie. Erinnere mich bitte dran, dass ich dir noch zeige wie dein Tankdeckel aufgeht, sonst hat der Wagen vielleicht ein Problem mit der Reichweite. Den Dachkoffer und die Halterungen montieren, das kannst du ja sicher mit links, gell?« Würde Emelie tatsächlich mit links machen. Sie war nämlich umgepolter Linkshänder, so wie auch ich einer war.

»Depp! Gib lieber Gas, ich müsste nämlich noch immer aufs Klo«, lenkte sie vom geplanten Single-Urlaub ab.

Der Rastplatz mit seinem erlösenden WC-Zeichen, für »White Christmas«, war dank der noch frühen Uhrzeit nur spärlich besucht. Ich vertrat mir die geschwollenen Beine. Emelie vertrat mich anscheinend auf dem Klo, da sie eine Ewigkeit lang nicht mehr zurückkam. Die Rolle Klopapier, die stets unter dem Fahrersitz lag, hatte sie mitgenommen.

Sie wird doch nicht wieder eingeschlafen sein? Nein, das wäre ja mal etwas ganz Neues. Reingefallen? Die Italiener waren noch nie übermäßig groß, also brauchen diese auch kein Klo mit übermäßig großem Durchmesser, überlegte ich. Da ich den Wagen nicht aus meinen stahlblau stechenden Augen lassen wollte, konnte ich auch nicht nachsehen. Zeit für mich und meine bereits pfeifenden Lungenflügel, eine Ich-mache-mir-Sorgen Zigarette zu qualmen. Kaum, dass auch die Nächste bis zum Filterende abbrannte, kam Emelie gemütlich verträumt und lächelnd hinter dem achteckigen Holzhäuschen hervor. Mit bunten Blümchen in der Hand! Wie nett.

»Schau doch mal, was hinter dem Klohäuschen Schönes wächst, Fredy. Sind die nicht schön? Und wie sie duften!«

Ich nickte. Als ich mich wieder gesammelt und den Text die Vermisstenanzeige für Emelie aus dem Handy gelöscht hatte, meinte ich: »Wunderschön, liebste Emelie. Könntest du mich auch mal pflücken. Ich befürchte, meine Wurzeln, die ich beim Warten schlug, sind schon mit dem Straßenbelag verheiratet.«

»Depp!« Sie betonte aber extra, ich wäre ein sehr lieber Depp. Na, wenigstens etwas. Ich düste auch mal schnell um die Ecke, kam aber ohne Blumen wieder zurück.

Etwa eine Stunde, sagte ich, als sie mich beim Verlassen des Parkplatzes nach der Restlaufzeit ihres Wagens fragte. So wie jedes Jahr genau an der Stelle. Als ich die scheinbar letzten beiden Lebkuchen aus der Packung rausnahm und mit viel Genuss vernaschte, grinste Emelie mich an. Dafür hätte ich sie glatt erwürgen können. Aus purer Freude, weil sie dachte, ich hätte jetzt keine Lebkuchen mehr, hatte sie gegrinst. Wer zuletzt lacht …

Am Autobahnkreuz … äh, Slowenien, so glaube ich, und Venedig, fuhr ich nach rechts von der jetzigen Autobahn ab, um gleich wieder auf der nächsten Autostrada zu landen. Die in Richtung Venedig. Dass ich das alleinige Abbiegen in diese richtige Richtung ausnahmsweise einmal sehr gut gemacht hätte, ohne dass sie es mir zuvor hätte dirigieren müssen, wo wir hin müssten, das ehrte mich schon sehr. So sehr, dass ich auch gleich darüber nachdachte, an welchem der kommenden Kreisverkehre ich mich absichtlich verfahren könnte. Die Auswahl an diesen kreisrunden Dingern war immens groß in Italien, und nur allzu verlockend.

»Ui, schau mal, Fredy, da vorn, auf dem nächsten Schild, da steht auch schon *unser Bibione* angeschrieben«, jubelte Emelie. Ich hatte nichts gesehen, weil mir ein Kuhmilch-brummi eben die Sicht versperrt hatte. Aber ich wusste, sie hatte recht. Ich brauchte ja nur auf den Tacho zu gaffen, wo unser eifriger Kilometerzähler seit München mitlief.

Ich setzte brav den Blinker, ein Thema, bei dem wir uns nie grün wurden, da ich ihn nur selten verwende. Besonders dann, wenn wir gerade ganz allein auf weiter Flur waren. Ich rollte wieder rechts ab. Links waren leider silberne Leit-planken angebracht, die mich daran hinderten, eine interes-sante Abkürzung zu nehmen.

Schon kam unser nächste Höhepunkt. Nicht im Wagen, sondern vor uns, auf den die herumzappelnde Emelie schon seit der italienischen Grenze sehnsüchtig gewartet hat. Die Mautstation, an der ich, wie auch zuvor schon beim Tanken und den Tunneln, bezahlen durfte. Schon beim draufzufah-ren ließ ich ganz lässig das Seitenfenster runter und holte den Geldbeutel aus dem Seitenfach der Tür. Emelie grinste nur. Was sie oft u d auch nur allzu gern tat, darum hatte sie auch noch keine einzige graue Falte im Gesicht. Sie reichte mit unser All-Inklusive-Ticket. Wenn sie geahnt hätte, dass ich zuhause stets mein Sparschwein für die Anfahrtskosten nach Italien vollmache, sie hätte sich sicher dahin gebissen, worauf sie gerade drauf saß. Meine lustige Diddl-Spardose für die täglichen Frühstückssemmeln, die war ihr bekannt. Dazu aber später mehr.

Elf Euro vierzig, um zweiundzwanzigtausend Lire, zahlte ich für die vielen staulosen Kilometer, die wir auf dem italienischen, leider auch pechschwarzen Asphalt dahingerollt waren.

Ich freue mich heut schon riesig, wenn die deutsche Maut irgendwann mal kommt. Dann wird sicher ein Kontrolleur an der Ausfahrt stehen und den Reifendruck prüfen. Um so sicher zu gehen, dass man auch nicht mehr Straßenbelag verbraucht als vorgeschrieben. Sonst würde es richtig teuer werden. Scherz? Ich weiß nicht so recht. Ich bin auf jeden heilfroh froh, dass ich keinen eigenen Wagen besitze.

Aber wer wusste schon, ob nicht auch noch eine Maut für uns Fußgänger geplant war. Genau das werde ich mir auch in nächste Zeit keine neuen Straßenschuhe kaufen. Zwecks der Verschleißberechnung von Umweltfeindlichen, abrieblosen Biosohlen. So was in der Art. Auch, ob man bloß mit einem doppelt oder einfachen Knoten über den Bürgersteig tapst, dürfte dann eine größere Rolle spielen. Holländische Klapperschuhe mit ihren erneuerbaren Sohlen, zum daheim selber schnitzen, die müssten ja dann als umweltfreundlich anerkannt und von jeder Gebühr befreit werden. Jetzt hätte ich beinahe behauptet, ich wäre genial. Tue ich aber nicht. Geheimnisse soll man schließlich für sich behalten.

Was ich noch nicht tat. Ich verfuhr mich diesmal nicht als

wir zum Kreisverkehr kamen. Hätte auch gar keine Chance dazu gehabt, da Emelies rechter Arm vorgeprescht war wie eine Harpune, die den Wegweiser nach Bibione aufspießen will. Wir waren schon, so fühlte es sich zumindest an, auf dem direkten Landeanflug. Einem holperigen Landeanflug. Das vierrädrige Fahrwerk von Emelies Auto, das hatte ich vorsichtshalber schon in München ausgefahren.

»Müssen wir unbedingt genau über diese alte Landstraße fahren, Fredy? Die Schlaglöcher, mein armes Auto!«

»Müssen? Nicht, dass ich das wüsste, aber du selbst hast ja alle anderen Straßen zur absoluten Tabuzone erklärt. Die gut geteerte breite Straße zum Beispiel, die durch Latisana führt, sie hätte kein einziges Schlagloch.«

»Ja, schon, aber dafür gibt es dort jede Menge an Ampeln und Staus! Ich müsste nämlich schön langsam mal auf ein Klo.« Schön und langsam war gut. Schneller und schöner konnte ich auch gar nicht fahren, weil man die alte Straße zwar vor Jahren neu geteert, einige Löcher und Unebenheiten an ihrem Rand aber als Andenken zurückgelassen hat. Diese waren aber bei Weitem nicht so schlimm, wie Emelie meinte. Zumal ihr Wagen schon so fortschrittlich war und ein drehbares Lenkrad besaß.

Unsere pausenlose Klo-Rennerei kam im Übrigen von zu viel Kaffee, darum nippte ich an meinem nur ab und zu, lief aber aus reiner Sympathie zu Emelie mit aufs Häuschen.

Die wenigen Schlaglöcher trickste ich sehr gekonnt aus. Mit dem Blinker rechts abbiegen antäuschen, das Lenkrad im allerletzten Augenblick herumreißen und sie dann links umfahren. Das ging natürlich nur, weil kein anderer Wagen, Traktor oder tief fliegender Heißluftballon in der Nähe war.

Also bitte nicht in Städten wie München nachmachen.

Eine lang gezogene Kurve noch anschneiden, schon ging es steil bergauf. Nein, nicht auf einen Dreitausender. Auf die Brücke, die über den Tagliamento führte. Den Fluss, der über meinen linken Daumen gepeilt da entstand, wo Italien begann. Man begegnete ihm sozusagen fließend, wenn man von Nord nach Süd und umgekehrt fuhr.

Nach jener Brücke kam eine Überführung. Hä? Wo bitte war der Unterschied? Jedenfalls führte diese genau über die Schnellstraße, die wir entlanggekommen wären, hätten wir die ebene Straße über Latisana genommen. Was Emelie und ihre ständig drückende Blase aber nicht wollten.

Nach der zweiten Brücke. Na also, geht doch! Folgte eine enge Schleife. Und schon waren auf wir der direkten Straße nach Bibione. Diese Schnellstraße war sogar derart schnell, ich hatte sie in all den Jahren, die wir hierherkamen, noch kein einziges Mal überholen können, das Luder.

Angeschnallt waren wir und im Wagen herrschte akutes Rauchverbot, so brauche ich auch keine extra Durchsage machen. Wäre jetzt, wie bei einem Flugzeug üblich vor der Landung, ein »Pling« ertönt, Emelie wäre bestimmt auf die dumme Idee kommen, während der Fahrt auszusteigen und nachsehen, ob ich den Blinker kaputt gemacht hätte.

Vor der zweiten Brücke hätte ich die Möglichkeit gehabt, mich so zu verfahren, so hoffnungslos zu verfransen, dass wir an Onkel Toms Hütte herausgekommen wären. Ups, Verzeihung! An Hemingways Hütte natürlich, in welcher er eine Zeit lang gelebt, wahrscheinlich auch geschrieben hat. Bei den alten Fischern in der Lagune zwischen Bibione und Caorle. Wir waren schon dort. Keiner daheim!

Die echt hübsche, stets frische Blumendekoration am nun allervorletzten Kreisverkehr hieß uns und all die anderen Urlauber, aufs herzlichste willkommen. »Benvenuto«. Der Schriftzug »Bibione« darunter versprach dazu, hier waren wir richtig. Die nette Art des Willkommensgrußes war weit verbreitet in Italia. Auch in Napoli, Enna oder Roma.

*

Emelie war traurig. Nicht, weil wir schon fast da waren, weil *ihre Mini-Pferde* noch nicht auf der Koppel standen. Es war aber auch noch nicht mal sechs Uhr. Zudem waren die Pferde, vor allem ihre Fohlen, so winzig klein, da hatte ich ihr einmal erklärt, die müssten noch ganz viel schlafen, damit sie groß und stark würden. Anscheinend hat Emelie in ihrer Kindheit wenig geschlafen. Man erinnert sich? Eins siebenundfünfzig.

Wieder fuhr ich nach rechts ab. Stopp!! Wieso das denn, die sind doch schon in Bibione. Jawohl, aber da wollten wir gar nicht hin. Ein kleiner fieser Trick von mir, Bibione zu erwähnen. Unsere Fahrt ging nämlich noch ein Stück weiter, weil mein sprechender Wegweiser sagte, dass Bibione *Pineda* dort läge. Aha! PINEDA, so heißt also des Rätsel Lösung! Der Teil von der Stadt Bibione, der etwas abgelegen lag, und nur über eine einzige Straße zu erreichen war.

Die Landstraße, auf der wir uns nun bewegten und die uns nach Pineda hinführte, besaß keine Schlaglöcher. Dafür aber Baumwurzeln, die, wenn sie gewollt hätten, bei genug Hitze den Asphalt nach Belieben hätten verformen können. Früher einmal, jetzt nicht mehr. An mancher Stelle glich die Landstraße früher mal einem schwarzen Zwergen-Gebirge. Hügel im Asphalt so hoch wie Emelies Absätze. Doch die machten Emelie komischerweise nie etwas aus. Wenn ich die kleinen Erhebungen als Sprungschanze nutzte, lustig, wenn sich Emelies Magen umdrehte. Kostet übrigens kein Stückchen Gummi, wenn die Autoreifen den Boden nicht berühren, sich nicht direkt auf der Straße befinden, hab ich ihr mal erklärt.

Dann kam der wirklich allerletzte Kreisel. Bis auf den, der erst ganz hinten am Jachthafen zu finden ist. Der Jetzige war richtig lustig, alle drei Abfahrten führten nach Bibione. Bibione Pineda, Bibione die Stadt von hinten und Bibione die Stadt von vorn.

Pineda, unsere zweite Heimat, rief uns schon laut hörbar zu, als ich eben in den Kreisel fuhr. Oder war es gar Emelie, die gesagt hatte, ich solle die Ausfahrt nicht ganz so pikant anschneiden, weil so das halbe Auto umfallen könne. Halb? Pah! Wenn schon, dann ganz oder gar nicht.

Nach zwei Campingplätzen, die wir linker Hand einfach liegen ließen, weil wir da nicht hin wollten, wurde aus der kerzengeraden Landstraße eine Astgabel. Bildlich gemeint. Gerade aus, rechts also, ging es hinter Pineda entlang, links durch das Dorf. Wir hielten uns links. Gezwungenermaßen, da waren wir uns diesmal sogar mal Eins. Es könnte sich ja was verändert haben in *unserem Pineda*. Ein Jahr war lang. Verdammt lang.

Keine Menschenseele war zu sehen auf der Hauptstraße, um halb sechs Uhr am Morgen. Wie ausgestorben war das niedliche Nest. »Nicht mal eine Kuh, Emelie. Nur eine Joggerin.«

»In Pineda gibt es keine Kühe, du Depp!« Danke, Emelie, ich werde es mir ins Poesie-Album reinschreiben. Sagte ich natürlich nicht, dachte es aber stumm.

Häuser und Läden waren, auf unseren ersten prüfenden Camper-Blick, noch ziemlich dieselben wie im letzten Jahr. Vielleicht zwei, drei kleinere Geschäfte, die es nicht mehr gab, weil die alten Schriftzüge an den Schaufenstern oder über ihren Türen gegen andere ersetzt worden waren. Was neue Ladenbesitzer vermuten ließ. Recht viel mehr war bei der diesjährigen Jungfernfahrt durch *unser Dorf* noch nicht auszumachen, da bei den Geschäften die Rollos noch unten waren.

Am Ende der kerzengeraden »viale dei Genepri«, jener Straße, die nach einem Mitbegründer von Bibione Pineda benannt wurde, hatte man mir zumindest einmal gesagt, da lag auch schon der gut bestückte Jachthafen. Dort mussten wir auch nicht hin. Unsere Segeljacht existierte doch noch nicht mal auf Papier. Aber schon in unseren Köpfen. Wo die Jacht momentan auch bestens geparkt war, wahrscheinlich auch in Zukunft niemals einen Tropfen Wasser unterm Kiel spüren wird.

Tja, wer wusste heute, was die Zukunft morgen bringt. Groß träumen war auch in unseren kleinen Köpfen erlaubt.

*

Emelie dürfte unser Steuerruder aus noblem Kirschholz bedienen, während ich mich dann mit den schweren weißen Segeln amüsieren müsste. Erst rauf, dann runter, ganz wie es dem weiblichen Kapitän im schwarzen Bikini so beliebe. Niedlich und klein sollte unser Boot einmal sein. Aber bitte nicht ganz so klein wie Emelies Wagen, und wenn möglich, mit Sonnen-Solarkraft fahren. Wegen mir, dem Segeltuch-knecht, und weil ein Ausflug nach Venedig oder Triest ein mittleres Vermögen an Benzinkosten verschlingen würde. Auch die Parkgebühr für ein wasserfestes Gefährt ist nicht grad unerheblich. Solar, das war gerade mal wieder so eine ganz spontane Idee von mir, von der die Emelie allerdings noch nichts wusste. Unsere Solar-Segeljacht wäre auch rein zum Entschleunigen gedacht, nicht zum Segel hissen.

*

Naja, wer hat, der hat eben, dachte ich meinen Gedanken als ich nun die ersten Segelmasten im seichten Morgenlicht sah. Wir hätten auch gern. Na, dann träumt schön weiter!

Da Emelies Wagen noch keinen gültigen Tauchschein für die Obere Adria hatte, bog ich vor der Einfahrt zum Hafen und der niederen Ufermauer nach links ab. Noch hundert Meter, dann wird mein Trommelfell endgültig platzten.

*

»Hurra, wir sind da!! Fredy, schau doch, schau hin! Das wunderschöne Schild mit den vier Sternen, wir sind endlich angekommen! *Unser Campingplatz!! Unser Capalonga!!!* Und wie super wir beide gefahren sind! Kneife mich mal! Sind wir wirklich schon da? Ich kann's kaum fassen!«

Ja, *wir*, waren super gefahren, toll. Nett von ihr, dass sie wenigstens wir sagte, nicht sie wäre toll gefahren.

»Ja, wir sind da. Ist es dir etwa zu früh? Soll ich noch mal eine Ehrenrunde drehen? Bis nach München wären es nur lockere fünfhundertvierunddreißig Kilometer, bis Lux…«

»Hä, drehst du jetzt am Spinnrad? Schau dich lieber nach einem Parkplatz um, mein armes Bläschen!«

Ich gehorchte. Was Emelies volle Blase, das war meine teerleere Lunge, die nun ebenfalls ein dringendes Bedürfnis anmeldete. Es waren genügend Parkplätze frei. Es war aber erst knapp sechs Uhr. Die Rezeption machte erst um acht auf, und so hatten wir genügend Zeit, uns noch ein bisschen aufs Ohr zu legen. Aber erst nachdem unser beider Gelüste gestillt waren.

Ist richtig lustig in einem Kleinwagen zu schlafen, wenn der voll war. Emelie hatte es ja gut erwischt, die Rückbank war fast leer. Und mit ihrer Körpergröße war es auch keine Kunst sich der vollen Länge nach auf die mit zwei dicken kuscheligen Bettdecken und weichen Kopfkissen bestens ausgepolsterte Rückbank zu legen. Aber ich mit eins sechsundachtzig, wohin nur mit meinen langen Stelzen. Auf dem Fahrersitz schlafen? Da wäre meinen Beinen das Lenkrad in der Quere. Auf dem Beifahrersitz war zwar oben herum alles frei, doch dafür lagen Emelies drei Lederhandtaschen, nicht zu knapp gefüllt und so groß wie Einkaufsshopper am Boden. Im Geiste hörte ich bereits alle meine Knochen und Gelenke schreien: »Wir sind so starr, lass uns hier raus!«

## Kapitel 5

*Endlich Urlaub? - Denkste!*

Wer kennt das nicht, das endlos lange warten bis man den Schlüssel für den Caravan, sein Ferienhaus, das Segelboot oder Pferd bekam. Hä, Pferd? Blödsinn! Uns genügte schon der für *unseren Maxi-Caravan*, doch das war noch eine kleine Ewigkeit hin, denn dieses Jahr soll sich angeblich so einiges geändert haben auf *unserem Camping Capalonga*. Dass ein Teil der Maxi-Caravans umgestellt worden waren während der langen Winterpause, hatten wir im Internationalen Netz der Unendlichkeit bereits gesehen. Wo sonst, denn ohne das Dingen funktioniert ja heutzutage so gut wie gar nichts mehr. Nur das aufs Klo gehen und die Zigarette danach rauchen … nach einer Autofahrt natürlich.

Sogar für die einfachsten Kochrezepte, die man seit ewig im Kopf hat, wird sofort das Tablett, dass Tablet mit der Alt und Del Taste, neben den funkgesteuerten E-Herd gelegt, da ja bekanntlich früher nicht nur alles viel einfacher und besser, sondern auch noch grundverkehrter war. Oder wer hat eine Großmutter, die schon anno dazumal dreizehn Chilischoten, acht Scheiben Ingwer, sechs Pfund Butter ohne Gentechnik und den kleinen Spritzer, einen halben Liter Wermut in den Sonntagsbraten gemacht hat? Siehste!

Wir warteten, bis es dann soweit war. Das Tor zu *unserem* kleinen Paradies geöffnet wurde. Die strahlende und warme Sonne war es längst gewesen, hatte uns schon begrüßt. Auf zwanzig Grad hatte sich die italienische Morgenluft schon entzündet, um knapp vor acht Ortszeit. Natürlich draußen, nicht in meinen Ohren, wäre doch totales Unterfieber.

Emelie hatte ein kleinwenig geschlafen, ich dagegen sehr wenig. Aber mir tat doch weniger weh als zuvor befürchtet. Dies kam aber nur davon, dass ich noch immer hundemüde, somit auch schmerzunempfindlich gewesen war.

Um genau i-Punkt acht Uhr, da waren die Italiener so was von pünktlich, war es dann soweit. Die Rezeption öffnete ihre Pforten. Das war ja auch wesentlich besser als hätte der Himmel seine Schleusen öffnen.

Den Anmeldezettel ausfüllen? Schlange stehen? Für uns war das Schnee von gestern. Zu was gab es schließlich das Ich-mach-das-schon-Netz. Eine sagenhaft tolle Erfindung, die noch vor der des Rades kam, an dem mancher drehte, wenn das Internet mal abstürzte. Von dieser Erfindung war sogar ich überzeugt, aber nur in diesem einen Punkt. Weil es um die frühzeitige Anmeldung auf einem Campingplatz ging, die man von zuhause aus schon abhaken konnte.

Sie haben sogar einen extra Schalter eingerichtet, damit sich die Urlauber, die sich noch nicht online registriert haben, dumm dreinschauen können. Weil unsere Schlange, die bei uns anfing und auch gleich hinter uns endete, keine Minute an Wartezeit zu verbuchen hatte. Eine kurzsichtige Blindschleiche war unsere Warteschlange. Aber nur, weil Emelies Lesebrille noch im Wagen lag. Darum schaute sie auch so giftig drein. Emelie, nicht unsere Schlange.

Das Neue mit dem neuen Schalter war schon mal brandneu. Wir waren gespannt wie Pfeil mit Bogen, was sie noch alles an Altem ab- und Neuem angeschafft haben. Die Winterpause war doch ziemlich lang. Da konnte man schon mal auf die ein oder andere neuere Idee kommen. Ich tät es ganz sicher. Emelie auch. Im letzten Winter hatte sie vor lauter Kältefrust und Verzweiflung doch glatt eine zwei auf zwei Meter große Decke gehäkelt. Genauso bunt wie groß. Und aus Bio-Schafswolle!

Nachdem Emelie arg frustriert die Kaution bezahlt hat, sie wollen nur sichergehen, dass wir den von uns gemieteten Maxi-Caravan am Urlaubsende nicht an Emelies Auto dranhängen und einfach abhauen damit. Hätten wir aber nie gemacht! Warum? Weil es an Emelies Kleinwagen keine Anhängerkupplung gibt. Leider! Und der Dachkoffer war schon für leichtere Andenken reserviert.

Als Emelie ihre schönen Geldscheine krampft hingeblättert hatte, erhielten wir unsere Campingpässe und die dazugehörigen blauen Armbänder, die jährlich, so wie die Autobahn-Vignette auch, eine andere Farbe hatten. Sie dienten dazu, so dachte ich immer, dass die hiesigen Carabinieri die zu besoffenen Nachtschwärmer, die nicht mehr allein nach Hause fanden, auf dem richtigen Campingplatz abliefern. Soll angeblich schon ein oder zwei Mal vorgekommen sein.

*

»Spinnst du Fredy? Hör auf, sonst glauben die Leute zum Schluss den blöden Schwachsinn noch, den du da grad eben verzapfst!«

»Ach so, soll ich lieber mehr über genialen Schwachsinn schreiben? Wäre das denn nicht irgendwie schwachsinnig? Ist doch der Sinn der Sache, dass ich genau das schreibe, was ich im Kopf drin habe. Jede Menge blöden Schwachsinn.« Die harte Kritik war von Emelie gekommen, als ich zuhause an dem Manuskript getippt, ihr diese Zeilen davon durch Telefon gesäuselt hatte. »Die Leser sollen ja sehen, dass wir im Urlaub keine von den Langweilern waren, die jeden Tag nur vor ihrem bereits morgens schon drei Mal herausgefegten Zelt hocken und die Tageszeitung vorwärts und rückwärts auswendig aufsagen konnten, weil sie nicht wussten, was sie im Urlaub anstellen könnten.

Nicht dass man jetzt denkt, wir wären üble Rabauken und Störenfriede, die die netten Campingnachbarn gern mal zur Weißglut bringen, sie nachts nicht schlafen lassen würden. Ganz im Gegenteil. Emelie und ich waren Ruhe und Stille in Person. In zwei Personen. Wenn Emelie redete, blieb ich ruhig. Wenn Emelie meckerte, da war ich Mucksmäuschen still. Doch genug davon, nicht dass uns noch jemand auf der Straße erkennt. Mich an meinem dicken Zinken, Emelie an ihrem Mini-Schwimmreifen, der mit einem schwarzen T-Shirt mit V-Ausschnitt verborgen ist. Hatte ich eigentlich nebenbei schon mal schon erwähnt, dass es seit Udine nicht mehr geregnet hatte?

*

Die junge, adrette Italienerin in der Anmeldungs-Rezeption von Capalonga war in meinen stahlblauen Augen eine äußerst positive Erneuerung und wusste nicht, mit wem sie es soeben zu tun hatte. Quatsch! Sie wusste nur nicht, dass wir jedes Jahr hierherkamen, so wie die meisten Urlauber. Sie war nicht nur neu in der Anmeldung, sie war auch sehr drollig dazu. Sagt die uns doch glatt, dass wir den Caravan Schlüssel erst um halb vier, nach der landesüblichen Siesta erhalten würden.

Das war sogar nagelneu hoch drei. Denn sonst hatten wir den Schlüssel, der eigentlich gar kein richtiger Schlüssel, sondern eine elektronische Karte war, bereits am Vormittag erhalten. Es täte ihr auch ganz furchtbar leid, aber … Dass uns schon im Stehen die Augen zufielen, bedauert sie zwar recht glaubwürdig, half uns aber trotzdem nicht weiter. Sie hatte sogar noch, sehr lobenswert von ihr, eigens im Büro nachgefragt, doch ohne Erfolg. Die so eifrigen Putzdamen hätten es noch nicht bis zu unserem Caravan geschafft. Viel zu tun, gar keine böse Absicht. So gegen ein Uhr, bevor die Mittagsschranke in die Waagrechte fallen würde, könnten wir noch mal nachfragen. Das sahen wir auch ein. Ich habe doch auch keinen Bock auf Besuch, wenn meine Bude noch nicht aufgeräumt ist.

Ich verrate es jetzt im vorab. Wir waren zwar pünktlichst da – aber umsonst. Nicht mal das Blinzeln meiner blauen Augen wird uns um ein Uhr nützlich sein. Mann, was für eine Schmach für meine blauen Augen.

Aber die blaue Parkkarte, mit der wir ungehindert an dem freundlichen Kontroll-Pförtner vorbeifahren konnten, die durften wir dann gleich an der Windschutzscheibe anbringen. Links unten. Hatte rein gar nichts mit der Körpergröße des Pförtners zu tun.

Es war wirklich nett von ihnen, dass wir zumindest bis an *unsere terrazza*, unsere Terrasse fahren durften. Nur zum Angucken, nicht zum Reingehen! Äh, apropos Terrasse. Zu der gehörte natürlich auch unser voll ausgestatteter Maxi-Caravan, der durch seinen neuen Stellplatz, an dem er nun verweilte, auch die Farbe geändert hat. Tja, wenn schon neu, dann richtig neu. Vom grell blendenden Eidottergelb in ein nun kräftiges, leicht verruchtes Dunkelrot. Die neue Farbe passte auch viel besser zu uns. Wir waren ja schon immer ganz Feuer und Flamme, die Emelie und ich. Sie war das heiß brennende Feuer im Winterabendkamin, ich nur die Flamme des Teelichts, die ihren ayurvedischen Bio-

Ingwertee warmhalten durfte.

Sehr harmonisch. *Unser Caravan*, nicht wir, so der erste Eindruck. Emelie freute sich über die neue Farbe. Sie fand das leuchtende Gackerlgelb des früheren Caravans eh zum Kot…, nicht ganz so herrlich. Ach, der Maxi-Caravan war übrigens im Preis unserer terrazza schon mit drin. Auch die komplette Ausstattung. Terrasse mieten, alles dabei. Das ist eben Italien, das ist eben Capalonga.

Da wären schon mal: zwei voneinander getrennt lebenden Schlafzimmer mit ganzen sechs Schlafmöglichkeiten, Betten. Toilette, das wichtigste Teil vom ganzen Ding. Eine Dusche gehörte ebenso dazu wie die Küche, in der schon alles drin war, was man beim Camping eben so brauchte. Gehörte alles zu der hölzernen Mietterrasse. Auch Gasherd, Kühlschrank mit Eisfach und jede Menge Geschirr, Töpfen und Besteck. Sogar die putzige Espressomaschine für den Gasherd und je sechs Tassen. Espresso- und Kaffeetassen. Super! 1A mit *. Und da es zu Hause noch immer am besten schmeckt, hatten wir natürlich auch gleich unseren eigenen Hausstand eingepackt. Man könnte denken, wir hätten nur noch die Außenmauer und den Sperrmüll daheimgelassen.

Laut dem neu gestalteten Prospekt aus dem Internet hätte eigene Bettwäsche vollends genügt, wir hatten aber, bis auf die Bettgestelle selbst, unsere eigenen Betten dabei. Wir hatten aber noch etwas mehr dabei. Wir zwei brutzelten und grillten doch so gern - im Italienurlaub! Zuhause gab es nur Dosenfutter und Tiefkühlkost. Scherz!

Zwei Pfannen hatten wir dabei. Die schwere gusseiserne, für Emelies Jakobsmuscheln, die so prima zum schwarzen Shirt mit V-Ausschnitt und dem niedlichen Kätzchen drauf passte. Sie zog es aber zum Brutzeln nie an, damit es keine

Fettspritzer abbekam, das arme Kätzchen.

Noch eine zweite Pfanne mit Glasdeckel, mächtig hoch und immens breit, die brauchte Emelie für den fangfrischen Atlantik-Hummer, von denen sie in unseren nächsten drei Wochen mindestens drei Stück verzehren wird.

Mist verdammter, hab ich doch jetzt glatt ausgeplappert, wie lange wir auf Capalonga bleiben werden.

Im Caravan war auch eine Bratpfanne. Grundausstattung. Die war jedoch mit der total falschen Beschichtung belegt, zumindest für Emelies sensationelle Küchenkünste. Kein Teflon oder Gusseisen, für Jakobsmuscheln etwas zu groß, für Hummer etwas zu klein.

Was wir noch an überflüssigen Kramzeugs dabeihatten, womit ein frisch vermähltes Paar sofort hätte einen eigenen Hausstand gründen können, folgt … Etwas später. Wenn wir das ganze Gerümpel in den Caravan eingebaut haben. So derart genial und gekonnt, dass wir abends sogar noch einen schmalen Gang zu den Betten hin frei haben werden.

*

»Wolltest du nicht eben zum Strand vorgehen, Emelie?« Ich fragte, weil mir gerade nichts Besseres einfiel, das sie mit irgendwas anderem beschäftigen könnte, und weil wir den verdammten Caravan Schlüssel noch nicht hatten.

»Mit was bitte sollte ich denn an den Strand gehen? Ohne meinen Bikini, Strandtuch und die passende Sonnenbrille. Die ganz flachen Schuhe liegen auch noch im Dachkoffer, und wie so vieles, was wir Frauen für den Gang ins Wasser benötigen.«

»Du musst doch deshalb nicht gleich ins Wasser gehen,

Emelie, nur weil wir den Schlüssel noch nicht haben!«

Eigentlich war in unseren bisherigen Urlauben ziemlich alles richtig schön, auch meist ein jeder super nett mit uns gewesen. Ohne Scheiß! Davon waren wir auch überzeugt, sogar heute, obwohl man uns den Schlüssel ums Verrecken nicht herausrücken wollten. Aber nur, weil wir schneller in Bibione gewesen waren, als der Caravan bezugsfertig. Das arme Personal konnte also gar nix dafür.

Wer oder was nicht ganz so nett oder schön war wie der italienische Stiefel auf der Landkarte anzusehen, das würde sich erst in den nächsten Wochen herausstellen. Wer suchet, der findet. Und sei es bloß ein winzig kleiner Krebs in der Adria, der uns nur allzu gern ans Bein pinkeln möchte. Das war nämlich weder schön noch nett.

Damit wir nicht vor der Terrasse im Stehen einschliefen, schlimmer noch, einen krassen Hitzschlag kriegten, da die Käppis noch in unserem Gepäck waren, verkrochen wir uns in Emelies Schlafauto, wo uns ein pisswarmer alter Kaffee und geschmolzene Schokokekse erwarteten. Auch die zwei Laptops, doch die waren glücklicherweise unerreichbar im Auto eingebaut.

Emelie brauchte den ihren, um selbst im Urlaub immer auf dem neuesten Stand zu sein. Welcher Promi ließ sich grade von wem scheiden? Wer hat sich aus einem einfachen Doppel-D Plus ein nicht unbedingt sehr Rücken und Knie schonendes GG-Super-Plus machen lassen. Welcher Lustmolch hat vor einer Minute, die Frau des besten Freundes ins Bett gekriegt. So heimlich, dass rein zufällig eine ganze Blase Reporter in Blitzlicht-Nähe war als seine Luxusjacht auslief. Dieses alles zu wissen, wozu das im Entschleunigungsurlaub gut sein soll, hab keinen blassen Schimmer.

Ich brauche meinen Aufklapp-Computer nur zum Schreiben. Emelie sagt zu dem ihrigen übrigens »Läppi«. Meiner hat keinen festen Spitznamen. Und wenn doch, dann einen furchtbar garstigen, weil das superschlaue Elektrogehirn so derart hirnlos war und sich wieder einmal selbst aufgehängt hat. Im Liegen - ohne Strick, ohne Baum. Ich brauchte ihn auch nur, um meine wirren Gedanken für meine Jetzt- und Nachwelt einzutippen. Stichpunkte. Kleine Pixel, die aussahen wie das deutsche und italienische Alphabet. Ich tippe ohne Netz und ohne doppelten Boden zu benutzen. Würde ich ein Netz benutzen, dann auch nur das eines Fischers auf hoher See. Um fünf Uhr in der Früh, wenn mein Computer noch nicht mal das erste Bit aufgemacht hat, ich aber schon beide Augen.

*

Wir sahen uns ganz verblüfft und verträumt an. Es war uns doch tatsächlich gelungen, etwas abzutauchen. Abtauchen in zwei andere Welten. Emelie in die Welt der schönen Träume, ich in die Welt der italienischer Rehakliniken für kreuzgeplagte Urlauber. Wach waren wir gerade geworden, weil die Außentemperatur an der Dreißiggradmarke herum kratzte. Ich hatte das Kratzen es an der angelaufenen Windschutzscheibe gehört. Das Auto stand zudem auch noch in der prallen Mittagssonne. Gut, dass wir noch etwas Wasser in Reserve hatten. Nein, nicht das Wasser in der Scheibenwischanlage, das in unserem Fresskorb.

Mir fällt gerade mit Entsetzen auf, obwohl kein großer, bloß ein kleiner Biofreund, dass ich das Wort »natürlich« ziemlich oft benutze. Natürlich, Hase. Natürlicher Tabak.

Da wir nun schon mal wach waren, und die italienische Uhr noch etwas an Zeit übrig hatte bis halb vier, fuhren wir rüber nach Bibione. Bibione - Stadt. Dort befand sich unser Lieblingssupermarkt, den wir von heute ab fast täglich aufsuchen werden. Italien macht uns zwei nicht nur jedes Jahr glücklich, es macht uns zudem unwahrscheinlich hungrig. All-Inklusive eben.

Emelie hatte im letzten Urlaub gleich so viel geschmaust, sie hatte gute zwei Kilo abgenommen. Wie dies geht? Null Ahnung, aber es funktionierte wirklich. Sicher haben ihre geliebten San Marzano Tomaten, die sie in großen Mengen verdrücke, denselben Effekt wie meine Eisbecher. Oder die italienischen Kalorien waren so winzig klein, dass sie bei uns durchs Kalorien-Raster fielen.

Wir nahmen an dem Kreisverkehr, der in alle Richtungen nach Bibione führte, die Ausfahrt zum Wald. Wieder fuhr ich über ein paar geteerte Baumwurzeln, dann nach rechts, wo schon wenige Meter später *unser Supermercato* stand. Bei diesem gab es scheinbar nichts Neues. Äußerlich. Der Parkplatz befand sich noch genau an der Stelle, wo wir ihn letztes Jahr zurückgelassen hatten. Weil, tja, wieder keine Anhängerkupplung. Die Eingänge schienen auch noch die Alten geblieben zu sein. Aber dann, drinnen. Ah! Ui! Da war etwas Neues. Die orangenen Plastikstangen, durch die wir unseren Einkaufswagen schieben müssen, waren jetzt nicht mehr aus einfachem Plastik, auch nicht mehr Orange, sie waren jetzt aus silbern glänzendem Metall. Die Stangen aus Metall, Einkaufswagen aus Metall. Das hörte sich beim Durchschieben eines Wagens dann etwa so an, als würden zwei Recken, ich gegen einen Tempelritter, den Kampf um Leben und Tod ausfechten. Oh, wie furchtbar! Dementsprechend genervt schaute auch die Donna an der nahen Kasse, wenn die Kunden den Wagen nur durch schoben, nicht über das Drehkreuz drüber hoben.

Ich dachte, als uns solch ein galliger Todesblick traf, bei unserem nächsten Einkauf sollten wir vielleicht doch lieber unseren Einkaufskorb mitnehmen. Der von Emelie war aus echtem Bio-Bast, klapperte nicht wie ein kaputter Auspuff, der am Boden schleift. Doch heute diente uns der Korb ja noch als Speisekammer und stand hinter dem Fahrersitz

Emelie stürmte gleich mal zum frischen Knoblauch.

»Handschuh, Emelie!«

»Ja, weiß ich doch, dass man den hier anziehen muss, ich schau ja nur! Mecker nicht rum, du kannst ja derweil schon mal ein Strandtuch über die Obstwaage werfen, sonst dauerts wieder ewig, bis ich mein Grünzeugs abwiegen kann.«

Emelie meinte das natürlich nicht ernst. Es genügte ihr, dass ich jenen Schalter drückte, der sich auf der Rückseite der Waage befand, um sie abzuschalten. Doch es gab, zum großen Glück - für die anderen Kunden, noch eine zweite Obstwaage. Ich hörte auch niemanden meckern, weil das eine Ding ganz plötzlich den Geist aufgegeben hat. Emelie zog einen durchsichtigen Handschuh an, mit dem man das Gemüse anfassen durfte, ohne sonst angemotzt zu werden. Sie packte drei Knollen frischen Knoblauch, acht unreife pomodore, Tomaten, und noch anderes Kerngesundes ein, reichte mir die Tüten, die ja komischerweise genauso groß waren wie die italienischen Abfalleimer, die ein jeder von ihnen zu Hause hatte. Schlaues Völkchen! Plastiktüten für den Abfall gratis? Nein, das müssten Sie schon etwas Obst und Gemüse kaufen, dann sind die Tüten auch gratis!

»Du, Emelie, die linke Obstwaage, ich glaube, sie hat nur einen Wackelkontakt. Jetzt läuft das Ding wieder!«

»Hihi!«. Emelie lachte, da ich mit dem Preisetikett auch

gleich meinen Zeigefinger mit auf die Tüte geklebt habe.

Die nächste Haltestelle vom Erstausstatter-Einkauf war: Essig und Öl. Hätten wir zwar auch mit dabei, weil das alte Zeug vom letzten Italienurlaub, das Emelie gleich tonnenweise zu Hause bunkert, auch irgendwann mal wegmusste, doch Emelie hatte nicht nur süße rosa Backen, sie war auch ein echter Hamster. Mit dem Zeug, was sie aus Italien mit nach Luxemburg nahm, hätte sie viele Winter problemlos überleben können.

Ich erinnerte mich sofort an die weltweite Ölkrise, als es damals hieß, Öl würde sündhaft teurer werden. Damit war natürlich nicht italienisches Olivenöl gemeint. Emelie hatte da was total missverstanden. Bloß gut, dass wir damals, als wir noch zusammen in einer Zweier-Wohngruppe wohnten, einen extrem großen Keller hatten. Oh! Emelie schaut mich schon wieder so komisch an. Von der Seite. Gar nicht gut. Den Blick von ihr kannte ich nur allzu gut.

»Was meinst du, Fredy, wie viele Flaschen werden wohl am Rückweg im Auto Platz haben?«

»Theoretisch oder reell, Hase? Kommt ganz darauf an, wie viel Paar Schuhe du dir dieses Jahr leisten wirst. Deren sperrigen Kartons sind nämlich die großen Platzfresser, die mich am Ende des Urlaubs dazu zwingen, den Architekten aus mir herauszulassen, nicht die zehn Flaschen Essig und Öl. Je zehn Flaschen!«

Wären die Schuhkartons nur ein paar Zentimeter höher, könnte ich Essig und Öl ganz locker darin verstauen, ohne mehr Platz zu brauchen. Hallo, Schuhindustrie? Hilfe!

»Kannst du eigentlich auch mal was anderes tun, als über meine Schuhe zu meckern? Und zudem, ich hab doch noch gar keine gekauft, nicht mal angeschaut. Und wir sind nun schon geschlagene sechs Stunden hier!«

Hätte ich ja gern, über etwas anderes genörgelt. So ganz spontan würden mir Sachen einfallen wie: Anhängerkupplung, Luftpaketpost über zwanzig Kilo mit »Vorsicht Glas. Echtes italienisches Olivenöl und Balsamico!« Aufkleber drauf, Reserverad ausbauen und Schuhe in größere Kartons verpacken.

Als sie sich zu dem Regal mit den Würzmitteln umdreht, stellt sie gleich mit Schrecken fest, es gibt ihre Brühwürfel für Fischgerichte aller Fischarten nicht mehr. War richtig blöd, wenn man am Meer war und so gern Venus-Muscheln kocht, so wie Emelie. Ich darf davon leider keinen einzigen Happen essen. Nicht, weil Emelie geizig ist. Es lieg an mir. Ich leide an einer blöden Unverträglichkeit, Schalen- und Krustentiere. Einfach so von heute auf morgen gekommen und geblieben. So wie die Schwiegermütter, die nur schnell nach ihrem neugeborenen Enkel schauen wollen. Aber erst wieder verschwinden, wenn der das Abi in der Tasche hat.

Vor ein paar Jahren hatte ich mir mal einen Tiefseefisch im Gemüsebett geschmort. Nicht nur die ganze Seele aus dem Leib hab ich mir gekotzt. Auch drei Rollen Klopapier hatte ich verbraucht. Wären wir damals nicht nach Italien gefahren, ich wüsste es bis heute nicht, dass ich wesentlich schneller Kotzen als essen kann. Grazie, Italien!

Ich fand Emelies heiß begehrte Fischbrühe. Die war jetzt in Gläser verpackt, nicht mehr in praktische Portionswürfel gepresst. Hätte sie die Lesebrille auf der schlanken Nase, nicht im übervollen Handschuhfach gehabt, so hätte sie das einmalige Erfolgserlebnis, etwas, das scheinbar nicht mehr zu finden war, selbst genießen können.

Handschuhfach? Wer bitte tauft ein praktisches Lese- und Sonnenbrillenfach Handschuhfach?

Die Frischeabteilung ließen wir dann links liegen. Nicht nur, weil die auch von uns aus gesehen auf der linken Seite war. Unsere Kühlbox, die noch im Kofferraum stand, mussten wir zu unserer Anreise ja umfunktionieren. Nein, nicht für noch mehr Emelie-Schuhe. Allen möglichen Kleinkram hatten wir Zuhause hineingepackt, sonst hätten wir diesen zwischen unsere Strandtücher stecken müssen. Wäre blöd auszupacken, weil ich mich dann ständig bücken müsste, da das popelige Kleinzeugs garantiert auf die Erde fallen würde, sobald ich ein Badetuch aus dem Dachkoffer zöge.

Während Emelie ihre überlebensnotwendige Cola ohne was darin holte, bleifrei, ohne Kristallzucker, zog es mich zum schönsten aller Regale, die es *unserm Mercato* gab. Zu jenem Regal, wo es Naschwerk am laufenden Meter gab. Solch Sachen wie: Hörnchen und Krapfen, Doppelkekse im Miniformat und noch anderes Gebäck in den Geschmacksrichtungen Naturale, Crema, Schoko. Die Spaghetti, scusi, pasta, fand ich ebenfalls blind. Ohne Stock und Hund oder Handy-App. Meine Bolognese ala Ragout hatte ich bereits klammheimlich in den Einkaufswagen geworfen, dann, als Emelie nach ihrem Brühwürfel suchte.

Wir trafen uns dann am Wasserregal. Nicht ein berghohes Regal, von dem ein tosender Wasserfall herunter rauschte. Das Mineralwasser stand nur in dem Regal. Ich schnappte mir einen Sechser-Pack von dem erfrischenden Gardasee-Wasser. Die Wasserfirma, die das köstliche Getränk mit und ohne Kohlensäure in praktische Flaschen füllte, die einem Hundekauknochen ähnelten, die lag am Gardasee. Kannte und kriegte man überall zu kaufen, da sie weit über Italiens

EU-Grenze bekannt ist. Sogar in bei mir München. Wo? In allen Geschäften, wo es Gardasee-Wasser gibt!

Wir zahlten - jeder für sich. Das handhabten wir schon immer und bei allem so. Die einzige Ausnahme war, wenn wir in unsere Lieblingscafés gingen. Dann zahlte den einen Tag Emelie, den anderen war ich dran. Das Ganze hob sich also rein theoretisch auf. Bis auf den kleinen Unterschied, dass ich mehr Trinkgeld gab. Bloß um zwanzig Cent, nicht dass jetzt jemand dächte, ich hätte all mein sauer verdientes Geld nur so zum Fenster herausgeworfen im Urlaub. Wäre gar nicht gegangen. Es waren Straßencafés, hatten also gar keine Fenster.

Wir packten alles in einen der stabilen Pappkartons, die hinter der Olivenöl-Mautstelle, der Cassa lagen. Den festen Karton benötigten wir unbedingt. Na, wegen dieser heiklen Geschichte mit der Müllsortiertrennung. Mülltrennung, die wurde auf *unserem Campingplatz* richtig großgeschrieben. MÜLLTRENNUNG! Nicht Mülltrennung.

*

»Fährst du bitte noch mal durchs Dorf, Fredy? Ich will nur schnell schauen, ob das Gittertor schon oben ist.« Ich wusste ja, von welchem dieser zahlreichen Gitter in Pineda Emelie sprach. Es war das Gittertor, womit ihr Schuh- und Handtaschendesigner seine kostbaren Waren schützte. Was er mit dem Tor zusätzlich schützte, wenn auch nur für kurze Zeit, waren die oft sehr locker sitzenden Geldbörsen seiner Kundinnen. Aber wehe, das eiserne Rolltor ging erst einmal hoch. Wir hielten direkt vor seiner Tür. Emelie hatte leider Pech, ihre Kreditkarte Glück.

»Ich habe nur geschaut, ob sich die Zeiten nicht geändert

haben seit dem letztem Jahr«, meinte sie dann, eine Träne unterdrückend, als sie zurückkam. Das blöde Schild an der Tür war aber auch so klein geschrieben, dass man es vom Wagen aus nicht lesen konnte. Ein hinterlistiger Trick vom Designer, damit Mann, eher Frau, einen nahen Blick in die Auslage werfen musste, auch wenn der Laden noch zu war. Ich hatte Emelie dabei genau beobachtet, als sie die uralten Öffnungszeiten las. Manche Schuhmodelle sahen aber auch uralt aus, als hätte es die zu Cäsars Zeiten auch schon mal gegeben. Doch wie sagt die Modewelt immer. Alles, was schon mal war, das kommt auch wieder. Egal, Emelie war halt an jenem Gitter gestanden, hatte daran kaum sichtbar gerüttelt, als wäre sie es, die dahinter eingesperrt war, nicht die armen Schuhe.

*

Mit dem allerletzten Atemzug, in dem sich die Mittagsschranke noch hochhalten konnte, waren wir gerade noch so in unseren Campingplatz hineingerutscht. Gleich hinter ihr blieb ich abrupt stehen - samt dem Wagen und Emelie, um bei der noch immer freundlichen Rezeptionistin nachzufragen, und die auch gerade in Mittag gehen wollte, was nun mit unserem Schlüssel sei.

»»Z9«? Versuchen Sie es um halb vier noch einmal, der muss erst noch geputzt werden«, meinte das junge Fräulein, der ich bereits am Vormittag mit meiner ständigen Fragerei auf den Doppelkeks gegangen war.

Ich war schon im Begriff gewesen zu sagen, dass sich das Putzen sich bei uns nicht großartig lohnen würde, doch ich nickte nur. In zwei Stunden also. Naja, die würden wir jetzt auch noch irgendwie rumkriegen. Äh, dass das mit dem Geputze unnötig sei, das war natürlich nicht ernst gemeint, nur so ein blöder Gedanke. Schließlich mussten wir ja unseren Caravan am Ende wieder genauso blitzblank zurückgeben. Aber nur, wenn wir bis dahin nicht doch noch eine passende Anhängerkupplung für Emelies Wagen aufgabeln. Quatsch mit Bolognese -Soße. Wegen Emelies fünfundsiebzig Euro Kaution natürlich, die sonst futsch wären.

»Und, hast du ihn endlich?« Emelie hatte mit gedrückten Daumen bis zuletzt gehofft.

»Wen hab ich, den fetten Popel in meiner Nase? Nein, ich glaube, der ist verkrustet. Er fängt auch schon das bröseln an. Kein Wunder bei der Hitze.«

»Depp!«

»Danke! Nein, ich hab ihn noch nicht. Sie müssen nach-schauen, ob noch genügend Klopapier in unserem Caravan ist. Falls ich wieder Tiefseefisch essen sollte. Es dauert aber bis halb vier. Habe aber schon eine tolle Idee, wie wir zwei Hübschen uns die Zeit bis dahin verkürzen könnten.« Oh, dieser Blick. »Wir könnten doch schon mal das Auto und den Dachkoffer ausräumen«, schlug ich voller Tatendrang vor. Ich ließ den Kopf nicht hängen, aber sie. Ihr Kopf hing aber nicht, weil sie todtraurig war oder nicht mit anpacken wollte. Emelie schaute nämlich grade und schon wieder auf ihr Schmarren-Fon, ihr Ultrafalch-Handy, welches in ihrem Schoß lag - mit total leerem Akku. Wie traurig!

Ich war ein echter Kämpfer, was ich Emelie auch gleich beweisen durfte. Denn daheim beim Auto einladen hatte ich noch nicht das Gefühl gehabt, dass wir die Glocken meines werten Herrn Pfarrers mit eingepackt hätten.

»Ah, das sauschwere Teil, das dir die Schulter auskugelt, ist nur mein Kosmetikkoffer«, grinste sie vorlaut. »Schiebe

89

ihn doch einfach unter dem Geländer *unserer Terrasse* hindurch, nicht dass uns die Holztreppe zusammenbricht!«

Hab ich schon erwähnt, Emelie ist ein lustiges Geschöpf. Ich frage mich nur, warum der Klapperstorch so blöd war, sie einfach durch den Kamin zu werfen, statt sie vorsichtig vor der Haustür abzulegen.

Ich schob dann nicht nur ihren schweren Schminkkoffer unten durch. Auch all das andere Zeugs, das ich im und am Wagen fand. Was mir zu groß, jedoch nicht zu schwer war, hob ich der Einfachheit wegen über das hüfthohe Holzgeländer. War also nicht allzu viel. Emelie stapelte den ganzen Mist auf der Terrasse, deren Holz schon verdächtig knarrte. Als wir endlich Schweiß gebadet fertig waren, traf mich der Schlag. Volle Breitseite!

»Was?!«, fragte sie auch noch und zuckte dabei mit ihren schmalen Schultern, als wäre das, was sie eben vollbracht hatte, völlig normal. »Ich dachte mir halt, dann brauchst du nicht mehr weit laufen, wenn *du* das Zeugs in den Caravan reinbringst.«

»Und wie bitte, liebste Emelie, soll ich jetzt durch die Tür kommen? Du hast sie mit all unserem Gepäck und deinen Bratpfannen so verrammelt und verbarrikadiert, als hättest du die höllische Angst davor, die Tempelritter könnten hier jeden Moment auftauchen!«

»Ich hab niemanden eingeladen, Fredy!«

Den Dachkoffer ließ ich, als ich mich von diesem Schock erholt hatte, weiter auf dem Wagendach. Für den Moment zumindest, würde ihn aber sicher noch abmontieren, wenn wir den verdammten Caravan Schlüssel mal endlich in der Hand hätten. Der Dachkoffer hätte natürlich auch auf dem

Wagen bleiben können. Beim nächsten Ausflug aber, was für die nächsten Tage mehrmals geplant war, wäre es auch nicht so ratsam gewesen. Hundertdreißig auf der Autobahn, das hält kein leerer Dachkoffer aus. Meinte zumindest der freundliche Verkäufer im Autohaus.

Vor lauter mit mir selbst rum zu diskutieren, wie ich nun in den von Emelie vor Tempelrittern geschützten Caravan kommen könnte, übersahen wir fast die Uhrzeit. Ich ging so um kurz vor halb vier erneut zur Rezeptionistin. Das alte Fahrrad, das ebenfalls zur Terrasse gehörte wie der dunkelrote Caravan, konnte ich nicht benutzen, weil der Fahrradschlüssel im Caravan lag. War aber zum Glück nicht allzu weit zu gehen bis an die Rezeption, da ich auch dafür eine exzellente Abkürzung kannte. Zudem schadete ein kleiner Spaziergang meinen drei Krampfadern auch nicht recht viel mehr als Treppensteigen auf den Ulmer Münster.

Emelie nutzte meinen entspannten Spaziergang bis zur Rezeption schamlos aus. Sie presste mir einen hellblauen Zwanziger in die Hand. Langweilige Euro, keine schönen Riesenlappen, wie es die alten italienischen Lire einst noch gewesen waren. Ich hätte vor der Jahrtausendwende doch noch mehr davon in Reserve einbehalten sollen. Manche Händler würden nach Rom pilgern, wenn man heute damit bezahlen würde. Könnte doch sein, dachte ich, als ich den Zwanziger leicht deprimiert betrachtete, vielleicht war ein tieffliegender Schuhhändler an der Schranke vorn, den die Emelie vorhin beim Reinkommen noch gesehen habe, und ich nicht. Nein, meinte sie, der Zwanziger sei nur für eine Wochenkarte Internet.

Mir war bereits länger aufgefallen, dass Emelie arg blass und auch nervös war, nun wusste ich auch warum. Es lag an ihrer nicht vorhandenen Verbindung zum Internet.

Ich kam dann kurz darauf mit beidem wieder zurück. Mit dem Elektronikschlüssel für die immer noch mit unserem Gepäck verrammelte Tür des Caravans und der Internetzugangskarte für Emelies Läppi. Ob ich etwa in an der süßen Rezeptionistin genascht hätte, frage Emelie mit eifersüchtigem Blick, da sich an meinem T-Shirt Brösel befanden. Warum war ich nicht auf den Gedanken gekommen, dachte ich Hanswurst, als ich Emelie die heilige Internetkarte in die Hand drückte.

Nun könnte sie, rein theoretisch, das komplette Internet per einem Zahlencode an sich reißen. Sie küsste die Karte, als wäre sie ein Lottoschein mit sechs Richtigen. Emelie war selig.

Natürlich hatte ich nichts genascht, wie auch. Die Damen vorn hatten mir nichts angeboten. Und meine von mir selbst abgeschnittene, knapp knielang, arg verwaschene Hellblau-Jeans wäre auch viel zu eng gewesen, um darin Lebkuchen zu verstecken. Ich fuhr mir dennoch mit der flachen Hand übers T-Shirt und meinte, ein Auge dabei zugedrückt: »Ui, endlich löst er sich. Du weißt doch, dieser eingetrockneten Popel. Die Brösel stammten von meinem Nasengast, nicht vom an fremde Frauen naschen.«

»Saubär!« Genau das fand ich auch. Mein zartes Näschen war wieder sauber. »Wo ist mein Läppi?« Emelie stand auf der Terrasse, warf den Blick nervös hin und her. Sie schien vor der größten Krisen ihres noch jungen Lebens zu stehen, denn das Giftgrün ihres sonst so zarten Gesichts passte gar nicht zu ihr. Aber auch nicht zu ihren schwarzen Latschen und zu ihrem schwarzen Schlabbershirt.

»He, Hase, krieg mir jetzt bloß keinen Web-Infarkt! Dein Läppi liegt noch im Auto, gleich neben meinem. Ich habe sie noch drin gelassen für den Notfall. Nicht dass es deinen Tempelrittern doch gelingen sollte, über *unsere terrazza* in unseren wehrlosen Maxi-Caravan reinzukommen.« Emelie beruhigte sich langsam, und das Giftgrüne in ihrem Gesicht verschwand auch wieder. Sogar die ängstliche Sonne traute sich schon wieder hinter dem Wölkchen hervor, hinter dem sie sich vorsichtshalber versteckt hatte.

Ich ließ Emelie, ganz Kavalier der alten Vorschule, den Vortritt, so wie jedes Jahr im Sommer. Sie durfte die Karte als erste über das Magnet-Lesegerät neben der Tür ziehen. Damit sie es auch nicht ganz umsonst tat, löste ich schnell Emelies Anti-Tempelritterblockade vor unserer Caravantür auf. Danach machte Emelie das, was schon ein richtiger Zwang war bei ihr. Sie betrat *unseren Caravan*, steckte die Karte ins weiße Kästchen neben der Tür und angelte sich sofort die Fernbedienung für die Klimaanlage.

»Hat der Vormieter den Gasherd brennen lassen?«, frage ich sie, nachdem ich unauffällig folgte, ohne meine Schuhe an der grobnoppigen Gummimatte abzutreten. Im Caravan war es gefühlt mindestens zehn Grad wärmer als draußen. Und da waren es schon glorreiche fünfunddreißig Grad. Im Schatten! Normalerweise hätte ich jetzt herumgenörgelt, es mache keinen Sinn die Klimaanlage einzuschalten, solang die Tür offen stünde. Zumindest würde sie dies auch noch solang tun, bis die Terrasse wieder so frei wäre, sodass man die Tür auch schließen kann. Doch heute musste ich Emelie recht geben. Einen zehn Meter Caravan herunter zu kühlen, war keine Sache von nur fünf Minuten. Also ließen wir das Ding, die Klima, dann einfach weiterlaufen.

Emelie brachte ihren Kram ins Schlafzimmer, wo schon das riesige, eins achtzig auf zwei Meter große Doppelbett stand. Ich den meinen ins wesentlich kleiner Zimmerchen, das mit den zwei Ministockbetten, die jeweils eins neunzig auf achtzig cm waren. Es waren zwar vier Betten drin, rein rechnerisch also mehr Platz. Doch ich und meine überlangen spindeldürren Haxen, wir wollten im Ganzen schlafen, nicht auf zwei Etagen und vier Betten verteilt.

Auf ein oberes Bett würde der Dachkoffer kommen, doch der Ärmste musste noch ein bisschen in der prallen Sonne ausharren. Die beiden oberen Etagenbetten waren nämlich mit einer Kinder-Rausfallsicherung ausgestattet, von denen ich zuerst eine entfernen musste. Unser Dachkoffer war ein paar Zentimeter breiter als das hölzerne Kinderbettgestell. Gut, dass die kinderschützenden Holzbretter an der Front locker eingehängt, nicht noch festgeschraubt waren. Doch für den Ernstfall hatte ich doch stets mein unbezahlbares MacDingens-Notfall-Set im Urlaub dabei. Dieses bestand aus: Klebe- und Gummiband, Schnur, Zwölf-Bits, Schraubendreher und Zange. Und natürlich dem roten Schweizer Taschenmesser. Tatsache! Also aus alle dem, was der Mann für eine komplette Hausrenovierung so braucht.

Ich war aber nicht der Einzige unter den Campingprofis, der so weit mitdachte. Wie ich bei einer genauen Inspektion des Caravans feststellen musste, hat mir jemand einen Teil meiner Arbeit schon abgenommen. Die Geschirrtuchhaken neben der Spüle und ein zu kurz geratener Nagel in einer Seitenwand, die nicht zur Grundausstattung dazugehörten, waren der Beweis, die stammten nicht von mir.

Damit ich mich im Vier-Bett-Kinderzimmer nicht ganz so allein fühle, durften unsere drei Sack Grillkohle bei mir übernachten. Einer unter dem einzigen Fenster im Raum, bei dem ich gleich das Moskitonetz heruntergezogen hatte. Die zwei anderen durften es sich später dann im Dachkoffer bequem machen, da die zwei nun noch übrigen Betten mit meinen fein säuberlich zusammengelegten Klamotten und dem von uns selbst mitgebrachten Kochgeschirr, und noch mit so manchem anderem Schrott belegt werden.

Geschafft! Ich war geschafft, nachdem ich den Dachkoffer auf das Kinderbett im ersten Stock gehievt hatte. Allein. Auch der Kaffee in der Privatmaschine hat es geschafft, den mühsamen Weg durch das schwarze Pulver zu finden.

In Emelies Extra-Thermoskanne, auch bei der Stärke und Farbe unseres Kaffees waren wir uneins, hatte ich nur einen Bruchteil an Pulver hineingetan. So stand jetzt nichts mehr im Weg, uns nach der ganzen Plackerei auf die Terrasse zu pflanzten. Unseren aromatisch duftenden Kaffee, einer mit Milch, ohne Zucker, meiner hatte Trauer, ganz in Schwarz, hatten wir uns auch redlich verdient, und den wir natürlich aus mitgebrachten Tassen schlürften. Kaffeebecher, Haferl, um genau zu sein. Da fiel uns auf, dass wir die Tischdecke, die uns in all den letzten Jahren treu gedient und unseren weißen Tisch auf der Veranda verschönert hatte, ja zuhause gelassen hatten. Eine Neue musste her.

*

Bis Emelie damit fertig war, das luxemburgische Internet in den italienischen Zugangscode eines asiatischen Laptops zu quetschen, suchte ich eines meiner drei Sonnenkäppis, welches ich dann auch in der Reisetasche fand. Zwischen meinen Socken, den U-Hosen und weiteren kurzen Jeans der Nobelmarke »Fredy selbstgemacht«.

Emelie konnte ohne ihren Internetz-Satelliten nicht mehr auskommen, ich nicht ohne ein Käppi. Mein hauptsächlich blonder Haarwuchs war nämlich bereits sehr übersichtlich geworden. Genauso schnell zu Waschen und zu Trocknen, wie die arg stechende Sonne das Hirn in meinem Kopf aufweichen würde, ohne den geeigneten Kopfschutz. Ich hatte es schon mal mit einem alten Motorradhelm versucht. Bei mir zuhause, nicht hier am Adriastrand. Was aber nicht zu empfehlen ist, weil das Visier ständig anläuft.

Im *unserem Campingplatz-Kramerladen*, wo es Zeitungen, Zigaretten und alles weiter gab, was echte Proficamper so brauchen, gab es auch wasserfeste Wachstischdecken.

Wir schlugen erbarmungslos zu. Zuerst per Handschlag, um den Besitzer zu begrüßen. Wir kannten uns schon seit einer Ewigkeit. Danach schlugen wir bei den kunterbunten, teils schnulzigen Tischdecken zu. Es wurde eine Rote, mit Erdbeeren drauf. Passend zu Emelies Nagellack!

»Jetzt fehlt uns zu unserem schmucken Heim nur noch das Hängeblümchen!«, strahlte Emelie selig, als sie unsere neue Wachsdecke über den weißen Tisch der Terrasse warf. »Wann ist gleich wieder der Wochenmarkt in Bibione? Am Dienstag?«

Eine Katastrophe jagte die andere. Ich Hirni hatte zum Einweihen der neuen Tischdecke, und des neuen, blutroten Caravans den Espressokocher auf den Gasherd gestellt, und nicht mehr daran gedacht. Der Gasherd wäre uns ja sicher nicht gleich um die Ohren geflogen, die Schweinerei durch den überlaufenden Espresso aber wegmachen, musste das gleich an unsrem ersten Tag passieren? Unser Putztag war doch erst für die Abreise geplant. Scherz. Zum Glück war noch die Hälfte der eigentlich geplanten Dosis an Espresso übrig geblieben. Ein Nachmittag in Italien ohne köstlichen Espresso, das wäre für uns beide genauso schlimm wie das Schwimmen in der Adria - ohne Wasser.

Die zweite Katastrophe - unsere Klimaanlage lief nicht! Obwohl die leise vor sich her brummte. Das Thermometer auf dem Reisewecker neben der weißen Kaffeemaschine zeigte stolze zweiunddreißig Grad an. Der Caravan war zu einem Brutofen geworden. Wir hätten uns jetzt locker eine Tiefkühlpizza machen können. Schade, wir hatten weder eine Pizza noch ein Grillhähnchen dabei. Ein Huhn, das uns goldene Straußeneier legt, hätte uns auch schon gereicht. Es nutzte dann wenig die Oberlichte den kleinen Spalt, den sie ging, aufzumachen. Bei herrlichen fünfunddreißig Grad Außentemperatur, ein Witz.

Doch was sonst sollten wir tun? Was sollte ich tun? Mit Klebeband und Schweizer Taschenmesser dem Übeltäter auf die Pelle rücken? Das funktionierte zwar im Fernsehen, nicht auf einem Campingplatz, wo aus einem roten Caravan in Nu eine italienische Sauna geworden war.

Alles Nachdenken und Grübeln half nix. Wieder musste ich zur Rezeption. Mit der Fernbedienung der Klimaanlage in der Hand, da mir gerade entfallen war, wie auf Italienisch hieß: »Unsere Klimaanlage funktioniert kaputt. Ich glaube, es liegt an der Fernbedienung, weil der Außenbordmotor nicht wirklich startet, nur brummt wie ein junger Grizzly. Unser Caravan ist jetzt schon so aufgeheizt, ich glaube, wir verstoßen gerade gegen das aktuelle Klimaabkommen, das die Erderwärmung auf zwei Grad begrenzen soll.« Und so redete ich eben auf Deutsch. Mit nassgeschwitzten Händen und plattgelaufenen Füßen. Na, lassen wir die Schweißfüße lieber mal weg und nehmen die Fernbedienung dafür.

Schon sehr bald wusste ich, dass ich gar keine solche in der Hand hielt, stattdessen einen telekommander. Warum auch nicht. Vielleicht hatte ich dieses saublöde Dingens nur falsch angeredet, als ich im Caravan meinte: »So, wenn du blöde Fernbedienung nicht gleich gehst, dann versenke ich dich in *meiner Adria*. Bei Nacht, wenn keine Rettungsboote unterwegs sind, verstanden?«

Die freundlich hilfsbereite Dame, eine andere als zuvor, nahm das störrische Bedienteil, holte die Batterien heraus und legte sie wieder ein. Hatte ich auch schon gemacht. Sie drückte auf denselben Knöpfen rum, die auch ich gedrückt hatte. Ich glaubte nicht daran, dass die geringe Reichweite einer Infrarot-Fernbedienung tatsächlich ausreichen würde, um eine Klimaanlage in der Mitte des Campingplatzes von der Rezeption aus zu starten.

Wir verständigen uns letztendlich darauf, dass sie einen montatore, den Monteur, verständigt, der nachsehen würde. Sie behielt das bockige Teil bei sich und klebte einen Zettel drauf. »Z9«. Und sie versprach mir beim Carbonara-Rezept ihrer Mutter, der Monteur würde in avanti kommen.

Das liebte ich an Capalonga. Egal mit welchem Problem, welcher dämlichen Frage oder nur um zu wissen, wie das Wetter die nächsten Tage wird. Das Personal nahm sich mir immer an. Freundlich und verständlich, so wie man sich das als Gast auch wünscht. Selbst wenn ein Camper oder eine Camperin schlecht gelaunt oder mit falschem Ton Rabatz macht, bleiben sie gelassen und lösen sein/ihr Problem auf die italienische Art. Was in der Regel auch funktionierte.

Ich wieder avanti retour. Zu Emelie und dem Brutkasten. Zum nun schon sechsten Mal heute. Ich hätte glatt Kilometergeld verlangen können. Aber von wem? Von Emelie, die mich enttäuscht ansah, als ich ohne eine fabrikneue, originalverpackte Klimaanlage wieder aufkreuzte. Sie sagte erst nichts und zog demonstrativ an der Wasserflasche an, so als hätte ich die Klima kaputt gemacht.

»Bäh! Eklig! Schmeckt wie …« Sie sprach es nicht aus. »Und wie soll ich die heutige Nacht überleben, wenn dieses Scheißding nicht geht? Soll ich mir etwa Eiswürfel ins Bett legen?« Ich fand die Idee super. Leider war sie nicht ernst gemeint von ihr. Als ich lachte, warf sie mir die Flasche an die Schulter. Haha, die war aus Plastik- PET.

Ich blieb ganz cool, was aber nicht so einfach war bei der Bullenhitze. Kratzte mich an der Schulter, wo die Flasche mich getroffen hatte, und meinte nur: »Wart's doch erst mal ab, Emelie. Kommt gleich jemand. Wirst sehen, spätestens heute Abend, heute Nacht, drei Uhr vierundzwanzig, läuft das Ding schon wieder auf Hochtouren. Und eher lass ich den Starkstrom-Monteur nicht weg.« Ich hatte gehofft, die nette Dame von der Rezeption würde uns einen Elektriker oder ähnlichen Fachmann herschicken, doch wir waren in Italien. Da konnte jeder alles.

»Schwöre, Fredy! Lege jetzt die rechte Hand auf meinen Laptop und schwöre! Bei all deinen Lebkuchen!«

Das hörte sich verteufelt und gefährlich an, sie hatte nicht mal Läppi gesagt. Ich wollte was Unanständiges erwidern, doch dann kam schon ein siegessicher lächelnder Monteur in Montur daher. Auf seinem Dienstfahrrad, und mit einer schlanken Bedienung in der Hand. Fernbedienung! Auch er drückte auf den Tasten herum, grad so, als wolle er mit dem Telekommander eine geniale Symphonie komponieren. Es tat sich nichts. Nicht mal ein C-Dur gab der leise dahinsummende Motor von sich. Auch ein Batteriewechsel brachte keine anderen Noten hervor.

Er handyfonierte. Ein Kollege kam angedüst, stellte sich uns vor. Er wäre ein echter Monteur, nicht Hausmeister, wie der Kollege, versicherte er in kleingehacktem Deutsch.

Emelie fragte in unser Trigespräch unter Männern hinein, sie könne uns die Bastelanleitung für italienische Klimaanlagen aus *ihrem Internet* herunterladen, sie müsste nur den genauen Typ wissen.

Der schwarz gelockte Elektriker winkte erschrocken ab. Er wäre glücklich verheiraten, könne nichts dafür, wenn er der ideale Typ für Emelies Zukunftspläne wäre. Es handelte sich aber nur um ein kleines Missverständnis, aufgrund des Luxemburg-Italienisch Sprachmix.

Er brauche keine Bedienungsanleitung, ging es quietsch-fidel weiter. Er wäre nämlich ein ganz Schlauer. Er hob den Finger und lief einfach weg, hatte dieselbe Idee, die Emelie und ich auch bereits hatten. Die Fernbedienung einfach nur auswechseln. Zu was gab es schließlich Caravans, die zurzeit nicht belegt waren wie Wurstsemmeln.

Genau achtzehn Grad, Gott sei Dank im Plusbereich, ließ Emelie vom ihm einstellen. Dann er nahm seine Leihgabe vom »Z6« wieder mit. Morgen früh, meinte er beim Gehen mit dem Fahrrad, würden wir einen neuen Telekommander bekommen.

War richtig blöd, dass die Generalkarte des Elektrikers nicht in den Schlitz meines Laptops gepasst hat, um sie so zu kopieren, sonst hätte ich die Fernbedienung vom »Z6« noch einmal holen, die Temperatur nach meinen, nicht nach Emelies Wünschen einstellen können.

*

»Ja, montags in Lignano, dienstags in Bibione. Und dann mittwochs in Latisana. Donnerstags ist…« Es ging wieder um die Wochenmärkte.

»He, reicht schon wieder, Fredy!«, bremste Emelie mich.
»Zwei Märkte genügen mir vollkommen. Nur Käse und ein paar Kleinigkeiten, mehr einzukaufen auf dem Markt, hatte ich eigentlich nicht vor. Und außerdem, wann soll ich mich noch an den Strand in die Sonne legen, wenn wir von Markt zu Markt rennen?«

Alle Märkte schlossen um genau Punkt zwölf Uhr, wäre also noch jede Menge Zeit, nachmittags Sonnenbäder und das blaue Meer in Ruhe genießen zu können, doch irgen… Scheiße, schon wieder! Erneut musste ich Emelie rechtgeben. Wir kannten alle Wochenmärkte in naher Umgebung, hatten jahrelange Erfahrung. Auch wenn sie alle ein etwas anderes Sortiment anpriesen, irgendwann hatte man genug davon. Vor allem von den Menschenmassen, die sich durch die breiten und doch verstopften Gänge der Wochenmärkte durchzwängten, als wär jede Woche ein Sommer-Schlussverkauf in vollem Gange.

»Si! Abgemacht, Hase, zwei Märkte, keinen mehr. Aber dafür gehen wir morgen Eis essen. In der Stadt!« Sie wusste haargenau, was ich damit meinte.

»Gut, aber zuerst shoppen. Ich müsste nämlich noch zwei Geschenke besorgen, Fredy.«

Oh, für mich? Seit wann will Emelie mir was schenken? Wäre ja was ganz Neues. Und dann gleich zwei Geschenke!

Eines würde doch auch genügen. Doch wie das Leben nun mal so spielte, mit mir ganz besonders übel, kam es anders, als ich überheblicher Tropf es mir einbildet hatte. Die zwei Geschenke waren für Luxemburg gedacht.

*

»Schau mal, Emelie, die ersten Leute kommen eben vom Strand zurück. Ich glaube, wir zwei Bildhübschen könnten uns schön langsam fertigmachen.« Meine Betonung lag auf schön, nicht auf langsam.

Warum wir uns nun gegenseitig fertigmachen sollen? Um Abendessen gehen, in anderen Klamotten. Es war eine fast schon uralte Tradition von uns, dass wir stets am ersten und am letzten Urlaubstag nie selbst etwas kochen oder grillen, sondern feinst Essen gingen. Genauso wie an den Tagen, an denen wir von frühmorgens bis spätabends irgendwo in Italien rumstreunten. An anderen, ganz normalen Urlaubstagen wurde der Selbstversorgermodus eingeschalten.

»Och, das gilt nicht, Fredy! Das ist jetzt total unfair. Das hättest du mir vorher schon sagen müssen, dass du dich in deine beste Schale schmeißt! Verdammter Mist, jetzt muss ich mich *noch* mal umziehen!«

»Nein, brauchst du nicht, Emelie, ich ziehe mich um, das geht schneller, sonst macht *unsere Pizzeria* ja derweil zu.« Das wäre gegen ein Uhr in der Nacht gewesen. Jetzt war es halb sieben.

Ich steifte mir ein anders einfarbiges Polohemd über, da sie das kunterbunte Sommerhemd, das ich zuvor anhatte, nicht noch gekannt hatte. Die meiste Farbe im Hemd war Bananen-Gelb gewesen, darum auch der Ausdruck Schale.

»Besser?«

»Viel besser! Jetzt kenne ich dich auch wieder. Jetzt bist du wieder ganz der Alte! Hihi«, grinste sie. Schon war das Umzieh-Kriegsbeil begraben.

Der Alte! Stimmte aber. Emelie dachte dabei nicht an die Krimiserie. Das Polohemd, das ich jetzt anhatte, war schon etwas älter, und machte somit auch mich älter.

Aber wehe mir, ich hätte von Emelie verlangt, sie müsse ein schwarzes T-Shirts mit V-Ausschnitt anziehen, das sie früher schon mal getragen hat. Oh, mein Gott!

*

»Ah! Buonasera, donna! Guten Abend, der Herr! Schön, dass ihr auch dieses Jahr den Weg wieder hierher gefunden habt. Come stai? Alles gut?« Die charmante und sehr freundliche Begrüßung kam von *unserem Oberkellner*, den wir auch schon seit Jahren kannten, und der uns bereits von Weitem hatte kommen gesehen. Er bat uns nun an einen der Tische, und die wir auch bevorzugten. Nicht direkt unter dem aufrollbaren Dach, aber auch nicht ganz so nah an der Hauptstraße, der Viale dei Ginepri. Die hohen Hecken, in denen sich die Monster-Mücken immer verstecken, um sich ihr nächstes Stechopfer auszusuchen, wir wollten sie nicht stören.

Emelie warf gleich mal ihre todbringende Waffe auf den Tisch. Das extrastarke Mückenspray, welches sogar gegen die Malaria-Mücke half. Ich hatte bisher noch keine davon angetroffen. Wahrscheinlich, weil Emelie diese gefährliche Rasse gleich in unserem ersten Italien-Urlaub ausrottet hat. In Bibione und der ganzen Umgebung, die bei uns beiden bis Venedig, Triest und San Daniele reicht.

Unser Kellner brachte uns nicht nur die Speisekarten. Er stellte uns noch zusätzlich eine dieser Anti-Mücken-Kerzen auf unseren Tisch, was bei so manch anderem Gast leichtes Stirnrunzeln verursachte.

»Ach, sieh an. Diie zweii schon wieder! Die kriegen hier wohl überall ihre Extrabratwurst gebacken«, hörte ich eine gehässige, weibliche Stimme in Ohrenreichweite quieken. Als sich der Ober auch noch die Zeit nahm, uns von seinem kurz vor Weihnachten neugeborenem Bambini zu erzählen, und wie stolz er sei, nun einen Bambino und eine Bambina zu haben, war es an dem Nachbartisch ruhiger als in einem Fußballstadion während der Schweigeminute.

»Un mezzo litro Vino bianco, un Aqua Minerale con Gas!« Ich musste all meine eingerosteten Italienischkenntnisse aus dem Kleinhirn rauskramen. Der Oberkellner hätte mich aber auch so verstanden, er war, unter anderem, auch der deutschen Sprache mächtig. Sehr gut sogar, besser als ich der Italienischen.

Fix tippte der unsere Bestellung in seinen elektronischen Notizblock ein, fragte, was wir zu mangiare wünschten. Er ahnte es zwar schon, wollte dies aber noch einmal bestätigt wissen. »Vongole in Weißweinsoße und die Pizza Hawaii«, grinste ich.

»Grazie, mille!«, nickte er. Genau die zwei Gerichte hatte er von uns erwartet. Hätte ich heute eine Pizza capriccioso geordert, wäre ich total von unserer Tradition abgewichen. Die gab es nämlich an einem anderen Tag, aber niemals am Ersten. Er war noch nicht mal richtig weg, da kamen auch schon die Getränke anmarschiert. Ofenwarmes, in Olivenöl getränktes Brot, hatte die nette Bedienung auch dabei.

Der Oberkellner nahm lediglich die Wünsche der Gäste auf und kassierte danach die Rechnung samt Trinkgeld. Die eigentliche Arbeit, das Servieren und Abräumen, machten die Bedienungen. Wir wussten jedoch aus sicherer Quelle, dass das Trinkgeld in eine Sammelkasse für alle wanderte, sodass am Ende des Tages jeder etwas davon abbekam.

Ich mischte Emelie den vino bianco di tavola mit Wasser. War bei der drückenden Abendhitze. Sie bedankte sich. Ich trank das Sprudelwasser pur. Es kam zwar jetzt nicht vom Gardasee, aber aus dem nicht minder beliebten und bekannten Kurort Meran kam. Ich musste ja schließlich nach dem Essen noch heimfahren. Also kam Alkohol, in egal welcher Form, somit auch nicht infrage. Und das den ganzen Urlaub über, was mich aber nicht störte. Bei mir zuhause trank ich ja auch nix, das stärker war als starken schwarzen Kaffee.

Ach, endlich haben wir ihn erwischt! Er ist also doch ein Gesundheitsapostel. Ja! Aber nur so ein winzig Kleiner. Ich mache das ja mit meiner Raucherei wieder wett. Und gegen gesundes Bio-Brot mit Bio-Käse drauf habe ich auch nichts einzuwenden – wenn Emelie es isst.

»Bah, geil! Die schmecken ja noch immer wie am ersten Tag!«, stöhnte Emelie wie die Venus höchst persönlich, als sie die erste Venus-Muschel auf der Zunge zergehen ließ.

Die nörgelnde Dame am Nebentisch, die scheinbar einen etwas ungünstigen Sitzplatz hatte, beugte ihren Oberkörper samt Schmalzlocken zur Seite, was mir dank einer geglückten Augen-OP, die mich vom Singvogel, dem Star befreit hatte, natürlich nicht entgangen war. Wahrscheinlich dachte sie, sie müsse gleich dasselbe bestellen wie Emelie, da die mit dem gehauchten Stöhnen einige Männeraugen auf sich zog. Ungewollt, trotzdem freute sich Emelie darüber. Doch die Nachbarin schien keine Muscheln zu mögen, sie nahm Spaghetti in roter Soße. Als Vorspeise, zum Hauptgang ein Schnitzel »Wiener Art« mit Pommes rot-weiß-rot.

Natürlich blieb das erhoffte Stöhnen bei ihr aus, weil sie ihre aldente Nudeln, scusa, die Spaghetti, nicht mit Liebe genoss wie Emelie ihre Muscheln, sondern mit Gabel und Löffel in sich hineinschaufelte. Wie bei einem Mississippi Raddampfer ging ihr überladenes Besteck ununterbrochen zum weit geöffneten Schlund, der auch kein Ende zu haben schien. Sie hätte ein Maul, das hätte ich erst gesagt, wenn sie dabei gegrunzt hätte.

Schade, dass ihr Schnitzel mit den Pommes dann zu spät kam, da, als wir später bereits am Gehen waren. Wir hätten doch so gerne noch gesehen, wie übervolle Hamsterbacken vor dem Winterschlaf aussehen.

»Fredy, so etwas macht man nicht! Hör auf, den anderen Leuten beim Essen zuzuschauen! Iss du lieber *deine Pizza*, sonst wird *mein Rand* kalt!«, ermahnte Emelie mich. Meine Pizza, ihr Rand. Dem war auch so. Ich war nicht sonderlich scharf auf den Teig, hielt mich lieber an das, was sich im Spielfeld befand. An Ananasstücke und Hinterschinken, an flüssigen Mozzarella und pikante Tomatensoße. Das Pizza-Gebilde ergäbe, wäre auch noch ein grünes Salatblatt dabei, einen Toast Hawaii. Nur ohne Deckel. Aber die Pizza war mir in ihrer Urform eh viel lieber.

»Wenn du grad auf meinem Platz sitzen würdest, Emelie, würden deine Muscheln zu neuem Leben erwachen, da du nämlich auch nicht mehr zum Essen kämst.« Ich flüsterte, lehnte mich dabei leicht nach vorn. Legte schon mal einen Teil meines Pizzarandes auf Emelies tiefen Teller. Und was machte die? Sie drehte ihren Kopf sofort scharf nach rechts.

Weil sie nicht unhöflich sein wollte, grinste sie die erschrockene Dame am Nebentisch dabei an und fragte auch noch, ob die Pasta schmecken würden. Die nuschelte mit vollem Mund irgendwas von Nudeln und nickte. »Hab ich mir auch gedacht«, sagte Emelie weiter. »Man hört es nicht nur laut und undeutlich, man sieht's auch. Sie haben nämlich einen Spaghetti am rechten Ohr kleben. Wenn sie Soße brauchen, die finden sie auf ihrer hübsch geblümten Oma-Bluse. Nun waren nicht bloß die Backen der Dame dick, auch ihr Hals hatte stark an Umfang zugenommen. Schade, dass ihr Göttergatte soeben vom Klo zurückkam und sie gleich darauf hinwies, sie habe da einen roten Fleck auf der-Bluse, sonst hätte Emelie ihr noch den ganzen Rest der Speisekarte auf die Klamotten gedichtet.

Unser Abend hier wäre sicher noch sehr lustig, auch lang geworden, hätten wir uns noch ein dolce, einen Nachtisch bestellt, um auf das Schnitzel der Nachbarin zu warten.

Unser Oberkellner bedankte sich abschließend mit einem gar lockeren Händedruck, auch, dass wir heute wieder hier gewesen wären. Und für das spendable Trinkgeld von uns, bei dessen Höhe er in Luxemburg glatt verhungern müsste.

Über wen diese arg frustrierte Dame mit der getrockneten Nudel am Luchsohr hinter unserem Rücken danach herzog, das entzog sich unseren Kenntnissen, weil die Sängerin mit der Orgel, die ihr Abendprogramm grad eröffnete, nicht nur eine sehr schöne, sondern auch sehr laute Stimme zum Besten gab. Wir hörten sie noch an der Eisdiele, hundert Meter von der Pizzeria entfernt. Ah, die Ohr-Nudel der Dame war übrigens nur eine graue Strähne, die aber aus der Weite fast wie eine Spaghetti ausgesehen hatte.

Ich staunte. Nicht nur wegen der vielen Eissorten. Emelie

hatte heute Abend Lust auf Eis. Ausnahmsweise. Sie nahm eine Kugel. Eine kugelrunde Kugel. Orange, jedoch ohne Sahne, in der Waffel. Ich eine Zitrone, beide Sorten waren ohne Schale. Wir bummelten stolz wie klein Erna, wenn sie keine Windeln mehr braucht, durch *unser Dorf*, schauten in unzählige Schaufenster und kamen dabei auch in die Nähe von Emelies Designer-Schuhladen. Was wir leider etwas zu spät bemerkten. Emelie hatte heut nicht vorgehabt, Schuhe zu kaufen. Zudem war das Betreten aller Läden mit Eis in der Hand verboten, was ihr Kopf und Kreditkarte rettete.

»Buonasera! Eute angekomme?« Es war die betriebsame Gattin des Schuhdesigners, die uns gerade noch abfing, als wir die Straßenseite schon wechseln wollten.

»Verdammte Scheiße!«, flüsterte Emelie hinter der riesen Eiskugel hervor. »Was soll ich jetzt machen, Fredy? Die gibt doch keine mehr Ruhe, ehe ich nicht mindestens einen vollen Schuhkarton aus ihrem Laden rausschleppe.«

»Ach, lass mich nur machen«, flüsterte ich, auch mit der Eistüte vor meiner Knollennase. Es war eine überaus große Eiskugel, darum sah man meine Nase nicht. »Si, si! Heute angekommen. Müde, viel anstrengend, unsere grande Fahrt von die Heimat bis zu Italia.« Meine Italienischkenntnisse waren um diese Uhrzeit mindestens genauso miserabel wie das deutsche Kauderwelsch der modebewussten Frau. Also unterhielten wir uns auch so. Fifty – Fifty.

»Abe viele neu modella. Molto bene. Wolle du anschaue und probiere?« Emelie rümpfte zuerst ihre Nase, doch dann präsentierte sie ihr die nun fast leere Eiswaffel. Dann, ganz plötzlich, schwenkte sie den Arm und zeigte mit der Waffel auf mich. Ich armer, totalst erschöpfter Kerl, der auch nicht mehr der Jüngste sei, müsse dringend ins Heiabetti, begann

Emelie zu flunkern. Was nicht einmal arg übertrieben war, nach dem langen Tag. Und dieser ewigen Rennerei wegen dem Caravan Schlüssel.

»Scusi, morgen Abend. Meine Füße sind angeschwollen. Morgen ist der Signore auch wieder fitter«, sagte Emelie in astreinem Italienisch. Wie ja bereits gesagt, Emelie sprach mehrere Sprachen. Oft auch in einem Satz. Daher sprachen wir auch nicht immer ein und dieselbe, und oft aneinander vorbei. Machte uns aber nix. Das war sogar lustig.

»Fredy, ich hatte wirklich keine Lust …«

»Passt scho! Die weiß doch genau, dass auf dich verlass ist. Dass du morgen bei ihr auf der Matte draufstehst, in all den neuen Schuhen, die sie dir freundlichst zu Füßen legen wird, und du mit mehr als nur einem Karton ihren Laden verlassen wirst«, tröste ich Emelie, als sie einen tief heraufgeholten Stoßseufzer ausstieß, wir ohne einen Schuhkarton im Wagen saßen.

Ich startete Emelies Kleinwagen ganz schnell, parke ihn noch schneller aus. So schnell hatte ich ihre Kreditkarten noch nie in Sicherheit gebracht, da Emelie kurz davor war, es sich doch noch mal anders zu überlegen. Noch schneller waren wir dann weg von dem verlockenden Schuhgeschäft, als die Donna uns noch nachwinkte. Weit weg von diesem bösen Kreditkarten-Leseapparat, der Emelies armes Konto schlimmer hätte aussehen lassen als nach einer Radikaldiät.

Einundzwanzig Uhr und dreißig Minuten. Der hellwache Nachtpförtner winkte uns einfach durch. Er hatte erst Emelies auffälligen Wagen, dann auch uns beide erkannt. Kein Wunder, waren wir nun schon seit x-Jahren Stammcamper auf Capalonga. Emelies weißes Auto mit dem schwarzen

Dach und gelb leuchtendem Nummernschild sah genauso aus wie ein Raubtier mit gefräßigem Maul.

Wir setzten uns noch ein bisschen auf unsere gemütliche Terrasse. Ich zündete eine Mückenspirale an und stellte die unter den Tisch mit unserer neuen Erdbeertischdecke. Aber nicht, ohne zuvor erst noch die aktuellen Windverhältnisse zu messen. Per nassem Finger. Nur ein Windhauch von der falschen Seite, schon wären meine grauen Synthetiksocken in Rauch und Asche aufgegangen. Um mich zusätzlich vor den nächtlichen Heimkehrern, den nimmersatten Mücken, zu schützen, sprang ich in den Jogginganzug, der noch nie eine Joggingtour erlebte. Emelie reichte eine Jacke, welche sie sich locker flockig aus dem Handgelenk über die Schultern warf. Dazu sprühte sie sich kräftig mit Mückenschutz ein. Gespenstisch, die Nebelschwaden im Halbdunkeln.

Ein Nachbar war eben auf dem Weg zur Müllstation, um dort eine leere eineinhalb Liter Weinpulle verschwinden zu lassen. Heimlich, darum trug er seine Restmülltüte auch so in der Hand, dass wir diese sehen konnten, nicht jedoch die Weinflasche. Tja, das dachte er zumindest. Er nickte uns an und wies uns ganz freundlich darauf hin, Grillen sei auf der Terrasse streng untersagt. Er hatte Emelies Anti-Mücken Giftwolke doch glatt für Grillrauch gehalten.

Ich war höflich und grüßte auf urbayrisch zurück steckte ihm bei der Gelegenheit, die Carabinieri würden morgen eine großräumig angelegte Alkoholkontrolle planen. Er soll also bis mindestens morgen Spätnachmittag warten, bevor er seinen Wagen besteige, um damit durch Italien zu fahren. Dass ich auf seine unsichtbare Weinflasche zeigte, wurmte ihn zwar arg, trotzdem bedankte er sich.

»Bah, das war echt super, Fredy!«, applaudierte Emelie,

die meinen Scherz ausbaute. »Das musst du am Vorabend machen, wenn wir am nächsten Tag abreisen. Samstag, am Vormittag wären dann alle Straßen leer gefegt. Mindestens bis zur Autobahn gen Verona. Hihi!«

Ich musste mir also nur noch etwas für die Autobahn A4 einfallen lassen, um die Autofahrer in die entgegengesetzte Richtung, nach Wien zu lotsen. Auch an unseren weiteren Hauptknotenpunkten und am Gardasee, wurde es nämlich stets ziemlich eng auf den Schnellstraßen.

Ein flüchtiger Gedanke noch, was wir am Sonntag, also morgen, anstellen könnten, schon war ein verdammt langer und sehr harter Tag zu ende. Unser erster Urlaubstag. Gut, dass die Klimaanlage nun auf Hochtouren lief.

# Kapitel 6

*Der erste Grillabend*

Zweimal war ich letzte Nacht auf, nur um nachzusehen, ob Emelie wieder mal zum Naschen im Kühlschrank war und aus Versehen die Tür aufgelassen hatte. So saukalt war es da in unserem Caravan gewesen. Emelie schlafwandelte gern. Aber nur in den Nächten, wenn sie zuvor lediglich die Vongole ohne alles, nur mit Pizzarand gegessen hatte.

Ganze achtzehn Grad waren es letzte Nacht im Caravan gewesen. Das wäre noch nicht einmal so schlimm, aber der Luftstrahl, den unsere Klimaanlage ausblies, der wehte mir beim Schlafen genau ins Genick. Gut für meinen Hals, dass ich Frühaufsteher bin. Halb fünf, allerhöchstens fünf, dann war Schluss mit dem Augen zulassen. Schluss, von einer ganz bestimmten Donna zu träumen.

Genauso lautlos wie ein blonder Panther hechtete ich in meine bereits bereitliegende Jogginghose und schlüpfte in meinen grauen Lieblingspullover. Danach schnappte mir meine Thermoskanne mit dem extrastarken Kaffee, den ich ja schon am Vorabend durch den Filter gejagt hatte, setzte mich auf die Terrasse raus. Der Wecker mit Temperaturanzeige, der mir letzte Nacht leise zugeflüstert hatte, ich wäre kurz vor dem Schockgefrieren, musste natürlich auch mit. Als alteingesessener Proficamper, da muss ich schließlich Bescheid wissen, ob *unsere* italienische Morgensonne auch so pünktlich in den Himmel stieg, wie die Mittagsschranke runter. Eigentlich wusste ich es auf die Sekunde, dass dem wirklich so war, aber man hatte uns ja eindringlich gewarnt, es habe sich Einiges und Manches geändert auf Capalonga. Warum auch nicht. Der Sonnenaufgang gehörte schließlich mit zum Campingplatz. Also auch zu *unserer Terrasse*, bei der bekanntlich im Preis alles schon mit drin war.

Den ersten Strahl il sole nutze ich auch gleich dazu, einen schwankenden Wetterbericht zu erstellen. Sah echt gut aus. Besser als ich selbst am frühen Morgen allemal. Käppi und Mineralwasser bei Fuß hieß das an solch einem Tag, der mit Wärme wohl nicht geizen wird. Den zweiten Sonnenstrahl, der um einiges wärmer war, fing ich mit meinem Rätselheft ein. Mit der Sudoku Seite. Wenn ich hellwach sein musste, sollte es mein grau meliertes Hirn auch werden.

Da unser Campingplatz international bestückt war, löste ich amerikanische und Schwedenrätsel. Dabei machte ich schon mir Gedanken – jaa, auch Mann kann zwei Dinge auf einmal – was ich der noch schlafende Emelie heute dichten könnte. Da weder Spüle noch Dusche tropften, musste ich mich selber dichten. Ein freundliches Verslein schmieden.

Tagtäglich, weil so Tradition, dichtete ich Emelie etwas Nettes. Für dieses oftmals gar nicht so leichte Unterfangen hatte ich den quadratischen und vierhundertachtzig Seiten dicken Notizwürfel dabei. Klein und zartrosa, fast überall selbstklebend. Der Halbe davon lag beim Kugelschreiber auf der Terrasse, die andere, untere Hälfte, neben unserer Kaffeemaschine, wo sich ebenfalls ein Kritzelstift befand. Für die Einkaufsplanung, damit wir auch ja nichts Falsches oder, um Himmels Willen, gar zu wenig einkaufen. Lieber in Spaghetti und Tomaten ersticken als verhungern.

Das fertige Gedicht hörte sich dann auch wie folgt an.

*Ach, was haben wir uns doch lang danach gesehnt,*
*dass die liebe gelbe Sonne uns den Arsch verbrehnt.*
*Tauben, die morgens auf die Veranda kacken müssen,*
*es spätabends es auf dem heißen Grill dann büßen.*

Etwa nicht romantisch? So was Romantisches würde ich Emelie auch nie schreiben, geschweige denn sogar dichten. Aber da Emelie ihre ganze Litanei meiner wunderschönen Gedichte, die sie in den letzten Campingjahren zum Dahinschmelzen brachten, im aufbruchsicheren Bankschließfach in Luxemburg verwahrte, musste ich nun improvisieren!

Sollte sie in der Zeit, in der ich unsere Geschichte runter tippe, keins davon freiwillig rausrücken, um es mit reinbasteln zu können, werden meine genialen Meisterwerke der Poesie wohl für immer und ewig im Verborgenen, für die gesamte Menschheit unentdeckt bleiben.

Um knapp vor sieben, die Zeit, wo Emelie noch schlief, schlich ich lautlos in den Caravan und holte meine Waschsachen heraus. Ich war nämlich Fremdduscher. Was aber lediglich hieß, ich dusche auch in jener Dusche, in die alle Camper gingen, die ihre eigene Dusche nicht dabeihatten. Die lag nur gut hundert Schritte von unserem Stellplatz entfernt. Unsere Duschkabine, die von dem giftroten Caravan »Z9«, benutze ich nur nachmittags, nach meinem Sprung ins handwarme Meer. Danach war ich nämlich oft zu faul, um noch bis zum Duschhäuschen vorzulaufen.

In der Warmbrause versuchte ich, das Beste aus meinem sehenswerten Luxuskörper rauszuholen. Unter dem allseits bekannten Motto: Deine Hoffnung krepiert zuletzt. Schade ich war der Einzige war, der an das große Wunder glaubte.

Irgendwann mal, eines schönen Tages, von mir aus auch abends, werde ich der strahlende Sieger sein. Wie gut, dass ich ein sehr, sehr geduldiger Mensch bin.

Heute hatte ich weibliche Unterstützung. Emelie half mir beim Hoffen. Sie kroch aus ihrem Doppelbett, um meinen Duscherfolg zu begutachten, als ich von der actionreichen Erlebnistour zurückkam.

»Gib nur nicht auf, Fredy!« Das war ihr Dank dafür, dass ich mir beim Dichten das Hirn zermartert hatte. »Ich denke, du bist auch schon ganz nah dran. Vielleicht solltest du mal das Duschgel wechseln. Übrigens, dein Gedicht ...«

»Ja?« Ich hatte nur das nasse Handtuch um, das ich hätte schmeißen können. »Es ist ein Gedicht, äh schön!«

Diese Kurve war verdammt eng angeschnitten, sie hatte sie aber grad noch mal gekriegt. Ich fragte höflich, was sie vom Bäcker wolle. Nichts, weil der Bäcker eine Bäckerin wäre, musste ich mir anhören. Emelie war süchtig auf das nette italienische Bäckermädel - eifersüchtig.

Sie wollte mit. Wie jedes Jahr, wenn wir die erste Runde durch *unser Pineda* machten, um zum ersten Mal für diese Saison unser Frühstück einzukaufen.

Dazu gehörte auch ein Abstecher zum hiesigen Metzger. Bei dessen Sprössling, den ich früher für einen Lehrbuben hielt, durfte ich keine spitzen Bemerkungen machen, wenn er Emelie mit unrasiertem Kinnladen und blutverschmierten Kittel so anhimmelte, als wäre sie ein ideales Opfer für die Schlachtbank. Er sei nur sehr freundlich und zuvorkommend zu ihr, widersprach Emelie energisch. Dass der junge Metzger supertoll und unglaublich männlich aussähe, dafür könne sie ja wohl nichts. *Meine Bäckerin* aber ...

Bei der schnuckeligen Bäckerin dagegen, die auch noch eine nette Kollegin hat, die mich aber nie zu einem Gedicht inspirierte, dasselbe Spiel wie in jedem Jahr. Zumindest am ersten Tag, und wenn Emelie dabei war.

Es war viertel vor acht Uhr und eine Handvoll hungriger Kunden stand bereits Schlange, als wir in den Laden traten. Die Bäckerin entdeckte uns und begann zu grinsen. Sie ließ die esslustige Schlange links liegen und sprang hinter ihrer Theke hervor. Fiel mir sofort um meinen frisch geduschten Hals. Ohne Scheiß!

Wie sie sich freuen würde, mich endlich wiederzusehen. Dasselbe sagte sie auch zur Emelie, nur ohne dass sie deren Hals mit einer zärtlichen Berührung aus nächster Nähe begutachtete. Aber immerhin, die rechte Hand streckte sie ihr entgegen. Emelie wollte gleich wissen, wie viel weiblichen Druck die rechte Hand der schulterlang, dunkel gelockten, italienischen Bäckerin aushielt, ohne ihr gleich die Finger zu brechen. Emelie drückte zwar fest, aber scheinbar nicht fest genug. Die Bäckerin lächelte mich ungeniert weiter an.

Als wir unseren Korb halb und Emelie die Nase ganz voll hatte, ging es weiter zum Metzger. Wir hätten die Einkäufe auch zu Fuß oder mit dem Fahrrad, vor allem aber getrennt voneinander erledigen können, doch da blieben wir unseren alten Sitten und Gebräuchen treu, fuhren ganz bequem mit dem Wagen durchs Dorf.

Pass auf Fredy, jetzt blüht dir gleich dasselbe, wie ihr in der Bäckerei, dachte ich bei mir - etwas zu früh. Weder den alten Metzger im Seniorenalter noch seinen Sohnemann im Rentieralter gab es noch. Renn-Tier-Alter müsste es eigentlich heißen, da er stets so hastig zur Tür gerannt war, wenn Emelie vor dem Plastikvorhang stand. Um nachzuschauen, die Sonne es war oder Emelie, die ihn so plötzlich blendete. Der arme Tropf hatte sich aber nie in die Sonne rausgetraut, nie getraut, Emelie anzusprechen. Weil er Depp ausgerechnet mich als einen Rivalen angesehen hatte. Dabei hatte ich charmanter Bursche sogar eigens vor der Tür gewartet, fast unsichtbar um die Ecke herum. Doch was machte der Idiot. Nichts. Niente! Noch nicht mal als er Emelie das Wechselgeld in die auf schon längst einen goldenen Ring wartende Hand drückte, hatte er damals was gesagt, hatte immer nur blöd auf den weiß gefliesten Fußboden gestiert.

San Daniele Schinken, Mortadella senza Pistazie und die Salami Milano. Dieselben Zutaten also wie immer für unser erstes Italia-Frühstück des Jahres.

Leider wurden uns diese unvergleichbaren Delikatessen vom neuen Metzger etwas zu dick aufgeschnitten. Was wir jedoch erst auf der Terrasse feststellen, auf der wir stets die Frühstückstafel aufbauten. Nicht vor dem Schaufenster der Metzgerei, auf unserer Terrasse, als wir zurück waren.

Bevor wir richtig richtig losschlemmen, unsere Bäuche vollschlagen konnten mit den traumhaften Hochgenüssen, mussten wir noch mal außer Haus. Außer Kühlhaus, denn im Caravan lief ja Emelies Klimaanlage noch immer auf Hochtouren, wie ich es an der Außenwand fühlen konnte. Eiszeit! Damit die italienische Butter im Kühlschrank, der auf Stufe fünf von fünf stand, nicht zu weich wird. Obwohl Emelie steinharte Butter genauso gestrichen dick hatte wie ich. Unsere Frühstücksbutter auf der Terrasse musste weich sein wie … Butter. Wir konnten es beide nicht haben, wenn sie die Semmeln schon beim Bestreichen in Semmelbrösel zerfetzte.

Tja, Pech gehabt, nicht mit uns! Denn wir konnten noch

um so einiges härter sein. Was die schneeweiße italienische Bergbauernbutter in der prallen Sonne stehend dann auch zu spüren bekam. So cremig weich wie streichfähige Butter wurde sie in der Sonne in Sekundenschnelle.

Es war unser Freund der Fischliebhaber, der uns zu sich rief, unsere Hütte noch einmal zu verlassen. Der Fischmann aus Jesolo, nahe Venedig. Natürlich plärrte der Fischfänger nicht gleich über den ganzen Campingplatz. Wir mussten aber auch nicht bis nach Jesolo laufen, um an unseren Fisch zu kommen. Er stand mit dem Kühlwagen »In die Nähe von die Einkaufcenter, wo Sie eute frische Fische kaufe könne«, wie es das aufmerksame Fräulein der Rezeption am Platzlautsprecher eben verlauten ließ. Sonntags und mittwochs, und während der Hauptsaison auch am Freitag. Auch *unser Fischhändler* hat einen Sohn, so wie unser frühere Metzger, doch der war mehr am Fischausnehmen interessiert als an Emelies rehbraunen Augen.

O nein, ich hatte nicht unbedingt vor, Emelie in Italien zu verkuppeln, um mir so das nervige Einpacken ihrer Schuhkartons zu ersparen. Sie hätte mich ja auch nicht in Sauerbrotteig gewickelt vor der Bäckerei abgelegt, um sich noch mehr Treter zulegen zu können. Nö! Da waren wir uns einig wie eineiige Zwillinge. Emelie verzichtete dann doch lieber drauf, ein paar Schuhe zu viel einzukaufen, dafür durfte ich sie am Urlaubsende wieder nach Hause chauffieren. Nett!

Die griechische Dorade, die sich heute zu ihrem eigenen Nachteil in die italienische Adria verschwommen hatte, die zwei Jakobsmuscheln und die achthundert Gramm schwere Lachsforelle waren rasch gekauft. Den Handbund frischen prezzemolo, Petersilie, gab es stets gratis dazu, weil wir uns schon so lang kannten. Die Fischmänner und wir.

Als wir wieder am Caravan zurück waren, war auch die störrische Butter weich genug, um sie ganz behutsam über die knackfrischen Semmeln träufeln zu können.

Eine ganze Stunde brauchen wir meist für das Frühstück. Aber das auch nur, da ich immer zwei Semmeln aß, Emelie nur eine. Genießen, mit allen sechs Sinnen. Ganz in Ruhe, entschleunigt, nicht einfach lieblos in sich hineinschlingen. So was in der Art hatte ich auch schon mal erwähnt. Gleich am Anfang. Ent-, nicht beschleunigen taten wir in Italien.

»Geht das auch mal etwas schneller?«, fragte Emelie. Ich war eben dabei, original italienische Erdbeermarmelade auf die letzte der vier Semmelhälften zu schmieren, die wir bei *meiner Bäckerin* gekauft hatten. Mir war, als hätte ich dabei an Ruhe und Entschleunigung gedacht. »Ich würde nämlich gern noch mal ins Dorf reinschauen, bevor wir in die Stadt fahren.«

»Vorbeischauen?«, entgegnete ich ihr etwas argwöhnisch und presste dabei die Brauen zusammen. »Wenn wir nach Bibione fahren, dann schaust du doch eh dran vorbei. Musst mir halt nur Bescheid geben, wie schnell oder langsam ich durch Pineda durchfahren soll. Ob du schnell oder langsam vorbeischauen willst.«

»Du Depp! Du weißt ganz genau, was ich schauen will.«

»Ob dieser Muskelmann in der Metzgerei, der neufrische Metzger mit dem Dreitagebart, nur ein Albtraum war?«

»Vollidiot!«

Wie gesagt, in diesem Urlaub war einiges Neu, manches sogar besser. Auch Emelies Spitznamenliste für mich, die, befürchte ich, von Tag zu Tag immer länger werden wird.

Ich musste meine halbe Marmeladensemmel dann doch nicht in Alufolie wickeln, um sie unterwegs zu essen. Ich durfte sie fertig tafeln, da Emelie ein kleines Problem mit ihren diversen schwarzen T-Shirts hatte. Oder es zumindest es vorgab, eines zu haben. Sie habe die falschen schwarzen Schuhe eingepackt. Ein Zustand allerhöchster Not, den man als Frau keinesfalls so belassen dürfe, wie ich nickend bestätigte. Was könnte es für eine so modisch interessierte Frau Schlimmeres geben als unpassendes Schuhwerk. Hm? Keine dazu passende Handtasche, folgerte ich nichts Böses ahnend, als ich einen arg verzweifelten Hilfeschrei aus dem Caravan herausdringen hörte.

»Oh Gott, nein! Was für eine Scheiße!«

»Was ist, Emelie? Ist ein Absatz abgebrochen?« Das hätte ich als mutwillig eingestuft, nur um neue Schuhe kaufen zu können.

»Nein, viel schlimmer, Fredy! Mein armer Läppi, der hat kein Netz mehr!« Himmel, wie brutal das Leben doch war.

»Geht statt dem Netz auch eine einfache Angel, dann lauf ich rasch vor. Der Hausmeister hat sicher eine.« Ich wusste, es gibt von A bis Z recht lustige Schimpfwörter, solche wie den Vollidioten. Dass ausgerechnet Emelie alle auswendig kannte, war mir dann doch gänzlich neu.

»Ich dachte, wir wollten nach Bibione reinfahren, für was brauchst du da noch Internetz? Preisvergleich? Das klappt nur daheim, nicht beim italienischen Schuhdesigner.«

»Wegen dem Wetter, du Trottel!«, behauptet sie eisern.

»Das Wetter ist hier draußen! Bei mir, auf der Terrasse, aber nicht in deinem Läppi-deppi. Und nun komm endlich weiter, sonst schnappe ich mir das Fahrrad und strample zur Bäckerei und hole mir einen Krapfen Crema!«

Wie schnell Emelie doch sein konnte, wenn es um neue schwarze Schuhe kaufen ging.

*

Fast magnetisch, wie von Geisterhand gezogen, lenkte uns der Schuhladen auf einen Parkplatz, der zufällig direkt vor der Haustür lag. Der seltsamerweise auch stets dann frei war, wenn Emelies Wagen angerollt kam.

Mir fiel ja der kleine rote handgeschriebene Zettel an der Tür sofort auf. Emelie auch, sie ignorierte ihn. Rot, das war vielleicht bei unserem Caravan eine passende Farbe, aber an einem Schuhladen, und so kurzfristig angebracht?

Und so kam, was auch kommen musste. Emelie musste aussteigen, um diesen roten Zettel zu lesen. Der Laden habe nicht wie gewohnt am Sonntag um halb elf, sondern heute erst am Abend geöffnet. Sollte ich vielleicht einen Feldstecher auf unsere Einpackliste mit draufschreiben? Es könnte uns künftig sicher viel Zeit sparen. Dann bräuchte Emelie nicht mehr auszusteigen, um die Öffnungszeiten zu lesen. Und die Lesebrille könnte auch im Handschuhfach bleiben.

Sie nahm die schmerzende Mitteilung hin wie ein ganzer Kerl. Kein brummiges Muh, auch kein zickiges Mäh, nicht mal ein leises leck mich hörte ich von ihr. Im Gegenteil, sie lächelte. Und da soll der Mann die Frauen verstehen.

*

Wenige Minuten später waren wir in Bibione Stadt, wo ich den Wagen in der kleinen Seitenstraße abstelle, wo es ausreichte, die Parkscheibe in die Frontscheibe zu legen. Es gab nur wenige solcher Plätze. Wir kannten sie alle!

Wir hatten gestern Abend noch ausgemacht, in Bibione nur bummeln zu gehen. Ich werde mich auch daran halten, aber bei Emelie, da hatte ich so meine Zweifel.

Emelie blieb bald vor einem großen Laden stehen, in dem es was gab? Genau das, unendlich viel scarpe. Zu Deutsch: Schuhe! Es war genau jener Laden, in dem mich diese nette Verkäuferin damals Gott sei Dank nicht verstanden hatte, sonst hätte ich jetzt Hausverbot.

Schuh für Schuh, Karton für Karton baute sich damals vor ihr auf. Emelie saß auf einem niederen Schemel. Würde ich nicht ab und zu ihre verzweifelte Stimme gehört haben, hätte ich glatt gedacht, sie wäre schon wieder gegangen, da ich sie gar nicht mehr gesehen hatte vor lauter Kartons und Schuhen. Die Auslage des Ladens, in dem Verkäuferinnen gerade eben die Schaufenster mit neuen Modellen dekoriert hatten, war schon sehr bald leer gewesen. Emelie war total verzweifelt und damit beschäftigt, sich nicht recht entscheiden zu können. Platte Treter, hohe Stiefeletten und sportlich modische Schuhe. Sogar komisch aussehende Modelle, die es in dieser Art vor zweitausend Jahren schon einmal gab, probierte sie an. Im Halbminutentakt. In einem sehr günstig angebrachten Säulen-Spiegel hatte ich sehen können, dass sie bei den meisten ihren Blondschopf schüttelte. Gut, dass Emelie keine Dorade war und keine Schuppen hatte.

Heute, in diesem Urlaub, ging es den Verkäuferinnen und mir nicht recht viel besser, als wir den Laden betreten und uns fünf Minuten umgesehen hatten. Die Masse an Kartons und Schuhe, die vor, neben und hinter Emelie rumlag, war auch nicht kleiner geworden.

»Also, ich würde ja diese hier nehmen!« Ich deutete auf ein Paar, nur um die verzweifelte Verkäuferin zu entlasten. »Links neben dir, die fast so aussehen wie Hauspantoffeln, die sehen echt total beschissen aus. Die roten daneben, als würdest du im Puff arbeiten. Und das Paar, in dem die Verkäuferin wie auf rohen Eiern rumdackelt, dazu bräuchtest du Krücken, damit du nicht alle zwei Meter auf dein zartes Rehnäschen fällst. Oder gleich einen Rollstuhl. Haha.« Ich hatte bei den ehrlichen, aber gerechten Kommentaren stets die schon schwitzende Verkäuferin angelächelt, diese hatte meine Worte aber nicht verstehen oder deuten können. Das junge Mädchen hatte auch nicht die Argumente im Ärmel, die sie für den Härtefall Emelie gebraucht hätte.

»Meinst du wirklich? Ich habe nämlich auch schon an die gedacht«, sagte Emelie und schaute sich den auserwählten Schuh noch mal aus Rehnasennähe an, da ihre Brille in den endlosen Tiefen der Handtasche oder dem Handschuhfach verschollen war. »Solche habe ich noch nicht, gell, Fredy?«

»Nein. Ich bin mir auch ganz sicher, ganz Luxemburg hat keinen solchen tollen Schuh! Weder den linken Schuh noch den rechten.« Ich vermied es, sie darauf hinzuweisen, der Schuh hätte die falsche Farbe, er wären nicht schwarz.

»Das ging ja richtig fix heute! Gut, eingekauft, Hase!«, sagte ich zu Emelie, als wir den Schuhladen mit einem Paar Schuhe verlassen hatten. »Keine halbe Stunde hast du heute gebraucht, um die komplette Schaufenster-Deko, das Lager und die Nerven er Schuhverkäuferin zu zerstören. Rekord! Wenn du noch ein bisschen übst, schaffst du das nächstes Jahr in nicht mal zehn Minuten.«

»Depp, bayrischer!«

Die so gewonnene Zeit wollten wir sinnloslos verprassen. Wir. Das waren Emelie und der für Essig und Öl zu niedere Schuhkarton. Ich war auch mit dabei. Wir schlenderten die lange, wachslichtgerade Einkaufsmeile von Bibione Stadt entlang. Auf der überall berühmten Via Castellazioni, der Straße, die dann weiter hinten Viale Aurora hieß.

»Ich muss aufs Klo!«

»Wir sind hier aber nicht auf der Autobahn, Emelie, auch wenn die Straße hier beinahe so aussieht. Hier gibt es auch kein achteckiges Häuschen, hinter dem schöne Blümchen wachsen würden. Apropos, wo sind die Blumen eigentlich? Du weißt schon, die, die du an der Autobahn gepflückt hast, als ich dachte, man hätte dich entführt.« Sie verweigerte die Aussage.

Emelie hatte unwahrscheinlich Glück, wir waren bereits kurz vor einer Art Rastplatz. In der Einkaufsstraße befand sich nämlich unser zweites Lieblingscafé, welches wir, vor allem Emelie, dann auch schleunigst aufsuchten. Das erste Lieblingscafé war im Corso del Sole. So hatten wir, egal in welche Richtung es uns auch immer trieb, eine zuverlässige Anlaufstelle nach unserem Geschmack. Klo inklusive.

Damit Emelies neuestes Schuhwerk nicht so einsam war, hatte sie auf dem Weg zum Café noch ein T-Shirt und ein Kleid ersteigert. In - nicht schwarz! Weder in hellem, schon gar nicht in Dunkelschwarz. War echt blöd von mir, meinen tragbaren Wandkalender in München zurückzulassen. Und so konnte ich auch kein rotes X reinmachen.

»Un Cappuccino con Sahne, un Sprizz Aperol«, orderte ich fehlerfrei perfetta. Die Bedienung nickte. Ebenfalls auf Italienisch. »Si, grazie!« Schon kam die Chefin des Hauses, das einen altdeutsch klingenden Namen hat, angetapst, um uns zu Ehrenrittern zu schlagen. Nein! Sie legte lediglich ihre Hand, kein Schwert auf unsere schweißnasse Schulter, um uns so freundlich zu begrüßen. »Come stai?«, fragte sie. Klar ging es uns gut, vor allem Emelies Blase.

Ob die alten Germanen tatsächlich hier einmal auf einen Espresso vorbeischauten, ich wage es, zu bezweifeln.

Zum Sprizz gab es in Bibione, egal ob Stadt oder Pineda, generell Paprikachips oder geröstete Erdnüsse dazu, die ich arme Sau stets ganz alleine vernichten musste. Weil - nicht tiefgefrostet. Also mit vielen Kalorien drin, die bei Emelie absolutes Hausverbot hatten.

»Puh, das war ja haarscharf«, stöhnte Emelie erleichtert, nachdem sie noch mal in Richtung Klo gelaufen und wieder zurückgekommen war. Da es bereits nach elf war, erfrischte sie sich am Sprizz. Wie auch viele der weiblichen Gäste des Cafés. Die Männer hielten sich da eher an solche Getränke wie eiskaltes Weizen, Café mit Schuss oder Wein. Elf Uhr war scheinbar die Uhrzeit in Italien, ab wo Alkohol trinken offiziell erlaubt war. Ob dem so war, keine Ahnung. Aber alle machten mit.

»Meinst du, wir schaffen's noch auf den Platz, bevor die Mittagsschranke runter geht?«, frage ich nach einer halben Stunde, da wir noch einigen Kleinkram an Essen einzukaufen hatten. Heute Abend war schließlich grillen auf Teufel komm raus angesagt. Emelie drehte ihren Kopf zum Nachbartisch. Zum Urlauber mit der goldenen Armbanduhr.

»Hm, bald eins. Könnte mal wieder knapp werden. Aber wir brauchen ja nichts Schweres, also können wir die paar Sachen auch hineintragen, sollte die Schranke doch zu sein.

Das haben wir ja in den letzten Jahren schon öfter gemacht, hihi«, lachte Emelie.

»Ja, aber da stand der gelbe »Z11« noch ganz in der Nähe des Eingangs. Doch nun steht unser roter »Z9« in der Mitte des Campingplatzes!«

»Also gut«, lenkte sie ab. »Wer ist heute mit dem Zahlen dran?«

Blöde Frage. Sie selbst natürlich. Per Handzeichen winke ich der Bedienung zu uns herab und frage sie nach unserem aktuellen Kontostand.

»Il conto, per favore?«

Fünf Euro und fünfzig kosteten Emelies Klobesuche. Sie gab volle sechs. »Va bene!« Des passt scho!, wie der Bayer stets sagt. Auch das war dieses Jahr eine Neuerung. Fünfzig Cent Trinkgeld. Und das von Emelie!

»Was schaust du so dumm, Fredy? Hätte ich sagen sollen, machen Sie fünf dreiundsiebzig. Früher, da haben sie nur fünf dreißig verlangt, das war es wesentlich einfacher, auf fünf fünfzig aufzurunden. Aber weil ich ja heute die Schuhe so günstig gekriegt habe, wollte ich mal nicht so sein. Und außerdem, von irgendwas müssen die armen Leute hier ja auch leben.«

Mein Hirn fing sofort an zu rattern wie die Kasse unseres Supermarkts. Wenn jeder Gast der Bedienung fünfzig Cent gäbe, dann macht das pro Tag … Mein lieber Herr Gesangsverein. Ganz schön viel!

*

Wir lagen noch gut in der Zeit. Wir mussten jedoch noch eine Visita, eine Visite machen. In unserem Supermercato.

Ich brauchte nur Kartoffeln, damit ich meine Lachsforelle, die schon eher ein ausgewachsener Lachs als eine Forelle war, nicht trocken runterwürgen muss. Und Emelie nahm alles mit, was nicht angeschraubt oder ihr zu schwer war. Quatsch. Die Produkte aus der Kühltheke, die wir noch nicht hatten kaufen können, da wir wegen dem Schüssel die Kühlbox gestern noch vollgewesen war.

Schon ging es im Tiefflug zurück. Wir waren dann sogar um gut zehn Minuten zu früh an der Schranke, wie Emelie postwendend bemerkte. Aber noch eine Extrarunde drehen, noch einmal ins Dorf zurückfahren, hielt sie aber dennoch für Blödsinn. Das hätte uns auch nur unnötig Sprit gekostet. Auch wenn der Benzinpreis für senza piomba gerade mehr als nur supergünstig war. Bloß um die eins fünfundvierzig. Geschenkt - für italienische Verhältnisse.

Wir luden die Einkäufe aus. Ich machte uns Espresso und vernaschte etwa die Hälfte von dem Pfundbecher Joghurt, den ich mir neben sechs festkochenden Kartoffeln auch noch zugelegt hatte. Emelie aß pomodore mit formaggio.

Als ich rasch entspannt in den Caravan reinlief, wir saßen zum Essen stets auf der Terrasse, es gab innen keinen Tisch, und mit einer noch ganz vollen Packung Lebkuchen wieder zurückkam, bekam Emelie einen Schüttelfrost und gläserne Augen. Sie hatte gedacht, dass die, die ich während unserer Anreise aß, meine letzten waren. Tja, spare in der Zeit …

»Wie viele Tonnen hast du denn noch von dem Zeug, Fredy, ich komme mir gerade vor wie auf dem Weihnachtsmarkt in Rothenburg, nicht wie in einem Sommerurlaub in Italien.« Ich biss in einen der Gewürzrundlinge hinein und beteuerte, es wären die Letzten. Leider.»Du wirst ja gleich dein Schläfchen machen, ehe du an den Strand kommst«, fragte sie, nachdem sie Tomaten und Käse verputzt, und die Espressotasse ausgeschleckt hatte. »Oder meinst du, du bist heute schon schön genug, um gleich mitzugehen? Hihi.«

»Ja. Äh, nein!«, nickte ich langsam und versuchte dabei einen möglichst müden Eindruck zu machen. »Ich komme später nach, wie immer. Kann nie schaden, noch etwas an Schönheit in Reserve zu haben. Und du, Hase, pass du bitte auf die Sonne auf, sonst weiß ich nachher nicht mehr, ob du es bist oder ein Hummer, der da knallrot auf deiner Liege schmort. Ach ja, nimm dir genügend Wasser mit, weil …«

»Am Strand ist doch genug Wasser. Oder glaubst du, dass Ebbe herrscht, wenn ich reinspringen will?«

»Zwecks dem Durst, Emelie! Es ist schon so krass heiß, bestimmt fünfunddreißig Grad. Und von wegen, du und in die Fluten springen. Deine Zehen können nicht ins Wasser springen, wenn dein Körper am Ufer stehen bleib, haha.«

Das war also schon mal geklärt. Bevor Emelie aber ihre Strandutensilien in den Fahrradkorb warf, musste sie noch einen Blick auf den Laptop werfen. Sie hatte Riesenglück. Es gab noch keine neue EU-Verordnung, die das Benutzen des Internets während der heiligen Siesta verbot, somit war das Zugangstor zum Netz noch weit aufgerissen.

Ich haute mich dann hin als die Strandnixe Emelie außer Sicht war. Äh, hatte ich schon gesagt, das Fahrrad, auf dem Emelie unterwegs war, es gehört ebenfalls zur Terrasse, so wie unser roter Caravan. Alles war inklusiv. Auch die streikende Fernbedienung für die Klimaanlage, für die wir noch immer keinen Ersatz hatten. Was bedeutet, werde ich die Klima nicht von Hand ausschalten, wenn ich mich hinlege, werde ich nicht nur vor Erschöpfung einschlafen, sondern auch noch zu Eis erstarren.

*

Da dies unser erster Strandnachmittag war, hatte ich auch gleich eine lebenswichtige Frage.

»Und, wie ist das Wasser, Hase?«, fragte ich entspannt.

»Danke, Fredy, schmeckt eigentlich ganz prima, aber ich hätte doch lieber mehr davon mitnehmen sollen.«

»Ich meinte das Badewasser.« Ich zeigte zum Meer.

»Ach so! Ja, das ist auch ganz in Ordnung. Richtig schön warm. Ich war sogar schon bis hierhin drinnen.« Sie deutete auf den Hals, dorthin, wo bei Männern der Kehlkopf war. »Dabei habe ich ganz viele Fische und Muscheln gesehen.« Nun zeigte sie zur weiße runde Ablage, die sich unter dem blauen Sonnenschirm befand, wo sich zwei … nein, keine zappelnden Haifische. Wo sich ein paar schön gemusterte Muschelhälften befanden. Ihr Alibi, als wäre tatsächlich im Meer gewesen. »Soll ich mir dir mitgehen, Fredy?«

Ich war eben dabei, meine blaue Italia Hose auszuziehen, als sie mich freundlichst darauf hinwies, der Sand wäre am Brodeln, so kochend heiß wie mein Nudelwasser. Sie hatte nicht übertrieben. Wenn die Sonne derart runterknallt, dass es auf den Straßen nach frischem Teer roch, dann mussten auch unsere armen Fußsohlen einiges an Unterhitze aushalten. Tja, an Tagen wie diesem …, besagt ein weltbekanntes Lied. An solch einem herrlich heißen Tag wie heute ließen wir die Strandschlappen lieber an, bis wir dann direkt vor dem erlösenden Meer standen.

Es war nicht nur gut warm, wie von Emelie behauptet, es war sogar pisswarm, aber es war angenehm ruhig.

Ich ließ mich, nachdem ich weit genug drin war, und bei Männern kritischen Punkt an meinem Körper überschritten hatte, sinnlos im Meer rumtreiben. Emelie winkte mir aus Wasser Kniehöhe zu. Ich solle ihr doch bitte etwas Schönes mitbringen – wenn ich von Afrikas Küste zurückkäme. Einen hübschen handgeflochtenen Einkaufskorb aus Kokosblättern. Man muss wissen, ich machte gern den Scherz, ich würde bis an das Ende des Horizont schwimmen. Bis runter nach Gibraltar. Tja, wenn ich schon mal nass war …

»Pass aber gut auf deine Zähne auf, Fredy, sonst gibt es für den Rest des Urlaubs Tomatensuppe!«

Danke vielmals, liebste Emelie, dachte ich, ehe ich untertauchte. Schnell und ganz tief abtauchen war das einzige, was ich in der peinlichen Situation noch tun konnte. Olympiareife acht Sekunden verweile ich dann am Meeresgrund. Über mir rasten Wind-Surfer hinweg. Ja, du bist schon ein Teufelskerl, dachte ich, als mir nach den acht Sekunden die Luft ausging und ich zusehen musste, wie ich diese dreißig Zentimeter bis zur Wasseroberfläche schaffe, ohne dabei zu ersticken.

Ich hatte es tatsächlich bis nach oben geschafft und plansche noch ein paar lockere Runden und überlege, wie es die Leute im Hotel- oder Daheimswimmingpool schaffen, ihre Runden zu drehen. Die Dinger sind allesamt eckig! Egal. Wie gesagt, es war der erste Strandtag. So überlegte ich mir das mit Afrika noch mal und drehte um. Bevor ich das Meer wieder verließ, machte ich genau das, was andere Urlauber auch taten. Die Adria auf Pisse Temperatur halten.

»He, Emelie! Schau doch mal,«, röhre ich wie ein Hirsch zu ihrem Liegestuhl, sodass alle in Strandnähe es auch gut hören können. »Ich kann sogar übers Wasser gehen!«

»Arsch, du stehst auf einer Sandbank, wir haben Ebbe!«

»Aber in der großen Dusche am Morgen, da kann ich es. Da kann ich im Wasser stehen - ohne unterzugehen!«

»Idiot! Komm lieber her und setze dein dämliches Käppi auf!« Sie wollte mir damit freundlichst andeuten, ich hätte einen Sonnenstich. In der Anfangsphase. Bei einem richtigen, wären meine Sprüche noch viel peinlicher gewesen.

*

Da ich eindeutig der Größere war von uns zwei, spazierte ich nach unserem ausgiebigen Sonnenbad auch in die große Dusche. Emelie benutzte die Kleine, weil sie …

Danach begann die Vorbereitung für unseren ersten Grillabend der Saison. Und jeder hatte seinen eigenen Tanz … äh, Arbeitsbereich. Emelie schnippelte Tomaten und Salat. Salat, wo kam der denn so urplötzlich her? Den hatte sie im Supermarkt gekauft, das Seegras der Adria war noch nicht reif. Sie schäle auch meine sechs Kartoffeln und würzt die Fische, nachdem ich sie vorsichtshalber noch einmal gewaschen hatte. Mit Anti-Schuppen-Shampoo. Kann auch nur kaltes Wasser gewesen sein.

Meine tote Lachsforelle bekam eine Ladung Petersilie in ihren hohlen Bauch gestopft, ohne Zitronenscheibe. Aber einen Schuss italienisches Olivenöl. Natürlich aus allererster Pressung, kalt gefiltert. Danach kam sie in vor übermäßiger Hitze schützende Alufolie, die wir, klar, von daheim mitgebracht hatten. Die von Schuppen und Spliss befreite, bügeltrocken geföhnte Dorade für Emelie wurde ebenfalls eingeschlitzt. Von mir, von Emelie gepfeffert und gesalzen. Und verwöhnt mit demselben Olivenöl, kam jedoch nicht zur Lachsforelle in die Aluablage sondern landete auf einer eigenen hitzebeständigen Grillschale. Wenn schon getrennt bezahlt wird, so wird auch der Grillplatz getrennt, und auch getrennt gespeist.

Wir duschen ja auch getrennt, also mussten unsere Fische auch getrennt brutzeln. Ordnung muss eben sein, sogar im Urlaub. Während Emelie drinnen alles Restliche, was auch immer, mit Sorgfalt erledige, mache ich *unserem Kugelgrill* draußen ordentlich Feuer unterm Hintern. Nun wurde alles zeitgleich fertig. Fast. Die Fische und die Kartoffeln zumindest. Die zwei Jakobsmuscheln ließ sie in der gusseisernen Bratpfanne langsam vor sich her schmoren. Die waren ihre Antipasti, Vorspeise, uns schon fertig.

»Wie viel Schwarz willst du heute, Emelie?

»Wie immer, Fredy!«

Heißt, erst wenn ihre Dorade so rabenschwarz war, dass man sie von unbenutzter Grillkohle nicht mehr unterscheiden konnte, war ist sie für Emelie auch durch genug.

Einfach herrlich, so vogelfrei und total entschleunigt zu grillen. Köstlichen Fisch zu essen und dabei die neidischen Blicke der Nachbarn zu genießen, die an der eingenebelten Terrasse vorbeikamen. Man witterte uns gegen den Wind. Den heißen Grill natürlich, wir waren ja frisch geduscht.

Die restliche Glut, die noch für zwei weitere Fischgänge gereich hätte, war dann noch gut, dafür zu sorgen, dass das Thermometer in der Nacht nicht unter die fünfundzwanzig Grad sank. Da lieber glüht mir die Kohle etwas länger, als dass sie mir ausging. Alles schon passiert. Nicht, dass Fisch aus der Gusseisenpfanne nicht schmecken würde, aber den ekligen Gestank kriegt man so schnell nicht mehr raus aus dem Caravan. Darin schliefen wir schließlich. Du kommst dir vor wie eine Makrele in der Räucherkammer.

*

»Psst, Emelie, nicht umdrehen, jetzt kommt er wieder!«
Schon drehte sie ihren Kopf nach links, da ich meinen Arm
in die Richtung geworfen hatte. Es war derselbe Mann wie
gestern, der mit der heimlichen Weinpulle. Heute versuchte
er, schlauer zu sein. Er hatte die Flasche hinter einem leeren
Pizzakarton versteckt und stierte zum Himmel, als könnten
wir ihn dadurch nicht sehen.

»Ja, werter Nachbar. Lieber ein stocksteifes Genick vom
Sternlein gucken, als vom Wein saufen, gell!«, rief ich ihm
dezent aber doch unüberhörbar zu, mit dem Gedanken, die
Sternlein würden noch morgen um seinen Kopf schwirren.
Sein rundes schütteres Haupt lief daraufhin knallrot so an,
wie das gerade beginnende Abendrot in Persona. Dennoch
lächelte er uns zu. Sicher die erste Lähmungserscheinung.
Er nahm es mir nicht mal krumm, fragte sogar noch, ob es
uns geschmeckt hätte, das, was da gar so verbrannt riechen
würde. War echt sportlich von ihm. Doch das gehörte eben
mit dazu, zum Leben eines wahren Campers, sich ganz doll
lieb haben. Wäre ja sonst stinklangweilig das Camperleben,
in unberührter Natur immer nur den Himmel anzustieren.

Als unser Nachbar, entweder direkt oder weiter entfernt,
hast du auf *unserem Campingplatz* nur drei Möglichkeiten,
die in geleerte Wein- oder Bierflaschen verpackten Sünden
ungesehen zu entsorgen. Entweder du machst dies erst weit
nach Einbruch der Dunkelheit, so spät, wo Emelie und ich
schon schlafen. Zweitens, vor dem Morgengrauen, ehe wir
wieder auf der Matte stehen. Oder drittens, und das war die
einzig hundert Prozent sichere Methode. Du vermeidest es
ganz, an unserem roten Caravan vorbeizulaufen. Mit leeren

133

Flaschen wohlbemerkt. Denn alles, was sich unmittelbar in unserem Gesichtskreis abspielt und irgendwie zum freundlichen Lästern taugt, ist vor unseren nett gemeinten Anmerkungen nicht sicher. Tja, uns zwei kam aber auch gar nichts aus. Ehrlich, ich möchte uns nicht unbedingt zum Nachbarn haben. Obwohl, so schlimm war es nun auch wieder nicht. Sonst würden auch nicht ständig Urlauber zu uns kommen, um uns nach einem guten Rat zu fragen.

Doch selbst, um deren ihre Problemzonen zu behandeln, leben wir getrennt. Emelie war für alle Fragen rund um das Internet und für Smartphons kompetent. Ich für Handwerkerkurse aus dem Märchenbuch. Sowie das perfekte Kugel grillen. Wo man wetterfeste Holzschrauben herbekam, das wusste ich ja. Um zum Beispiel eine Wäscheleine quer über die Terrasse ziehen zu können. Oder wie man die störrische Caravantür vor dem Zufallen schützt, so wie wir die unsere.

Wir hatten also, und das auch noch ganz umsonst, gratis, stets zwei weit offene Ohren für die Nachbarn.

Nein, das müssen Sie *sooo* machen. Übrigens, wie gehts der werten Frau Gemahlin. Und schon bekam man reichlich neue Informationen, auf die man manchmal gern verzichtet hätte. Aber vielleicht interessierte es ja den Nachbarn vom »Z5«.

## Kapitel 7

*Alles Käse*

»*Un Trataruga, bitte!* Due Olive und dazu einen Krapfen Crema, prego!«

Wenn die Sonne am blauen Himmel heute nur halbwegs so schön und warmherzig strahlen würde wie *meine Bäckerin* eben, wird es heute ein unvergesslich herrlicher Tag.

So wie sie mich, genauso schaue liebeskrank ich die rotbraun gelockte Signora an, was nicht ohne Folgen bleiben soll. Holzweg! Sie wird nicht in neun Monaten entbinden. Nix schwanger. Die Folgen warten auf dem Campingplatz auf die Frühstückssemmeln, nicht auf der Kinderstation der Bibioner Klinik.

»Nanu, warum hast du mir heute gleich zwei Oliven mitgebracht, Fredy? Du weißt doch, ich esse immer nur eine!«

Das war es, was ich mit den Folgen meinte. Emelie! Das lächelnde Mädel im Bäckerladen hatte mich gleich derart irritiert, ich brachte Emelie zwei, mir nur eine Semmel mit. Oder konnte ich vielleicht gar nichts dafür?

»Die Bäckerin war eben im Stress gewesen, Emelie. Sie muss sich vertan haben, weil zwischendurch eine Lieferung frische Hühnereier gekommen war«, versuchte ich, mich zu verteidigen. Ich ging meine Bestellung noch mal in meinem Hitzkopf durch, weil Emelie argen Zweifel hegte, wer von uns beiden sich da so krass vertan haben könnte.

»*Un Tartaruga,* bitte! Due Olive, prego!« Genau das höre

ich laut und deutlich, das war es, was meine Stimme vorhin sagte. Auch meinen Krapfen mit Crema überhörte ich beim Nachdenken nicht.

Äh. Warum es erlaubt war, in Italien Tartaruga, also eine Schildkröte, zu verspeisen, obwohl sie längst auf der roten Tierliste stand? Zwei Olivenbäume zu fällen, war ebenfalls unter Strafe verboten.

Tartaruga, das ist lediglich eine beliebte Semmelart, die aussieht wie ein Schildkrötenpanzer. Daher auch ihr Name. Die Olive ist eine Semmel, die … Nein, nicht aussieht wie eine riesige Olive. Viele schwarze Oliven tut der Bäcker in sie reinbasteln. Vom Bäckermeister, der mit der hübschen Bäckerin nicht im Geringsten verwandt ist. Was ein Krapfen ist, muss ich ja wohl nicht erklären, oder? Das runde Ding gibt es auch mit Nut… mit italienischer Nuss-Nugatcreme. Die mit Crema, einer ganz speziellen Vanillecreme, gehen hier weg wie die sprichwörtlich warmen Semmeln. Ich glaube, der Krapfen ist nach Spaghetti das begehrteste Produkt bei den Ein- und Ausheimischen.

*

»Fredy, hast du unsere Kühlbox schon ins Auto?«, wollte Emelie gleich nach dem ausgiebigen Frühstück wissen, da wir diese heute benötigen werden. Unser erbarmungsloser Semmelkrieg hatte dann noch ein glückliches Ende gefunden. Emelie würde morgen Früh selbst zu *meiner Bäckerin* radeln. Zum Testen, ob die sich auch bei ihr vertun würde.

»Die Kühlbox? Ja, steht schon im Kofferraum. Und der Einkaufskorb liegt auf der Rückbank. Fehlen jetzt nur noch Miss Hase und ihr Chauffeur.«

»Hihi. Blödian! Ach ja, dein Gedicht heute Morgen…«

»Ja?« Oje, jetzt kommt's richtig dicke, denke ich.

»Es war viel besser als das von gestern. Fast pötisch.«

»Poetisch, Emelie. Nicht alle Worte mit einem oe spricht man im Deutschen als ein ö.«

»Ach, ihr immer mit euren dummen Umlauten. Das lerne ich wohl genauso wenig, wie das mit diesem scharfen und dem stumpfen s! Da ist ja französisch noch leichter! Und zudem, wir sind gerade in Italien …«

Ich sagte lieber nix.

Als ich gerade ins Auto steigen wollte, kam *Sie* daher. Sie war nicht nur formvollendet und wunderschön anzusehen. Ich durfte sie auch anfassen, sie streicheln! Aber nur kurz. Emelie nahm sie mir sofort wieder weg.

Ach, ob ich *Sie* wohl je wiedersehen darf? Unsere neue Fernbedienung für die Klimaanlage! Der Elektriker grinste, er selbst würde das auch kennen. Von zuhause, drum würde er auch hier auf dem Campingplatz arbeiten. Hier könne er so viele davon haben wie er es nur wolle. Wann immer ihm danach sei. Fernbedienungen. Ob ich vielleicht im Caravan bleiben, gleich die Bewerbung an die Campingplatzleitung aufsetzen sollte? Ungelernter Elektriker ohne Ahnung will sich … wäre heute nicht Montag, ich hätte es getan.

Warum es montags für mich unmöglich war, dies zu tun? Wochenmarkt! In Lignano Sabbiadoro.

Er war, seit dem tragischen Aussterben der Saurier, also seit ungefähr Menschengedenken, der für Emelie und mich wichtigste Markt von Italien. Italiens? Na, vielleicht etwas übertrieben, doch in der Region um Luxemburg, München und Rom aber auf jeden Fall.

*

Formaggio. Käsesorten bis unters Caravan Dach, bis zum Abwinken, gab es auf diesem Markt. Hier hatten wir in den letzten Jahren auch schon unendlich viele probiert gehabt, aber an unsere Favoriten war bislang keiner rangekommen. Emelie hatte sich am Rustikana und dreißig Monate alten Parmigiano Regiano festgebissen, ich am löchrigen Asiago, der, glaube ich, aus der Nähe von Venedig kommt.

An dem motorisierten und fahrbaren Käsestand wurden wir mit einem überfreundlichen Lächeln begrüßt. Aber erst nachdem ich mir die allneuesten Modelle meiner geliebten Polohemden in bunt, ohne V-Ausschnitt angeschaut hatte. Emelie schaute natürlich neugierig mit, nicht, dass ich mir ein Schwarzes kaufen würde. Partnerlook, das könnte leicht zu Missverständnissen führen.

Die ältere Dame am Stand kam sofort auf uns zugelaufen. Sie schien auch ziemlich neu zu sein. Nicht von ihrem Alter her, denn ich schätze sie auf etwa fünfzig. Erst als sie die dunkle Sonnenbrille abnahm, die mich soeben irgendwie an Sizilien erinnerte, kannte ich sie wieder. Sie war doch noch ganz die Alte. Und sie wusste auch gleich, auf was ich ganz besonders scharf war. Nein, nicht auf meine Bäckerin. Wir waren doch noch am Markt in Lignano. Auf die herrlich flauschigen Polohemden. Ideal, sie auch bei der Arbeit zu tragen. In der Freizeit sowieso.

»Ich mache dir guten Superpreis, wie immer!«

Hm? Und wie wäre es mit einem zusätzlichen Jubiläumsrabatt, ganz unter alten Freunden, fragte ich, was aber nicht angebracht war. Sie machte mir immer gute Preise, hinter denen sich die Asiaten am Markt verstecken konnten.

Früher, als alles noch wesentlich billiger war, hatte man mit denen noch handeln können, doch heute waren die nur noch aufdringlich, und arrogant dazu. Und oft auch teurer als die italienischen Händler. Und da wir extra nach Italien fuhren, weil wir Italien und die Italiener so sehr liebten, so machten wir auch nur mit den Italienern unsere Geschäfte. Außer in akuten Notfällen. Selten holten wir uns dann mal ein einfaches T-Shirt oder einen faltigen Rock, auf die man nicht groß aufpassen musste, da man die Sachen spätestens nach zweimal Waschen eh aussortieren mussten. Aber für Emelies gusseiserne Pfanne, da waren sie ideal. Die spritzte nämlich wie die Sau. Tomatensoßen- und Ölspritzer waren sehr beliebt bei ihren Klamotten. Waschen? Sinnlos! Also musste zum Kochen etwas Billiges angezogen werden, das man danach beruhigt entsorgen konnte.

Ich entschied mich für vier Polohemden. Ehrlich gesagt, Emelie hat sie mir einfach so die in die Hand gedrückt. Die, die ihr gefielen. Meine Meinung schien ihr Wurscht zu sein. Dabei tauchte die mitleidige Frage auf, S, M, L oder XL?

»Wie oft muss ich das eigentlich noch sagen. Ich brauche L oder XL. Dass ich so lang wir dürr bin, das verbietet mir noch lang nicht, auch ein breites Kreuz zu haben. Wenn die Ärmel bereits am Kehlkopf anfangen, dann ist das M eben mindesten um eine Nummer zu klein, oder?« Emelie sah es auch so und warf mir gleich noch ein weiteres, fünftes Teil zu, das ebenfalls ihr, nicht mir gefiel. »Hä, bin ich da nicht zu jung dafür?«, scherzte ich, weil mir das lappige Shirt den Eindruck machte, als würde es Falten schmeißen. Direkt in mein arschglattes Gesicht. Bloß gut, dass mein Hintern in der Hose steckt, so kann ich auch die nächsten dreißig Jahre weiterhin behaupten, mein Gesicht wäre arschglatt.

»Nein, das passt so wunderbar zu deinen blauen Augen. Ausziehen, kaufen!«, befahl Emelie.

»Und wenn meine Augen morgen rot oder kariert sind, weil ich zu wieder lange an meinem Laptop gesessen habe. Um unsere Geschichte zu tippen, ehe ich die Hälfte wieder vergesse vor lauter neuem Kanonenfutter, das du mir ewig lieferst?« Klar, dass auf meine blöde Bemerkung auch was nachkommen musste. Minimum ein Depp oder Trottel.

»Arsch!« Scheiße, daneben. »Du schreibst doch gar nicht Geschichte. Geschichte schreiben, das macht das Leben für uns. Was du machst, ist ein paar Stichpunkte eintppen. Für mehr reicht dein Spatzenhirn am Laptop gar nicht aus«, meckerte sie. »Und außerdem, du Hirni willst dein Buch ja erst in München schreiben, wenn ich wieder in Luxemburg bin und dir nicht über die breiten, hihi, Schultern schauen kann. Hoffentlich hat *dein Pfarrer* dann die megagroßen Glocken wieder rausgeholt. Oder vielleicht legt er sich gerade noch größere zu, während wir hier im Urlaub rumdiskutieren, ob dir ein T-Shirt steht, das *Ich* dir ausgesucht habe.«

Ich wusste zwar nicht, was der Herr Pfarrer ausgerechnet mit meinen Polohemden zu tun hatte, doch wir einigten uns gütig. Jeder durfte zwei schöne auswählen.

Die Polo Dame, die ohne Pferd, verstand uns zwar kaum, legte mir aber noch ein weiteres Hemd dazu. Zum halben Preis. Als so eine Art Versöhnungsrabatt. Ich hatte meine Backen aufgeblasen, um ihr anzudeuten, trotz des Rabatts, wäre der Preis noch recht stolz für viereinhalb Polohemden. Per Handschlag kaufte ich dann letztendlich doch alle fünf. Zum einmaligen Topppreis. Hätte ich die Hemden zuhause gekauft … ich sage nur Benzinpreis.

»Tschau, bis nächste Woche. Nicht vergessen, an Lunedi! Montag«, meinte die nette Verkäuferin noch lang winkend. Ich wusste, für diese Saison konnte sie mich abhaken. Und ich wusste natürlich auch, dass man in Italien Tschau ciao schreibt. War mir in dem Moment aber total wurscht, da ich meinen schreibfaulen Tragecomputer, der meist sinnlos im Caravan lag, wieder nach München mitnehmen würde. Da schreibt man Ciao dann Tschau, wie in Bayern eben üblich. Wo wurscht nix mit einer Wurst zu tun hat.

Beim lächelnden Käsemann, der auch einen Komplizen, äh, Kompagnon neben sich hatte, statt einem schüchternen Metzgersohn oder einer heißen Bäckerin, war Emelie voll in ihrem Element. Käse, der war bei ihr gleichzusetzen mit Schuhen. Sie hatten auch irgendwie etwas gemeinsam. Es kam lediglich darauf an, wie lang sie die Schuhe anhatte.

Emelie nahm natürlich den ältesten Käse, den der Käser ihr aus anbot. Und weil Käse kein junger Metzgersohn war, durfte es da auch ruhig der Ältere sein. Wir mussten seinen Parmesan aber erst probieren, so wie jeden anderen Käse auch, die wir dann in großen Portionen erstanden. Und das alte Zeug schmeckte noch immer verdammt gut, aber auch die Jüngeren.

Beim Käsemann gab's zwar keinen direkt Mengenrabatt, so wie bei den Polos, doch dafür schnitt er den Großteil der ungenießbaren Rinde ab. Vor dem Abwiegen! Beim Bezahlen rundete er noch zusätzlich nach unten ab. Das hatte ich beides noch nie erlebt - zuhause.

Die Kühltüte, in der wir die drei Käsebrocken verstauen, brachte ich schleunigst zum Auto, wo sie auch gleich in der Kühlbox verschwand. Kühlkette. Könnte gut sein, dass ein Dienstmann vom deutschen Ordnungsamt …

Wir schlenzten noch etwas über den Marktplatz. Sorgenfrei und losgelöst, und mit diesem verdammt guten Gefühl zu wissen, ganz viel Käse zu haben, ohne gleichzeitig den großen Käse zu haben.

Eine Kleinigkeit, an die ich bereits gar nicht mehr dachte, trübte Emelies fröhliches Lächeln. »Du, Fredy, könnten wir bitte gleich hier zur nächsten Gasse abbiegen?«, fragte sie erschrocken, mit einem Blick, starr nach vorn gerichtet wie bei einer Mumie. Ich brauchte noch etwas, doch dann hatte ich ihre Bitte verstanden. Es war das Designerpaar aus dem Schuhladen in Pineda, die hier einen Stand hatten. Doch es war zu spät. Auch sie hatten uns schon entdeckt. Es half uns auch nichts wie der Camper mit seiner Weinflasche einfach nur blöd in die Luft zu stieren. Emelie musste hin. Und ich durfte wieder mal den Kopf hinhalten.

»Der da!«, Emelie zeigte dabei mit nackigem Zeigefinger auf mich. »Er hat gestern Abend so lang gebraucht, um den Grill anzuschmeißen. Schrecklich! Es war dann zu spät, um noch nach Schuhen zu sehen. Leider!« Emelie hatte dabei so dreingeschaut wie drei Tage Lebkuchen zum Frühstück. Die arg clevere Schuhdame zeigte Verständnis. Sicher, weil Emelie italienisch sprach. Oder war es gespieltes Mitleid? Sie hatte nämlich, welch dummer Zufall, ganz viele schöne und neue Sachen an ihrem Stand, die ihr Mann während des langen Winters entworfen und gebastelt habe.

Emelie blieb zunächst eisern wie mein Eis in der prallen Sonne. Schuhe wolle sie immer nur im Laden anprobieren, wo sie sich auch bequem hinsetzen könne. Zu lang Stehen, das würde bei ihr Krampfadern hervorrufen. Auch wäre der Boden auf dem Marktplatz viel zu uneben, um mit hohen Hacken darauf rumzulaufen.

Darum kaufte Emelie sich nur jetzt nur ein nach frischem Leder duftendes Portemonnaie. Mit praktischen Fächer, wo für all ihre Kreditkarten, alte Kassenbons und die abgelaufenen Prämiengutscheine genügend Platz war.

»Kaffee?«

»Ja, unbedingt! Etwas Beruhigendes, das könnte ich jetzt gut brauchen. Ganz dringendst sogar!« Was nichts anderes heißen sollte als: Ich muss aufs Klo, und mit Kaffee klappt das besser. Das zerrte aber auch ganz schön an den Nerven, so viel Schuhe, und keine kaufen. Das war Selbstgeißelung. Das kam eben davon, wenn man sich was vornahm - und sich dann auch noch daran hielt. Was war ich doch heilfroh, dass ich nur zwei Füße an meinen Beinen hatte, die sich mit nur drei Paar Schuhen pro Jahr begnügten.

\*

Nach dem cremigen Cappuccino, den wir in Bibione auf die Schnelle runterkippten, und Emelies erfolgreichem Toilettentest, holte ich mir eine pallina Zitrusgelatto, natürlich in der Spitzwaffel. To schnell run, nicht zu langsam go. Bei der eindrucksvollen Wärme, die heute wieder vorherrschte, rannte das Eis mehr, als dass es im Gehen essen konnte.

Die Schranke schafften wir locker und total entkrampft. Es war ja gerade mal zwölf Uhr als wir zurückkamen. Ich parkte Emelies Auto auf *unserem* circa vierzig Quadratmeter großen Grundstück, das wir für diesen Zweck auch extra mieten wollten. Doch es gehörte schon zur Terrasse, so wie der rote Caravan und alles andere. Tutti inklusive, hatte uns die charmante Frau in der Rezeption versichert. Und daher bräuchten auch die blaue Parkscheibe nicht anbringen.

Ein kleiner Tipp an alle, die in München keinen Parkplatz

finden nach der Arbeit. Fahrt nach Capalonga.

Da die Italiener nicht nur sehr angenehm und freundlich zu uns waren, sondern auch noch glaubwürdig dazu, stellte ich das Auto vor der Terrasse ab. Halteverbotsschild stand weit und breit keines rum, was sollte also groß passieren.

Unser Einkauf war kaum verräumt, da hörte ich Emelie flüstern. Ich lag gerade im obersten Fach des Kühlschranks, wollte mir den Joghurt der Südtiroler Molkerei rausholen. Emelie saß auf der Terrasse.

»Meintest du mich, Emelie?«

»Ja! Komm mal schnell raus! Aber sei leise!« Kinder, die zu Mittag hätten schlafen müssen, hatten wir keine dabei, warum also flüsterte sie so, als ob.

»Hast du die neuen Nachbarn schon gesehen?«, horchte sie mich tuschelnd aus, gleich nachdem ich mich neben sie gestellt hatte. Klar, kannte ich die. Sie waren mir schon ins Adlerauge gestochen, als wir an ihrem XL-Caravan vorbeifuhren. Da waren sie am Auspacken gewesen.

»Du bist doch ein grandioses, begnadetes Genie, Fredy?« War ja nett, aber das hätte sie nicht extra erwähnen müssen. »Könntest du die Terrasse um zwei … nein, warte! Lieber drei Meter verbreitern, ich sehe so schlecht hinüber.«

»Wenn du heute Nacht Schmiere stehst, kein Problem! Dann klaue ich einfach die Terrasse vom »Z6«. Die wäre baugleich mit der unsrigen, und zurzeit auch nicht belegt.« Da fiel mir ein, ausgerechnet in diesem Jahr hatte ich Depp meine digitale Wasserwaage nicht dabei. »Macht es etwas, wenn mein Anbau vielleicht ein bisschen schief wird, ich muss sie nämlich über den Daumen gepeilt anstückeln.«

»Arschkopf!«

Es genügte ihr dann doch, dass wir unseren Erdbeertisch decken-Tisch und die Stühle ein Stück verrücken.

»Besser?«

»Besser! Du bist halt doch ein geniales Genie, Fredy.«

Ich wurde dunkelrosa bis hellrot. Besser gesagt, ich war es vorher schon, weil ich auf dem Markt mein Käppi nicht aufgesetzt hatte.

»Wolltest du nicht eben unseren Müll wegbringen?« Sie meinte es tatsächlich todernst. »Aber zu den Tonnen vor, da wo *unsere Autowaschanlage* ist.« Sie meinte den Platz, wo man sein Auto oder das Fahrrad mit kaltem Wasser abspritzen konnte. Gratis, da schon mit der Terrasse bezahlt. Und da standen auch Aschentonnen. Diese standen zwar weiter weg als die Tonnen, die ich sonst aufsuchte, doch der Weg dorthin führte eben bei den Neuankömmlingen vorbei.

»Und?« War ich etwa in der Kastanienstraße oder wie die Dauersendung im Fernsehen hieß, weil Emelie neugieriger war als der dortige Hausmeister. Oder diese ältere Frau mit Kopftuch und Schrubber, die stets über das Neueste vom Neuesten Bescheid wusste. Emelie wollte wissen, was ich in Erfahrung bringen konnte, als ich fröhlich und pfeifend zu ihr zurückkam.

»Es sind Österreicher. Aus Wien. Er scheint ein Profi zu sein. Was das Campingleben angeht. Sie ist noch brandneu. Hat wahrscheinlich noch nie Grillkohle live brennen gesehen. Aber ihre Schuhe, die …«

»Was ist damit?!«, ging Emelie mich gleich barsch an.

»Ihre Cent-Absätze sind gut dreimal so hoch wie deine.«

Ich hätte so ziemlich alles verwettet, sogar mein Schweizer Taschenmesser samt Klebeband, dass Emelie nun sofort vor zum Hausmeister stürzen würde, um und sich dort eine achtzig PS starke Kettensäge auszuleihen, um aus den hohen Hacken der Wiener Urlauberin ultraflache Flip-Flop zu machen. Doch weit gefehlt.

»High-Heels? Auf dem Campingplatz? Die Tussie spinnt doch total. Das möchte ich mal sehen, wenn die damit zum Fischmann dackelt.«

Wird die arme Emelie aber leider niemals erleben, so viel kann ich schon mal im Voraus verraten. Dafür aber etwas, das nicht weniger sehenswert sein wird.

»Du kannst ihnen ja noch ein bisschen über die Schultern schauen, mein Hase. Ich leg mich jetzt hin. Du weißt ja …« Mittag, ich wollte mich hinlegen und war am Reingehen, da fiel mir noch etwas ein. »Ach, Emelie, ein kleiner Tipp unter Freunden. Wenn du eines von deinen Klatschblätter zu einem Trichter formst, kannst du mithören, was die dort drüben reden.«

»Im Ernst?«

Ich hatte es noch nicht selbst ausprobiert, aber der Typ im Fernseher mit seinem Klebeband und dem Schweizer Messer, funktionierte sowas. Als ich mich ins Kinderbett warf und mir dabei meine Birne an der oberen Bettkante anstieß, hörte ich draußen eine Zeitung rascheln, so, als würde sie jemand zu einem Trichter formen.

*

Das ausgiebige Sonnenbad am Strand hatte und gutgetan. Nicht, weil wir noch schokoladenbrauner geworden waren.

Es gab etwas Einmaliges zu staunen, was wir bisher auch noch nie erlebt hatten.

Handtücher, mit total anderen Mustern als letztes Jahr. Pareos, für die man eine Bastelanleitung brauchte, weil sie sonst nicht do blieben, wo sie bleiben sollen. Vor allem aber die neue österreichische Wasserstoffblondine, die unheilbar krank versuchte, mit ihren extremen Stolperschuhen zu einem der vorderen Liegestühle hinzukommen. Ein Bild für Götter. Und für die sozialen Netzwerke. Millionen an likes hätte es Emelie gebracht, hätte sie die wackelnde Österreicherin fotografiert und ins Netz gestellt. Doch zum Glück, für die Urlauberin, machte Emelie den Quatsch nicht mit. Was die andren Strandbesucher mit ihren Schnappschüssen machten? Wir konnten es uns fast denken.

*

Zum Abendessen gab es was Rasantes. Pasta a la Ragout bei mir, den Atlantik-Hummer aus der Großraumpfanne bei Emelie. Der zu jener Zeit als sie ihn einfing, noch schwarz gewesen war. und Emelie nach dem Wochenmarkt noch ins Fischgeschäft in Bibione gelaufen.

Es schauderte sie noch immer, wenn der Hummer sich in der Pfanne bewegte, obwohl dies aufgrund seiner Pulsfrequenz gar nicht mehr hätte sein dürfen. Scheintot?

»Du, Fredy, ich bring lieber unseren Müll noch mal weg, sonst stinkt die Bude in der Nacht wieder nach totem Fisch und kaltem Öl«, erklärte sie mir nach dem leckeren Abendessen. Da Emelie den Weg bis zur weit entfernten Tonne in Kauf nahm, ahnte ich, warum sie es freiwillig tat.

»Die Zicke lackiert sich gerade die Fußnägel. In dunklem Indigoblau, weil es viel besser zu ihrem Abendkleid passen würde als das knallige karminrot, das sie am Nachmittag am Strand draufhatte. Was für ein Schwachsinn! Die ist ganz bestimmt farbenblind. Pah, und das Kleidchen, das sie anhat, das hättest du erst mal sehen sollen, Fredy. Das hat keinen Ausschnitt, weil es nur ein winziges Stückchen fast ganz durchsichtiger Stoff ist, der grade mal bis knapp unter ihre gertenschlanke Wespentaille reicht!«

Hol doch mal Luft, mein Hase!, dachte ich bei mir, da sie beim Reden die Punkt- und Kommaregel völlig außer Acht ließ. Dass die Pranger-Sätze ausgerechnet von ihr kamen? Emelie, die noch immer dabei war, ihren nicht vorhandenen Schwimmreifen an ihrer Taille, anstatt in einem Campingladen zu suchen.

»Haben wir noch was für den hinteren Müllcontainer?«, frage ich mit preisverdächtiger Unschuldsmiene. »Ich habe irgendwie das Gefühl, bei uns fischelt es noch immer.«

»Ha, geh doch, Fredy, und glotz dir dein frisch operiertes Auge aus, an dieser … Dann sage ich es aber morgen Früh *deiner Bäckerin*!«

Ich wusste, dies würde Emelie nie tun, sonst müsste sie ihre Schuhe ohne Kartons mit nach Hause nehmen muss.

Leider war das putzige Pärchen inzwischen nicht mehr zu sehen gewesen. Wahrscheinlich waren sie nach Pineda oder in die Stadt zum Schickimicki-Essen gehen gebraust. So war uns dann auch nichts anderes übrig geblieben, als unbefriedigt ins Bett zu gehen.

»Gute Nacht, Emelie!«

»Gute Nacht, Fiesling!«

## Kapitel 8

*Häng sie auf!*

»He, Fredy!«, rief Emelie laut, sodass alle Touristen, die in der Nähe waren, gleich den Kopf zu ihr drehten. Hast du die schon gesehen, die da hinten baumelt. Als habe man sie eben erst aufgehängt!«, Manche Urlauber, die dabei waren, Tomaten, Karotten oder Basilikum zu kaufen, erschraken und folgten mit Grauen im Gesicht Emelies langem Finger. Sie dachten wahrscheinlich, an dem Obststand, an dem wir uns befanden, hinge eine frische Leiche. Doch es handelte sich um etwas anderes. Um eine stinknormale Hängeampel, die sogar noch am Leben war, daher in zwei leuchtenden Farben blühte. Für die sich Emelie brennend interessierte.

Der Obstverkäufer nannte einen Preis, Emelie blies ihre Backen so auf, als wolle sie ihn vom Wochenmarkt pusten. Er schaute in Emelies gefährlich funkelnden Rehaugen und überdachte seinen Vorschlag noch einmal, ging um ganze zwei Euro mit dem Preis runter. Emelie entspannte sich und nickte. Da hast noch mal richtig Glück gehabt, Freundchen, so deutete ich ihren Blick.

Ich durfte nicht bloß die andere Hälfte für das Blümchen berappen, nein, ich durfte sie jetzt sogar die ganze über Zeit tragen. Nicht die glückselige Emelie. Die Hängeampel.

Drei Marktbuden weiter, der rechte Arm faulte mir schon ab, da das zweifarbige Monstrum noch frisch gegossen war, blieb ich abrupt stehen. Nicht aus Protest. Weil ich mir am Honigstand etwas kaufen wollte. Echten Bienenhonig. Von echten Bienen, so wie den von früher, gab es dort käuflich zu erwerben. Er kam aus dem Nachbarort Caorle und hatte den wohlklingenden Namen. Millefiori, tausend Blumen. Saulecker! Ich nahm mir ein kleines Probeglas davon mit, das genügte für die zweieinhalb Wochen, die jetzt noch vor uns lagen. Die große Portion für zuhause, die wollte ich mir später holen. Am Dienstag vor unserer Abreise.

»Was überlegst du, Fredy? Brauchst noch etwas? Außer dem Honig, meine ich.«

»Ja! Zwei Dinge. Anhängerkupplung und Lebkuchen. Du hast nicht zufällig einen Stand gesehen …«

»Depp! Bing lieber meine Blume ins Auto, wenn sie dir zu schwer ist.« Ich hatte sie am Boden abgestellt.

»Sie ist mir keineswegs zu schwer. Nur das Wasser darin, weil die nette Gemüsefrau, die den Sohnemann, oder wen auch immer, zuerst zusammengeschissen hat, weil er dich ausnehmen wollte wie eine Luxemburger Weihnachtsgans, unbedingt so nett sein musste, das arme Blümchen gleich zu ertränken«, grinste ich listig. »Ich will aber auch nicht, dass die Leute ständig dranrempeln, darum werde ich das arme Ding jetzt lieber in Sicherheit bringen.«

Ich lief mit dem Monstrum von Hängeampel zum Wagen, war aber gleich wieder zurück.

»Was tafelst du eigentlich heute Abend, Emelie?«, fragte ich, während ich mir die hängende Schulter rieb. Das fragte ich jedes Mal, wenn wir auf dem Markt in Bibione waren, selbst wenn ich schon vorher wusste, dass ihre Antwort nur Fisch lauten konnte.

»Steht sie im Kofferraum? Nicht, dass du sie mir nur auf

den Rücksitz gestellt hast. Unser Auto steht nämlich in der prallen Sonne!« Es war so eine Art Spiel von uns. Auf eine präzise gestellte Frage dann mit einer unpassenden Antwort zu einem anderen Thema zu kommen. Essen-Fisch kontra Blume-Kofferraum.

»Äh, Kofferraum? Nein! Ich konnte das Blumenparadies an einen dummen Feriengast aus Paris verkaufen. Weil der mir das Doppelte gezahlt hat, was wir blechen mussten.«

»Was! Bist du wahnsinnig?! *Meine* Hängeampel?«

»Manchmal. Na klar steht sie im Kofferraum. Und ich der nicht weiß, dass dein Auto in der prallen Sonne steht, habe sogar den Kofferraumdeckel wieder richtig zugemacht. So kann sie sich nicht durch Zugluft erkälten.« In dem Augenblick war ich echt geknickt, ich hatte den alten Fotoapparat nicht dabei, um Emelies dummes Geschau abzulichten. Ich versuchte einen zweiten Anlauf. »Und, was gibt's jetzt zum Essen?«

»Bei mir gibt's Vongole. Vielleicht schmeiß ich mir aber auch ein paar Spareribs vom Fredy auf den Grill. Hihi.«

Weil ich eine, im wahrsten Sinne des Wortes, beschissene Unverträglichkeit auf alles Fischige hatte, was nicht Forelle und Zander oder Ölsardine hieß, so musste es bei mir wohl die noch restliche Pasta von gestern geben. Das ersparte mir sogar Zeit, die ich dann investieren könnte, um an meinen Stichpunkten weiterzuschreiben.

»Der Wäschestand. Du weißt schon, welchen ich meine, Fredy. Der Riesengroße, der bis ums Ecke reicht. Der mit den elastischen Neon-Sport-BH, war er nicht ziemlich weit vorne?«

War er. Und ganz zufällig auch noch genau gegenüber der Toiletten. Aber ich musste ja auch gerade. Und so trotteten wir zwei gemeinsam dorthin. Im Zickzacklauf. Der reinste Slalom. Echt gut, dass Sommer war, kein Gramm Schnee auf dem Wochenmarkt lag.

Obwohl sehr gut sichtbar, hielt sich kein Mensch an diese weißen Linien, die auf dem Boden gezogen waren. Der Markt fand nämlich auf dem Busparkplatz statt. Kreuz und quer, Ellbogen und Zunge raus, so ungefähr wurde gelaufen und gerempelt, wenn es bei der Menschenmenge überhaupt möglich war. Bitte hinten anstellen, wenn Sie auf dem Weg zum vorderen Ausgang sind. Aber - trotzdem schön.

Wir waren erlöst. Nicht nur, weil wir auf dem Klo waren. Auch, da wir das Auto ohne blaue Flecken und gequetschte Zehen, dafür aber mit pink leuchtendem BH samt kurzer Jogginghose erreichten. Emelies Wagen verweilte auf dem hinten liegenden Parkplatz, wir mussten uns also durch die Massen nicht nur vor, sondern auch zurückkämpfen.

*

»Machst du mir bitte mein Blümchen noch auf, Fredy? Ich meine, bevor du dich hinlegst.«

»Si, Signora, mach ich dir sogar pronto.« Wozu hatte ich schließlich die wetterfesten Holzschrauben und den Elastik Hosengummi dabei. »Due minuti, Hase, und dein Blumengarten baumelt!«, prahlte ich. Doch dann suchte ich. Suchte mich dumm und dämlich, und - fand sie nicht. Verdammte Scheiße noch mal, das gibts doch nicht! Ich hatte sie doch … oder habe ich sie etwa? Ach, was soll's. Bevor ich noch zwei Stunden lang mein Kinderzimmer auf links umdrehte, wozu schließlich war der Camping voll mit Schrauben. Ich meinte die Dinger aus Metall, nicht die Schreckschrauben, die an fast jedem Wohnwageneck beim Ratschen standen. Diese Art Schrauben fand man auch nur ganz früh, so wie Regenwürmer fürs Angeln, wenn alles fest schlief. Außer meiner Wenigkeit. Wenn ich schon vor Sonnenaufgang auf dem Campingplatz herumspazierte, da sah ich sie aus ihrem Wohnmobil oder dreistöckigen Zweimannzelt rausspähen, während der Göttergatte die alte Zeitung von gestern noch mal durchblätterte. Scusa mille! Eigentlich hatte ich ja nur vorgehabt die Hängeampel zum Baumeln zu bringen, nicht über wehrlose Miturlauber herzuziehen. Ich selbst machte es doch auch so.

»Wo willst du denn mit dem Schraubenzieher hin, Fredy, ich möchte sie auf unserer Terrasse hängen haben, nicht am Strand. Sie verträgt weder Salzwasser noch pralle Sonne!«

»Aha! Schau ich denn wirklich so dumm aus? Bin gleich wieder da!« Meine gar verschmitzt grinsende Miene verriet Emelie, ich hatte etwas Grenzwertiges in meinem Schilde.

Keine Minute später fragte Emelie auch schon: »Oh, hast du die vom Hausmeister gekriegt?« Eigentlich hätte sie an der Windrichtung, in der ich davongeschlichen war wie Jo, der Einbrecherkönig, erkennen müssen, dass es dort keinen Hausmeister gab. Aber Holzschrauben in Hülle und Fülle. Einfach so, in bunte Bretter reingeschraubt.

»Nicht von ihm persönlich, Emelie. Ich weiß aber, wo der seine Reserveschrauben aufbewahrt. Haha.«

Ich beschaffte mir eine Schraube, wenn ich selten einmal eine zur Hand haben musste, deshalb aber nicht gleich nach Bibione fahren wollte, aber nicht immer an gleicher Stelle. Wäre irgendwie blöd, wenn sich der Caravan der Nachbarn in Wohlgefallen auflösen würde wie eine Vitamin C Brausetablette. Ich mopste mir die Wasserfesten Holzschrauben auch nicht wirklich. Ich lieh sie mir mehr oder weniger nur aus, sie blieben ja auf dem Campingplatz. Nur an anderer Stelle eben.

Die geborgte rostfreie Holzschraube saß bombenfest. Der elastische Hosengummi, vierfach genommen, ließ Emelies zweifarbigen Hängeampel genug Spielraum, um im linden Wind pendeln zu können. Sie hätte nun sogar einem Orkan standgehalten. Was unwahrscheinlich war, dass hier in den nächsten Wochen einer vorbeikommen würde, doch sicher war eben sicher. Mancher Erdenbürger bereitet sich seit Jahrzehnte auf die baldige Landung von grünen Männchen vor, ich sorge mich eben um Emelies Blümchen, das jetzt beneidenswert herumhängen darf, wie es ihm beliebt.

Emelie knipste die architektonische Meisterleistung von mir, wollte das taufrische Farbfoto weltweit vernetzen. Ich riet ihr dringendst davor ab.

»Emelie, pass mal Obacht! Wenn du dein Blümchen jetzt ins Netz stellst, so musst du aber auch damit rechnen, dass gemeine Produktpiraten eine originalgetreue Kopie deines weiß-rosa Hängegemüses züchten und damit den gesamten Weltmarkt überschwemmen. Und dann hat schon bald jeder Weltenbürger auch so einen Blickfang auf seiner Terrasse hängen. Willst du das?«

Wollte Emelie natürlich nicht. Sie postete dann auch nur eine einzelne Blüte, nicht den ganzen Blumenstock.

Nach einer bayrischen Brotzeitplatte, einem Espresso mit Lebkuchen, war dann meine Schönheit gefragt. Blöd, dass ich die, so tief ich beim Mittagsschlaf auch abtauchte, nie fand. Emelie schlenderte derweil zum Strand vor. Mir war die Sonne noch viel zu aggressiv, mittags, ein Uhr. Aber Emelie hatte es sich in ihren blonden Wuschelkopf gesetzt. Sie möchte nach drei Wochen Urlaub genauso toll aussehen wie ihre Dorade. Nach dem Grillen.

*

»Endlich! Wo bleibst du denn so lang, Fredy? Das Beste hast du natürlich wieder verpasst!« Hä? Das konnte doch gar nicht sein, das Beste. Sie wusste doch gar nicht, was ich während meines entschleunigten Mittagsschlafes geträumt hatte. »Schau, da vorne!« Emelie zeigte auf eine blondierte Frau, der nicht nur wir beide hinterher gafften. »Es war die Österreicherin. »Guck, wie provokant dieses Hexenweib da unten im Sand liegt … und was die anhat!«

Einen Stringtanga ohne Oberteil. Na und, dachte ich. Sah man zwar nicht oft hier, aber bei der Figur, wer würde sich wohl groß aufregen? Ich ganz sicher nicht. Auch nicht jener junge Mann, der sein Strandtuch blitzschnell einpackte, um sich damit in Blondies Nähe niederzulassen.

»Soll ich sie im Sand verscharren bis zu ihrer gemachten Nase, damit du dir den Sixpack ihres Freundes in aller Ruhe ansehen kannst?« So lautete meine Gegenfrage an Emelie. Der lag nämlich ganz in ihrer Nähe, tat aber so als wäre er mutterseelenallein auf der Welt. »Ich könnte auch jemanden von der Campingaufsicht herbeirufen. Nur, der Herr würde ihr höchstens noch den Fitness-Center-Rücken eincremen, statt sie zu ermahnen. Haha.«

Den Rest von dem angebrochenen Nachmittag verbrachten wir dann damit, ein zwei Personen Schweigekloster zu gründen. Und in Bücher zu starren, als wären die fesselnder

155

als eine Meerjungfrau im Stringtanga. *Mann* kann übrigens auch sehr gut mit nur einem Auge lesen. Das war nur reine Übungssache.

Als sich dann am späten Nachmittag eine Schafherde am noch blauen Himmel versammelte, harmlos weiße Wolken, ahnten wir schon, das große dunkelschwarze Schaf dürfte wohl auch nicht allzu weit weg sein. Wir brachen das Lese- und Schweigekloster bis auf die Grundmauer, den Sand ab und zogen uns auf die Terrasse zurück. Wo wir auch gleich die gestreiften Wetterrollos runterließen, die ferngesteuerte Gefrierklimaanlage vorsichtshalber ausschalteten und nun auf das bald Daherkommende sehnsüchtigst warteten. Wie wir bald sehen konnten, es war kein schwarzes Schaf, mehr ein schwarzer Hengst, der so gewaltig heran donnerte, dass das Licht am Himmel zu flattern begann. An, aus. An, aus. Auf jeden dieser grellen Blitze, die uns die Bedrohung von oben erst richtig sehen ließen, folgte ein krachender, ohrenbetäubender Hufschlag. Keine Minute später griff Petrus zu seiner ganz großen Gießkanne, die randvoll gefüllt war. Im Handumdrehen stand der Campingplatz unter Wasser. Wer jetzt noch am Strand oder sonst irgendwo unterwegs war und nicht schnell genug laufen konnte, musste nach Hause schwimmen. Glück demjenigen, der ein robustes Wohnmobil oder einen Caravan besaß. Pech für die, die in ihrem Zelt Schutz vor dem Unwetter finden mussten.

»Oh, Mann! Schau dir das an!«, sagte Emelie mit weiten Augen. »Weiß du noch, als wir so etwas gigantisches das letzte Mal erlebt haben? Als wir in *unserem Dorf* unterwegs waren.« Emelie drängelte sich ganz nah neben mich an das durch den Regenguss pitschnasse Geländer unsrer Terrasse und schaute fasziniert nach oben. Ich nickte und war auch nicht weniger erstaunt, zeige in Richtung Meer.

»Ja, das war echt lustig, Emelie. Wir beide waren damals auch genauso schnell gerannt, wie die Dummköpfe gerade, die bis zuletzt am Strand ausgeharrt haben und erst jetzt von dort hochkommen. Jaja, gerannt sind wir damals, als ginge es um unser Leben.«

»Es ging um unser Leben, Fredy!«

»J-ja, fast. Könnten wir uns auf das halbe Leben einigen? Hätten die Laden- und Hausbesitzer von Pineda das Unwetter damals nicht so entspannt genommen und sogar noch in Selenruhe Espresso, Cappuccino oder Sprizz getrunken, bis das Höllenwetter vorbeigezogen war, wir hätten es glatt mit der Angst zu tun gekriegt, haha.«

»Tja, lach nur, Dummkopf. Muss ich dich vielleicht erst daran erinnern, wie grob du mich am Handgelenk gepackt und über die total überschwemmte Straße gezogen hattest, damit wir uns unter einem Vordach schützen konnten, weil die Hagelkörner keine gekochten Milchreiskörner, sondern steinharte Fußbälle waren. Du großer Held hast ja natürlich überhaupt kein bisschen Angst gehabt. Hast auch angeblich nur gebibbert am ganzen Körper, weil es plötzlich so arschkalt geworden wäre, wie du mir versichert hattest. Hihi.«

Sie musste extrem laut und nah an meinem Ohr sprechen, plärrte sogar richtig hinein, weil der stürmische Platzregen so derart massiv auf unser Caravan Dach trommelte.

War aber auch ein unvergesslicher Tag gewesen, damals vor sechs Jahren. Ungefähr so wie heut Abend, nur dass uns das Unwetter im Dorf erwischt hatte, wo es zum Davonlaufen glücklicherweise geteerte Straßen gegeben hatte. Keine Kieswege, die man nicht mehr sehen konnte, da knöcheltief unter Wasser. Hier auf dem Platz, hatten die Wassermassen kaum eine Möglichkeit schnellstmöglich in den überfüllten Gullys abzulaufen, oder im Erdreich zu versickern.

Auch in Pineda waren damals die Gullys durch Äste und Laub verstopft worden, die der orkanartige Wind von allen Bäumen und Büschen geweht und abgebrochen hatte. Doch kaum hatte das Unwetter ein wenig nachgelassen, standen schon alle Dorfbewohner auf der Straße. Mit Espressotasse und Besen bewaffnet, um die überforderten Gullys wieder freizumachen. Und in ihren Tassen war sogar noch Kaffee gewesen. Niemand hätte sich mit leerer Tasse gebückt, um damit das angestaute Wasser damit wegzuschieben wie ein Schiffbrüchiger in einem lecken Rettungsboot.

So schnell wie sich Unwetter und Hochwasser verzogen hatten, war auch die italienische Sonne wieder gekommen, um Pineda in trockene Windeln zulegen.

Als dann der nächste grell zuckende Blitz haarscharf über unsere eingezogenen Köpfe hinweggeschossen war, setzten wir uns auf die weißen Kunststoffstühle und beobachteten das restliche Spektakel im Sitzen. Keine dreizehn Minuten, dann war alles vorbei. Wo zuvor schmale Schotterstraßen durch den Campingplatz führten, flossen jetzt Sturzbäche. Da, wo vor Kurzem noch eine unschuldige Sonnenliege in der Wiese gestanden war, war jetzt nichts mehr. Nur noch Wasser. Die Liege klebte an einer alten Pinie dran, die den größten Teil ihrer Zapfen als vermisst melden musste. Als aber die ersten Piepmätze wieder fröhlich zu trällern begannen, wussten wir, nun war es endgültig überstanden. In der Ferne sahen wir, wie die schwarzen Wolken an den Alpen klebten wie Pinienharz an menschlichen Fingern. Was sich soeben noch über unseren Köpfen abgespielt hatte, spielte sich nun über den Bergen ab. Man könnte fast meinen, die

Blitze wollen in das Massiv der Alpen eindringen. Möchten die Berge spalten wie Bäume. Und der heftige Regenguss sah aus wie ein dunkelgrauer Vorhang. Das laute Donnern, das sich mit unzähligen Echos wiederholte, es brachte, obwohl bereits schon weit über hundert Kilometer weg, sogar jetzt noch unsere Knie zum Beben. Doch auch dort was das Schauspiel bald vorbei. Es mischten sich laute Sirenen von Feuerwehr, Polizei und Krankenwagen unter das fröhliche Gezwitscher der Vögel. Wir hofften beide, dass nicht allzu Schlimmes passiert wäre. Scheinbar nicht, denn die Sirenen verstummten schon bald. Was jedoch noch länger brauchen wird, war das viele Wasser, das die Straßen und Kieswege des gesamten Campingplatz unter sich begraben hat. Bis es in der Erde versickert und in den Gullys abgelaufen ist, das wird sicher noch ein paar Stunden dauern, aber trotzdem huschte ein zufriedenes Lächeln über unsere pitschnassen Gesichter. Wüssten wir zwei es nicht besser, so könnte einst Venedig entstanden sein.

## Kapitel 9

*Der Campingplatz brennt!*

Eigentlich wäre heute Mercato-Tag im Portogruaro, doch wir waren mit unserem Märkte gehen durch, zumindest für diese Woche. Am Montag hatten wir in Lignano leckeren Käse und Polohemden gekauft. Gestern in Bibione Emelies hängendes Blümchen, über das ich mich noch heute freue. Mein Honig, der aus dem kunterbunten Nachbarort Caorle stammt, war sowieso ein Muss gewesen. Die italienischen Gewürze, die richtig nach Gewürzen schmecken, hatten wir ebenfalls am Dienstag, aber erst mit Emelies Muscheln auf dem Weg zurück zum Wagen ergattert. Viel mehr musste in einer Urlaubswoche auch nicht sein. Ein bisschen Zeit zum Entschleunigen brauchten wir schließlich auch noch.

»Entsinnst du dich auch noch daran, Fredy, als wir beide mit dem Bus rüber nach Portogruaro fahren mussten, weil mein Wagen dort in der Werkstatt gestanden hat?«, löcherte Emelie mich, die nebenbei in die mit luftgetrocknetem San Daniele Schinken belegte Olivensemmel biss und mit ihrer freien Hand meine grandiose Dichterkunst des Tages in ihr putziges lila Notizheft, so eine Art Tagebuch mit sehr vielen Telefonnummern, einklebte.

Wenn ich mich noch recht daran erinnere, musste es jenes Gedicht gewesen sein, in dem die Erde unterging. Ich hatte es zur Erinnerung ans Unwetter verfasst, nicht um Emelie damit zu schmeicheln.

Genauso erinnerte ich mich noch an die Odyssee, die uns

ins weit entfernt entlegene Portogruaro führte! Genau vor unserem großen Caravan, dem »Z20«, den wir ganz früher, in unseren jungen Jahren, gemietet hatten, war uns Emelies Wagen verreckt. Motorschaden. Nichts ging mehr.

Enorm viel Platz für Emelies Schuhe hatte der ja gehabt, der große Van damals, aber leider keine Lust, uns durch die schönen Landschaften von Italien zu bringen. Auch unser Caravan war damals um so manches größer gewesen als der heutige »Z9«. Aber wozu? Um ein Zimmer mehr zu haben? Für zwei so genügsame Urlauber wie wir es waren? Total unrentabel. Nicht vom Mietpreis her, der war völlig in Ordnung gewesen.

Bis wir die Fahrkarten für den Überlandbus in der Tasche hatten, das allein war schon abenteuerlich. Besser gesagt, eine kleine Weltreise. Mit dem Fahrrad nach Bibione Stadt. Emelie hatte gut kichern, sie musste ja auch nicht wie ein Depp in die Pedalen eines quietschenden Drahtesels treten. Am Meer entlang, auf dem schmalen Weg aus Holzbohlen, bis vor zum Springbrunnen an der Therme Bibione war ich gestrampelt. Von dort aus war es noch eine weitere Etappe bis zum zentralen Busbahnhof. Da stand nämlich der doofe bigletteria, Fahrkartenschalter, ganz am hinteren Ende. Die Radtour de Bibione wäre ja sonst viel zu öde gewesen für einen Spitzensportler wie mich. Wann hatte ich meine letzte längere Radtour unternommen? Ach ja, in der Jugend, an den Starnberger See.

Und diesen ganzen Weg musste ich natürlich auch wieder zurück. Zwei Tage konnte ich nicht mehr laufen. Und wenn ich doch ein paar Schritte machte, hatte es so ausgesehen, als hätte mir der knallgelbe Vogel an meiner Gesäßtasche in meine kurze Jeans gekackt. Weil ich die Knie nicht mehr hatte abbiegen können, die extrem angeschwollen waren, aussahen wie prall gefüllte Heißluftballons.

»Ich hatte dich aber auch sehr gut gepflegt damals, Fredy, oder? Da konnte endlich wieder mal die Krankenschwester aus mir herauskommen.« Emelie hatte heute anscheinend ihren Anstandstag, hielt sich beim Kichern sogar die Hand vor. »Hihi. Zwei Tage … und Nächte hast du *deine* geliebte Bäckerin nicht besuchen können. Armes Mäuschen, hihi.«

Stimmt. Am liebsten hätte sie mich im Rollstuhl über den Campingplatz gefahren, mich darin am Strand zur Schau gestellt. Überall, kreuz und quer hätte sie mich hin gekarrt, nur nicht zur Bäckerei. Die Bäckerin war damals noch eine andere Signora gewesen. Heißer als der heißeste Pizzaofen von ganz Pineda!

»He, jetzt mal langsam«, raunte ich Emelie an. »Du warst gar nicht um mich besorgt, du warst damals sehr, sehr böse zu mir. Am liebsten hättest du mich noch mit Knäckebrot und nullprozentigem Quark gefüttert!«

»Oh, das stimmt doch gar nicht, Fredy! Ich hab dir immer schön brav deine zwei Tartaruga mitgebracht. Bloß keinen schönen Gruß von ihr. Hihi.«

»Kusch! Schau lieber scharf links, Motzgurke! Ich glaub, da tut sich was.« Und tatsächlich. Blondie aus Wien riss das Fenster ihres XL-Caravans weit auf. Da der Wind günstig stand, konnte ich sie auch erschnuppern. Das Parfüm Petra Numero drei. Oder war es Otto, die Acht? Egal. »Du siehst besser rüber, Emelie. Wie schaut sie morgens aus … ganz ohne Schminke?«

»Wüsste ich auch allzu gern, aber sie hat ihre Malstunde schon hinter sich. Glaubst du, dass ihre Brüste echt sind?

He, Fredy, wo willst du hin? Du wirst doch nicht …«

»Aber sicher doch!«, nickte ich Emelie grinsend zu. Ich hatte mich von der Terrasse geschlichen und stand nun am Wagen, von wo aus ich beide im Blick hatte. Emelie und die Wiener Vollblut-Frau. »Ich frage sie einfach. So wie du die Donna damals in der Pizzeria einfach gefragt hast. Du weißt ja, wen ich meine. Ob ihre Wahnsinns-Lockenmähne Natur oder nur eine billige Perücke sei.« Ich hatte die Echtheit ihrer Haare angezweifelt. »Ah, das«, winkte Emelie ab. »Das ist doch schon ewig lang verjährt.« Für sie vielleicht, aber nicht für mich. »He, bleib hier! Ich gehe auch mit dir Eis essen. Den Riesen großen Früchtebecher, den magst du doch so gern, Fredy!«

Wenn ein Tag so vielversprechend anfing, das gefiel mir. Sonnenschein zum Abwinken und Frühstück zum Platzen. Sogar die Klimaanlage lief jetzt nach unseren Wünschen. Auch das Netz hatte bereits seine dünnen Spinnfäden um die Weltkugel gesponnen, ohne zu stottern oder zu spinnen. Kurz um, heute schien einfach alles zu funktionieren.

Ich kehrte lächelnd zur grimmigen Emelie zurück. Da ich wieder neben ihr auf dem günstigen Aussichtspunkt stand, unserer All-In-Terrasse, konnte ich es mir nicht verkneifen, schöne Grüße nach Österreich zu schicken. Doch Blondie war entweder noch nicht so richtig wach, hatte ihr Hörgerät nicht eingeschalten oder war schlichtweg morgensonnenblind. Die Zicke salutierte mir ums Verrecken nicht zurück, zeigte mir stattdessen eiskalt, nicht die kalte Schulter, ihren platten Birnenarsch. Wahrscheinlich, um mir zu sagen, was ich sie kreuzweise könne.

»Könntest du bitte dein peinliches Zünglein wieder dahin tun, wo sie hingehört, Fredy? Es sieht obszön aus, wenn sie bis zum Boden hängt und tropft. Und wenn wir nun schon einmal bei diesem Thema sind. Mir fällt gerade auf, du hast mir heut noch nichts von *deiner Bäckerin* vorgeschwärmt. Wirst sie dir doch nicht vermiest haben? Vielleicht mit der langhaxigen Silikonbombe aus Österreich?«

Herr im Himmel bewahre mich! Nix gegen Europa. Aber, eine Luxemburgerin, eine Italienerin, und dann auch noch ein fesches Mädel aus Österreich an einem Hals. Wo bitte gibt es einen reißfesten Strick mit Baum?

»Das ist totaler Quatsch, was du da daherredest, Emelie! Mein Schnuckelhase«, meine Bäckerin und ich, wir beide sind uns zwar für immer und ewig treu, so wie der Rauhaardackel seinem Schürzenjäger, mehr aber nicht. Rein platonisch also.«

»Hihi! Ja, stimmt. Genauso habt ihr zwei Turteltäubchen auch am Sonntag dreingeschaut. Nicht platonisch. Wie die Dackel! Ich will gar nicht wissen, was da gewedelt hat.«

Ich überlegte, ob ich die Privatadresse des Metzgersohns herausfinden und sie der Emelie zustecken sollte.

»Emelie, brauchst du was vom Hausmeister oder von der Rezeption, ich fahre nämlich schnell das Rad aufpumpen.« Genau auf die Art bricht man ein verfahrenes Gespräch ab. Natürlich hätte ich auch behaupten können, ich würde mir Zigaretten holen, doch die stopfe ich ja selbst.

»Ja, ein Fernglas! Zweifach entspiegelt. Brennweite …«

Emelie wusste, dass ich kein Fernglas in meinem Notfall-Set hatte. Ich ließ mir viel Zeit, um die zuvor schon vollen Fahrradreifen aufzupumpen, ohne auf den Knopf der Luftdruckstation zu bedienen, da beide Reifen noch genügend prallvoll waren. Emelie hatte sich währenddessen nicht nur die Haare durchgekämmt und sich reisefertig umgezogen. Sie war zudem noch in der Mülltonne an der Waschanlage gewesen, um den ganzen Müll vom Morgen wegzubringen. Eine Wasserflasche, die ich in finsterer Nacht geleert hatte und die Semmeltüte, auf der sogar die Telefonnummer der Bäckerei gestanden wäre. Ich war mir nicht sicher, ob sie dort angerufen hat, als ich nicht hier gewesen war. Gegrinst hatte sie aber als ob, als ich das Fahrrad absperrte. Hätte sie nicht, meinte sie spitzbübisch grinsend, als ich sie durch die Hängeblume danach fragte. Aber auf eine prima Idee hätte ich sie eben gebracht, mit meiner saublöden Frage.

»Du, Fredy, ich glaube, die Ösis reisen schon wieder ab. Ich habe es vorhin so rein zufällig mitbekommen, weil mir dummerweise die Plastikflasche vor ihrem Caravan ausgekommen war. Die ist dann genau unter ihre Terrasse gerollt, dass blöde Ding. Hat auch ewig gedauert, bis ich sie wieder rausgeholt habe. Madame Wespentaille hat ihren Sixpack-Göttergatten voll zur Rosinenschnecke gemacht. Weil er ihr zuhause versprochen hat, da wo sie in den Urlaub hinfahren würden, gäbe es einen supertollen langen Laufsteg. Eigentlich hat er noch nicht mal gelogen, oder? Der Holzsteg am Strand ist doch auch eine Art Catwalk. Er hat bloß keinen roten Teppich. Hihi.«

»Weiß ich, Emelie. Die Aktion mit der Flasche hättest du dir sparen können. Ich habe Mister Six-Pack in der Rezeption angetroffen, als er todernst nachfragte, ob von Bibione ein Flieger nach Mailand oder Rom mit Anschlussflug auf die Malediven gehen würde. Am Freitag reisen sie ab. Aber mit ihrem Auto. In Salzburg hebt scheinbar ein mit Düsen bestückter Silbervogel Richtung Indien ab.«

\*

Der Eisbecher, den wir uns bestellten, war echt riesig. So wie von Emelie am Morgen hoch und heilig versprochen. Frutti de Bosco mit Sahne. Natürlich musste ich zuerst den Berg Schlagsahne rauslöffeln, ehe Emelie zum Löffel griff und gnadenlos zuschlug. Zwei ganze halbe Erdbeeren, eine ganze! Brombeere sowie vier Blaubeeren, mehr aß meine Dauertischnachbarin davon nicht. Den Rest unseres bunten Beerenwaldes musste ich arme Sau allein runterwürgen. Was tut man nicht alles aus Nächstenliebe. Der gewaltige Vitamin-C-Stoß, der sich dadurch in meinem Antikörper breitmachte, der würde locker reichen, um mich durch drei sibirische Winter zu bringen - ohne Grippe.

\*

Es war noch etwas hin bis zur Abenddämmerung und wir saßen gemütlich, an nichts Böses denkend auf der Terrasse. Emelie hatte ihren Läppi vor sich und sortierte das Internet komplett neu. In alphabetischer Reihenfolge, von A bis Z. Ich stopfte mir eine Ladung Zigaretten für morgen.

In zehn Jahren, wenn wir als greise Senioren auch wieder hier säßen, in bequemen Schaukelstühlen, nicht auf Plastik, dann wird Emelie löchrigen Socken stopfen. Und ich werde unsere Medikamente ordnen, nicht das Internet. Auch nach dem ABC. Von den Antibiotika über die Gichtpillen bis hin zum Zyankali.

Wie gesagt, wir hatten an gar nichts Schlimmes gedacht, plötzlich war dichter Qualm zu sehen. Er musste direkt aus nächster Nähe kommen. Auf unserer Wegseite, da bei den Nachbar gegenüber die Abendluft noch ganz Bio war, also rein. Draußen natürlich. In ihrem Schlafzimmer?

Ein Großfeuer, schoss es uns zwei fast gleichzeitig in die bereits leicht benebelten Köpfe. Waren die zwar öfter mal, vom Rumblödeln benebelt, aber nie von stickigem Rauch. Das kleine rote Kästchen, welches man in solch brenzliger Situation einschlagen und den roten Knopf drücken durfte, gab es noch nicht. Wir hätten zwar zehn Liter Mineralwasser vom Gardasee im Caravan gehabt, hätten also somit das Schlimmste verhindern können, aber warum sollten wir es opfern, wo noch kein Hilferuf zu hören war.

Mit dem Wasser würden wir sowieso nicht weit kommen, meinte Emelie, die sich eben eine hauchdünne Decke über den Kopf stülpte, sodass jetzt nur noch Nase und Mund zu sehen waren. Sie täte es, meinte sie, damit ihr schönes Haar später nicht nach Rauch stinken würden, sie es nicht noch mal waschen müsse.

Gut, dass das Fahrrad frisch aufgepumpt war. Emelie sitzt vorn im großen Korb drin und ich - trete. In die Pedalen. So unser genialer Fluchtplan. Mit ihrem Auto hätten wir nicht die geringste Chance bis ans Meer zu kommen, um uns dort mit einem todesmutigen Kopfsprung in die Adria vor dem sicheren Flammentod zu retten. Es lag wohl an der grellen, schräg stehenden Sonne, dass wir die züngelnden und alles vernichtenden Flammen noch nicht sehen konnten.

»Hä, ihr Trantüten! Bringt mehr dicke Äste!«, hörten wir eine arg aufgeregte Männerstimme plärren, »sonst geht der Grill noch aus, ehe die Würstchen und Koteletts überhaupt draufgelegen sind.«

Hä? Wer sagt: Hä! Genau so dumm schauten wir uns auch an, als wir die neugierigen Köpfe über die Terrassen-Reling streckten. Wir sahen bestimmt aus wie zwei Langhalsgiraffen mit unseren langen Hälsen. Der Anrainer, drei Caravans rechts weiter, lachte zu sogar noch uns herüber, während er das armdicke Astwerk zu grobem Kleinholz zerbrach und in die züngelnden Flammen seines Kugelgrills warf.

»Papa!! Der Rüdiger, der Schpasti hat grad blöde Kuh zu mir gesascht!«, plärrte ein etwa achtjähriges Mädchen über den Camping Capalonga. Sie war den Krokodilstränen nah. Und sie gehörte zu dem idiotischen Grillmeister, der inzwischen schon eine ganze Pinie verheizt hatte.

»Mecker nisch lang rum, Penelope, hilf liba deem Bruder beem Holze sammeln. Blöde Kuh!« Die Kindsmutter stand mit randvollem Tablett, darauf massig Grillbratwürste und Fleisch, auf der Terrasse, winkte ihrem Alten auch noch zu. Ach, wie toll sie es doch fände, den Kindern in diesem Alter zu zeigen, wie man in der so brutalen rauen Wildnis Italiens überleben könne.

Den unverwechselbar lustigen Dialekt, den die deutsche Adams-Familie daher quasselte, erkannten wir mit blinden Ohren. Ich war mir hundertsechzehn Prozent sicher, zu den Würstchen gibt es eingelegte Spreewald-Gurken.

Die Grillanzünder, die wir immer benutzen, waren zwar auch aus Holz, gepresste Holzspäne, um genau zu sein, aber so etwas Bescheuertes wie heute Abend, hatten wir bis dato noch nie erlebt in unserem fast ewig langen Grillleben. Es braucht also gar keine Dinosaurier, um einen ganzen Wald zu vernichten. Es genügt schon, wenn der falsche Mann am Kugelgrill steht.

## Kapitel 10

### *Der Springbrunnen*

Heute war Sonntag. Emelie und ich hatten die letzten drei Tage und Nächte nicht durchgeschlafen. Wir hatte, wie soll ich es sagen, einfach nur Urlaub vom Urlaub gemacht. Erst hatten wir sehr lange gefrühstückt, ohne dass Emelie mich gehetzt hatte. Die Bäckerin hatte gedacht, wir wären schon wieder abgereiste oder ich wäre krank geworden, weil ich erst um acht Uhr bei ihr war, um unsere Semmeln und den Krapfen zu kaufen. Auch hatten wir die sonst ausgedehnten Spaziergänge durch Bibione auf ein Minimum reduziert. Ein schneller Cappuccino und danach eine Kugel Eis, dann rasch ins Fischgeschäft und zum Supermarkt, schon waren wir wieder auf unserer beblümten Terrasse gehockt. Buch in die Hand und lesen. Emelie hatte dies in der Hängematte gemacht. Nachmittags lagen wir faul und am Strand, hatten nicht einmal unsere Muschelbucht besucht. Aber die Adria. Auch die nur ganz kurz. Noch nicht mal bis Sizilien war ich geschwommen. Unser Kochen oder Grillen am Abend, das war dann schon das highlight der drei Tage gewesen. Fisch, Pasta, Minuten-Steak. Gerichte, die fix gemacht waren. Vor dem Zubettgehen hatten wir uns aber dann trotzdem noch mal aufgerafft, um uns von der im Westen untergehenden Sonne zu verabschieden.

Emelie schien heute Morgen übermüdet. Sie störte mich nicht beim Tippen, gähnte jedoch wie eine hungrige Löwin. »Ich weiß, Emelie, ich hätte jetzt Scheiben können, dass dieser bescheuerter Nachbar keine weiteren Versuche mehr unternommen hat, alle Pinien von Capalonga im Grill zu verheizen, bis zur Abreise gestern«, meinte ich, da sie auf meinen Laptop schaute. »Ach, mit lodernden Baumstämmen im Grill im Spreewald anzurufen, damit hatte er auch kein Glück gehabt, da er sich das linke Ohr verkokelte, als er in den glühenden Ast Hallo rief. Dass sich seine Kinder beim Holzsammeln im tiefen Pinienwald verlaufen haben am Freitag, ja, das könnte ich mir noch notieren.«

»Depp! Die hatten sich nicht im Wald verlaufen, Fredy, sie waren beim Kinder-Pizzabacken gewesen!«

Bah! Ich stellte mir eben vor, was für einen Durchmesser ein Pizzaboden haben muss, damit ein Kind durchschnittlicher Größe darauf Platz habe. Das Kind müsste sich kreisrund drauflegen, sonst würden die Arme und Beine runterhängen und womöglich nicht ganz knusprig werden. Was wäre aber, wenn man die große Familienpizza backen will? Schwiegermutter, Tante und Opa. Ach, stimmt! Die Böden für Familien-Pizzen sind nicht rund, die sind ja quadratisch. Das spart Platz, da könnte man alle auf einmal drauflegen. Wie Spargelstangen, schön nebeneinander.

»Kinderpizza! Was erzählst du mir da, Emelie? Igitt! Ich mag noch nicht mal Pizza mit hart gekochtem Ei, weicher Wiener Wurst oder matschigen Pommes drauf. Geschweige denn eine Pizza mit Kin …«

»Idiot!«

Endlich war sie wach. Hatte aber auch ewig lang gedauert heute. Ich möchte ja nur ungern petzen, aber wenn man sich bis um zwei Uhr nachts im Web-Netz verheddert, da kann es dann schon mal vorkommen, dass man am Morgen auf der langen Leitung steht … mit siebzehn Zoll-Augen.

Was Emelie dann zuerst machte, ehe sie mein brandneues Gedicht las und am frischen heißen Milchkaffee schlürfte. Sie schaut sofort in die Semmeltüte. Warum? Natürlich, ob sich *meine Bäckerin* nicht schon wieder vertan hätte. Oder dass ich wieder zu blöd gewesen war, Semmeln in der richtigen Anzahl mitzubringen. Das Versehen glaubt sie mir bis heute noch nicht. Wäre es an dem folgenschweren Tag um Druckerpatronen gegangen, ich habe zwei Geräte, von zwei unterschiedlichen Herstellern, wäre mir die fatal abnorme Verwechslung auch ganz sicher nicht passiert.

»*Un Tartaruga,* due Olive, bitte!« Himmel, wie hatte das nur passieren können? Und das mit! Wie lang werde ich mir das wohl noch anhören müssen? Sehr lange! Wenn Emelie mit schon ergrautem und moosgrün gefärbtem Haar meine Socken stopft, dann wird sie mir diesen Satz in die Socken sticken, damit jeder sehen könne, welch ein lüsterner Depp ich einst war. „*Un Tartaruga*, due Olive, bitte!". In Rot, Weiß und Grün gestickt!

Was war ich wieder für ein begnadeter Glückritter heute. Die Bäckertüte war ohne jeden Makel. Auch mein Gedicht, das ich noch vor Einbruch des Morgens dichtete, gefiel ihr. Für ihren Kaffee mit Milch, ohne Zucker, konnte ich nichts. Ich hatte ihn nur aufgesetzt, nicht geröstet. Aber, hätten wir eine Kuh vor der Terrasse stehen, dann hätte Emelie etwas zu meckern gehabt. Wenn deren Kaffeemilch sauer oder gar zu Butter geworden wäre. Hatten wir aber nicht – die Kuh. Also blieb der Sonntagmorgen glücklicherweise doch recht friedlich.

»Was hältst du davon, wenn wir nächste Woche Freitag durch die Lagunen schippern, Emelie? Das Schiff, mit dem wir schon einmal rausgefahren waren, es fährt wieder. Nur nicht mehr bis Caorle.« Ich grübelte kurz nach und meldete auch gleich eine meiner genialen Ideen an. »Wäre aber halb so schlimm, oder?« Ich ließ Emelie keine Zeit, um mir Antworten zu können. »Wir könnten uns in der Lagune, wo die Reiher und Schwäne gewesen waren, ein Fischerhäuschen mieten. Am besten gleich das, wo der gute alte Hemingway eine Zeit lang gelebt hatte. Da könnte ich den Kopf wieder freikriegen, um ihn mit neuen blöden Ideen Blödsinn fürs Buch wieder vollzumachen.«

»Ach, könntest du das tatsächlich? Und ich, was soll ich in der mir Wasser und Schilf umgebenen Einöde machen? Mir jeden Tag die Nägel lackieren? In den Kanälen und bei der Hütte war es zwar recht nett gewesen, aber dort gibt es sicher kein Internet, oder?«

»Kein Netz? Wir sind in Italien, Emelie! Du? Du könntest den Schwachsinn, der mir einfällt, Probelesen«, schwenkte ich um. »Ich habe kürzlich mal gehört, dass Menschen, die kein Internet haben, von der Außenwelt abgeschnitten sind, auf die unmöglichsten Gedanken kommen. Manche sollen so derart am Boden zerstört, verzweifelt und geknickt sein wie das Eselsohr in einer Buchseite, dass sie das Schreiben und Lesen wieder lernen. Haha!«

Emelie neigte den Blondkopf, tappte mit einem Fuß auf dem Holzboden der Terrasse rum und legte den Finger auf ihre ungeschminkten Lippen.

»Hm? Meinst nicht du, das wird uns ein bisschen zu viel? Erst am Mittwoch nach Venedig gondeln, dann am Freitag stundenlang auf dem Schiff rumsitzen. Irgendwann, wenn's geht noch in diesem Urlaub, würde ich mich auch gern ein bisschen in die Sonne legen. Ich denke dabei aber mehr an deine Füße, Fredy!«

Meinen Füßen ging es bestens, aber ihrem Dekolleté, das sah bereits schlimmer aus als der Atlantikhummer in ihrer Großraumpfanne. Wahrscheinlich war es gerade angesagt, hipp, so feuerknallrot durch die Gegend zu laufen. Zwecks Farbkontrast zu schwarzen Shirts. Es würden jetzt nur noch goldene Fingernägel fehlen, dann wäre die Lux... Quatsch, das wäre ja gar nicht die Luxemburger Fahne.

Wir ließen das Ausflugsschiff dann aufgeräumt im Raum stehen. Schön langsam wurde es eng hier im roten Caravan. Schuhkartons, T-Shirts und Polos. Aceto de Balsamico und Oli di Oliva. Und jetzt noch ein riesiger Ausflugsdampfer.

*

Anstatt selbst mit dem Auto, fuhren wir heute Linienbus. Das dafür passende Kleingeld hatte ich einstecken, da der Busfahrer kein Wechselgeld besaß. Der Bus Linie Eins, der nah am Camping Capalonga, gegenüber dem Fitnesscenter hielt, sollte uns bis zum Springbrunnen in Bibione bringen. Bis dorthin, wo ich seinerzeit eine kleine Verschnaufpause einlegte, als ich die Fahrkarten nach Portogruaro besorgte.

Eine echt tolle Sache, ein Chauffeur im Halbstundentakt. Machte mir echt Freude, mal nicht selbst hinter dem Steuer sitzen zu müssen. Und was wir während unserer Busfahrt alles sahen und erlebten. Bah, einfach fantastisch. Manches war aber auch grausam anzusehen.

Zuerst zuckelte *unser Busfahrer* Station für Station durch das schnuckelige, gemütliche Pineda.

Wie man es vielleicht schon bemerkt hat, uns gehörte hier einfach alles. Emelie und mir, uns zwei ganz allein. Unser Pineda, unsere Stadt Bibione und unser Sandstrand, soweit die Augen reichten. Auch der Campingplatz, bis vor an die

Landzunge. Wie gesagt, bei unserer All-Inklusive-Terrasse war alles, aber auch wirklich alles inklusive mit dabei. Gar nicht schlecht, bei dem Preis. Viva Italia! Viva Capalonga!

Alle hundert Meter hielt der Bus an einer Haltestelle, um jene Leute einzusammeln, die hier Urlaub machten, zum in der Sonne zu baden, nicht zum Wandern. Die Straße nach Bibione-Stadt führte noch an zwei Campingplätzen vorbei, die der Busfahrer jedoch achtlos rechts liegen ließ, ehe der an jenen Kreisverkehr kam, an dem ich die Kurve gern und hauteng anschneiden konnte wie eine Sachertorte. Emelies kleine Rennsemmel besaß eine supergeile Straßenlage.

Den rechten Seitenarm von Bibione, durch den wir aber wegen einigen Bodenunebenheiten, sowie etwas ungünstig geparkter Autos, mehr durchgeschaukelt als durchgefahren waren, hatten wir an österreichische Urlaubervermietet. Zu erkennen an den vielen weltberühmten Namen der Hotels und Pensionen. An dieser Stelle gleich mal ein Kompliment an unseren Busfahrer, der diese engen Straßen völlig blind durchfuhr. Würde ich beim Fahren meine Augen schließen, Emelie würde schreien wie am Spieß.

Den Aussteige-Knopf, von dem Emelie bei unserer ersten Busfahrt gemeint hatte, der wäre eine Gegensprechanlage, drückten wir, als *unser Springbrunnen* näher kam. Oder der Bus unserem Springbrunnen.

Ein, zwei schöne Erinnerungsfotos am Brunnen machen, die uns Zuhause auf das Grausamste daran erinnern sollen, wie jung wir heute noch gewesen waren, mehr wollten wir an der sprudelnden Fontäne nicht machen.

Mit uns beiden stieg ein halbwüchsiges Teenie-Mädchen aus. Sie war weit hinten im Bus gesessen, uns somit nicht sofort aufgefallen. Sie hatte nicht viel an, doch das wenige, das sie anhatte, war total gespenstisch - kohlrabenschwarz. Die hüftlang geknotete Mähne war leuchtschwarz gefärbt, so wie die hauchdünnen Brauen und Lider. Nein! Lider, sie hatte nicht gesungen im Bus, nur den Kopfhörer auf. Dazu passend, schwarzer Nagellack an Händen und Füßen.

Sie eierte und wankte auf schwarzen Plateauschuhen in Richtung Therme Bibione. Nachdem sie sich bei ihrem unbeholfenen Aussteigen beinah beide Füße gebrochen hätte. Sie wollte gen Meer. Den Weg kannte ich bestens. Den war ich mit dem Fahrrad entlanggefahren. Wir spazierten zum springenden Brunnen, um Urlaubsfotos zu machen. Dabei machte ich den Mund wieder mal zu früh auf.

»Wenn die jetzt so in das Wasser reingeht, dann sind wir ab sofort nicht mehr an der schönen blauen Adria, sondern am tief Schwarzen Meer!«

Da drehte sich das Mädel in Nero doch glatt um und warf uns einen sehr düsteren Blick zu. »Ene, mene Krückenbein, auf ewig sollt ihr Kröten voller Wanzen sein!«

Die erschrockene Emelie reagierte glücklicherweise sehr schnell, winkte hektisch ab. Nein, du warst nicht gemeint. Das Hexen-Mädchen warf daraufhin ihren Schwarzkopf in den tätowierten Nacken und fauchte. Wir konnten sie nicht verstehen, war auch sicher besser.

»Na, die wird uns keine gute Freundin mehr, Fredy. Das haben wir nun davon, weil du deine vorlaute Klappe nie halten kannst!«, schalte Emelie mich.

»Ach, quatsch! Die hat sich nur vor Neid umgedreht, weil sie wissen wollte, ob wir beide von der Vorderfront auch so hübsch sind wie von hinten. Und außerdem, wie kommst du auf die Idee, ich möchte mit ihr gut Freund sein. Sie hat mir auch eher so ausgeschaut, als wäre sie lieber auf einem Besen in die Stadt geritten, als mit einem Bus zu fahren.«

»Arsch!«

Die Fotos wurden wunderschön. Vor allem diejenigen, auf denen ich nicht zu sehen oder aufgrund meinem grauen Käppi kaum zu erkennen war. Wenn ich das überhaupt mal aufgehabt hatte. Emelie hatte sich für unsere Foto-Session in ihre brandneu Schale, einen gelben Maxirock geworfen, ich in die übliche raue Schale. Nein. Emelie sah wegen der gelben Schale nicht aus wie eine Bio-Banane. Schon mehr wie eine duftende, blühende Butterblumenwiese.

Ich hatte Emelie am Morgen mit Klebeband fesseln und meinem Strandtuch knebeln wollen, weil sie ich erst nicht erkannt hatte, als sie aus unserem Caravan gekommen war, ich in ihr eine Einbrecherin in Gelb vermutet hatte.

»Ach, Fredy, wo wollten wir eigentlich nach den Fotos gleich noch mal hin?«, fragte die zu drolligen Schwänken aufgelegte Emelie dies ausgerechnet mich. Als ob ich, der Arsch, das wüsste. War aber auch im Moment kein anderer Hintern in der Nähe, welchen sie hätte fragen können.

»Keine Ahnung. Hatten wir überhaupt was ausgemacht?« Ich zuckte dabei mit meinen Schultern, im Dreiviertel-Takt der Fontäne des Brunnens. »Wie wäre es mit diesem Laden, der mit den etwas ausgefallenen Uhren?« Der war mir auf die Schnelle eingefallen, da es auf meiner Sonnenuhr eben zwölf Uhr schlug, die Sonne mir direkt senkrecht auf meine Glühbirne brannte.

»Au ja! So eine lustige Bahnhofsuhr wie beim Potter, die juckt mich ja schon ewig! Äh, Fredy, eine Frage. Warum setzt du eigentlich dein Käppi nicht auf, du leuchtest schon. Willst du meinem Ausschnitt Konkurrenz machen? Hihi.«

»Nö! Dazu müsste ich mir erst mal ein schwarzes T-Shirt mit V-Ausschnitt und einem Katzenaufdruck zulegen. Ich investiere mein Geld aber lieber in bunte Eiskugeln.«

Münzen lagen im Brunnen keine drin, also nix wie weg.

Im Uhrenladen, der zudem ein Haushaltswarenladen war, ging es beinah genauso eng her wie in Emelies begehbarem Kleiderschlafzimmer. All die vielen interessanten Sachen, die in den randvollen Regalen keinen Platz mehr fanden, standen einfach auf dem Boden.

Neben einem Gitterständer direkt an der Eingangstür, wo allerhand Krimskrams mein scharf eingestelltes, operiertes Auge anlockte, fielen mir dann sofort die Pizzateller großen Wohnzimmeruhren auf. Genau so ein Ding würde auch in meine Wohnung passen, überlegte ich. Mit großem Ziffernblatt und auf uralt getrimmt. Nur für den Fall, Emelie käme wieder mal zu Besuch. Sie muss nämlich auf der Couch im Wohnzimmer schlafen. Einen begehbaren Kleiderschrank habe ich noch nicht. Und auch keine Wohnzimmeruhr. Ich bin gerne zeitlos.

Ich suchte mir die drei schönsten aus dem Stapel heraus, Emelie durfte auswählen. Ein telepathischer Volltreffer, ich hätte genau dieselbe genommen. Die Uhr sah wirklich antik aus, auf alt getrimmt. Römische Zahlen, in den gräulichen Mittelkreis war in schwarz ein Schloss oder eine Art Palast hineingemalt. Genau mein Geschmack.

Emelie sah sich die Bahnhofsuhren, von denen sie vorhin noch geschwärmt hatte, etwas genauer an. Vor allem aber die Preise. Sie rechnete die Kosten mir den Fingern ratzfatz in schwarze Schuhe um und entschloss sich, jene Uhr, die ihr gefallen hätte, hängen zu lassen. Sonst würde der Laden so nackt aussehen, wenn sie die Uhr kaufen würde.

»Die ist nächstes Jahr bestimmt auch noch da. Ich brauch erst mal bequemere Schuhe, die sind im Moment wichtiger. Am allerliebsten wäre mir ein sportlicher Turnschuh. Einer, wie sie ihn kürzlich bei der Mailänder Modeschau trugen.«

»Wann warst du in Mailand, Hase? Vor allem, wie bist du dort hingekommen? Und warum bloß einen Schuh. Ist das nicht unbequem bei deinem morgendlichen Waldlauf?«

»Ich? Mailand? Ich doch nicht. Hast du schon mal was von dem neuen Medium gehört, das man Internet nennt, du technischer Hinterwäldler? Hihi. Oje, mein armer Fredy. Schau nicht so beleidigt. Ich denke halt eben ein bisschen moderner als du. Und zudem, ich brauche die Turnschuhe für unseren Ausflug nach Venedig. Ich kann doch da nicht in High Heels oder in Strandschlappen auftauchen.«

*

In unserem Straßencafé, das mit deutschem Namen und dem italienischen Stammpersonal, kehrten Emelie und ich schon sehr bald und dringendst ein. Wir waren kurz davor gewesen, jämmerlich zu Verdursten. Der Wasservorrat, den wir eingesteckt hatte, war schneller zu Ende gegangen als von mir berechnet.

Die gemütliche Freiluftcaféhütte war proppenvoll. Was für ein Dusel, ein Tisch samt der vier gleichfarbigen Stühle wurde eben frei, als wir schon am Überlegen waren, uns ein eiskaltes Wasser im nahegelegenen Supermercato zu holen.

Da keine Kinder in meiner Nähe waren, genehmigte ich

mir eine Zigarette. Wie auch manch anderer Besucher. Es waren wesentlich mehr Frauen als Männer, die ihren Qualm in die grade so angenehm drückend heiße Luft pafften. Wir bestellten das Übliche, zahlten auch dasselbe. Aber heute war ich an der Reihe. Wir ließen es uns natürlich auch nicht nehmen, die Toiletten gründlichst zu inspizieren.

*

Ich wollte Emelie nach rechts ziehen, doch die haute die Notbremse rein. Der Laden gleich schräg gegenüber hatte sie dazu ermuntert. Es war einer jener wenigen Klamottenläden, die sie noch nicht von innen gesehen hatte. In diesem Urlaub!

»Ich will nur schnell schauen, ob sie nicht ein passendes Oberteil haben.«

»Passend, für was, Emelie?«

»Weiß nicht. Das passende Unterteil kann ich mir ja dann später woanders kaufen.« Ohne Worte!

Emelie fand beides, Ober- und Unterteil. Schneeweiß. Ja! Ein schneeweißes Oberteil, das noch mit so einigen bunten Steinchen besetzt war. Strass, oder wie die Klunker hießen. Das passende Teil für Emelies untere Körperhälfte, das der Laden ganz zufällig und dazu in ihrer Größe vorrätig hatte, war eine sogenannte Schlabberhose. Einfach Reinspringen wie in einen Swimmingpool und sich wohlfühlen.

Ich nannte die Dinger Kasperhose, da Emelie solch eine schon in knalligem Bunt besaß. Warum diese allerdings den ganzen Sommer über in ihrem Kleiderschrank lag, anstatt in Italien spazieren zu gehen? Weibliche Logik. Weil sonst zu wenig Raum im Urlaubskoffer gewesen wäre, sie drei schwarze Shirts hätten zuhause lassen müssen?

Der Weg zurück zum Bus war nicht nur gefühlt sehr lang, er war auch arg schweißtreibend. Das Gardasee Wasser, das wir unterwegs gekauft hatten, war so ratzfatz leer gewesen. Eigentlich war es nur die Flasche, die leer war, das Wasser war ja weg. Aber der Volksmund besagt: Flasche leer. Und der musste es schließlich wissen. Weil wir auch irgendwie zum Mund des Volkes gehörten, war dann eben die Flasche, nicht das Wasser leer.

Der sehr gemütliche und mit ein paar freiwilligen Pausen gespickte Einkaufsbummel lag hinter nun uns. Unsere treue Sonne strahlte. Ruhe und Gelassenheit war in uns. Die Bushaltestelle lag irgendwo vor uns. Wir hatten zwar noch ein Stück zu laufen, aber wir hatten aber keine Angst, sie würde abhauen, würde uns in der prallen Sonne im Stich lassen.

»He?«, stutze Emelie plötzlich. »Du hast dir ja noch gar kein Eis für unterwegs gekauft, Fredy! Keine Lust darauf, oder kannst du schon keines mehr sehen?« Emelies Scherze waren auch schon mal besser. Ich und kein Eis mehr sehen können. Jetzt, nach der Augen-OP?

»Gibt's später. Am Park. Das Mädel macht mir die Kugel immer so riesig, dass es schon drei sind. Für den Preis von einer!« Es wurde eine Pallina, eine riesige Kugel Aprikose. Kaum hatte ich diese samt Haut und Haar, ohne Kerne verspeist, erblickten wir den Bus der Linie Eins, der gerade um die Ecke kam. Gerade? Um die Ecke? Was nun? Egal.

Alle dreißig Minuten fuhr ein Bus gen Camping, aber wir waren ja in Urlaub, hatten also genügend Zeit. Doch bei der sengenden Mittagssonne wäre das Warten auf den nächsten Bus weiß Gott kein großes Vergnügen gewesen. So nahmen wir die Füße in die Hand. Rechter Fuß - rechte Hand …

»Scheiße! Nicht so schnell, Emelie, mein linkes Bein!«

»Dann lauf halt auf dem rechten weiter! Hihi!«

Haha. Sehr witzig, Emelie. Hatte wohl an der strahlenden Sonne gelegen, oder der neuen, fröhlichen Kasperhose. Das verdammte Sprunggelenk an meinem linken Fuß war schon seit zwanzig Jahren defekt. Schrottreif und nicht reparabel. Nicht so wie die Fernbedienung unserer Klimaanlage.

Wieder hatten wir Glück. Es war die Busfahrerin, mit der wir früher schon mal unterwegs waren. Diese hatte die arg keuchende Emelie und mich noch mehr humpelnd gesehen. Im Rückspiegel. Sie erwartete uns mit weit offen stehender Tür, aber leider nicht mit weit ausgebreiteten Armen. Mir war beim Zusteigen der halb leere Wagen der Carabinieri eingefallen, die mich auf dem Weg zum Faro … Nein, nicht schon wieder vorgreifen.

»Buongiorno! Due biglietto?«

»Si! Nein, Sie doch nicht!«, meinte ich zu dem Herr, der weit vorne saß und sich angesprochen fühlte. »Si, due!« Sie reichte mir die zwei Fahrkarten, ich ihr das passende Geld. Wie ich fand, ein äußerst fairer Handel.

»Donna kaputt?«, wollte sie noch wissen, als Emelie sich wie ein wässriger Kartoffelsack in einen nahen Sitz fallen ließ. »Kommt von die falsche Schuhe. Nicht bene. Eh, nix avanti laufen!« So geschafft und fertig konnte meine andere Sprinthälfte dann doch nicht sein, da sie die Mahnung der Busfahrerin sofort mitbekommen und diese in ihre eigene Interpretation umsetzte. Falsche Schuhe? Wollte Emelie sich nicht welche in Bibione zulegen, eigens für Venedig?

»Du, Amica, allerbeste Freundin, könnten Sie bitte noch mal umdrehen?«, flehte Emelie sie wie ein Geistesblitz an, meinte das sogar ernst. »Du hast ja so recht«, sagte Emelie zur Busfahrerin, »ich brauche wirklich neue Schuhe!«

Haha, Pech gehabt!

Die Läden in Bibione wären bereits zu, gab die Fahrerin zurück. Ich hatte zuvor den Kopf heftig geschüttelt und die Augen fest zugedrückt. Ich hatte ihr angedeutet, ich würde sie erwürgen, wenn sie den Bus jetzt wenden würde.

»Und was bitte soll ich machen, wenn ich mir in Venedig die Füße blutig laufe, hä?«, bockte Emelie. »Oh mein Gott, hoffentlich habe ich genügend Blasenpflaster eingepackt!«

»Hast du! Und wenn sie nicht reichen sollten. Du weißt, in Pineda gibt es eine sehr gut sortierte Apotheke, in der du Pflaster der Meisterklasse extra sensitiv mit UV-Schutz und eingewebtem Moskitonetz kriegst. Vor drei Jahren hatten, da sie sogar extra wegen dir zwei Kartons nachbestellt, weil du sagtest, es wäre chronisch bei dir.«

»Idiot!«

Den hatte ich schon lang nicht mehr gehört.

Die zwei Donna unterhielten sich die restliche Fahrt über, in astreinem Italienisch. Sie hatten nur ein Thema, Schuhe und Kleider, was sonst. Wenn ich nicht viel verstand, aber scarpe und abito. das ganz sicher.

»Molto bene! Grazie!«, meinte Emelie zum Abschied. Es hätte nur gefehlt, dass sie ihr auch noch die Hand geküsst hätte. Ich beschränkte mich auf ein freundliches: »Ciao!« Mir war zuvor nicht entgangen, dass sie Emelie noch einen hüpfenden Floh ins Ohr setzt hatte, den man sogar bis nach

Venedig husten gehört hat.

»Wir müssen morgen unbedingt nach …«

»Morgen ist unser Montags-Mark in Lignano.«, bremste ich Emelie gleich nach ihrem so elegantem Aussteigen aus. Ich ahnte das Schlimmste. »Entweder es gibt morgen neue Turnschuhe oder alten Käse. Stressen lasse ich mich nicht, Emelie. Wir sind in Urlaub! Und bis wir es schaffen, am für uns passenden Tag nach Venedig zu kommen, schaffen wir in der Zwischenzeit auch Latisana. An einem anderen Tag, nicht morgen.«

»Woher weißt du, dass ich … Also gut, wenn du meinst, dann fahren wir halt an einem anderen Tag nach Latisana«, maulte sie nach. »Schließlich bist du mein Chauffeur.« Das hatte sich zwar nett angehört, doch durfte ich mich darauf verlassen, dass sie es sich nicht wieder anders überlegt? Es ging schließlich um Schuhe!

»Soweit ich mich erinnere, Hase. Geht da nicht auch ein Bus nach Latisana? Jede Stunde? Und hielt der nicht genau auf *unserem Parkplatz*, den wir beiden Hübschen immer benützen, weil gleich um die Ecke der Klamottenladen ist, in dem du auch schon scarpe gekauft hast? Unter anderem.«

»Leck mich!«

Als Emelie in ihrem Groll, und mit dem entsprechenden Schmollmund erblickte, dass *unsere Schranke* von *unserem Capalonga* noch oben war, war der Schusterofen ganz aus. Eher ganz an, denn sie brodelte. Keine leckere Minestrone, vor Wut. Die Schuhgeschäfte in Bibione hätten auch noch offen gehabt. Tja, aber nur, wäre die Busfahrerin noch mal umgekehrt.

Oh, Gott! Hoffentlich waren die Tempelritter nicht hier, du hast dein Bett noch nicht gemacht, dachte ich bei mir. Und die Frühstückstassen stehen auch noch rum.

Ich versuchte Emelie etwas zu beruhigen, indem ich ihr, vor dem Pförtner als Kronzeugen, einen leckeren Doppel-Espresso in die nähere Aussicht stellte. Doch ganz egal wie zärtlich ich ihr diesen auch ins Ohr säuselte, es wollte mir nicht gelingen, ihren hohen Blutdruck zu senken.

Was mir in den folgenden zehn endlosen Sekunden, halb auf Knien, nicht gelungen war, das schaffte ein anderer im Handumdrehen. Ein alter Bekannter.

»Alter Schwede! Für den würde ich nicht nur auf Schuhe, auch auf meine Hängeampel verzichten.«

Der alte Bekannte, auf den sie mit nacktem Finger zeigte, war kein stattlicher Herr im Nadelstreifensmoking oder ein junges, mit Lebertran und Haargel eingeöltes Muskelpaket, sondern lediglich ein Fahrzeug, das gerade eifrig dabei war, einzuparken. Auf mehreren Plätzen! Emelie schmolz dahin. Ich war schneller im Dahinschmelzen, stand bereits in einer Wasserlache.

Es war tatsächlich ein echter Schwede. Jedoch nicht ganz so alt, wie Emelie es lauthals ausgestoßen hatte. Vier oder höchstens fünf Jahre, älter war der nicht. Emelie hatte auch gar nicht den Fahrer, sondern das Gefährt selbst gemeint.

Gefährt? Nein! Es war ein riesiges Monster. Ein Monster von einem Campingmobil. Hätte es auch Flügel, könnte es auf jedem Flughafen landen, so gigantisch groß war das saugeile Teil. Eine Concorde XXXL!

Das riesige Geschoss gehörte einer schwedische Familie,

die wir natürlich gut kannten. Sie war schon zweimal auf Capalonga gewesen. Einmal hatten wir uns tatsächlich getraut, hatten den alten Schweden gefragt, und durften einen Blick in das heilige Innere des fahrbaren Einfamilienhauses werfen. Zweistöckig. Nur durch die aufstehende Tür hatten wir schauen dürfen, doch das hatte völlig ausgereicht, um uns die Unterkiefer auszurenken. Was nicht nur uns passiert war. Nur, dass andere Campinggäste nicht alter Schwede, sondern ein »Leck mich doch am Arsch!« oder »Da fliegen mir doch glatt die Schiffschraube weg!«, von sich gegeben hatten.

Um sich so ein Luxusgefährt zuzulegen, dazu brauchte es nicht nur einen erweiterten Führerschein, auch das nötige Kleingeld. Am Kleingeld sollte es bei mir nicht scheitern, was *meine süße Bäckerin* mir auch sofort bestätigen würde. Bei mir haperte es mehr am XXXL-Führerschein.

## Kapitel 11

*Ein etwas anderer Nachmittag*

Der Abfluss der Campingspüle hielt heute enorm dicht, doch ich war Dichter. Viel poetischer, was ich Emelie auch gleich als das Gedicht des Tages aufschreiben musste.

*Mir war, als hört' ich schon die Vöglein sprechen,*
*waren es Amseln, Finken, oder sogar die Lerchen?*
*He, müder Mann, schau doch mal zum Himmel rauf,*
*hell und klar beginnt der Sonne neuer Tageslauf.*
*Wird sanft wecken deine müden Lider und Glieder,*
*wird dir zuwerfen gar viele warme Strahlen nieder.*
*Mach etwas richtig Schönes aus der heut 'gen Zeit,*
*was dich, deinen Körper und auch den Geist befreit.*

Da kann kein Siphon mithalten, dachte ich zufrieden und schob den gelben Klebezettel unter Emelies Kaffeehaferl. Sie schlummerte noch fest, was aber kein Wunder war. Wir hatten gestern Abend gegrillt und waren anschließend noch bei einer zitronigen Mückenkerze zusammengesessen, um dann nur noch belangloses Zeug zu quatschen.

Ich war bereits seit halb fünf Uhr auf, wofür ich jedoch nichts konnte. Meine innere Hirnuhr tickte selbst im Urlaub so präzise, dass der Wecker in und nicht neben mir um etwa immer die gleiche Uhrzeit schellte. Hätte dies dumme Ding einen Aus Knopf, der wäre längst gedrückt. Mir selbst mit einem Hammer auf den Kopf zuschlagen, so wie bei einem Wecker aus Metall, nur um so mit Kopfweh weiterschlafen zu können, wie Emelie mir schon mal empfohlen hatte, ließ ich lieber bleiben. Jeden Tag mit einer dicken Beule auf der Denkerstirn herumlaufen, die Leute würden hinter unserem Rücken tuscheln, Emelie verprügle mich jeden Tag.

Wie sagt der weise Mann, der unter einer arg schlimmen chronischer Schlafstörung leidet. Der frühe Vogel kann sich mittags noch mal aufs müde Ohr legen.

Gestern Abend gab es mal wieder Fisch. Emelies Orata, die Dorade war nicht ganz so zart wie schwarz geworden, meine trota, die Forelle durfte blass bleiben und gemütlich im Olivenöl schwimmen. Durch Alufolie vor Brandblasen geschützt.

Nach meinem erfolgversprechenden Reim widmete sich mein Kleinhirn einem Kreuz-und-quer-Worträtsel, konnte es sogar im Nu lösten, da sehr einfach. Danach diktierte ich meinem Laptop einige brauchbare, gut aneinandergereihte Buchstaben, die sogar auf seltsame Weise als Text auf dem Monitor erschienen. Diesen Wirrwarr wiederum packte ich dann in eine Urheber geschützte Datei mit dem fantasienamen »Urlaub«. Wie einfallsreich ich doch sein konnte.

Schon bald wird die Menschheit so weit sein. Man muss dann nicht mehr eintippen, sondern nur noch dran denken, um sich was aufzuschreiben. Auch ein ganzes Buch werden wir schreiben, nur mithilfe unserer Gedanken. Falls ich es bis dahin noch weiß, wie Denken funktioniert. Macht doch heutes schon jedes Bit fast besser als ich.

Je besser ich denke beim Schreiben, umso höher müsste doch dann auch die Auflage deines Buches werden, dachte ich logisch. Dumm nur, ein Buch schreibt man gar nicht, es wird gedruckt. Eine Geschichte, einen Roman und Kochrezepte sind das, was niedergeschrieben wird. Erst gedruckt wird es zu einem für alle lesbaren Buch.

Genug mit der Klugscheißerei, ich muss mir noch einige Eselsbrücken für Zuhause eintippen, Stichpunkte. Dass ich heute schon beim Duschen gewesen war zum Beispiel

Manchmal krabbelte Emelie aus ihrem flauschigen Bett, da stand ich noch unter der Fremddusche, oder kam gerade zurück. Dann hatte sie auch wieder Tage, da rüsselte sie so lang, da war ich bereits in der Bäckerei gewesen. Heute war wieder solch ein Tag, und ich gerade auf dem Weg dorthin. Die Handvoll Leute, die auch schon auf den Straßen waren, lächelten freundlich grüßend zurück, als ich sie angrinste.

Ich radelte in der kurzen Tweety-Jeans und dem grauen Leonardo da Vinci-T-Shirt die Viale die Genepri entlang. In der Hose ging es fröhlicher zu als im Klingelbeutel eines Pfarrers. Der Pfarrer und die Sonntagsmesse waren mir in den Frohsinn gekommen, weil das Geld in der Hose auch so schepperte. »Öffnet eure Herzen!«, sagte er stets in dem Moment, als der gesegnete Klingelbeutel, heute ist es ein geflochtenes Bastkörbchen, das an die Anwesenden verteilt wurde. Manche öffneten nicht nur die Herzen weit, sondern öffneten den Geldbeutel gleich mit. Pling! Pling! Oder es raschelte im Körbchen. Bei mir machte es natürlich Pling. Ich hatte stets das Glück, dass eine ältere Nachbarin neben mir saß, die mir genau auf die Finger schaute.

Ich fütterte jedoch nicht nur Hochwürden sein Körbchen. Ich habe eine Spardose, die ausgerechnet dann Hunger hat, wenn ich mal Kleingeld besaß. Von einem bis zwanzig Cent Münzen wandern da rein. Manchmal sogar fünfzig Center. Das Geld spare ich nur für *meine Bäckerin*. Nicht für eine Weltreise bis auf Wolke Sieben mit ihr. Für die Frühstückssemmeln, die ich täglich bei ihr einkaufe und mit dem gesparten Kleingeld bezahle.

Diese blinzelte mir auch soeben verschmitzt lächelnd zu, da ich bei ihrer Kollegin bezahle und diese mein Kleingeld nachzählt. Das brauche sie nicht machen, wurde die Kollegin belehrt, da ich eher zwei Cent zu viel als einen zu wenig geben würde. Womit sie auch vollkommen recht hat.

*

»He! Du hast mir ja gar kein Croissant mitgebracht! Hat sie dich wiedermal so unglaublich verliebt angemacht, dass du es vergessen hast?«, fragt Emelie mürrisch. »Ich glaube, es wird höchste Zeit, dass ich mal ein ernstes Wörtchen mit ihr rede!«

»Nein, brauchst du nicht, Emelie, die Bäckerin hat nichts vergessen. Sie hatte mir heute auch lediglich zugezwinkert, ohne mich zu umarmen«, gab ich trotzig zurück. »Zudem, du hast gestern Abend nichts davon erwähnt, dass du heute ein Croissant haben möchtest, liebste Emelie.«

»Bah, wie sollte ich gestern schon wissen, was ich heute will? Ich weiß ja jetzt noch nicht mal, was ich für den Markt in Lignano heute anziehen soll.«

Ich wollte Emelie das kleine Schwarze vorschlagen, aber dann hätte sie mit was grauem Großem, zurückgeschlagen. Mit dem Dachkoffer wahrscheinlich, in dem lagen ja zwei Sack Grillkohle, die allein wogen schon sechs Kilo. Ich war eben dabei, welke Blüten von der Hängeampel abzuzupfen.

»Wie heißt sie eigentlich, Fredy?«

»Wer? Die Hängeampel? Keine Ahnung, hab noch keine Zeit gehabt, sie zu taufen.«

»Doch nicht *mein* Blümchen, du Depp. *Deine Bäckerin*!«

»Auch keine Ahnung! Hab nie nach dem Namen gefragt, Emelie. Der stünde zwar auf ihrem Namensschild, aber da schaue ich nie hin.« Wau, was war ich heute wieder gut.

»Glaube ich, weil du ihr immer auf ihren Arsch gaffst!«

»Da muss ich sogar ständig hinschauen, du eifersüchtiger Pinkel«, sagte ich, ohne rot zu werden. »Immer dann, wenn sie sich umdrehen muss, um unsere Semmeln aus dem Regal zu fischen. Was bleibt mir da anderes übrig?« Ich hätte mir für mein dämliches Grinsen selbst eine ballern können. Emelie tat es nicht.

*

Der Käse war dann ruckzuck gekauft. Die Italienerin, bei der ich letzte Woche eine Handvoll Hemden gekauft hatte, war schneller beleidigt als der Käse im Auto. Tja, ich hatte leider schon genug Hemden für diese Saison.

An das hintere Ende des Wochenmarktes zu rennen, ohne vom Schuhdesigner entdeckt zu werden, war meisterlich von uns. Wir waren ohne blaue Flecke bis zur Marktmitte durchgekommen. Dort befanden sich die Toiletten.

In der Stadt hatten wir dann noch einen Kaffee getrunken, ich zusätzlich eine gefrorene Zitronenkugel verdrückt. Auch im Supermarkt waren wir ganz fix durch gewesen, hatten nur Bagatellen und das Wasser vom See, gekauft.

Eigentlich hatte ich es nicht vorgehabt, unsere Markttour am Montag noch mal zu erwähnen. Aber für alle, die etwas später hinzugekommen sind … Und das Ganze hieß bei uns Entschleunigen, und war unser Montagvormittag Ritual.

Das Gedicht vom Morgen, welches Emelie übrigens sehr gut gefallen hat, sollte in allen Punkten recht behalten. Die strahlende Sonne spornte uns zu Höchstleistungen an. Aber nur bis Mittag, dann war mein Akku leer.

Ich warf mich dann nach unserem traditionellen Espresso in die Koje, die gerade mal so breit war, dass meine äußere Schulterpartie beim Einschlafen nicht auf den Boden fiel. Emelie trabte zum Strand, wo die erste Sitzreihe der blauen Liegestühle zumeist mit Sandspielzeugen gefüllten Netzen belegt war. Emelie hatte heute totales Dusel gehabt, einen begehrten Platz in der ersten Reihe zu ergattern. Ohne, dass sie morgens unsere Strandtücher und ein Parkverbotsschild hätte am Morgen schon drauflegen müssen. Solch alberne Scherze machte sie nicht.

Sie erwartet mich auch schon sichtlich ungeduldig, denn sie wusste was Brandneues zu berichten. Unter ihren roten Fingernägeln brannte es nahezu fast genauso heiß wie der kochende Sand unter meinen Füßen.

»Wo? Wer?«, frage ich und lasse meinen Blick zwischen den Liegestuhlreihen hin und her schweifen. Emelies Hals war bereits so stark angeschwolle, als habe sie eine Angie - oder wie die Kinderkrankheit auch heißen mag.

»Die dort vorne!«, zeigte ihr Finger nach scharf links, wo eine gemischte Gruppe auf vier Liegestühle etwas Abseits lag. Die Liegen waren jedoch nur für diejenigen Urlauber gedacht, die auch eines der farbigen Erlaubnisarmbändchen trugen. Gut sichtbar, dass man auch den Namen Capalonga lesen konnte, und so wie wir sie voll Stolz trugen. Die Leute hatten keines. Das hieße eigentlich Rote Karte.

»Soll ich jemand ausrufen lassen, der diese Lümmel von den Liegen schmeißt, Emelie?«

»Ach, die Liegen, um die geht es mir doch gar nicht. Die

sind mir wurscht, Fredy. Ich meine den unmöglichen Kerl in seiner viel zu engen Badehose. Der Vogel, der Cocktails an seinen gackernden Hühnerhaufen verteilt. Und das jetzt bestimmt schon zum dritten Mal!« Emelie war gerade so derart erregt, dass sie nur zwei statt drei Finger in die Luft gestreckt hatte. »Die Weiber sind so hackedicht, da kriegst selbst du keinen Reim mehr drauf.« Hatte ich ehrlich gesagt auch gar nicht vor, würde ich aber trotzdem schaffen.

*Fallen die Hühner besoffen von der Leiter,*
*säuft der alte Gockel halt alleine weiter.*

Ich könnte beim Reimen sogar noch eine Sandburg mit Zugbrücke und Wehrtürmen bauen. Ich war zwar noch nie übermäßig neugierig, trotzdem höre ich mir den Scheiß an, den die kichernden, gackernden Schampus-Weiber in ihrer entspannten Sektlaune so erzählten.

Erst knipsten sie sich gegenseitig mit ihren Smartphons, dann ihre Sektflöten, was immer da auch drin gewesen sein mag. Wir merkten, wir waren nicht die einzigen, deren Augen und Ohren stetig größer und weiter wurden. Größer als ein italienischer Bolognese-Schöpflöffel, und noch weiter als die Hausschürze von Mama Minestrone.

Ich muss aber der Fairness halber anmerken, dass solche Gäste wie das Säuferquartett, das gehörte zum Glück nicht zum Alltag auf Capalonga. Auf *unserem Camping* ging, da es gesittet zu, richtig brav waren die meisten Urlauber. So wie Emelie und ich! Wir waren hier, kann man sagen, wir waren alle eine große harmonische Familie, die sich einmal im Jahr traf, um den Sommerurlaub, die Ruhe und das Meer zu genießen. Ohne sich dabei bis zur geistigen Umnachtung vollzuschütten. Tagsüber. Nachts, keine Ahnung, da schlief ich ja.

Natürlich kommt jetzt die berechtigte Frage auf, wie die eben aufgestellte Behauptung, es gehe sehr gesittet zu, mit der anderen zusammenpasste, manche Camper würden ihre Flaschen heimlich entsorgen. Es handelte sich meist nur um einzelne Flaschen. Wein Bier, Cola, Sprudelwasser welche stets ordnungsgemäß entsorgt wurden. ohne groß Aufsehen zu erregen. Wegen der Ruhestörung. Sie wurden auch über einen längeren Zeitraum geleert, nicht im Sekundentakt in sich reingeschüttet. Noch dazu in der prallen Sonne. Ohne Schirm - ohne Hirn.

Wir waren auch gar nicht absichtlich scharf drauf, unsere Miturlauber in Emelies gusseiserne Pfanne zu hauen. Sie an den Pranger zu nageln wie hundsgemeine Tagediebe. Wir waren keine Kläger, die den Stab über ihren gebräunten Köpfen brechen wollten. Striche in den heißen Sand machten, wie viele sich beim Strandbesuch danebenbenahmen. Wir vergaben aber auch keine Pluspunkte oder Sammelherzen, wenn uns jemand ganz besonders positiv auffiel. Das schreibe ich jetzt aber nicht, sonst müsste ich das Buch ja mit dem Vermerk »Ab 18 Jahre!« versehen.

»Hast du zufällig dein Handy dabei, Emelie?«

»Hab keins, habe ein Smartphon! Für was brauchst du es? Zum Alki-Fotos schießen?«

»Nein, für einen Notarzt, den der Möchtegern-Rübezahl bald brauchen wird. Oder hast du nicht mitgekriegt, dass der den Whisky, den er in der Kühlbox hat, pur säuft?« Der Knilch mit dem ungepflegten Dreitagebart, der sich so gut und schön vorkam wie ein grau melierter Hollywoodstar, hatte die in der gleißenden Sonne stehende Kühlbox, die er als Tresen missbrauchte, hatte geöffnet eine Whiskyflasche herausgezogen und sich ein Wasserglas bis zur Oberkante eingeschenkt. Dann hatte er das Glas ohne Eiswürfel und ohne grüne Olive … Quatsch. Die grüne Olive gehört doch ganz woanders rein. In Emelies Semmeln, aber da muss sie muss olivenschwarz sein. Nicht grüner als Oma Schmitt … äh, ein Grany Smith Apfel.

Naja, wie dem auch war, den Notarzt anzurufen, blieb uns erspart. Eine halbe Stunde hatten sie dann noch am Strand verbracht. Ob sie zum Rausch ausschlafen oder bloß zum Kotzen verschwunden waren, dies brachten wir leider auch später nicht mehr in Erfahrung.

Übrigens, bloß ganz nebenbei, um zu erinnern, dass wir auf Capalonga waren. Die einzigen Eimer, die es hier am Meer gab, in denen fünf Liter roter Alkohol gepasst hätten, waren die Eimerchen der Kinder. Die brauchten diese aber zum Sandburgen bauen und ihre Eltern zu erschrecken, mit selbstgefangenen Krebsen. Wein, oder was immer, wurde hier ganz anständig und aus Gläsern getrunken.

*

Nach einem leckeren Abendmahl gingen wir, nicht ohne uns erneut kräftig mit Mücken- und Moskitospray einzune-beln, eine kleine Runde spazieren. Um den Campingplatz. Einfach so. Dass man die Augen dabei ganz automatisch in ein Vorzelt oder offenen Campingbus hineinwarf, verstand sich wohl von selbst.

Diejenigen Camper, die sich die Hälse verrenken, nur um nachzusehen, wer da gerade ihr gemütliches Zuhause ganz ungeniert begutachten würde, sie nickten uns freundlich zu. Ich gab mir aber auch echt Mühe, meinen vorlauten Mund zu halten, wofür Emelie mich auch lobte. In etwa der Mitte unserer Runde war das, als wir gerade von der Nord- auf die Südhalbkugel des Campingplatzes wechselten.

Doch wie das Schicksal manchmal zuschlug, im dunklen Schatten einer Pinie stehend, konnte ich nicht mehr anders. Es war fast ein arger Zwang über mich gekommen. Entweder du machst jetzt deine Klappe auf, Fredy, oder du wirst eine lange, schlaflose, von gar fürchterlichen Albträumen geplagte Nacht verbringen. Wer wollte das schon, also legte ich los.

»Du-hu, Emelie, nur mal eine Frage. Wir zwei Hübschen, wir sind doch gerade so entspannt unterwegs. Was würdest du davon halten, wenn wir morgen, nach unserem Bibione-Markt, zu *meinem Faro* gehen würden?«

»Zum Faro? Davon habe ich noch nichts gehört.«, stammelte sie. »Ist das etwa der neuer Italiener, die Pizzeria?« Sie hatte es noch nicht ganz ausgesprochen, da dämmerte es ihr. Faro? Hieß das nicht Leuchtturm? »Du meinst doch nicht etwa, ob wir zu deinem dämlichen Leuchtturm gehen sollen, mit dem du mich seit neunhundert Jahren nervst?«

Ertappt! Seit geschlagenen neun qualvoll langen Jahren nahm ich mir bereits vor, dass ich ihn mir endlich ansehe. Den Leuchtturm von Bibione, der auf vielen Postkarten zu sehen war. Doch das war mir etwas zu wenig. Ich musste ihn einmal aus nächster Nähe sehen. Von Mann zu Mann, ihm Auge in Auge gegenüberstehen.

»Nein, nein, mein Freund, dieses Vergnügen darfst du mit dir ganz alleine teilen. Ich bin doch nicht blöde und laufe die halbe Adriaküste ab, nur um mir einen langen Lulatsch anzuschauen. Wenn ich was Langes Dürres sehen möchte, wofür habe ich dich? Du bist zwar nicht mit einer gelben Signallampe bestückt, aber von eurer Gestalt her, hihi, da sehe ich keinen Unterschied. Das Licht, das bei dir ständig an und ausgeht, funktioniert aber nur dann, wenn du gerade vor *deiner Bäckerin* stehst.«

Sollte das etwa eine Absage gewesen sein?

»He, was meckerst du jetzt schon herum, Emelie, wenn du doch noch nicht einmal dort gewesen bist. Es ist echt nicht weit zu Laufen. Ich habe dir den Weg durch den kleinen Wald doch schon x-mal gezeigt. Auf dem kleinen Plan, den mir die nette Dame von der Rezeption geschenkt hat. Zehn, allerhöchstens zwölf Minuten! Wir können sogar mit dem Wagen bis an den Wald fahren, dort gibt es einen Parkplatz. Und der restliche Weg … Pah, lächerlich!« Ich kam mir vor wie ein Schattenspieler hinter einem beleuchteten Vorhang, vor lauter dämlicher Gesten machen. »Wer weiß, vielleicht dürfen wir auch auf den Turm hinauf. Wenn du strahlender Engel dabei bist, bestimmt.« Ich hätte mich auf die Knie geworfen, um sie zu überreden, doch wie wäre ich wieder hochgekommen, ohne ihre Hilfe?

»Und wenn du dich jetzt hier vor mir auf die Knie wirfst und es mir noch zehnmal vorbetest, wie schön es dort sei«, meinte sie mit gefährlich leuchtenden Katzenaugen. »Wenn ich einmal Nein sage, dann bleibt es auch …«

»Ist ja gut. Pass auf deinen Cholesterinspiegel auf! Gehe ich eben allein hin. Aber dass du mir dann später bloß nicht daherkommst, wenn ich dir die einmaligen Fotos vom Faro zeige, warum ich hundsgemeiner Schuft dich nicht mitgenommen hab.«

Hihi!«, kicherte sie unverschämt. »Du und deine uralte Kamera. Der alte Herr, das Blitzlicht und der einsame Faro. Auf diese verschwommenen, überbelichteten Bilder bin ich jetzt gespannter als ein Vogelschutznetz einer Pfirsichplantage. Verrate mir lieber, wo das nächste Klo ist!«

Ich hätte sie in die falsche Richtung lotschicken können. In eine unbekannte geheimnisvolle Ecke des Campingplatzes, die Emelie noch nicht kannte, und hätte sie dort vor die Wahl stellen. Leuchtturm oder Klo? Doch ob ich den Faro morgen dann noch lebend gesehen hätte? Und wenn, dann nicht in weiß-orange, eher in dunklem Veilchenblau.

Ich wartete auf Emelie, kam mir vor dabei wie damals auf dem Rastplatz bei Udine. Doch sie kam nicht zurück von ihrem: »Ich müsste nur schnell Pipi!« Bis fünfhundert wollte ich noch zählen, nahm mir vor, wenn sie dann nicht wieder bei mir wäre, würde ich allein zurückgehen.

Emelie kam bei hundertsiebzig. Ohne Blümchen, dafür mit einem sehr seligen Lächeln auf den Lippen. Nanu, seit wann gibt es in den Damentoiletten eine Kapelle? Hatte ihr eine Erscheinung beim Pinkeln geholfen? Eher nicht, sonst hätte ich den Duft von Weihrauch jetzt wahrgenommen. Es waren, wie sie mir vorschwärmte, die Schwalbennester im Gebälk der Toilettenanlage, die sie gar so fasziniert und gefesselt hätten. Sie zum Lächeln gebracht hätten.

»Bah, das ist ja noch gar nix«, wedelte ich lässig ab. »Du müsstest mal die Vögel am Leuchtturm sehen, mein Hase. Und die Möwen kannst du sogar da im Vorbeiflug füttern«, schwindelte ich.

»Ich kann nicht fliegen!«

Das war dann auch schon mein allerletzter Versuch, sie doch noch dazu zu überreden, den Faro aufzusuchen. Ich hätte Emelie natürlich auch vorgaukeln können, dass es im Bauch des Leuchtturms ein Schuhladen gäbe, doch das war mir leider erst mitten in der Nacht eingefallen. Dann, als ich stocksteif, mit triefender Nase aufgewacht war. Mit tiefblauen Frostbeulen an allen zehn Zehen und einem spitzen Eiszapfen an meiner Kohlrabi-Nase, weil die nachts nur zu gern mal schwitzende Emelie die Klimaanlage manipuliert hatte. Vierzehn Grad! Mein Glück war, es waren Plusgrade.

## Kapitel 12

*Die alte Frau und der Faro*

Emelie schaute mich bierernst an, als ich wirklich ernst machte auf dem Bibioner Wochenmarkt. Als sie die frisch auf der Venus gefischten Muscheln einkaufte, war das noch nicht der Fall gewesen. Hatte mich gar lächelnd aufgeklärt, dass die Venus kein berühmter Seitenarm der Adria sei. Die Muscheln hätten ihren Namen daher, da diese im Dunklen leuchten würden, so wie die Venus. Wie die badende Venus von …? Ich hatte ihr nicht richtig zugehört.

Als ich sie und ihre Muscheln auf der Terrasse ablieferte, um dann mutterselenallein zum Leuchtturm zu fahren, zog sie ihre Brauen zusammen. Noch schlimmer, als wenn ich morgens zu meiner Bäckerin fahre.

»Bin in einer Stunde wieder da, Emelie!«, behauptete ich hochnäsig, da ich felsenfest davon überzeugt war, dass dem auch wirklich so sein würde.

»Okay, wie du meinst, Fredy. Dann brauche ich also mit dem Essen nicht auf dich zu warten, oder?«, grummelte sie in ihren nicht vorhandenen Bart hinein. »Aber du kannst dir ja auf deinem Rückweg eine Kinderpizza mitbringen, hihi. Wenn noch eine Pizzeria aufhat, um Mitternacht. Hihi.«

Emelie kicherte auch noch so schadenfroh weiter, als ich mit dem alten Fotoapparat bewaffnet in den Wagen stieg. Der besaß sogar schon einen gigantischen zwei Gigabyte-Speicherchip, keinen Schwarz-Weiß-Film mehr.

Wusste Emelie mehr als ich? Ich wusste nur, sie war die eindeutig Bessere im Autoatlaslesen. Und das hatte sie mir bereits oft genug unter Beweis bestellt. Der heutiger Trip zum Leuchtturm soll ja nur über einen holprigen Feldweg und durch ein kleines Wäldchen führen, nicht gleich durch halb Europa. Warum also ihre Schadenfreude?

*

Ich hatte die Qual der Wahl, als ich am Kreisverkehr von Bibione Stadt stand. Rechts, durch die Stadt hindurch, zum hinteren Parkplatz, oder geradeaus? Die Landstraße bis zu ihrem bitteren Ende fahren, dann von da aus meinen kurzen Spaziergang zum Leuchtturm machen. Ich entschied mich, auf dem graden, nicht auf dem rechten Weg zu bleiben, was laut Stadtplan auch keinen allzu großen Unterschied macht, ob ich nun so herum oder anders herum laufe.

Alte Landstraße. Das Wort sagte genau das aus, was diese dann auch tatsächlich war. Ich glaubte nämlich, die uralten Römer wären hier einst schon unterwegs gewesen, um ihre Zelte und Elefanten am grünen Tagliamento aufzuschlagen. Um neue Kräfte zu tanken, für ihren strapaziösen Weg über die Alpen. Hab ich unwissender Thor doch immer gedacht, die Landstraße, die nach Pineda führt, wäre früher holprig gewesen. Doch was Emelies Wagen eben aushalten musste, dagegen war ein Bergpass ein gemütlicher Spaziergang.

Behutsam manövrierte ich das zum Glück hart gefederte Auto in Schlangenlinien auf dem weichen Teer dahin, der zwischen emporragenden, alles sprengenden Wurzeln auf der Straße lag. Natürlich war auch diese Str… Na, ich will mal nicht so sein. Auch diese Straße war pechschwarz und nicht Grün, Gelb, Rot geteert. Ich musste lächeln. Geteert und gefedert. Nun wusste ich, von woher der alte Spruch stammte. Zum Glück für Fahrer und Wagen war die Landstraße schon nach gut dreihundert Meter zu Ende.

Ich stationierte, da mich so ein blödes Verbotsschild dazu zwang, den Wagen in einem Schotterbett, das nicht direkt am nahen Tagliamento, sondern am unbefestigten Rand der Straße lag, abzustellen. Nachdem der Wagen aber gut stand, strich ich ihm sanft übers schwarze Dach. Und verbrannte mir dabei gleich mal die Finger, denn das Dach war von der garstig sengenden Mittagssonne so derart aufgeheizt, dass man sich glatt seine Finger daran verbrennen konnte. »Na, mein Bester, wie haben wir zwei das wieder hingekriegt?«, sagte ich zum Wagen, der ebenso wenig einen Namen hatte wie Emelies Hängeblümchen. »Auch wenn es dir vielleicht etwas wehtun wird, aber wir müssen die böse Straße später auch wieder zurückfahren.« Emelies Wagen war sie selbst, wenn sie beleidigt war. Er antwortete mir nicht.

Zuhause quatschte ich mit meinen Blumen und Kräutern. Auch wenn sie nicht antworteten, sie dankten es mir trotzdem. Meine Petersilie stand schon ein Jahr in der Küche. Auf dem Fensterbrett, noch im selben Topf, in derselben Erde, ohne diese auch nur einmal gedüngt zu haben. In taufrischem Regenwasser, mit dem sich die Pflanzen in freier Natur ernähren, ist ja schließlich auch kein Hilfsmittel drin. Hey, dann ist ja meine Petersilie rein Bio! Gut, dass das die Emelie noch nicht bemerkt hat, sonst dürfte ich wohl demnächst grünen Ayurveda-Tee auf meinem Fensterbrett anbauen.

Ich schnappte mir den Foto und mein … Scheiße! Wo ist mein Käppi? Und wo war das Wasser, das ich mir aufs Bett gelegt hab, damit ich die zwei Sachen ja nicht vergesse. Es war nämlich nicht nur herrlichster Sonnenschein heute, es war zudem prügelheiß. Fünfunddreißig Grad. Im Schatten, von dem ich hier weit und breit keinen sah.

Film zurückspulen. Bis dorthin, wo ich mein Wasser aufs Bett lege. Ah! Ich war doch noch aufs Klo gegangen, bevor ich in den Wagen gestiegen bin. Emelie reichte mir sogar noch die Kamera, weil sie Beweisfotos sehen wollte. Falls ich noch einmal zurückkommen sollte. Sie meinte dabei, es könnte ja gut möglich sein, dass ich mich auf dem Leuchtturm häuslich niederlasse. Wäre gar keine blöde Idee, hatte ich sogar noch gescherzt.

Ob Emelie es wohl absichtlich vergessen hat, mich an das lebensnotwendige Wasser und mein schützendes Käppi zu erinnern? Selbst in Dreifach-Zeitlupe mit Zoom konnte ich es nicht mehr einwandfrei feststellen, also spule ich meinen Farbfilm wieder vor. Ins Hier und Jetzt.

Ach, was soll's, pfeif drauf, muntere ich mich auf. Grade mal ein paar lausige Schritte hast du vor dir, schon stehst du im Wald, der dich in Windeseile abkühlt. Zu was hast du zwei extralange Stelzen an deinen Füßen? Sie werden dich in null Komma nichts zu deinem Faro bringen.

Ich konnte dabei zuschauen, wie meine schon mehr rote als braune Haut stetig faltiger und auch feuchter wurde. In meinen Schuhen stand schon Hochwasser. Meine Jeans sah aus wie frisch aus der Waschmaschine. Ohne Schleudern!

Ich warf einen Blick bis nach ganz weit oben, wurde fast blind dabei, und betete eifrig zum Himmel, dass das, was da in weiter Ferne vor mir lag, bitte keine Fatamorgana sein möge. Da war ich gerade mal ganze fünf Minuten gelaufen. Der vor dieser gnadenlosen Sonne schützende und rettende Wald, den ich nach der scharfen Wegbiegung erblickte, lag mindestens noch vier Mal so weit entfernt, als ich bereits schon hinter mich gebracht hatte. Oder sollten mich meine blinden Augen belügen? Nein, taten sie nicht. Sonst hätten die Fichten, Birken, Palmen und Nordmanntannen ja nicht so winzig ausgesehen, so wie auf einer Postkarte.

Doch für einen so sturen Einzelkämpfer wie mich gab es nun kein Zurück zur Emelie mehr. Oder sollte ich mir die Blöße geben, ohne Beweisfotos zu ihr zurückkehren? Mich bis auf meine abgemagerten Knochen blamieren? Niemals und nimmer! Ach, wäre doch die Adria jetzt in der Nähe, und nicht gar so salzig, ich würde sie in einem Zug leeren. Tja, das wäre aber auch nicht schlecht. Ein Zug, der mich zum Leuchtturm bringen würde.

Dieser grobkiesige Schotterweg, auf dem ich mit kurzen Schritten entlangtorkelte wie total besoffen, wäre weiß Gott breit genug gewesen, um mit dem Wagen bis zum Waldrand ranzufahren, überlegte ich, dem Verdurstungstod nah. Doch das Benutzen des Weges mit motorisierten Gefährt war zu strengst untersagt. Würde laut Warntafeln auch tatsächlich kontrolliert werden. Von den wachsamen Augen der italienischen Carabinieri.

Die waren nämlich gerade an mir vorbeigefahren. Nicht die hellwachen Augen, nur ihr schnuckeliger Polizeiwagen. In die Richtung, in die auch ich musste. Gen Wald.

Ohne vor meinen wackligen Beinen und dem dazugehörigen durchgeschwitzten Polohemd anzuhalten, hatten sie mich mit dem aufwirbelnden Staub des Kieswegs eingenebelt. Ohne anzuhalten und höflich bei mir nachzufragen, ob ich vielleicht Lust hätte, ein Stückchen mitzufahren.

Leider war heute nicht Tag der offenen Polizeiwagentür

gewesen, sonst hätte ich fatales Glück gehabt. Also, Socken runterkrempeln und Wasser aus meinen Stausee ähnlichen Schuhen ausgießen und weitermarschieren.

Glück für meine arg strapazierten Nervenzellen, ich hatte meine selbstgestopften Beruhigungszigaretten in der linken Brusttasche des Polo. Polohemd. Einatmen, ausatmen. Ein, aus. Könnte ich auch ohne Zigarette machen, würde jedoch bei mir nicht viel bringen. Zuviel Sauerstoff, hatte ich mal irgendwo gehört, soll auch nicht grad das Gesündeste sein. Für so einen eingefleischten Großstädter und Genusspaffer wie mich, schon zweimal nicht.

So klamm wie mein naturreiner American-Blend-Tabak jetzt war, so schmeckte er auch. Ungefähr so, als würde ich den Stamm von einer maustoten Pinie samt ihrer morschen Zapfen rauchen. Hatte ich zuvor noch nie ausprobiert, war aber so. War irgendwas aufgefallen? Mein Tabak, der war naturrein! Aber ganz sicher nicht Bio! Von Bio-Teer hab ich noch nie gehört.

Ich glaubte, nachdem sich meine Beine endlich wieder in Bewegung gesetzt hatten und sogar ein Stück weiterliefen, ich stünde jetzt in einem finsteren Wald. Und tatsächlich. Oh, mein Gott, wie lang mochte es nun schon her gewesen sein, dass ich den Stamm einer jungen Birke umarmt habe. Ah, jetzt weiß ich es wieder!

Es war, als es noch mehr Bäume gab, auf dem Rückweg von der Wiesn. Die Wiesn mit dem großen Riesenrad, nicht jene aus grünem Gras. Auch damals hatte ich einen Baum fest umarmt. Weil ich beim Kotzen nicht umfallen wollte. Was hatte ich dabei gelernt? Wer Alkohol nicht verträgt, der sollte lieber bei der Milch bleiben. Hat mir ein Schlaumeier gesagt, der hinter demselben Baum gestanden und mir ans

Bein gepinkelt hat.

Die Temperaturen im schattigen Mischwald ließen sich durchaus aushalten. So wurden meine zähen Schritte auch wieder länger, und auch schneller. Freundlich grinsend, als hätte man mir die Lippen mit Sekundenkleber zugeklebt, grüßte ich die beiden Carabinieri, die nach im Wald falsch geparkten Autos Ausschau hielten, mich zuvor noch hatten weit rechts des Weges liegengelassen.

Mit totaler Begeisterung sah ich einer wendigen Eidechse hinterher, wie sie fix von einem Wegesrand zum anderen hinüberwechselte. Schon bald darauf warf ich meine Hände bis in den Himmel, denn er stand nun, wie aus dem Nichts gekommen, vor mir. In seiner vollkommenen Schönheit. In seiner ganzen weiß-orangen Pracht. Was war ich doch nur für ein kleiner Wicht gegen ihn. Nach gut einer dreiviertel Stunde, kurz vor dem Verdursten, hatte ich es, Emelie zum Trotz, geschafft.

So wie ich eben, so musste sich vor langer Zeit auch jener arme Tropf gefühlt haben, der auf einem verlassenen Eiland gestrandet und dort über mehrere Jahre hinweg gefangen gewesen war. Ohne einen Schluck Gardasee-Wasser. den er auch bis zu Letzt nicht fand. Dafür aber ein rettendes Boot ihn.

Tja, hätte es damals auch schon diese nervigen Navis und Handys gegeben, er hätte sich sichergleich einen Sixpack Gardasee-Sprudel, eine fette Pizza Quattro Salami und eine Sonnencreme Schutzfaktor dreißig kommen lassen.

Mein Faro! Mein Leuchtturm! Hätte ich Depp die Hände nicht gerade so leichtsinnig zum Himmel hinaufgeworfen, ich hätte nun die prächtigsten Farbfotos von ihm schießen können. Aber ohne Hände? Scherz!

Ich holte die pitschnasse Kamera aus der Hosentasche, warte ab, bis diese soweit abgetropft war, dass sie eventuell noch zu irgendwas zu gebrauchen war und legte mich auf die Lauer. Dann knipste ich los wie ein bekloppter Idiot.

Wieso wie? Wer bei so krassem Wetterhoch ohne Wasser und schützendes Sonnendach, Käppi, einfach losrannte, der konnte nicht ganz dicht sein in seiner Glühbirne. Bloß gut, dass ich mein Retro-Handy grade nicht am Mann, sondern im »Z9« hatte. Emelie hätte mich bestimmt schon drei bis xx-Mal angefunkt. Um meinen aktuellen Kilometerstand und die Außentemperatur abzufragen.

Der Leuchtturm schien erst kürzlich renoviert worden zu sein, dachte ich. Die hellweiß-orange Farbe an ihm strahlte genauso herrlich frisch, wie fröhlich. Wie frisch angemalt. Und das in der erbarmungslosen Mittagssonne.

Das zweite Sehenswerte, was meinen Adleraugen auch nicht entging. Zu seiner Linken befanden sich die Toiletten. An gegenüber liegenden Seite stand ein kleines Häuschen, das aber noch in Arbeit zu sein schien. Ich betrat es. Aber erst nachdem ich mich am Wasserhahn der Herren-Toilette bedient hatte. Ohne Scheu, aber trotzdem mit der Angst im Hinterkopf, es könnte sich um eine neuartige Mautstation handeln. Für die ausländische Besucher des Anwesens, die zu blöde waren, sich ihr Wasser aus dem Maxi-Caravan »Z9« mitzunehmen. Doch eigentlich hätte ich gar nicht so zu schwitzen gebraucht. Ich hatte doch genügend Kleingeld einstecken. Das Restgeld vom Morgen, als ich bei *meiner Bäckerin* gewesen war.

Da es weder sichtbare Falltüren noch ein Drehkreuz gab,

die mich davon abhalten konnten, schaute ich mich auch in dem Häuschen um. Total leer. Kein Blechautomat, an dem ich den Wegzoll wegen der mit gebrachten Zigaretten hätte bezahlen können. Auch kein Anzeichen dafür, dass das es bewohnt war oder bewirtschaftet wurde. Nur zwei Sachen waren darin zu finden. Sofern man überhaupt von Dingen sprechen konnte. Ein Fenster ohne Glasscheiben und eine schon etwas ältere Frau, die an selbigem stand und auf das weite, schier endlose Meer hinausschaute.

Ich stellte mich schüchtern neben sie, wagte einen Blick hinaus und stellte fest, welch ein riesiger Vollidiot ich doch gewesen war, nicht längst mal hier gewesen zu sein.

»Wahnsinn, einfach wundervoll! Unbeschreiblich schön und unvergesslich«, murmelte ich in Gedanken vor mir her, was die alte Donna gehört haben muss. Ihr trauriger Blick verließ den weit draußen schwimmenden Ozeanriesen, dem sie gefolgt war. Langsam, als habe sie alle Zeit der Welt, drehte sie ihr ergrautes Haupt, sah sprach mich an.

Erst versuchte sie mir in Italienisch was zu erzählen, doch da ich dies nicht sonderlich gut beherrschte, machte sie in gebrochenem Deutsch weiter. Das Häuschen, so meinte sie, soll mal ein Schnellimbiss für naturliebende Leute wie sie selbst und mich werden. Doch deshalb käme sie nicht beinahe täglich hierher. Nachzusehen, ob die ersten Pommes schon in der Fritteuse lägen. Die Pizza aus dem Ofen oder die Currywurst vom Grill käme. Sie täte es nur, um auf das unendlich weite Meer hinauszuschauen. Schon drehte sie ihren Kopf, auf dem ein bunt kariertes Seidentuch das graue Haar etwas bedeckte, wieder zum Fenster.

Das aus unseren Augen davonschwimmende Schiff war inzwischen kleiner geworden. Ich schaute schweigend mit ihr mit und fotografierte. Das Meer, das ausgerechnet heute so sanft, auch so unschuldig wirkte, als hätten wir beide es genauso bestellt. Kaum eine Welle war zu sehen. Wie einen riesigen Spiegel, der das Sonnenlicht reflektierte, so nahm ich die Adria mit einem tiefen Seufzer wahr. Sie zog mich heute in ihren Bann wie niemals zuvor.

Ich hielt diese einmaligen, beruhigenden Eindrücke nicht nur mit der Automatikkamera fest. Die schönsten und auch beeindruckendsten Bilder, entstanden in meinem unendlich begeisterten Kopf.

Ich machte zudem Bilder von der Umgebung, sofern die das kleine Fenster dies zuließ. Von fast unberührter Natur. Bloß von der alten Donna, deren langes und hartes Leben durch tiefe Falten gekennzeichneten war, nicht. Trotz, oder gerade wegen der tiefen Furchen im Gesicht, wirkte sie sehr stolz. Aus Ehrfurcht vor der Frau steckte ich den Fotoapparat wieder weg. Wofür sie sich recht herzlich bedankte bei mir. Was jedoch eigentlich meine Aufgabe gewesen wäre. Denn ich wusste nicht mehr, wer mich mehr beeindruckte, das sanfte Meer oder die alte Frau.

Wir unterhielten uns noch ein Weile. Wie? Mit Händen und Füßen, und mit allessagenden Blicken. Es waren schon eher vertraute Blicke, als würden wir beide uns schon ewig kennen. Mit unseren brüchigen Sätzen, die doch so viel zu sagen hatten. Und mit unseren Herzen, die beide dem Meer gehörten. Für diese viel zu kurze Zeit kam ich mir vor wie in einer Traumwelt.

Als sie gerade im Begriff war ihren Heimweg anzutreten, legte sie erst ihre faltige und leicht zittrige Hand auf meine verschwitzte Schulter, danach bekreuzigte sie sich. Ich ließ sie gewähren. Sah sie nur stumm und andächtig an. Ich sei ein guter Mann, der ein gutes Herz auf dem rechten Fleck habe, sagte die Donna in ihrem Mischmasch aus Italienisch und Deutsch. Sie wünsche mir alles Glück dieser Welt.

Erst als sie den ersten Schritt zum torlosen Ausgang hin machte, fiel mir auf, sie hatte einen sehr alten Wanderstock in der Hand. Die Hand war auch nicht weniger faltig als ihr ausdrucksvolles und gütig lächelndes Gesicht. Aber trotzdem griff diese Hand noch fest zu.

Der Stock war ihr um zwei Nummern zu groß gewesen, denn sie war nicht sonderlich hoch gewachsen. Und durch den leicht krummen Buckel, den sie beim Gehen machte, sah sie sogar noch um ein ganzes Stück kleiner aus, als sie tatsächlich war. Dann entschwand sie ganz langsam durch das weiße hohe Loch, in dem es noch keine Tür gab. Sie hob dabei ihren Stock an. Ich nickte, hatte ihren Abschiedsgruß verstanden.

Dass sie über novanta, also über neunzig Jahre alt war, hatte sie mir während des Gesprächs verraten. Und, dass sie täglich hoffen und beten würde, noch oft hierher kommen zu dürfen. So der Himmel es erlauben, noch lange gnädig meinen würde mit ihr. Um aufs Meer hinauszusehen, einem vorbeifahrenden Schiff hinterherzuwinken, das bald schon am fernen Horizont verschwinden würde. Grad so, als habe es das tiefe Meer eben für alle Ewigkeit verschluckt.

Ob ihr verstorbener, geliebter Gatte, dessen Spazierstock sie in ewig treuen Händen hielt, einmal ein Seemann gewesen war? Ich weiß es nicht, werde es auch niemals erfahren, Um der Donna dann hinterherzulaufen, um ihr die für mich zu persönliche Frage zu stellen, dazu hatte mir dann doch der Mumm gefehlt.

Ich werde die in Würde gealterte Donna, vor der ich mich so ehrfürchtig verneigt hatte, mein Lebtag lang nicht mehr vergessen. Auch ohne Foto. Immer dann, wenn ich an den weiß-orange strahlenden Faro an der Adria denken werde, werde ich auch an sie denken. Oder anders herum.

Ach, Emelie, was bist du doch dumm gewesen!

Ob ich ein hoffnungsloser Träumer bin? Sentimental und naiv? Ja! Sogar einer von der ganz schlimmen Sorte.

*

Mein Rückweg, den ich nun etwas weiser und schweren Herzens antrat, war noch immer genauso lang wie vorher. Er kam mir aber wesentlich kürzer vor. Lag wahrscheinlich daran, dass ich vor dem Losgehen in der Toilette noch drei Liter Wasser getrunken hatte. Nicht aus der Herrentoilette. Selbst wenn der Teufel in der Not Fliegen frisst. Trinkwasser muss aus einer Flasche, höchstens noch aus einem Hahn kommen, nicht aus der Kloschüssel.

Auch war mein jetzt Weg kürzer, da ich unterwegs gleich mehrere Pausen einlege, um für Emelie ein paar einmalige Bilder zu schießen. Ja, mein Weg wurde umso kürzer, desto öfter ich ihn verließ oder ihn unterbrach.

Rehe, Hirsche und so manch andere Waldbewohner hätte ich auch gern geschossen, hätte ich nur welche gesehen. An einer äußerst günstigen Stelle, von der aus ich den breiten Tagliamento bereits sehen konnte, verließ ich den sicheren Weg und ging zu dessen Ufer. Ich überwand dabei kleine sandige Dünen, wo in der Nähe die Reste eines verkohlten Holzschuppens standen. Es könnte einst eine Räucherhütte gewesen sein, die einem Fischer gehörte.

Ich stand nun nur wenig Meter von jener Stelle entfernt, wo der breite Fluss und die unendliche Adria sich küssten. Sie ihn in den Arm nahm, er sanft in sie hineinmündete. Ich staunte. Mein Mund stand so weit auf, eine Seeadlerfamilie hätte locker darin nisten können. Klick! Klick! Und weil es so schön war, noch ein Bild. Klick!

Ach, Emelie, was bist du doch dumm gewesen!

*

»Bist du zum Leuchtturm geschwommen, oder warum bist du nässer als ein Pinguin. Hihi. Du hättest sicher gutgetan, dir lieber ein Handtuch mitzunehmen, statt den alten Fotoapparat. O! Falls du dein Käppi und die Wasserflasche vermisst, die du mitnehmen wolltest, die liegen auf deinem Bett, hihi.«

Ich zeigte ihr die überwältigenden Bilder, gleich mehrere Dutzend, und erzählte ihr von jener alten Frau, da plötzlich war Schluss mit lustig. Ihr fiel nur noch eins dazu ein.

»Ach, Fredy, was bin ich doch dumm gewesen!«

»Da gebe ich dir sogar vollkommen recht, Hase, aber wir könnten doch mal zusammen hingehen. Am besten gleich morgen Mittag. Vielleicht ist die alte Frau auch wieder da.« Ich dachte, jetzt hast du sie soweit.

»Spinnst du? Hat dir die Sonne dein Hirn jetzt endgültig verbrannt?« Ich dachte, jeden Moment würde der Terrassen Tisch auf mich zufliegen, mitsamt der Erdbeertischdecke. Und dem, was noch so alles drauf lag. »Hast du etwa schon vergessen, was morgen ist? Venedig ist morgen angesagt!!«

»Stimmt! Hatte schon nicht mehr daran gedacht, Emelie. Hoffentlich haben sich bis dahin meine gepeinigten Füße wieder beruhigt. Oh weh, wie die mir wehtun!«, jammerte ich, obwohl es gar nicht so schlimm stand um meine Füße.

Ich tapste in die Küche. Erstens, um eine Flasche Wasser auf Exodus in mich hineinzuschütten. Zweitens, um uns ein Kännchen starken Espresso zu kochen. Als Friedensangebot, eines, das Emelie noch nie hatte ablehnen können.

*

»Und, haben *Sie* sich wieder beruhigt?«

»Hää? Wie? Nur weil wir vorhin nicht gleicher Meinung waren, deswegen brauchst du mich doch jetzt nicht gleich mit Sie anreden, Emelie. Sag doch lieber wieder Fredy, so wie immer. Depp, das geht auch.«

»Ich meinte damit sie, deine Plattfüße!« Sie zeigte auch gleich dorthin. Natürlich hatten die sich beruhigt. Hatten ja genügend Zeit dazu. Vor allem aber hatten sie ihre Ruhe vor Emelie, während meines kurzen Nickerchens. Von mir aus könnte Venedig noch heute anstehen.

Emelie sagte dann keinen weiteren Piep mehr, leckte am Daumen und blätterte in ihrem Hochglanzklatschblatt. Ich schwieg fleißig mit und nahm mir das mitgebrachte Buch zur Brust. Welchen Schinken ich las? Habe gehört, früher, zu viel Neugier schadet unseren Ohren. Wer möchte schon Ohren haben wie ein fliegender Elefant.

»Es ist vier Uhr, Emelie!«

»Ja, ich höre es!«

Wie konnte Emelie die Uhrzeit hören? Nein, sie hatte sich keine neue App auf ihr smartes Phone draufgeladen, die ihr die Uhrzeit zuflüstern konnte. Es lag an der fetzigen Musik, die eben an der Strandbar gespielt wurde. Um sechzehn Uhr

italienischer Sommerzeit begannen unsere Gymnastikhupf-
dohlen damit, sich im Rhythmus der Musik zu bewegen. So
schnell, dass sie sogar dabei ins Schwitzen kamen. Pilates,
oder wie der neue Tanz zum fitwerden und abnehmen auch
immer heißen möge. Soll angeblich gut für die Moral, auch
für die Figur der Teilnehmerinnen sein. Für meine Augen -
allemal. Ich wäre gerne hingegangen, nicht zum mithüpfen.
Um den Mädels den Schweiß von der Stirn zu tupfen.

»Ja, das würde dir so passen, du lahmer Gockel!« Emelie
konnte es trotz brütender Hitze. Meine Gedanken ablesen.
»Genau auf so einen uralten Holzknacker wie dich, haben
sie gewartet, hihi.«

So, das hatte ich davon. Ich war also nicht mehr bloß alt,
jetzt hatte ich auch noch ein adeliges Ur davor.

»Quatsch nicht so dämlich rum, Emelie. Wer redet schon
seit Jahren, er müsse unbedingt etwas für seine Fitness tun?
Ich etwa? Nein! Zudem, ich habe mein Programm für heute
bereits hinter mir. Komm schon, trau dich! Ich würde dich
nur zu gern dort vorne mithüpfen sehen. Linkes Bein hoch,
rechtes über die Schulter. Autsch!« Was war ich glücklich,
dass sie heute nur die dünne Illustrierte dabeihatte und nicht
den schweren Liebeswälzer, sonst würde jetzt eine saubohn-
nendicke Beule auf meiner Hochglanzstirn wachsen.

»Iss lieber dein Zuckerbrot, das ist viel gesünder als den
jungen Karotten auf den Knackarsch zu schauen! Und gib
mir gefälligst auch was davon ab. Auch wenn das pures Gift
ist für mich.«

Das war ein typischer Spruch von Emelie. Sonst mied sie
alles, was nur im Entferntesten mit Zucker oder süß zu tun
hatte. Wenn es jedoch um meinen süßen Lebkuchenersatz,

das Zuckerbrot ging, dann wusste sie von nichts mehr. Was Emelie soeben und unbedingt von mir haben wollte, das war übrigens ein süßliches, rundliches Brot, ähnlich wie bei uns der Osterfladen, nur ohne Rosinen drin, und wurde hier Zucca genannt.

Alle paar Tage kaufte ich mir eines davon. Nur für den Strand und unsere Tagesausflüge. Reichte mir zwei bis drei Tage, so ein Pfundlaib. Kam aber ganz drauf an, wie oft die heißhungrige Emelie mich darum anbettelte. Es schmeckt saulecker und macht dem Spruch: Zuckerbrot und Peitsche alle Ehre. Besonders wenn ich es mit Emelie teile.

*

Ich durfte ausnahmsweise in die kleine Dusche. Die, die zu unserer Alles-drin-Terrasse gehörte. Die Genehmigung dazu hatte ich von Emelie nur deshalb bekommen, weil ich meine bereits genesenen Füße noch mehr schonen müsse. Sie hätten morgen einen sehr harten Tag vor sich - Venedig!

Darum gab es bei mir am Abend auch einen großen Topf voll Nudeln. Scusa! Pasta natürlich. Emelie war zur Venus geschwebt, hatte somit ihre Portion Muscheln. Sie brauchte auch nicht so viel Energiezufuhr wie ich, da sie ja noch um einige Lichtjahre jünger war als ich. Damit sich durch die Pastanudeln nicht zu viel Energie in mir festsetzen konnte, ich so zu Fett würde, durfte ich dann nach dem Abendessen den Abfall wegbringen.

»Was stehst du da eigentlich mitten auf dem Weg herum, Fredy? So, als wüsstest du nicht, welcher roter Caravan uns gehört.« Ich war nur ganz kurz stehen geblieben. »Steht das vielleicht am Nachthimmel oben angeschrieben, weil du da so interessiert raufglotzt, als schwebe da oben ein goldener

Pfeil, der zu »Capalonga- Z9« zeigt?«

»Nein, ich schau mir bloß den Mond an, Emelie!«

»Und, ist sein Untermieter zuhause?«

»Kann ich von hier aus nicht sehen, Hase. Aber in deinem Klatschblatt, das ich in der Früh schon durchgeblättert hab, dort stand, der Mond würde heute im siebten Haus stehen. Tut er aber gar nicht. Er ist noch immer dort oben, wo er auch hingehört. Kannst schon mal ‚ne Mail losschicken, die sollten bitte nicht solch ausgemachten Blödsinn schreiben. Es würde uns verwirren. Kann man ja echt Angst kriegen, wenn man in Haus Nummer Sieben wohnt, die Haustür aufsperrt und der Mond sitzt in deinem Wohnzimmer, weil es in deiner Klatschzeitung dringestanden hat.«

»Hihi«, kiekte Emelie und klappte dann gleich mal ihren geliebten Läppi auf, dem sie übrigens gerade zuvor erst das Lebenslicht ausgeknipst hatte. »Ui ja, das mach ich jetzt«, grinste sie. »Das passt nämlich genau in die Rubrik: Leser fragen, wir antworten nicht.« Emelie traute sich aber dann doch nicht. Bei der würde Mail der Absender draufstehen.

Die Mückenspirale unterm Erdbeer-Tisch glomm danach noch länger als unsere letzte Gute-Nacht-Zigarette.

## Kapitel 13

*Land unter!*

»He, Schlafmütze! Raus aus den Federn, Venedig ruft!«

»Ich höre nix. Und ich habe auch keine Federn, du Hirni, das sind Daunen!« Jetzt wusste ich, warum ich noch keinen Ehrendoktortitel in Sachen Bio-Bettenfüllstoffe hatte. »Ist wenigstens mein Kaffee fertig, wenn du schon mitten in der Nacht so einen Terror machen musst? Warst du schon beim Bäcker? Ich hoffe, du hast mein Croissant nicht vergessen, das ich dir gestern Abend schriftlich angeschafft habe!«

Super, dachte ich, nachdem Emelie die erste Motzpause einlegte. Der Tag fängt ja schon mal super an. Dabei wurde mir klar wie eine milchtrübe Kloßbrühe, warum Venedig heute halb unter und im Wasser steht.

Da hat früher einmal so ein armer Tropf wie ich, einfach das obere Mittelmeer meterhoch angestaut, um damit seine ständig rumnörgelnde Alte, die Gattin, im Hochwasser zu ersaufen. Warum das Wasser jedoch heute noch bis an die Eingangstüren der meisten Häuser steht? Tradition!

»Kaffee ist in der Kanne. Wie immer! Beim Bäcker war ich nicht, sondern bei der schnuckelig süßen Frau Bäckerin. Und deine Croissants, die heißen hier Brioche. Ich habe dir trotzdem eins mitgebracht.«

»Aber nicht mit Schoko, oder?«

»Nein, mit Tofu!« So schnell kam sie sonst nie aus ihrem warmen Bett. Emelie warf sich umgehend eine Wolldecke über und stürzte zu mir auf die Terrasse hinaus, ich dachte, Feueralarm. Hals über Kopf riss sie die arme Bäckertüte auf, schnaubte und dampfte schlimmer als eine wildgewordene Stierin. Oder heißt es Stierfrau?

Ich grinste und lachte. »Haha! Reingefallen! Das Brioche mit Bio-Tofu war leider schon aus! Haha.«

»Du Idiot! Und dafür rumple ich aus dem warmen Bett! Was, wenn mich jemand sieht? So wie ich ausschaue!«

»Warum, was sollte da schon großartig sein? So wie jetzt ausschaust, schaust du doch jeden Tag aus, Goldlöckchen! Auch vormittags am Markt, oder nachmittags am Strand.«

»Wie schaue ich immer aus?« Emelie scharrte schon mit den Hufen, war mit gesenkten Hörnern zum todbringenden Sprung bereit.

»Bezaubernd, Hase! Noch viel bezaubernder, als ich es je in einem Gedicht ausdrücken könnte.« Meine Lüge passte wie das Aug' auf den Apfel. Viele Frauen wie Emelie, sahen zum Anbeißen niedlich aus, brachte man sie erst einmal auf hundertachtzig.

Der Terrassentisch blieb zum Glück auf dem Boden, was auch unserer neuen Erdbeertischdecke nicht schadete. Hat schon mal jemand eine Plastiktischdecke gebügelt?

Ich musste ganz schnell Frühstücken, denn wir hatten es eilig. Ruhe und Gelassenheit, die hatten heute ihren freien Tag. Emelie war wesentlich schneller vom Tisch weg, aber noch lange nicht fertig mit Frühstücken. Die untere Hälfte ihrer Oliven-Schinken-Semmel lag nämlich im Duschzimmer, zwischen ihrem durchsichtigem Lippenpflegestift mit UV-Schutz und der Gesichtspuderdose. Aber so schmeckte die Olivensemmel mit rohem Schinken belegt auch besser, als auf der sonnenverwöhnten Terrasse.

Bis Emelie fertig wurde, packte ich den Reiseproviant in einen Rucksack und schloss das aufgepumpte Fahrrad ab. Half dann auch noch *unserem Hausmeister*, einen zweiten Swimmingpool am Campingplatz zu bauen … Naja, nicht ganz, aber von der Zeit her, bis Emelie fertig war, wäre es locker drin gewesen.

Ich hätte niemals geglaubt, dass Emelie heute noch fertig werden würde. Mit Schminken und Anziehen war sie noch nicht fertig, aber dafür mit ihren Nerven. Weil ich nämlich noch nicht fertig war. Was sie postwendend und mit vollem Mund zum Nörgeln benutzte. Dabei war ich doch nur dabei gewesen, mein Schuhwerk zu wechseln. Bei meinen Füßen war nicht jeder Tag gleich, darum hatte ich dann auch sage und schreibe drei Paar Schuhe dabei. Was natürlich dauerte.

»Könnten wir dann endlich mal, oder brauchen gnä' Herr vielleicht noch ein paar stinkende Zigarettchen, ehe er sich bequemt, ins Auto zu steigen.«

Das Einsteigen mochte ich sogar gerne, eigentlich immer. Ganz besonders vor, nicht nach dem Losfahren.

Und schon waren wir weg. Mit bloß einer halben Stunde Verspätung. Doch da heute Mittwoch war, war es auf den meist verstopften und lauten Straßen relativ leer und auch ruhig. Wir konnten die Straße kaum hören. Höchstens mal in einer Kurve, wenn die Reifen quietschten, da ich sie mit zu viel Tempo nahm.

Wir fuhren in Richtung … Ich fuhr in Richtung Latisana. Das leibhaftige Navi Emelie passte auf wie ein Luchs, dass ich auch ja keine Abkürzung nehmen würde, um die halbe

Stunde Zeitverlust wieder wettzumachen. Ganz am Ende der Landstraße nach Latisana, auf der es weder kleine noch größere Schlaglöcher, sowie keine hochstehenden Wurzeln gab, hieß es auf dem Wegweiser, wir sollten uns denn mal einordnen. Entweder nach rechts, Latisana, oder nach links, wo es nach Portogruaro gehe. Emelie warf den Zeigefinger nach links, knapp an meinem rechten Auge vorbei.

»Müssen wir noch tanken?«, fragte sie dabei.

»Nein, erst später, Hase. Auf dem Rückweg, falls ich die Tankstelle dann noch mal finde, mit nur einem Auge.« Wie so oft, sie hatte den Scherz nicht ganz verstanden. Stattdessen schaute sie auf die Benzinuhr, die soeben viertel nach Drei, also dreiviertel voll anzeigte. Schade, dass eine Benzinuhr keine laut schallenden Glocken als Warnton hat, so wie die meines werter Herrn Pfarrer, überlegte ich und ließ dabei die Tankstelle links liegen. Kurz vor Portogruaro, wo sie auch heute noch neben der Straße liegen dürfte.

Früher, als diese Staus in den Städten, durch die man sich hindurchschlängeln musste, noch gut dazu waren, um sich darüber aufzuregen, mussten wir noch durch Portogruaro durch. Seit einigen Jahren gab es die Umgehungsstraße, die nicht nur neu war, sondern uns auch eine Menge an Ampeln ersparte. Rot, gelb und grün, so wie bei uns.

Wenn ich Italiener wäre, ich hätte das Gelb längst gegen ein freundliches Leuchtweiß ausgetauscht. Warum nicht. Eine Pizza Margareta soll doch auch die italienische Flagge darstellen. Ich wüsste sogar, wie ich das anstellen würde.

»Was kicherst du so dämlich, Fredy, achte lieber auf den Verkehr!«

»Ich hab mir nur vorgestellt, wie eine Verkehrsampel mit

einem Mozzarella in der Mitte darin aussehen würde. Haha. So, jetzt weißt du, warum ich lachen musste. Und nein, ich habe keinen Sonnenstich, falls du *meinem Leuchtturm* die Schuld geben willst.«

Wir fuhren bis zur Autobahneinfahrt der »A4«, die bis fast genau vor die Haustür von Venedig führt. Leider kannte ich keinen günstigen Schleichweg dorthin, und so mussten wir an der Mautstation schon wieder mal eine Eintrittskarte ziehen, die via Funkwellen mit der geschlossenen Schranke gekoppelt war. Ein Pärchen. Und siehe da, sie öffnete sich.

»Oh, hast du gar nix zahlen müssen, Fredy?« Emelie ließ enttäuscht die Unterlippe bis zum Knie runterhängen.

»Nein, das Stück Papier, das herauskam, war ja auch kein gerichtlich angeordneter Zahlungsbefehl, sondern bloß ein Bingo-Los. Hauptgewinn: eine tolle Tagesreise Reise durch Italien bis Venedig. Wir haben gewonnen, aber nur für eine Richtung.«

»Idiot!«

Eine Stunde dauerte unsere Fahrt bis Venedig. Inklusive der zwei ausgedehnten Extrarunden, da wir erst die falsche Ausfahrt nahmen, uns dann auch noch in Mestre verfranzt hatten. Wir hatten es früher fast schon mal bis nach Mailand geschafft. Waren aber dann doch lieber umgekehrt, weil der Spritpreis so enorm hoch gewesen war. Was nützt Emelie das modische Milano, wenn ihr Schuhbudget in ihrem Tank drinsteckt.

»Ach, gibst mir bitte mal unser Freilos, Emelie?«, meinte ich, da die Autobahn nun immer kürzer wurde. »Dort vorn kommt gleich die Lostrommel für die zweite Chance.«

»Trottel! Hast du dein Geld bei der Hand oder soll ich?«

»Ganz wie du willst.« Sag zu einer Frau niemals - wie du willst!

»Gut, dann zahl du jetzt, ich zahle auf dem Rückweg. Der kostet doch auch was, oder?«

Eine schlaue Frage, Emelie. Hurra, ich kann in Venedig mein ganzes Vermögen auf den Blondschopf hauen und du pumpst mir danach die Maut für die Rückfahrt, so heißt das wohl übersetzt. Du kriegst das Geld ganz bestimmt wieder. Spätestens in München, in fünf bis zehn Jahren. So denkt die Frau, wenn der Mann sagt: ganz wie du willst!

Ich ließ den Wagen langsam an die Mautstelle rollen und schob das Ticket in den dafür vorgesehenen Schlitz. Und da es hier auch sehr ruhig war, momentan auch im Wagen, war die Station auf Selbstbedienung gestellt. Selber zahlen. Das Geld einfach nur in den Kasten werfen, anstatt es einer dunkelhaarigen Italienerin in ihre zarte Hand zu legen und dabei zu fragen, wann sie heute Feierabend habe.

Während ich mein Kleingeld rauskramte, um den Eintritt für zwei erwachsene Touristen ab ein Meter siebenundfünfzig zu zahlen, hatte der Fahrer der Nebenstation scheinbar ein Problem. Es war sicher sein erster Italienurlaub.

Wie ihm die Blechstimme aus dem Auto-Automaten den zu zahlenden Preis nennt, rastet der total aus. Wegen ganzer geschissener drei Euro noch etwas. Was für eine bodenlose Unverschämtheit! Er würde sich schon jetzt freuen, wenn in Deutschland die Maut käme. Der Geizkragen hatte nur Glück, dass der Fahrer, der hinter ihm schon unruhig hupte, Deutscher und kein Italiener war.

»Warum müssen wir eigentlich überhaupt noch bezahlen, wir hatten doch an unserem ersten Tag dieselbe Autobahn genommen?«, wollte Emelie nun wissen.

»Weil wir damals nur bis zum Strand von Bibione bezahlt haben. Aber während unserer Fahrt hierher, mussten wir die Hoheitsgewässer von Bibione und Pineda verlassen und in die von Venedig eintauchen. Und das kostet. Steht auf der Rückseite des Alles-drin-Tickets - im Kleingedruckten.«

»Aha!«

»Äh, Frage? Apropos Gewässer, kann dein putziges Auto eigentlich schwimmen?«

»Hä? Nein, warum soll es schwimmen können?«

Warum wohl hab ich diese dämliche Frage gestellt, direkt vor den nicht mehr vorhandenen Stadttoren Venedigs. Was für Stadttore? Gab es denn überhaupt mal welche? Sicher, bevor der genervte Gatte die Adria staute, um sein nerviges Weib darin loszuwerden.

In München gab es früher auch welche. Es gibt sie sogar noch heute. Was eher für die Ehemänner spricht.

»Kann deine Rennsemmel eigentlich überhaupt irgendetwas, Emelie? Unseren Caravan können wir nicht mopsen, weil keine Anhängekupplung dran. Fliegen kann das Ding auch nicht, höchstens kurz abheben. Aber auch nur dann, wenn Wurzeln aus dem Straßenbelag hochragen. Tja, und schwimmen, das kann er auch nicht, da sein Schiebedach undicht ist.«

»Mein Auto hat kein Schiebedach, Fredy!«

»Bah, das wird ja immer schöner!«, entrüstete ich mich. »Aber vier Räder, die hat es schon, oder?«

»Rege dich nicht so künstlich auf, Fredy. Hauptsache ist, Schuhkartons haben noch Platz drin. Im Hafen von Venedig stehen eh immer so viele Schiffe rum, da würden wir also gar keinen Parkplatz kriegen. Wir werden auch heut wieder brav im Parkhaus parken, nicht neben einem dampfenden Ozeanriesen, wie sie hier überall rumstehen.«

Was wir dann auch ganz nach Emelies Wunsch so machten. Nachdem wir die richtige Straße nach Venedig fanden.

Und diese hatten wir schon bald im Blickfeld. Nur einmal verfahren in Mestre, super! Ich hatte meinen Fehler auf die Sonne geschoben, sie sei eben ungünstig gestanden. Zudem habe man über den Winter das Stadtbild neu renoviert und nicht mehr ganz genau gewusst, wo man welche Straße hintun müsse. Sie hätten also ein paar vertauscht.

»Nein! Herrgott Sakrament! Wo willst du denn nun schon wieder hinfahren, Fredy? Da hin doch nicht! Tu sofort den Blinker wieder rein und fahr geradeaus.« Sie erschrak mich beinah zu Tode, als ich in den Busbahnhof für Fernreisende einbiegen wollte. »Mann, nach der nächsten Ampel kommt das Parkhaus! Grr! Das wirst du wohl nie lernen, oder?«

Warum sollte ich? Für was habe ich schließlich sie dabei. »Du bist besser als jedes Navi, Emelie. Und ein Update, das hast du auch noch lang nicht nötig.« Noch!, flüsterte meine innerste Stimme und sich das Zwerchfell dazu unsichtbar bewegte. »Äääh, ganz anderes Thema, Emelie. Für wen soll ich mich diesmal ausgeben? Nur für den Fall, der komische Mensch am Parkhausmikrofon fragt wieder danach, welche Sprache ich spreche. Ich glaub, Bayrisch, das wird er wohl kaum als Sprache anerkennen, oder?«

»Bleib einfach beim Englischen, da kannst du nicht allzu

viel kaputt machen. Nicht, dass dich gleich ein Carabinieri aus dem Wagen zieht, weil du ein paar Worte verdrehst, die für eine Verhaftung ausreichen. hihi.«

Er fragte tatsächlich. »Italiano, english, tedesco?«

»Äh, ich soll Englisch nehmen, hat Emelie gemeint.«

»Si! In the eight Floor, please!«

»Yes, okäh! Graziella you millefiori und pfüadi Gott, du Saupreiß!«

»Fredy!!«

»Was denn? So, und blöd werde ich sein und bloß bis in den achten Stock fahren. Wenn wir den ganzen Tagespreis zahlen müssen, wollen wir auch bis ganz rauf.«

Emelie wäre die erste Etage lieber gewesen, doch war das dauerreserviert. Zudem, ich liebte es, die enge Schneckenspirale bis nach ganz oben zu fahren. Aber nicht im Schneckentempo.

Emelie machte vorsichtshalber ihr Fenster auf. Nicht, um die weißen Wände des Parkhauses kunterbunt anzumalen. Vorsichtshalber, falls es ihr auf der Fahrt nach oben eine schwarze Olive aus dem aschfahlen Gesicht treiben sollte. Die dann bis nach ganz unten purzeln würde. War ihr aber, Gott sein Dank, bis noch nie passiert. Trotz der chronischen Seekrankheit, an der sie auch auf Bergen litt.

»Nächstes Jahr, da warte ich unten am Ausgang!«, zeterte sie etwas leichenblass, als wir das oberste Parkdeck erreicht hatten. Über unseren Köpfen schwebte ein himmelblauer Himmel, unter uns plätscherte das leicht meerblaue Mare. Partnerlook. Herrlich! Es gab so viel Meer, dass selbst die größten Schiffe bis in die Lagunenstadt fahren konnten.

»Meckere nicht lang rum, Emelie, schließlich lebst du ja noch. Mach lieber ein Foto von dem gigantischen Luxusliner, der gerade auf dem Marcus-Platz hält.« Es sah von hier oben wirklich danach aus, als führe der gewaltige Pott mit den drei schiefen Kaminen in Venedig hinein. »Siehst du, könnte dein Wagen schwimmen, dann hätten wir auch dort geparkt. Direkt neben dem schwimmenden Luxushotel.«

Emelie bockte zwar, machte aber ein paar schöne Bilder. Sie beugte sich trotz ihrem Schwindel zum Knipsen über das wackelig aussehende Geländer des Parkhauses. Es war aber, zum Pech der Haie, fest verschraubt.

Während sie noch am City-Foto-shooten war, nahm ich den Campingplatzausweis von unserer Windschutzscheibe. Muss doch nicht jeder wissen, dass der rote Caravan zurzeit unbewacht ist. Ich schnallte mir den schwarzen Rucksack mit dem Proviant um und setzte mein mausgraues Käppi auf, und setzte Emelie unter enormen Druck. Zeitdruck. Es gab nur eine einzige Toilette in dem ganzen Parkhaus. Und die war wo? Im Erdgeschoss. Wer schon einmal ganz oben geparkt hat, der weiß, dass man mit dem Auto zwar schnell oben ist, es aber danach eine langsame Ewigkeit dauert, bis man mit dem Lift wieder unten ankam. Nicht gut, wenn in der Blase mehr Wasser ist, als in der Adria.

»Hetz jetzt mich nicht, Fredy, ich komme ja schon! Kneif halt deine Knie zusammen, das mach ich auch immer.«

»Und wie, bitteschön, soll ich dann gehen? Neben mir im Auto sitzend, ist Zukneifen keine große Kunst.«

Der Aufzug kam zügig und fuhr auch in unsere Richtung. Kaum ging unten die Tür auf, rannte ich noch schneller als zu meiner besten Bundesjugendspielezeit. Humpelnd, mein linkes Bein ist langsamer. Das passende Kleingeld für den Automaten hielt ich bereits in der Hand. Für den happigen Eintrittspreis hätte ich in Pineda einen Espresso gekriegt, und da durfte ich die Toilette sogar gratis benutzen. Emelie tat es mir gleich, nur hinter einer anderen Tür, die aber auch nicht billiger war.

*

Unser Tag in Venedig begann dann genau da, wo auch der berühmte Canal Grande begann. Ganz am Anfang. Scherz! An der Brücke mit den beleuchteten Stufen, die flacher als eine Flunder waren. Knie schonend. Ich hatte sie noch nie gezählt, obwohl ich schon so oft über sie gelaufen bin. Die gute Emelie würde gar nicht erst auf die hirnrissige Idee kommen, sie zu zählen Ich könnte mich jedes Mal glatt in den Hintern beißen, wenn ich die letzte Stufe erreicht habe und dann daran denke, dass ich eigentlich mitzählen wollte.

Auf unseren ersten scharfen Schafsblick hatte sich nicht viel verändert. Dutzende … ach was. Abertausende große und kleine Schiffe und Boote verstopfen den breiten Kanal. Wasserbusse, Taxis, die wild die Wege kreuzten. Aber jeder Lotse wusste ganz genau, wo er sein Schiff entlang steuern muss, um nicht mit einem anderen Boot zu havarieren.

Wir liefen bis Hauptbahnhof, wo es grad so wimmelte vor Menschen. Ich schätzte, es waren noch mehr als Ameisen, die ich letztens auf dem Campingplatz beobachtet hatte, als sie sich auf einen runtergefallenen Brotbrösel stürzten.

»Hi, komm, Fredy, spielen wir wieder verliebtes Ehepaar, mir laufen hier zu viele komische Gestalten hier rum. Wäre nett von dir, wenn du mir deine Hand leihst.«

Ich reichte sie ihr. Ganz locker. Ziemlich lasch sogar, aber zumindest sah es so aus, als gehörten wir zusammen. Wir ließen uns von dem Pulk Menschen auch nicht mitreißen, sondern überquerten die nächste Brücke. Da es nicht gerade wenige davon gab, sollte es auch nicht unbedingt die Letzte gewesen sein, die wir auf der einen Seite hinauf und auf der anderen Seite wieder hinuntertappen.

Die Handvoll fliegender Händler ohne Flügel, die fast so ähnlich aussahen wie Emelies Doraden nach dem Grillen, stellten sich uns sogleich in den Weg. Nicht etwa dazu, um uns freundlichst die Hand zu schütteln. Uns einen schönen Tag in Venedig zu wünschen. Von Freundlich war nichts zu spüren. Dafür aber ragten Selfie-Sticks im Überfluss in die Luft. Verlängerte Arme für das Handy, mit denen man sich selbst fotografieren konnte, was sie uns auch sehr aufdringlich demonstrierten. Wer's braucht. Wir nicht! Kaum waren wir zwei Meter weitergelaufen, stand schon der nächste da wie eine Zollschranke.

Ich kannte mich mit der heutigen Mode nicht sonderlich gut aus und so dachte ich, der wolle uns lederne Sportbeutel oder Einkaufssäcke im Handumdrehen andrehen. Secondo mano. Aus zweiter und dritter Hand, da auf den Taschen die Anfangsbuchstaben der Vorbesitzer gut zu erkennen waren. LV oder CD. Leopold Vilsmeier und Carl Dittmann. Der Typ meinte, soweit ich ihn verstehen konnte, die Taschen wären heute ganz frisch. Noch ganz heiß. Emelie meinte, daran könne man sich leicht die Finger verbrennen, passe man nicht höllisch auf. Aufpassen, auf die Carabinieri, die von den weit gereisten Taschen mindestens genauso wenig begeistert waren, wie von den Verkäufern. Die nicht um die Ecke wohnten, sich aber gern dahinter versteckten.

Er wollte uns unbedingt eine, wie mir Emelie übersetzte,

der heißen Handtaschen aufdrängen, die komischerweise allesamt mit denselben Buchstaben gekennzeichnet waren. Zu einem Wahnsinnsspottpreis. Zumindest schwor der Herr es dreimal, während er den hypernervösen Krauskopf hin- und herdrehte. Erst links, danach rechts schauen und wenn kein Carabinieri in Sicht ist, dann darfst du verkaufen.

Sonst war ich es ja, der Emelie fast schon gewaltsam zum Weitergehen bewegen oder von einem Schaufenster weg- zerren musste, heute war sie es, die meine Hand zerdrückte und mich dadurch zum Weitergehen aufzufordern. Es wäre ratsamer, sich brennende Fußsohlen vom Laufen zu holen, als sich an Handtaschen die Finger zu verbrennen.

Da Emelie heute Herrscher im Hause Venedig, folgte ich ihr brav. Auch wenn mir gerade etwas eingefallen war, um den Kerl fix um die Ecke bringen zu können. Nicht mit dem Schweizer Taschenmesser. Mit einem einfachen Satz: »Da, Carabinieri, der will auch eine deiner Bags kaufen!«

Ich durfte nicht also liefen wir stur weiter, als wären wir Handtaschentaub und -blind. Auch die alten Prachtbauten und Luxushotels, die am Canal Grande herumlagen oder im Wasser standen, interessierten uns momentan nicht sonder- lich. Wir wussten, wo wir hin wollten. Zu unserem kleinen Laden, der in einer der engen Seitengasse lag.

Postkarten und Kühlschrankmagneten, mal sehr modern, mal richtig antik. Glas aus Murano mit Echtheitszertifikat, das nicht aus dem hauseigenen Farbdrucker kam. Und noch anderer Schnickschnack, der im Wohnzimmerschrank ein- stauben konnte, der Emelie und mich aber trotzdem immer wieder aufs Neue faszinierte. Seit wir diesen schnuckeligen Laden und deren freundliche Inhaber kannten, schauten wir gerne rein. Inzwischen mussten wir dort sogar vorbei, sonst wäre der Venedig Besuch nicht komplett. Nicht einfach so, um drin blöd rumzugucken, um letztendlich doch nichts zu kaufen. Ein Magnet und die eine oder andere Ansichtskarte musste da schon drin sein. Letztes Jahr leistete Emelie sich einen Parfümzerstäuber aus reinstem Murano Glas. Schöne Form, schön bunt. Kitschig? Keineswegs.

»Ich habe schon etwas gefunden«, jodelte ich Emelie mit einem verschmitzten Lächeln zu. »Ein altes Stück Mauer!« Nein, in Venedig wurde doch nicht mit Mauerbruchstücken aus Berlin gehandelt. Das Teil, das ich in Händen hielt, war zwar ein Kühlschrankmagnet, der eine ganz andere, aber auch sehr bekannte Mauer darstellte.

Wer schon mal mit seinen neugierigen Adleraugen durch Venedig spaziert war, der hatte dies Mauerstück auch sicher schon mal gesehen. »PONTE DI RIALTO«, stand darauf. Der Pfeil auf dem Mauerstück zeigte den Weg zu ihr an.

»Hihi. Ich habe auch was, Fredy!«, schmunzelte Emelie. Sie streckte mir bunte Kamellen aus feinstem Murano Glas entgegen.

Die junge, freundliche Frau, die hinter der Kasse stand, verpackte Emelies Glaskamellen vorsichtig ein. Sie steckte meinen Magneten und beiden Postkarten, die ich mir noch ausgesucht hatte, samt der francobollo, Briefmarken, in ein kleines Tütchen, kassierte getrennt und wünschte uns einen unvergesslichen Tag in Venezia. Wir wünschten weiterhin noch gute Umsätze, schließlich wollten wir den Laden auch nächstes Jahr noch vorfinden. Mit einem lockeren »Ciao!«, verabschieden wir uns.

Schon bald kamen wir an eine sehr lustige Stelle, der an der wir uns gegenseitig anlachten. Weil wir jedes Jahr aufs

Neue überlegen mussten, ob wir nun geradeaus laufen oder nach links abbiegen müssen. Ausknobeln? Nein. Nicht mit Emelie. Ich holte mir richtig professionelle Hilfe. Und zwar in Venedigs wohl bekanntester Eisdiele. So stand es zumindest auf den Zeitungsausschnitten, die an Tür und Fenster klebten. Eine Kugel Zitroneneis sollte mir auf den richtigen Sprung helfen. Emelie kehrte genau gegenüber ein. Nicht, um nach dem Weg zu fragen. Ein Modegeschäft, in dem es ausschließlich Kleidung aus Naturstoffen gab. BioWolle! Schafschur oder Gras, null Ahnung. Damit kannte ich mich genauso gut aus wie mit heißen Handtaschen. Für Emelie war der Laden mehr als nur interessant, für mich weniger, weil Allergie. Nicht auf die Schafwolle, auf die Eiffelturm hohen Preise.

Sie scheuchte mich auch gleich davon, als ich das Kleid, das sie eben anprobierte, als einen formlosen Kartoffelsack bezeichnete. Draußen gestanden war ich aber zuvor schon, da ein Aufkleber an der Eingangstür das Betreten mit einer Kugel Zitroneneis strengstens verbat. Ich rief Emelie dann zu, sie sollte es halt probieren, was sie falsch verstand und ins Kleid biss. Reinschlüpfen, nicht reinbeißen, korrigierte ich mich.

Dass wir uns für den richtigen Weg entschieden hatten, bemerkten wir an den metallenen Tischen und Stühlen, die entlang einer Hauswand standen. Und die gehörten zu dem Kleinrestaurant, das wir einst mit dem Krimskramsladen entdeckt hatten. Vor zwei Jahren. Von außen wirkte es sehr klein, doch wie bei so vielen Restaurants, Osterien, Cafés und sonstigen Häusern, war innen dann doch mehr Platz als erwartet. Wir zogen es aber vor, lieber unter dem Himmelszelt zu verweilen, um bei einem leckeren Gericht die Spätvormittagssonne zu genießen.

»Hihi, ich weiß schon, was du heute essen wirst, Fredy!«, kicherte sie, als uns der grüßende Kellner die Speisekarten brachte. Diese bestanden aus einer Lederhülle mit acht oder zehn Blättern darin. Sehr übersichtlich, aber trotzdem sehr bunt zusammengewürfelt - die Speisen und Getränke.

Wir saßen gut am zweiten Tisch von rechts. Die anderen sieben waren von hungrigen Handwerkern und Büroleuten besetzt. Obwohl es noch nicht einmal ganz Mittagszeit war. Doch hätten wir nicht jetzt sofort was gegessen, hätten wir später noch mal hierherlaufen müssen, was wir aber partout nicht wollen. Letztes Jahr war uns nämlich etwas saumäßig Dämliches passiert. Wir hatten nicht daran gedacht, auch Speiselokale machten ihre Siesta. Wir waren notgedrungen woanders eingekehrt. Zwar auch im Freien, aber das Essen aus der Mikrowelle war nicht mal annähernd so gut gewesen wie die Mittagssonne uns aufs Haupt geschienen hatte. Es hatte irgendwie nach aufgewärmtem Regen mit Würmer geschmeckt. Wässrig, lauwarm und zäh. Genauso wie ein ausgespuckter Kaugummi im Halbschatten.

»Du isst wieder Spaghetti Carbonara, gell?« Ertappt! Es war aber auch nicht sonderlich schwer zu erraten von ihr. Die Carbonara war hier dermaßen saulecker. Pikant würzig, ich konnte mir also gar nichts anderes bestellen. Alle Jahre wieder. Groß für zwei waren die Portionen noch dazu.

»Und du futterst deine Salatschüssel mit Thunfisch drin, und Oliven.« Doofe Haselnuss! Emelie tat geradewegs so, als müsste sie die Speisekarte erst noch ein drittes Mal von A bis Z durchstudieren, dann nickte die Olivenkönigin.

Die Bedienung war prompt, genauso wie der Koch und seine Speisen hervorragend es waren. Emelies extraleichte Cola und mein schweigsames Wasser senza Gas waren im

Nu auf dem Tisch gewesen und nun auch recht prompt auf Badewannentemperatur. Die runterbrennende Sonne störte dies wenig. Die heizte gemütlich weiter.

Trink nie eiskalt, sonst kriegst du Bauchweh! Das wusste schon die Oma. Und Cleopatra. Damals, als die Eiswürfel noch nicht allzu oft auf der Tageskarte gestanden haben.

Selbst wenn wir bis heute Abend Zeit gehabt hätten, um uns die Wasserstadt entschleunigt anzuschauen, so hielten wir uns nach dem köstlichen Mittagsmahl dann doch nicht mehr allzu lang auf. Ich spazierte ins Lokal. Zuerst auf die Toilette, danach zahlte ich unsere Rechnung, die sich so im Mittelfeld, Libero, aufhielt.

Da hatten wir schon mal ganz andere Kaliber zu verdauen gehabt. Nur weil wir zwei naive Supertouristen uns damals einbildeten, unbedingt in einem Edelrestaurant, romantisch gelegenen an einem Seitenkanal des Canal Grande, speisen zu müssen. Wo uns ein gestriegelter, gebügelter, vornehmer Oberkellner samt weißer Serviette über dem angewinkelten Arm nach unseren Wünschen fragt, genau da würde es uns besser munden. Denkste! Wir hatten aber auch nicht gesagt, dass wir keine stillen Anteilseigner werden wollen.

Hörte sich wahrscheinlich so an, als müssten Emelie und ich jeden Pfennig dreimal umdrehen. Wir wären zu geizig, um uns etwas Besonderes zu gönnen. Dem war aber nicht so. Wir gaben auch nicht weniger Geld aus als die anderen Urlauber, nur etwas gezielter halt.

Wie viele Schuhgeschäfte, Eisdielen und Cafés würden ohne uns wohl schon am Hungertuch nagen. *Meine Bäckerin* müsste allein in dem Laden stehen. *Unser Metzger* hätte sich nie und nimmer die neue Aufschnittmaschine leisten können. Der langjähriger Amico im Capalonga Campingplatzladen müsste seine hochglanz Klatschzeitungen, die ohne uns ungelesen in den Regalen lägen, dort einstauben würden, selber lesen. Auch der gut sortierte Eisenwarenkramer in Bibione-Stadt müsste keine wetterfesten, rostfreien Holzschraube mehr bestellen, weil der emsige Hausmeister auf unserem Campingplatz sie nicht mehr beansprucht, um die Außenwand des Nachbarcaravan damit zu stabilisieren, da bei dem ständig Schrauben fehlen. Und würden Emelie und ich uns nicht jedes Jahr eine Hängeampel leisten, wer weiß, wie viel Gärtner schon hätten dicht machen müssen. Und im bezaubernden San Daniele, da würde der Himmel nicht mehr voll zart duftender Schinken, sondern nur alten Geigen hängen. Am Gardasee müssten sie den Wasserhahn zudrehen, in Asiago hätten sie nur noch den Käse. Selbst die Bauern am Fuße des Vesuvs müssten die Anbaufläche für ihre San Marzano Tomaten um die Hälfte verringern, würden wir unser ganzes Urlaubgeld für unnötige Sachen ausgeben. Emelie und meine Wenigkeit, wir waren also die Vorzeigetouristen schlechthin. Wir hielten hier die gesamte Wirtschaft am Laufen. Und das schon seit vielen Jahren!

*

Die drei italienischen Handwerker, die kurz zuvor noch an unserem Nebentisch gesessen und sich für den harten Rest ihres Tages gestärkt hatten, trafen wir wenige Gehminuten vom Lokal entfernt wieder. Sie waren dabei Pflastersteine unterhalb einer bröckelnden Hauswand zu verlegen. Mit klassischer Musik, die sie aber nicht freiwillig bestellt hatten. Zwei Musikanten, scheinbar aus Ungarn, die nicht nur die verkratzte Fiedel und das alte Akkordeon, auch die Ohren der Handwerker auf das Schlimmste quälten, waren gerade Zugange. Mit Trauermusik, die sich anhörte, als sei ihr Wellensittich gestorben. Zum zweiten Mal, wir hatten die schrägen Töne auch schon während des Essens gehört. Zum Glück nur sehr leise. Emelie hatte mich sogar gefragt, ob es in der Nähe einen Friedhof gäbe.

*

Es wurde stetig lauter in der Lagunenstadt Venedig. Wir nähern uns den belebten Straßen, auf denen sich Tonnen an Touristen tummelten. Noch waren sie nicht in Sicht. Dafür aber ein Laden, in dem Emelie eine Olive gekauft hatte.

Spinnt er jetzt total? Nee, ich spinne, noch, nicht. Die in schwarz-grün schimmernde Olive bestand aus Messing und baumelte an einer filigranen Kette aus demselben Material. Das Künstleratelier leitete damals eine junge Frau, so Mitte zwanzig, und hatte Emelie viel zu erzählen. Ich hörte den zwei schmuckbegeisterten Damen eine Weile zu. Verstand sogar was, was sie in Italienischem deutsch-amerikanisch fachsimpelten. Da ich selbst keinen Schmuck an Hals und Händen, auch sonst nirgends am Körper trug, außer meiner künstlerisch gestalteten Haarpracht, war ich dann nach dem ersten Wadenkrampf ins Frei getreten, um meine bereits arg stöhnenden Bronchien zu verarzten. Mit Watte gefiltertem Rauch. Und um die nähere Umgebung auszukundschaften.

Ich trottete die Straße links entlang, bog bald scharf nach rechts ab und blieb dort erstaunend stehen. Aber hallo! Wo kamen denn die vielen Menschen auf einmal her, dachte ich stirnrunzelnd. Es war fast wie bei mir zuhause am Stachus. Nur, dass es hier in Venedig noch keine U-Bahn gab, zu der man sich hätte hinunterdrängeln können. Geschockt drehte ich um und lief der lächelnden Emelie genau in ihre Arme. Nicht richtig, nur sprichwörtlich.

»Schade, dass du nicht länger dageblieben bist, Fredy, du hast echt etwas verpasst«, meinte sie und präsentierte mir dabei stolz den Ring, der zu ihrer Kette passt. Einen Oliven-Ring, der anscheinend so derart schwer war, dass sie einige Mühe hatte, ihre linke Hand in der Waagrechten zu halten. Sie erzählte noch, während wir in Richtung des wuselnden Ameisenhaufens gingen, worüber sie geredet hätten.

Das war meine Erinnerung an die letzten Urlaube. Heute stehen wir vor demselben Laden, der zu Emelies Bedauern nicht mehr der Gleiche ist. Und trotzdem betreten wir ihn neugierig. Statt selbst gefertigtem Olivenschmuck, gibt es heute Klamotten. Auch die redselige Donna ist nicht mehr dieselbe. Sie hat den Laden mit den großen Fenstern, der an einem Hauseck liegt, erst vor wenigen Wochen von ihrer Vorgängerin übernommen. Die hatte ein Kind bekommen. Was sie aber außer dem Laden noch mit übernommen habe, sei der restliche Schmuck, den sie für die frisch gebackene Mutter nebenher verkaufen würde. An ehemalige Kunden wie Emelie, die danach fragen würden.

Im Nu lag die Glastheke voll kleiner Jutesäckchen, worin sich dann besagte Schmuckstücke befanden, hauptsächlich Ringe. Ich half Emelie noch bei der ersten groben Auswahl, wartete aber diesmal nicht ab mit dem Rausgehen, bis sich wieder ein schmerzhafter Wadenkrampf meldete.

»He, schon fertig, Emelie? Nichts Passendes gefunden?«

»Ach, wo denkst du hin«, winkte sie sofort ab. »Natürlich habe ich was. Sie hat sogar ihre Freundin extra wegen der Preise angerufen. Stell dir vor, Fredy, die konnte sich sogar noch haargenau an mich erinnern!« Warum wunderte mich das jetzt nicht? »Sie hat mir diesen Ring zum halben Preis gegeben.« So stolz wie ein junger Mäusebussard, der zum ersten Flug abhob, um seine erste fette Beute zu machen, zeigte sie mir ihren allerneuesten Erwerb. Der bestand aus einem drei-teiligen Geschicklichkeitsspiel, das heutzutage Design-Schmuck genannt wird. Als Emelie mir auch noch den mickrigen Preis flüstert, nicke ich und ziehe sogar mein Käppi vor ihr. Echt günstig. Wenn ich bedenke, was eine Privatinsel auf den Malediven oder den Seychellen kostet. Quatsch! Mit dem Preis des Formgestalter-Ringes war es so wie mit ihren Designer-Tretern. Beide lagen in einem Rahmen, den ich als vertretbar hielt, ihn mir aber trotzdem nicht an die Wand nageln würde.

*

»Kaffee?«, fragte ich Emelie gar dumm. Die wischte sich soeben die Schweißperlen von der glänzenden Stirn. Nicht wegen der Hitze. Die Sonne war heute erträglich, meinte es wirklich gut mit uns. Achtundzwanzig Grad. Das war keine Temperatur, bei der ich jetzt auf Capalonga die Klimaanlage angeschmissen hätte. Hätte ich auch gar nicht machen können, Emelie hat den Telekommander noch in Beschlag.

Es waren die vielen Menschen, die ihr etwas zu schaffen machten. Emelie mochte ja Kartoffelauflauf mit Sahnesoße oder mit Zucchini, Blumenkohl und Parmesan, aber keinen mit hektisch umherrennenden Menschen. So wie ich keine Kinderpizza mochte.

»Au ja, gute Idee, Fredy! Weißt du noch, das Café …«

»Logo!«. Sie folge mir unauffällig. Emelie dachte an das Café mit den vier kleinen Zweiertischen davor. Ich hätte es sogar mit verbundenen Augen wiedergefunden, aber wozu hätte ich diesen Blödsinn machen sollen? Es sähe nicht nur saublöd aus, mir eine schwarze Binde über die Augen zu wickeln, als würden wir Zwei kurzsichtige Kuh und blinder Ochse spielen. Auch hätte ich mir die qualvolle Augen-OP ersparen können, würde ich überall dort, wo ich mich blind zurechtfand, mir meine stahlblauen Augen verbinden.

»War gut, dass wir so früh gegessen haben, Emelie.« Ich zeigte dabei zu den Tischen vor dem Café, als wir eben um die Ecke bogen. Jetzt, um halb ein Uhr Mittag, saßen viele der Venedig-Touris in großen Restaurants und schlemmten verschiedene Gerichte zu unterschiedlichen Preisen.

Vor *unserer kleinen Trattoria* waren zwei der vier Tische besetzt. Wir bestellten zwei Cappuccini. Und während im Inneren der vollautomatisierte Kaffeeautomat ratterte und dampfte und pfiff wie eine alte Kohlelokomotive, holte ich meine Karten heraus. Nicht, um Schafkopf oder Mau-Mau zuspielen. Die Ansichtskarten von Venedig waren gefragt. Emelie hatte zwar auch welche gekauft, wollte die aber erst irgendwann schreiben, sie vielleicht auch mal verschicken. In Luxemburg, zur Verwandtschaft in Luxemburg. Was ich doof fand und sie zum sofortigen Handeln überredete.

An genügend Briefmarken hatten wir gedacht, nur nicht an ein Schreibgerät. Doch ich, gar nicht dumm, hätte für unser Problem auch gleich eine Idee gehabt. Eine saublöde Idee, schlucke sie aber mit dem ersten Schluck Cappuccino runter. Einfach abfotografieren und die Ansichtskarten als MMS oder E-Mail verschicken. Praktisch, oder?

»Hase, wie heißt Kugelschreiber auf Italienisch?« Emelie schaute mich derart ungläubig an, als hätte ich eben danach gefragt, wie tief der Canal Grande an der tiefsten Stelle sei.

»Bah, keine Ahnung! Ich weiß doch noch nicht einmal, ob die so was Altmodisches wie einen Kugelschreiber hier überhaupt noch haben, seit es die elektronischen Notizblöcke gibt.«

Wozu hast du überhaupt zwei Hände, Fredy, dachte ich. Du hast auch zwei Füße, also geh gefälligst rein und frage. Was ich natürlich auch gleich frohen Übermutes tat. Den Kugelschreiber verstand der Kaffeebesitzer genauso wenig wie Biro, die englische Variante. Als er einem Gast, der im Inneren saß, dieses wahrscheinlich schon seit längerer Zeit, ein frisch gezapftes Bier auf den Bierdeckel stellt und einen Strich auf ebendiesen macht, zeige ich auf seinen Kugelschreiber, den er dafür in den Fingern hat.

»Ah, capire! Du willst die cartolina compilare. Ich habe gesehen Bild auf Karton von Venezia auf dein Tisch. Donna aber viel bene als Bild!«

»Jetzt san ma zam!« Er hatte die Ansichtskarten entdeckt, als er uns den Kaffee servierte und schloss daraus, dass wir die Karten auch tatsächlich ausfüllen möchten. Mit einem … Verdammt, hab's schon wieder vergessen, dafür hielt ich jetzt einen solchen in der Hand.

»Na, war's schwierig?«, fragte Emelie und grinste. Hatte sie etwa an der Tür gelauscht? Sie wusste, wie es um mein perfektes Italienisch stand.

»Ach, i wo«, mogelte ich, ohne dabei hell- bis dunkelrot zu werden. »Die Chefe abe mich verstande, gleiche kapito gewusst, was ich abe wolle. War Spiel für bambini.«

Die Cappuccino waren leer, die Postkarten voll und wir zum Gehen bereit. Ich nahm den Schreiberling mit rein, gab ihn zurück, und ein ordentliches Trinkgeld gleich mit dazu. Er wollte noch mal hören, wie das Teil mit der blauen Mine auf Deutsch hieß. Ich sprach es ihm ganz langsam vor, wie damals meine Lehrerin ein Kurzdiktat in der Grundschule. Der lernwillige Wirt versuchte, dies gleich nachzuplappern, verschluckte sich aber schon an der ersten Silbe der Kugel.

»Gu … ?«

»Lass stecken! Hauptsache, dein Kaffee ist gut.« Und das war er allemal.

»Ciao, mein Freund!«

»Ciao, ragazzo!«

*

Wir hatten gerade einen sehr guten Lauf. Nein, wir waren nicht in Venedigs Spielkasino geeilt und setzten alles auf Schwarz. Wir waren bereits fast an der lagen Händlerstraße angekommen, die direkt zum Ponte di Rialto führte. Ohne die legendäre Rialto Brücke aus nächster Nähe gesehen zu haben, hat man von Venedig nichts gesehen. Ein paar kleine Brücken mussten wir noch überqueren, um bis zur Rialto zu kommen.

An den ersten Brücken gab es noch keine größeren Staus, doch je näher wir dann an den Zielort herankamen, wurde es zunehmend schwieriger, eine dieser kleineren Brücken zu überqueren. Ohne dabei die Touristen beim Fotografieren zu stören. Die mussten sich ja unbedingt in der Gruppe und so platzieren, dass es mir gleich eine gewinnbringende Überlegung wert gewesen war, vor einer der Brücke einen Andenkenladen zu eröffnen. Für Leute, die dort abwarten müssen, bis die verstopfte Brücke für den übrigen Verkehr wieder freigegeben wird.

Wir zwei hatten ja noch genügend Zeit im Rucksack, aber diese armen Lieferanten mit ihren überladenen Sackkarren, die von einem Kunden zum nächsten eilten mussten, waren mehr mit Schimpfen, als mit Waren ausliefern beschäftigt. »Attenzione, prego!«, hörten wir lauthals vor jeder Brücke, und alle Nase lang. Nicht an meiner Nase gemessen.

Hatte ich schon erwähnt, dass wir heute im Partnerlook liefen. Ich im dünnsten Hemd, Emelie im dünnsten Nervenkostüm. Mein weiß strahlendes Hemd war sogar so dünn, dass es sogar durchgeschwitzt im Wind flattern konnte wie ein getrocknetes Ahornblatt. Emelies Nerven flatterten nur wegen der vielen Leute. Wenn diese ihr viel zu viel wurden, angelte sie sich meine Hand und ich schleuste sie durch das Gewühl. So wie sie es bei den seltsamen Händlern mit den Handtaschen bei mir gemacht hatte.

»Schau mal, Emelie, wer da vorne ist!« Es war nicht ihre fiese Nachbarin aus Luxemburg. Die aus dem dritten Stock, die sich ständig darüber mokierte, weil der Hausmüll nicht genügend getrennt war. Es könne wohl nicht angehen, dass Emelie für ihren Einkauf über die deutsche Grenze fahren würde, ihren Müll aber dann in Luxemburg entsorge. Die gute Frau hatte scheinbar noch nie was davon gehört, dass man sich in der EU nicht nur das Wetter teilt.

Es war die Rialto Brücke, die ich ihr mit ausgestrecktem Zeigefinger schmackhaft machte. Gute zweihundert Meter waren es noch bis zu ihr, zu der stolzesten Donna Venedigs. Zweihundert Meter hart Durchkämpfen. Und jeder kämpfte erbittert mit. Mit seinen angewinkelten Ellbogen. Auch wir mischten hellauf begeistert mit. Um uns genug Platz zum Atmen verschaffen zu können. Auch unsere schon brennenden Füße kannten keine Barmherzigkeit. Und wenn es sein musste, stieg man seinem Vordermann eben auf dieselben, wenn der scheinbar grundlos die Notbremse gezogen hatte.

Auch unsere Augen hatten schwer zu kämpfen, da sie nicht wussten, wohin sie zuerst schauen sollen vor lauter vielen Klamotten- und Schmuckbuden.

»Ich brauche dringendst eine neue Jogginghose«, meinte ich zur Emelie, während ich einen Wildfremden beinahe über den Haufen gerannt hätte, da der ungünstig stehengeblieben war, als ich gerade den Kopf zu meiner Begleitung umgedreht hatte, die schon am Rotieren war. Der Heini, den ich angerempelt hatte, wollte aufbrausen, ich nahm ihm den Wind aus den Segelohren. »Scusi, der Herr aber das ist ein Gehweg. Wenn du dich ausruhen willst, musst du dort vorn hingehen. Bloß ein paar Stufen hochlaufen, dort wäre der Parkplatz für Fußgänger, die nur rumstehen wollen.«

»Ich suche keinen Parkplatz, ich suche meine Gattin!« Er war etwas nervös, was ich gar nicht recht verstehen konnte, trotzdem half ich ihm weiter.

»Ach, so? Tja, Pech gehabt, mein Freund. Ich glaube, die ist eben mit einem adretten, braun gebrannten Italiener zu den Gondeln hinübergelaufen. Deine holde Donna hat mir fast so ausgeschaut, als wollen die Beiden durchbrennen.« Er schaute mich dämlich an, als hätte ich mir einen Scherz erlaubt, da plärrte seine besonnenhutete Göttergattin auch schon durch die wuselnde Menschenmenge. Nicht Roberto, Richard rief sie von dem Schmuckladen auf der anderen Seite her. Emelie boxte mich hart in den Arm, als der arme Kerl zu seiner Gemahlin eilte. Mit hängenden Schulter, als wäre es ihm lieber gewesen, sie säße jetzt in einer Gondel.

»Du hast doch nichts als Blödsinn im Kopf, Fredy!«

»Doch, eine neue Jogginghose! Komm mit, lass uns eine kaufen gehen. *Mein Laden* ist auch gleich da vorn.«

Diese sahen fast wie hölzernen Weihnachtsbuden aus, die Läden, die die lange Ruga die Oresi dicht an dicht säumten. Nur, es gab hier keine goldenen Baumkugeln und silbernes Lametta, sondern Sommerklamotten, Schmuck und Stoffe. Laut Werbung sogar italienisch venezianische Masken, die jedoch zumeist aus Süd-Ost kamen. Nicht aus dem Süd-Ost Venedig, Asien. Für handgefertigte Karnevalsmasken, da musste man sich schon in eines der Maskenmeisterateliers bemühen. Oder sich gut auskennen damit.

Da mir das italienische Zauberwort für Jogginghose nicht gleich ins Kleinhirn geschossen war, mussten die flinken Hände herhalten. Wie so oft. Ich wartete bis ein Tourist in genau solch einer bequemen Baumwollhose daherkam und zeigte darauf. Was macht der Budenbesitzer? Der schüttelt eiskalt seinen Kopf, warf den Arm ganz lässig zur Seite und präsentierte mir damit sein Sortiment. Das aus vielem, bloß nicht aus einer Jogginghose bestand. Ich ging die Bude mit Shirts und Kapuzenpullis ab, spitzte meinen Zeigefinger an und fing zu deuten an, was ich schon so alles gekauft hätte bei ihm während der letzten Jahre.

»Hab ich, habe ich nicht. Das auch nicht, das schon, aber in einer anderen Farbe. Das ganz oben hatte mir letztes Jahr schon nicht gefallen.« Und so weiter. Ich wusste ja, Emelie konnte ziemlich gut nähen, aber sollte ich es ihr im Urlaub antun, dass sie mir aus einem einfachen Kapuzenshirt eine flotte Jogginghose zurechtnäht? Das passende Arbeitsgerät dafür bei unserem Hausmeister zu organisieren, wäre wohl das geringste Problem. Ich kenne mich in dessen Werkstatt wesentlich besser aus als im Internet.

»Was überlegst du noch lange, Fredy? Kaufst du jetzt was oder nicht? Die Meute hinter uns murrt bereits. Ich glaube, die wollen auch mal schauen wollen.«

Konnte ich vielleicht was dafür, dass ich ein kleiner Hüne war? Nein, aber ich gab trotzdem nach. Aber auch nur, weil Emelie mir bei ihrem nächsten Atemzug verriet, sie müsste aufs Klo. Hätte sie mich nicht eben drauf hingewiesen, ich hätte glatt übersehen, ich musste ja auch.

»Hältst du es noch bis über die Rialto aus, Hase? Wegen der Fotos machen.« Wir hatten zwar bereits Bilder für drei Alben. Doch bei jedem unserer Shootings war der Wasserstand des Canal Grande anders hochgewesen, verschiedene Bilder gleiches Motiv.

Klar, wir hatten natürlich Verständnis dafür, dass auch die anderen Leute den Grande und sich selbst von der Rialto Brücke aus fotografieren wollen. Mit ihren neu erstandenen Handy-Sticks. Aber musste das ausgerechnet heute, an dem Mittwoch sein, wo doch ein ganzes Jahr so viele Mittwoche anzubieten hat? Pups egal. Wir quetschten uns eben einfach mit rein und grinsten zusammen in Emelies neues Siebener-Smartphon. Um uns danach unsere supergeilen, einmaligen Resultate anzusehen. Natürlich noch auf der Brücke, deren zulässiges Gesamtgewicht arg am Überschreiten war. Noch eine Reisegruppe aus Japanien, rechnete ich mir aus, dann könnten wir gleich allesamt im Canal Grande schwimmen. Bei kostenlosem Eintritt. Jeder mit einem Brückenstein als Schwimmhilfe unter dem Arm. Da kam mir was Seltsames in den Sinn.

»Du-hu, Emelie, ist dir auch schon aufgefallen, dass hier alle Häuser im Wasser stehen - ohne unterzugehen?«

»Na klar, wir sind ja hier auch in Venedig. Warum fragst du so dämlich? Willst du etwa diese einmalig schöne Stadt trockenlegen? Das könnte Ärger geben!«

»Nein! Ich frage auch nur, weil die Häuser nicht im Meer versinken. Und das nun schon seit so vielen Jahrhunderten. Wenn ich versuche, auf der Adria zu laufen, oder eine Sandburg mit vierspurigen Zugbrücke darauf baue, dann würden wir sang- und klanglos untergehen. Ich so, als hätte ich total Übergewicht, die Sandburg, weil ich die Zugbrücke nicht zugemacht habe.«

»Und was sagt uns das, Fredy?«

»Dass ich abnehmen soll?«

»Depp! Wo willst du denn noch abnehmen? Schrumpfen, das ja.«

Das gab mir klar zu denken. Nicht das mit dem Kleiner werden, dass ich nicht über Wasser gehen kann.

»Ha, jetzt weiß ich, warum das mit dem nicht Untergehen so ist.« Emelie schaute mich gespannt an und kratzte sich an der linken Schläfe. Das macht sie immer, bevor aus dem Kratzen dann ein Vogel wird. »Es muss am Salzgehalt des Wassers liegen. Sie tun hier mehr grobes Meersalz hinein als in der Lagune von Pineda.«

»Hihi. Idiot! Ich muss jetzt aber wirklich dringend aufs Klo! Hat aber nix mit deinem blöden Kommentar zu tun.«

Was mich auch sehr beruhigte. Ich dachte, sie hält mich wirklich für so dämlich, dass sie jetzt Durchfall hat.

*

In *unserem Lieblingscafé* von Venedig, das wir nach ganz langem Suchen fanden, liefen wir kurz hintereinander in den ersten Stock. Dort waren nämlich die Kundentoiletten.

Auch in diesem Café waren wir inzwischen Mehrheitseigner. Rechnerisch. Wir schlürften gemütlich Cappuccino, zu dem uns noch stilles Mineralwasser kredenz wurde. Ganz nebenbei überlegten wir, ob es taktisch klug wäre von uns, Emelies Parfümladen gleich nach dem Kaffee aufzusuchen. Mir war das zu riskant. Nicht nur wegen ihrer Kreditkarten. Wegen der Öffnungszeiten. Auch im gut besuchten Venedig wurde die Siesta nicht auf Mitternacht verschoben.

Das würde ich auch nicht machen, hätte ich hier ein Café, eine Parfümerie, ein Bio-Klamottengeschäft … ach nein, den Klamottenladen streiche ich lieber. Halbtags würde ich arbeiten, wären Emelie und ich meine Stammkunden.

Nachdem sich unsere Füße abgekühlt hatten, kramten wir unser Geld heraus. Emelie aus ihrer gar nicht so handlichen Handtasche, die an jedem Flughafen als Übergewicht und Sperrgut bearbeitet wurde. Ich wühlte in meinem Porte… Im Geldbeutel. Der Ober, der hier noch persönlich an den Tisch kam, um uns die Rechnung für die zwei Cappuccino auf einem silbernen Tablett und dem schwarzen Geldmäppchen zu präsentieren, und die scheinbar mit dem aktuellen Börsenkurs gekoppelt war, grinste über das ganze Gesicht. Die italienische Börse schien, dem Cappuccino Preis nach, grade den Jahreshöchststand erreicht zu haben. Er bedankte sich im vorab. Tja, hätte er vorher ins Geldmäppchen reingeschaut …

\*

»Komm, wir müssen da lang, Emelie!«

»Hm? Bist du dir wirklich sicher, Fredy? Ich glaube, wir müssen noch eine Gasse weiter, dann erst nach rechts. Oder hast du hier irgendwo eine Brücke rumliegen sehen? Frage lieber deinen Gelben Engel«, sie meinte meinen Stadtplan, »bevor wir in Oslo, Barcelona oder Marrakesch landen.«

Zumindest waren wir uns einig, wir mussten nach rechts laufen, um zum alten Laden mit den antiken Schreibfedern zu kommen. Das ist ein wirklich toller Laden, mit sehr alter Tradition. Emelie und ich, wir lieben so ziemlich alles, was uralt ist. Käse, die uralten Filme mit Fernandel, und uralte Kochrezepte, aber keine uralten Frühstückssemmeln.

Handgefertigte Schreibfedernspitzen gab es in dem Laden. Je nach Modell konnte man mit ihnen dick oder dünn schreiben. Der Stiel war aus Vogelfedern oder Holz, so, wie man sie auch früher schon hergestellt hat, als noch manches besser, schöner und auch eleganter gewesen war. Die Tinte, die man heute nur noch sehr selten aus blauem und schwarzem Tintenfischblut herstellt, gab es hier in kleinen runden Gläsern, die aber leider nicht mehr aus echtem Bleikristall hergestellt wurden.

Der ältere Herr, den wir von früheren Besuchen her kannten, der Inhaber, war nicht anwesend, dafür aber sein Sohn. Könnte aber auch schon der Enkel sein. Wir waren zwecks etwas Bestimmten in den faszinierenden Laden gekommen, der noch ganz nach dem alten Venedig von früher roch. Ich wollte altes Schreibpapier. Von anno dazumal. Marmoriert. Der junge Mann bedauerte, es nicht zu haben, da dieses nur selten nachgefragt werde. Somit machte er uns zwar keine große Freude mit der Auskunft, doch unser Weg sollte dann doch nicht ganz umsonst gewesen sein. Emelie kaufte sich ein handgefertigtes Siegel mit ihren Initialen, die in schöner Schwungschrift und aus Metall gegossen waren. Dazu das rote Siegelwachs. Stolz wie eine Bachstelze verließ sie, mit mir, den Federnladen, um in Richtung ihrer venezianischen

Duftstoffe zu eilen.

»Einen Thron hatte ich ja schon längst Zuhause, und jetzt hab ich auch noch ein eigenes Siegel. Toll, gell?«

»Ja«, nickte ich schelmisch. »Jetzt kannst du gleich dein Klopapier mit dem Siegel durchstempeln, dann wissen die in der Kläranlage, von wem der ganze Scheiß kommt.«

»Depp!«

Zum Parfümladen war es nicht weit. Emelie wurde von der Besitzerin übermäßig nett begrüßt. Fast schon wie ein verloren geglaubtes Kind, das nach einem Jahr der Zweifel aus der Versenkung auftaucht. Damit meine Lunge nicht allzu sehr unter den zahlreichen und lieblichen Duftaromen leiden musste, qualmte ich vor der Ladentür wartend eine Zigarette. Indes wurden Emelies Kreditkarte schlanker und leichter. Nachdem sie mir strahlend eine kleine Parfümtüte in die Hand drückt hatte, folgte schon sehr bald das Finale des diesjährigen Venedig Besuchs. San Marco!

*

Glaubten wir bisher, auf der vollen Rialto Brücke wären viele Menschen gewesen, wurden wir nun eines Besseren belehrt. Die japanesische Gruppe, die auf Rialto fast keinen Mach-mir-ein-Foto Stehplatz mehr bekommen hätte, hatte sich, ohne Verletzte oder gar Verluste erlitten zu haben, hier vollzählig versammelt. Neben den von mir gut geschätzten anderen sieben Milliarden Erdbewohner.

»Ich glaub, die letzten Jahre war hier nicht gar so viel los, Fredy.« Emelie musste drei Mal Schlucken und eine Träne unterdrücken. Und sie meinte, sie käme sich gerade vor wie in einem bösen Traum. War sie aber nicht.

»Doch, Emelie, die sind echt, keine Schaufensterpuppen für eine Modenschau! Wir waren nur bisher nie so spät dran gewesen wie heute.« Was sogar stimmte, sonst hatten wir unser Herumlaufen und Gaffen allerspätestens um vier Uhr aufgegeben. Nachmittags. Eher unsere plattgelaufenen und angeschwollenen Füße hatten dies für uns getan. Irgendwo in Venedigs Straßen musste sogar noch ein Stück rohes rosa Zahnfleisch von mir auf einem der Kopfsteinpflastersteine kleben. Von Emelie ein Pizzateller großes Hühnerauge.

»Puh, was denkst du, Täubchen, sollen wir nächstes Jahr dienstags oder donnerstags herkommen?«

»Psst, spinnst du? Sprich doch nicht so laut, Fredy«, flüsterte sie kaum hörbar. »Wenn uns jemand zuhört. Du weißt doch genau, wie schnell sich so etwas im Netz rumspricht!«

Eins zu null für sie, also musste ich dem Rundruf via Netz zuvorkommen und ließ mir etwas ganz Geniales einfallen. Ich strömte, trotz meiner wehen Füße, zu einem der billigen Handtaschenverkäufer und sagte ihm, was er zu tun habe.

»He, wolltest du mir eine Handtasche kaufen, Fredy, oder warum hast du mit dem verhandelt auf Teufel komm raus?«

»Bin ich Krösus? Ich habe ihm nur klargemacht, dass er zu jedem einzelnen Touristen auf dem Marcus-Platz gehen und ihm sagen soll, wir würden im nächsten Jahr an einem Freitag kommen. Er wollte sich verweigern, aber dann habe ich ihm gedroht, die Carabinieri auf seinen Hals zu hetzen.«

»Und?«

»Jetzt können wir es uns nächstes Jahr aussuchen, ob wir am Dienstag, Mittwoch oder von mir aus auch Donnerstag kommen. An diesen Tagen wird Venedig ausgestorben sein, weil alle denken, wir würden am Freitag kommen.«

»Toll, Fredy, danke! Du bist halt doch ein Genie. Soll ich schon mal zwei Übernachtungen buchen. Mit Doppelbett, welches man getrennt im Raum aufstellen kann? Es wäre doch jammerschade, wenn wir den ruhigen Tag, Mittwoch wäre mir recht, nicht ausnutzen würden.«

Armes Emeliechen. Dabei hatte ich den Händler doch nur gefragt, was der für so eine nicht berauschende Raubkopie verlangen würde. Nur darum hatte Emelie gesehen, wie ich mit ihm heftig debattiert und ihm einen Singvogel gezeigt hatte, mit den passenden bayrischen Schimpfworten.

Wir freuten uns bereits riesig, dass vor der Basilica di San Marco heut keine lange Klapperschlange stand. Eigentlich gar keine. Ach, wie herrlich! Oder? Nanu, dachte ich dann aber eine Etage weiter oben in meinem voreiligen Hirn. So viele Touristen und kein Arsch davon interessierte sich für das allerwichtigste Bauwerk von Venedig. Äh, ich hatte so was ähnliches auch über die Rialto Ponte gesagt, doch die war ja eine Donna, keine Basilika. Aber auch wichtig, nach dem Parkhaus-Klo natürlich. Da konnte also was nicht mit rechten Dingen zugehen.

Hm? Ob sie wohl neuerdings Dreiundfünfzig Italia-Euro an Kommt-doch-herein-Maut verlangen? Drei Euros davon für den auf Gerinfügigenbasis arbeitenden Kassierer und fünfzig für die Renovierung des Doms, die nun schon viele Jahrhunderte andauert. So wie beim Kölner Dom. Aber der hält sich noch mit Spenden über Wasser. Oder dem Berliner Großflughafen. Ach, quatsch. Der braucht ja noch gar nicht renoviert werden, der muss ja erst mal fertig werden. Aber wenn er es wirklich einmal sein sollte, fertig werden, dann können sie sicher umgehend wieder mit der Frischzellenkur beginnen, weil das Baumaterial bis dahin genauso ermüdet sein wird, wie meine Füße. Emelies auch, die musste sogar schon in die Hocke gehen.

»Gibst du mir bitte mal ein Stück von deinem Zuccabrot, Fredy? Die armen Tauben sind schon total müde, vor lauter Bärenhunger.«

»Venezianische Tauben mit meinem Zuckerbrot mästen ist streng verboten, Emelie. Du könntest glatt im Gefängnis landen dafür!«

»Ich will sie doch gar nicht füttern!« Hatte sie es sich nun anders überlegt? Nein. »Ich möchte doch nur, dass mir ein paar große Bröselbrocken runterfallen, ganz aus Versehen, wenn ich am Zuckerbrot knabbere.« War sie nicht süß, die süße Emelie? Ich kann es gar nicht oft genug wiederholen.

Sollte jemand Venedig besuchen und dabei auch noch das unsägliche Pech haben, zwecks gurrender Tauben füttern, eingesperrt zu werden. Gleich in allen Zellen nachsehen, ob Emelies Initialen mit Siegelwachs an der Wand kleben.

Sie hatten die Tür der Basilica einfach zugenagelt, stellte Emelie entsetzt fest, als ich daran rüttelte, als wolle ich sie aus den Angeln heben. Hoffentlich haben sie das nicht mit meinen wasserfesten Holzschrauben gemacht.

Ein freundlich grinsender Kirchendiener, der Tormeister, schaute wie ein Goldfisch in Murano Glas, deutete stumm auf eine neben der Tür befindliche Tafel. Darauf zu lesen, die Öffnungszeit während der Sommermonate. Waren wir doch tatsächlich eine geschlagene Stunde zu spät hierhergekommen. Das wäre aber noch lang kein Grund gewesen, *meine Schrauben* von *unserer terrazza* zu klauen, meine ich arg verbittert. Zu dem Torvernagler und zu Emelie, die auch nicht unbedingt vor Glücksgefühl rumhüpfte. Eher, weil ihr eben eine Taube auf den Schuh geschissen hatte.

Wir wollten auch nur kurz in die Kirche hinein, um zwei fromme Lichtlein anzünden, für all diejenigen, die uns zwei Idioten grad vom Himmel aus zusahen. Die Basilika hatten wir schon mal besichtigt. Vorletztes Jahr. Um fünfzehn Uhr zweiundvierzig. Emelie hatte Fotos geschossen, obwohl es damals genauso verboten war wie das zufällige Füttern der Tauben. Wir wendeten uns vom mächtigen Tor der Basilica ab, da begannen deren Glocken zu schlagen. Sechs Mal.

»Ah, hört, hört! Ist uns dein werter Herr Pfarrer also doch gefolgt, Fredy!«, stellte Emelie naserümpfend fest. Sie sah dabei zum Glockenturm, was jedoch von unserem jetzigen Standplatz aus gar nicht machbar war.

»Nein, Emelie. Meine Geistlichkeit schlägt das Fis etwas härter!«

»Depp! Na, wenn wir nicht reindürfen, dann möchte ich jetzt wenigstens Heim. Ich glaube nämlich, ich habe schon Blut im Schuh.«

Meine stahlblauen Augen wanderten sofort dorthin. »Oh, du Ärmste! Pass aber auf, dass das die weibliche Konkurrenz das nicht mitkriegt, das wäre nämlich blöd. Nicht, dass dein Märchenprinz mit einer anderen Schönheit davonreitet, ehe der dein bezauberndes Wesen je zu Gesicht bekommen hat, da er auf deiner Blutlache ausgerutscht ist.«

»Ach, bist du doch heute wieder lieb, Fredy. So ein nettes Kompliment hat mir noch keiner gemacht.« Emelie schaute an ihrem Bein hinunter und meinte: »Du, ich brauche nicht mal ein Pflaster. Ich glaube, deine tröstenden Worte haben geholfen. Das Bluten hat schon wieder aufgehört. Aber …

251

könnten wir vielleicht trotzdem nach Hause fahren?«

Ob sie etwa nach Luxemburg gemeint hatte? Oder hoffte sie, ihr Traumprinz wartet bereits am roten Maxi-Caravan. Auf einem schwarz-weiß gesprenkeltem Ross, mit langstieligen rosa Rosen zwischen den Zähnen und in schwarzem Shirt mit V-Ausschnitt. Doch weder Ross, Rose noch Reiter im Shirt wird dort auf sie warten.

Emelie zeigte zum überfüllten Wasserbus, der Richtung Parkhaus fuhr. Der schwimmende Bus war wirklich über den Rand besetzt, sodass wir Angst schon haben mussten, über Backbord zu gehen. Ohne gefragt zu werden. Stiegen an einer Station zehn Leute aus, stiegen fünfzehn ein. Wir fuhren nicht bis zur Endstation, hauten eine Station früher ab, um nicht vor der letzten Haltestelle abzusaufen. Wie ich hörte, soll sich eine riesige Eisscholle vom Südpol losgelöst haben und Richtung Norden, also zu uns, treiben. Und wir wollten doch noch mal in den Genuss der Brücke mit den vielen niedrigen beleuchteten Stufen kommen. Und um uns oben, auf deren Gipfel, sehnsüchtig umzudrehen und ciao sagen, ohne dann zu wissen, wie viele Stufen wir eben nach oben gestapft waren.

»Ciao, Venezia!«

*

Die Fahrt zurück nach Pineda verlief ohne Störungen. Bis auf den kurzen Zwischenstopp, weil wir uns das Klo-Geld in Venedig sparen wollten. Es war inzwischen auch schon etwas nach sieben, somit war auch der Berufsverkehr schon vorbei. Das kleine Häuschen mit diesem Blechautomat, an dem wir an unserer Ausfahrt Latisana erneut Eintritt zahlen durften, kannte keinen Feierabend. Sechs Euro noch was.

Auch wir hatten noch nicht Schluss. Umziehen und frisch machen, das war noch angesagt. Zum selber Kochen hatten wir nach diesem wunderschönen, aber sehr langen Tag, nun weiß Gott keine Lust mehr. Null Bock.

Emelie sprang in das winzig kleine Schwarze, ich bloß in die weiße, langärmlige Leinenhose. Oder heißt das langfüßige Leinenhose? Scheiß drauf, wir hatten gewaltigen Hunger. Kohldampf! Uns war nämlich schon während der Fahrt schlecht geworden.

Der Kellner hatte dann Muscheln und Pizza noch nicht mal richtig auf den Tisch gestellt, war schon alles verputzt. In einer Zeit, man sagt: Die fressen wie Wildschweine! Nur um ein halbes Phon leiser waren wir beim Reinbeißen und Schmatzen und Rülpsen. Nicht absichtlich, weil wir unsere gierigen Münder kaum noch aufbekommen hatten vor lauter Müdigkeit.

## Kapitel 14

*Hai-Alarm!*

*Hatte so tief geschlafen wie ein Murmeltier,*
*auch ohne Sprizz, roten Wein und Weizenbier.*
*Drum besitze ich heuet noch alle Sinne mein,*
*dazu ein lädiertes und angeschwollenes Bein.*
*Bei dir wird sicherlich die linke Schulter toben,*
*und trotzdem werde ich dich hier und heute loben.*
*Hast ganz tapfer dich überall hindurch geschlagen,*
*selbst als ich schon längst einen Krampf im Waden.*
*Und so bleibt dir und mir Venedig ewig unvergessen,*
*doch wäre ich mit dir noch viel länger dort gesessen.*

Nicht unbedingt mein allerbestes Gedicht, das ich Emelie frühmorgens im Halbschlaf auf einen der rosa Klebezettel kritzelte, aber wenigstens war es eines von jenen, die sich so einigermaßen reimten. Doch zu meinem Trost. Ich habe bis heute noch kein allerbestes Gedicht geschmiedet.

Emelie schlief noch fest. Sie war wahrscheinlich genauso kaputt wie ich. Zumindest hatte sie sich bislang noch nicht gemuckst. Ich war gerade auf dem Weg zur großen Dusche. Nein, umgekehrt, von der Dusche zurück zum »Z9«. Doch als ich danach das Fahrrad aufsperre, das zur Terrasse wie das Spiegelei zum Suppenhuhn gehört, um damit zu *meiner Bäckerin* zu strampeln, vernehme ich ganz leises Murmeln.

Murmeln? Ich kann doch nicht immer meckern schreiben.

»Bringst du mir ein Croissant ohne etwas drin mit, sonst nehme ich den übernächsten Überlandbus und fahre damit für den Rest des Urlaubs nach Venedig. Allein!«

Für mich stand fest, Emelie scheint mit dem linken Fuß zuerst aufgestanden zu sein. Doch dafür konnte sie nichts, da ihr ja der rechte Fuß in Venedig verblutet war.

»Ein Brioche! Mach ich doch liebend gern, Emelie. Dann kann ich die Bäckerin auch gleich mal fragen, ob sie mich für eineinhalb Wochen als Untermieter bei sich aufnimmt. Kannst dir das Geld für den Bus nach Venedig also sparen.«

»Verschwinde bloß, du Bastard! Ich will auch heute keine Olivensemmel, bring mir irgendetwas anderes! Ein … ach, du wirst schon was finden, was ich mag.« Blöd für Emelie, dass ich mich ausgerechnet genau in diesem Augenblick gebückt hatte, um das Fahrrad aufzusperren.

*

»Buongiorno, mein süßes Schnuckelhäschen. Reichst du mir heute due Viennese und un Olive, aber senza Olive. Ach ja, und den Krapfen Crema, dazu ein blanco Brioch, bitte.« Außer Schnuckelhäschen, hatte sie mich verstanden. Ich wollte sie nicht mit Zuckermaus oder Honigschnecke anreden, das hätte sie vielleicht ins Italienische übersetzen können.

»Si, alles heute? Tutti?« Oh, ihr Englein im Himmel. Wie sie mich dabei angelächelt hat. Ich schmolz gerade dahin wie ein grinsendes Himbeer-Eis mit Schlagsahne. Und sie war meine strahlende Morgensonne, die mich dazu brachte. Alles heute? Wie sollte ich das wohl verstehen? Etwa auch so, wie sie, meine Zuckermaus es verstehen würde? Sollte ich heute den von mir bereits vorbereiteten Frontalangriff wagen? Diese einmalige Gelegenheit, Emelie wäre dann im fernen Venedig, würde so rasch nicht wiederkommen. Die Terrasse mit dem roten Caravan wäre sturmfrei, nur für uns beide! Für eineinhalb Wochen. Doch was mache ich blödes Rindvieh stattdessen? Ich kniff. Oh, wäre die liebreizende Primadonna doch bloß eine wetterfeste Holzschraube, die ich heimlich entführen könnte …

»Scusi? Drei Euro vierzig, prego!« Mann, was für eine Fantasie, aus der sie mich so erbarmungslos riss, nur um an mein Kleingeld zu kommen. Ich gab es ihr passend, berühre sogar noch ihr zartes Händchen dabei. Sie auch das meine. Klar, sonst läge das Münzgeld jetzt auf dem Fußboden.

»Ciao, bis mattina!«, stotterte ich mit stürmischem Puls und glänzenden Augen. Scherz. Geräuspert hatte ich mich nur dabei. Eigentlich hätte ich sie sofort auffordern müssen, sie dürfte mir links und rechts eine knallen. Weil ich blöder wäre als das trockene Brot von vorgestern. Naja, was solls. Du wirst bestimmt auch im nächsten Jahr in der Bäckerei stehen und mich so himmlisch anlächeln, dachte ich, als sie mir ein süßes »Ciao« hinterherhauchte.

*

»Pass auf, Emelie, wenn du die Bäckertüte aufmachst, da könnte eine ziemliche Sauerei drin sein.«

»Warum, bist du etwa mit dem Fahrrad drübergefahren, da du dein verliebtes Spatzenhirn bei *deiner Bäckerin* hast liegenlassen?«

»Iwo! Aber du wolltest doch die Semmel dieses Mal ohne schwarze Oliven, oder? Sie hat dir auch alle, bis auf eine, rausgepopelt. Was schlecht gegangen wäre, hätte sie deine Semmel dabei nicht total zermantscht wie die Kinder ihren giftgrünen Blattspinat.«

Es war wieder ein Bild für Götter, als sie vorsichtig in die Tüte lugte. Im Morgenmantel. Ach, was sage ich. Ein Bild für eine Weltausstellung. Damit hätten wir jetzt schon zwei Bilder für die Unendlichkeit. Wie viele davon bräuchte man für eine Vernissage?

»Depp! Idiot!«

»Sorry, aber das war die Rache für dein geplantes Solo nach Venedig. Haha!« Zum Glück verstand sie den Scherz. Lag sicher daran, dass ihr rechter Fuß inzwischen narbenfrei verheilt war, während ich in der Bäckerei gewesen war.

»Dein Gedicht! Es ist schön!« Bah, hätte ich solch einen barschen Ton draufgehabt, ich hätte ja die Wahrheit gesagt: Es ist zum Kotzen! »Und vor allem ist es auch so passend. Hast den Nagel genau in den Kopf reingeschlagen.« Hieße das nicht, auf den Kopf getroffen? »Meine linke Schulterhälfte, diese verdammte Bestie, ich könnte sie heute glatt in die Adria schmeißen. Bis höchstens heute Abend, länger halte ich diesen drückenden Schmerz nicht aus.« War was Bestimmtes heute Abend? »Bis spätestens dahin brauche ich unbedingt ein entzündungshemmendes Sedativum. Du, Fredy, ich glaube, mein Schuhdesigner in Pineda, der hat da sicher genau das Richtige auf Lager!«

Emelies Laune war somit auf dem Wege der Besserung. Nachdem ich ihr San Daniele Schinken und rustikalen Käse auf die Frühstückstafel legte, zwinkerte sie mich sogar an. Oder sie hatte eine Mücke im Auge? Letztendlich war sie doch froh, dass ich ihr eine heißgeliebte Olivensemmel mit

Oliven mitgebracht hatte. In einwandfreiem Zustand.

Meine Füße waren ihre Pflichtrunden für heute gelaufen, hatten die Genesungsphase abgeschlossen und waren jetzt schon bereit für ein neues, waghalsiges Abenteuer. Ach, das hätte ich Dödel beinahe vergessen. Emelies Hängeampel, die hing doch noch, als wir aus Venedig zurückgekommen waren. Die Basilica di San Marco wurde somit mit einem stinknormalen Domschlüssel und nicht mit der wetterfesten Schraube der hängenden Blume verriegelt.

Das bereits von mir angedrohte Abenteuer, zu welchem ich Emelie schnell überreden konnte, machte sich bezahlt. Erst kutschierten wir nach Bibione hinein, stellten dort den Wagen in der prallen Sonne ab und schlenderten den Corso del Sole entlang. Bis fast zur Adria hinunter. Diese rauschte heute wieder besser als einst die alten Röhrenradios. Etwas zerknirscht, bedrohlich, was uns jedoch nicht großartig störte. Bis zum Nachmittag, unserer üblichen Bräunungs- und Schwimmzeit, war noch ewig lang hin. Wenn eine aufgebrachte Emelie sich in zwölf Minuten beruhigen kann, wird es das bisschen Adria bis zum Nachmittag wohl auch schaffen.

Wir hielten uns auf der rechteren Seite der noch wenig belebten Straße. Sahen uns dabei in einem Porzellanladen um und kehrten dann in ein Geschäft ein, in dem Emelie schon seit Langem etwas im Auge hatte. Die alte Lampe im Tiffany-Stil, auch die gehäkelten Deckchen ala Großmutter im Schaukelstuhl, von denen schon längst der Gilb grüßte. Die ältere Dame, der dieser Laden gehörte, ließ leider nicht mit sich handeln. Die Stehlampe mit kitschiger Rüschchen-haube, die Emelie nur allzu gern im eigenen Wohnzimmer gesehen hätte, wechselte den Besitzer somit nicht. So wie sie es auch die letzten Jahre schon nicht getan hatte.

Tja, wer nicht will, die … Und was passiert einem, wenn man von einem Laden zum anderen Geschäft läuft? Genau, man muss irgendwann mal aufs Klo.

Ich sollte mir vielleicht doch einmal die unbezahlte Mühe machen, aufzuschreiben, wie oft und wie lang wir während dieser drei Wochen auf diverse Toiletten rannten? Inklusive An- und Abreise.

Also tauschen wir kurzerhand die Straßenseite aus, um so zu unser beider allerliebsten Lieblingscafé Numero uno zu gelangen. Was wir, wenn wir ohne zwischendurch noch mal anhalten, in drei Minuten acht auch locker geschafft hätten. Doch erstens, es kam anders als ich, zweitens dachte.

»Ja! Genau das mache ich jetzt!«

»Echt? Bist du wahnsinnig? Ich dachte, du hast tierische Angst davor?« Es ging nicht ums Bungie-Springen.

»Tja! Letztes Jahr vielleicht, da hätte ich mir ja auch noch in die Kasper-Hose gemacht, aber heute, traue ich mich. Du bist ja dabei, was soll also schon groß passieren?«

»Dass du ohne Füße nach Hause kommst? Mehr nicht.« Ich hörte schon wieder ihren Traumprinzen davonreiten.

Wir also hineinspaziert in den wie geleckt sauberen und sterilen Laden, der ja eigentlich gar kein richtiges Geschäft war, weil es nichts zu kaufen gab, und wo auch gleich eine junge Donna auf uns zugeeilt kam. Sie fragte nicht etwa, was für ein geiles, hippes Tattoo Emelie gerne am rechten oder linken Fuß haben möchte. Nein, sie bot ihr nur einen Sitzplatz an und wusch ihr beide Füße, was auch dringend nötig gewesen war. Danach reichte sie Emelie noch ein

Handtuch und überließ sie ihrem ungewissen Schicksal.

»Hihi! Uh, wie das kitzelt! Bah, das musst du unbedingt mal machen, Fredy!«

Vielleicht sollten meine Füße, die sich doch erst wieder aufgerappelt haben, auch in ein Aquarium pflanzen, um mir von einem Schwarm wild gewordener Welse die Hornhaut und Hautschuppen wegfressen zu lassen, dachte ich etwas neidvoll zuschauend.

Wir zwei waren einem illustrem Kosmetikladen gelandet. Vollpediküre total - vom großen bis zum kleinen Zeh. Aber diese Pediküre wurde nicht etwa mit menschlichen Händen gemacht. Nein, von dutzenden niedlich aussehender Steinputzwelsen in einem Warmwasseraquarium.

Was für Glück für die gefräßigen Fische, dass der Wagen noch immer keine Anhängerkupplung besaß, sonst stünde schon bald ein Bassin mit italienischen Fußfresserwelsen in Luxemburg. Auf der Alles-drin-Terrasse, neben dem knallroten Maxi-Caravan, der ja bekanntlich schon im Mietpreis der Terrasse mit inbegriffen war.

Nur gut, dass meine schon volle Blase über einen kleinen Reservetank verfügte. So konnte ich noch durchhalten, bis Emelies Fische papp satt, bis hinter die Kiemen voll waren. Oder keinen Käse mehr sehen konnten.

*

»Karte?«, fragte unsere Freundin im Café. Sie meinte die Eiskarte. Emelie war heut nicht nach Früchten und Eis, und somit hatte ich auch keine große Lust drauf. Auf ein genial leckeres Rieseneis mit ganz viel bunt gemischten Früchten und einem riesigen Gipfel aus frisch gezapfter Sahne. Wäre doch jammerschade, wenn Emelies zwei Erdbeeren und die vier Blaubeeren übrig geblieben wären, weil ihr heute nicht danach war.

»Grazie mille! Nur einen Sprizz für den Spaßverderber neben mir, und meinen üblichen Cappuccino«, bestellte ich mit einer langer Miene. So, wie mich die Bedienung, deren Namen ich mir ums Verrecken nicht merken konnte, ansah, muss meine Miene eben länger als ein Erzbergwerk sein.

»Si, kommt sofort!« Kaum bestellt, war unser Zeug auch schon da. Auch die dazugehörige Schale Paprikachips. Am liebsten hätte Emelie die nagelneu geschuppten Füße direkt neben den orangefarbenen Sprizz auf den Tisch gelegt, um sie den Leuten auf der Terrasse des Eiscafés voller Stolz zu präsentieren, doch irgendetwas schien sie zu hindern. Ob es mein skeptischer Blick oder die Nagellackfarbe an ihren Zehen war, die sich mit dem Sprizz biss, keine Ahnung.

Die kleinen Zuckerpäckchen mit Sternzeichen darauf, die gelangweilt neben meinem Cappuccino lagen, versanken in meinem Minirucksack, den ich beim Bummeln stets um den Bauch trug. Ein Wimmerl, so nannte man diese kleinen Dinger, worin Geldbeutel, Zigaretten und das Handy Platz fanden, ohne dass es mir die linke Schulterhälfte vom Arm riss, wie es bei Emelies Handtasche gerne der Fall war. Ich brauchte dieses praktische Ding nicht über meine Schulter zu werfen, mit Aussicht auf chronische Arthrose, da ich es um den nicht vorhandenen Bauch schnallte.

Die Zucker waren rein als Reserve, für einen eventuellen Schwächeanfall gedacht. Er brachte mich zwar dann nicht ganz so schnell wieder auf die Beine wie Traubenzucker, hielt aber länger an. Bildete ich mir zumindest ein.

»Wer von uns ist heute fällig?« Bezahlen war angesagt. »Du oder …äh, du?« Ich Dödel erinnerte mich nicht mehr. Emelie zeigte sofort auf meine verwaschene Spendierhose. Die, der, das Short mit dem gelben Vogel drauf.

»Ich!« Ich zahlte auch gleich nach der Kloinspektion und hoffte, als ich aus dem Inneren des Cafés wieder rauskam, dass Emelie das große Plakat gleich neben der Eingangstür noch nicht entdeckt habe. Weil sie nichts darüber verlauten ließ, schien es ihr verborgen geblieben zu sein. Als auch sie sich zum Gehen bequemte, stellte ich mich gleich so derart geschickt vor ihr auf, dass sie das Poster nicht mehr sehen konnte. Es handelte sich dabei um ein buntes Werbeplakat von Emelies Lieblingsschinken, dem San Daniele, wo dies Wochenende das alljährliche Schinkenfest stattfindet.

Aber bitte ohne uns, so mein eigennütziger Gedanke. Die Kugel Eis to ganz entschleunigt go, die es meist nach dem leckeren Cappuccino gab, kaufte ich heute auch nur, damit sie mir beim Aussuchen der Sorte hilft. Ananas, so Emelies erstklassiger Vorschlag. Ganze zwei oder dreimal schleckte sie daran und nickte lobend, der Rest war mein.

»Ich muss noch ins Fischgeschäft«, platzte Emelie heraus und fragte mich auch gleich nach der aktuellen Uhrzeit, da der Fischladen schon um Zwölf Uhr schließen würde. Wir hatten aber noch locker Zeit. »Ich hab mich nämlich gerade entschieden«, grinste Emelie frech mich an, »heute Abend gibt es Hummer. Willst du eine Forelle, dann bringe ich sie dir mit. Du musst ja eh im Auto warten, weißt schon, wegen der blöden Parkuhr vor der Tür.«

Das mit dem draußen warten, machten wir meistens so. Emelie befreite fangfrische Fische aus der Gefangenschaft, ich wartete im Wagen. Mit laufendem Motor, jederzeit zur

Flucht bereit, falls doch unerwartet Carabinieri aufkreuzen sollten. Blödsinn! Das ordnungsgemäße Parken mit Ticket kostete nur einen winzigen Euro die volle Stunde, doch bei gerade mal zwei Minuten Parkzeit, war das dann doch eher ein sehr stolzer Preis.

Unser Supermarkt, den wir wegen hohem Wasserstand in Venedig gestern nicht mehr hatten ansteuern können, er lag direkt auf dem Rückweg zu *unserem Campingplatz*. Etwas Kleinkram huschte freiwillig ins Weidekörbchen. Frisches Gemüse, Jahrhunderte altes Mineralwasser und Hörnchen Crema im vorteilhaften Sechserpack.

Ich hatte mal wo gelesen, es dauert eine kleine Ewigkeit, Jahrhunderte, bis Wasser durch ein Felsengestein tropft und zu Mineralwasser wird. Ob's tatsächlich stimmt? Ich habe es noch nicht versucht, nachzukontrollieren. Wer hat schon mehrere hundert Jahre Urlaub. Mit meinem kleinen Spaten würde ich auch nicht weit kommen. Da bräuchte ich schon einen Steinbohrer. So einen, wie sie ihn auf den Ölfeldern von Texas benutzen, um mich so tief, bis zum Ursprung der Quelle, durchzubohren. Ich weiß auch nicht, ob die Quelle am Gardasee unter Naturschutz steht.

»So, hätten das wir auch geschafft, Emelie! Dann könnte ich mich doch bald auf mein rechtes Ohr legen«, dachte ich, total falsch natürlich, als wir gen Campingplatz fuhren.

»Bald, Fredy. Ich muss nur in den Delikatessenladen, bei uns in Pineda, dann habe ich alles, was ich brauche.«

»Gut, wie du meinst, aber da ich geh mit hinein.« Ich hob die Schultern, die alle beide schon ganz müde waren. »Die Tortelloni und Gnocchi muss ich mir anschauen.« Die Teig- und Kartoffeldinger waren dort nämlich nicht nur taufrisch, sie wurden auch von Meisterhand selbst gefertigt.

Als wir den Laden betraten, passierte genau das, was ich zuvor noch hatte listig verhindern können. Als Emelie ihr sehr gutes, nicht so ganz billiges Olivenöl und ihren durch nummerierten Balsamico di Modena derselben Preisklasse bezahlte, drückte ihr die Chefin einen was in die Hand? Ja, einen bunten Flyer. Scheiße!

»Die Wochend, große Fest von Schinken. In San Daniele. Müsse Sie gucke, müsse schauen. Wuuunderschön!«

Das Schlimmste war danach, Emelie hatte sich bis zum späten Abend nicht geäußert, was sie von dem Flyer halte. Weder irgendwie erfreut noch unlustig. Bange Stunden des Wartens kamen auf mich zu. Wie grausam!

*

Am Strand war es am Nachmittag lustig gewesen. Nicht nur für die dort rumtollende Kinderschar, die ihren Vätern und Müttern zeigten, wie man eine richtig geile Sandburg baut. Auch Emelie und ich hatten unser pures Vergnügen. Manchmal sogar so viel, dass wir uns am liebsten im Sand vergraben hätten, damit andere Urlauber unser Lästern und Lachen nicht mehr hätten hören können.

Nicht etwa, dass wir mit Absicht darauf gewartet hätten, bis ein Urlauber in ein Fettnäpfchen stieg oder sonstige Art auffiel. Wir waren nur immer zur rechten Zeit am richtigen Ort. Ob es nun eine Badenixe war, die durch einen billigen Turbo-Selbstbräuner aussah wie eine Squaw, oder ein Herr, der im Ernst meinte, er müsste die viel zu knappe Badehose und den dazu passenden Speckbauch bei einem Promenadenlauf am Strand präsentieren. Auch mit auf unserer Liste, breitschultrige Windsurfer, die bei totaler Flaute probierten, wie viel Meerwassersalz ein menschlicher Körper maximal verträgt. Sie taten das ihrige, damit es uns beim Sonnenbaden nicht langweilig wurde. Doch auch die anderen Gaffer am Strand hielten sich mit Kichern nicht zurück.

Da sich Emelie für den Hummer, ich mich aber gegen die Forelle entschieden hatte, mussten wir noch nicht ganz so früh aufbrechen. Die fitten Hüpftanten und -onkels hatten nämlich eben mit ihrem Fitnessprogramm begonnen. Ja, es gab tatsächlich auch Männer, die mitmachten. Sie und ihre Musik waren unsere zuverlässigsten Uhrzeitgeber. Das war für uns besonders dann wichtig, wenn wir am Abend grillen wollten, doch das war heute nicht der Fall. Dem Pfannen-Hummer blieb der Grill ebenso erspart wie meiner Penne mit der roten Fleischsoße.

Sie, die in der Nachmittagssonne gar fleißig springenden Freunde eines gesunden Körpers, gehörten zu den Leuten, über die wir uns noch nie lustig gemacht hatten. Naja, nicht so ganz richtig. Aber wir nickten respektvoll, wenn wir an ihnen vorbeihuschten. Einmal, ich wollte mich gerade über zwei Damen positiv auslassen, da ich deren Körperbau für solch sportliche Aktivitäten für nicht fähig gehalten hatte, war Emelie mir auf die Füße getreten. Zu Unrecht. Sie hatte gedacht, als Musik eben begonnen hatte, ich wolle über die tanzende Damenwelt lästern, was jedoch gar nicht der Fall gewesen war. Emelie entschuldigte sich dann nicht direkt. Ich hätte aber einmal auf den Fuß steigen gut. Was die zwei etwas stämmigen und weit über fünfzig Jahre alten Damen an tänzerischem Können abzogen, als wir an ihnen vorbeikamen, ich hätte keine zwei Minuten mitgehalten. Sonnenhut ab!

Nicht zurückhalten aber konnte ich mich bei den Leuten,

die an der mit Strohdach bedeckten Tahiti-Bar hockten und sich mit einem eiskalten Longdrink in den Händen das lose Maul zerrissen, wie blöd das Gehopse doch auszusehen sei. Ich hatte gleich einen passenden Kommentar auf Lager, sodass ihnen der Strohhalm quer im Hals steckten blieb.

»Irgendwann wirst du dir mal eine ordentliche einfangen, Fredy!«, ermahnte mich Emelie, als wir an der noch relativ wenig besuchten Strandbar vorbeiliefen.

»Ich musste doch eine dicke Lippe riskierten, Emelie, da sich der Idiot aufgeplustert hat, die Damen sollen nur dann tanzen, wenn er und seine Kumpels nicht an der Bar säßen. Wenn du nicht dabei gewesen wärst, hätte ich nicht nur gesagt, er hätte auch weniger Fett am Affenarsch, wenn er den ganzen Körper, nicht nur den Arm mit dem Longdrink in der Hand bewegen würde.«

Nichts gegen Leute, die an der Strandbar sitzen und sich ein Getränk ihrer Wahl gönnen. Egal ob Weizen, Wein oder Gin-Fizz, der Ton macht noch immer die Musik, aber bei Leuten mit solchen Misstöne, dass man sich ihrer schämen musste, bleibt einem doch gar nichts anderes übrig als den Mund aufzumachen. Ich muss aber auch sagen, es war das erste Mal, dass ich so eine Unverschämtheit mitbekommen hatte, seit ich nun auf Capalonga urlaube. Und dieser fiese Kerl war auch kein Stammgast, hatte nur ein Armbändchen für Besucher am Handgelenk gehabt.

»Ach, Hase. Bis der Knilch seinen Schwabbelhintern mal hochkriegt, hab ich mich längst dünn gemacht … hinter der Tür unseres Caravans, haha.«

»Noch dünner? Hihi!«

*

Nach unserem amüsanten Strandbesuch wurde geduscht. Getrennt natürlich. Dann war Emelie in der Caravan-Küche am grob herumwerkeln. Ich saß gemütlich auf der Terrasse und bereitete mich mental auf die Pasta mit Ragout vor, als ich einen markerschütternden Hilferuf von ihr wahrnahm.

»Kann mir mal jemand helfen?!«

»Ist es dir egal, wer dich rettet, Emelie?« Ich hatte schon zwei ganz bestimmte Herren im siebten Sinn. »Reicht es, wenn ich den Hausmeister oder Elektriker rufe. Vielleicht hat sich der eine inzwischen scheiden lassen! Oder soll ich dir lieber meinen Herrn Pfarrer rufen? Das kann dann aber ein bisschen dauern, bis der aus München kommt.«

»Depp! Ich meinte dich, du Arsch!«

»Dann sag's doch bitte auch so, Emelie!«

»Habe ich, oder sitzt sonst noch wer draußen faul herum, während ich hier mit um mein junges Leben kämpfe?«

Ihr Problem war lediglich darin bestanden, sie hatte eine Hand zu wenig, sich einen fischigen Suppenwürfel aus der Gewürzkiste zu greifen. Den Zauberwürfel brauchte sie für den Hummersud. Also erhob ich meine müden Knochen, um ihr solch ein Gewürzdingens in die Großraumpfanne zu werfen. Zum Dank dafür, durfte ich ihr sogar einen Kaffee einschenken, und nebenbei auch gleich mein Nudelwasser hinstellen, das Bologneser Soßenglas in einen Topf gießen, ohne Glas, und den Tisch auf der Terrasse dufte ich hübsch decken, weil es ja drinnen keinen Tisch gab. Und auch noch in den Campingplatz Supermarkt laufen, weil ich Seppl mir am Vormittag keine Penne gekauft hatte. Es war zwar noch eine Pfund-Packung Spaghetti numero cinque, die Nummer fünf dagewesen, doch die waren eben keine Original Penne

Rigate einundvierzig, die auf meiner Speisekarte stand.

Nach dem reichlichen, von uns sogar selbst fabrizierten ein-gängen Sternemenü, es waren bereits die ersten Sterne am Himmelszelt zu sehen, knobelten wir ohne Würfel aus, ob wir noch eine kleine Runde um *unseren Campingplatz* spazieren oder uns lieber von unserem Kochstress ausruhen sollten. Auf der Terrasse, damit sich deren Mietpreis auch so richtig lohnen würde. Wir gewannen beide. So blieben wir auf unseren vier … Wieso eigentlich vier? Unser Arsch hat fünf Buchstaben. Wir blieben dennoch sitzen. Hätte ich im Geringsten geahnt, was dort auf mich zukam, ich hätte Emelie unter irgendeinem Vorwand ins Dorf hinausgelockt. Neue Schuhe anschauen, oder so. Das hätte sie wenigstens auf andere Gedanken gebracht, anstatt in einer echten Kuhlederhandtasche herumzukramen, die noch geräumiger war als unsere riesige Terrasse.

»Schau doch mal, Fredy, was mir die charmante Chefin in *meinem Delikatessenladen* heute gegeben hat!« Emelie wedelte mit dem nett aufgemachten Flyer aus San Daniele. »Ich hatte schon den ganzen Nachmittag überlegt, ob wir nicht noch einmal hinfahren sollten. Es war wirklich schön gewesen, oder?«

Das war es, doch wenn ich an unsere armen Beine denke, war es dort auch arg beschwerlich gewesen. Zumindest der steile Aufstieg bis in das hoch oben gelegene Dorf, da alle Zufahrtsstraßen für weiße Autos mit schwarzem Dach und ohne Anhängerkupplung gesperrt waren.

»Und wann ungefähr genau wolltest du hinfahren, Kind? Ich hoffe, nicht ausgerechnet am Samstag.« Äh, wir hatten keinen Fernseher dabei, so hatte samstags auch nichts mit der italienischen Fußball Bundesliga zu tun. Trotzdem war meine schlaue Nachfrage nicht ganz unberechtigt.

Beim letzten Besuch in Daniele waren wir im Endlosstau gestanden. Die nur etwa achtzig Kilometer bis San Daniele wären wir zu Fuß schneller gewesen, als mit dem Wagen. Samstags war nämlich der An- und auch Abreisetag in den umliegenden Gebieten. Also von Rügen bis Sizilien. Und dann konnten wir auch hin kutschieren, wohin wir wollten, wir standen im Stau. Irgendwo in der Gegend herumstehen und Wurzeln schlagen. Länger als wegen Überschreitung das MHD's sauer gewordene Milch im Kühlschrank waren wir rumgestanden. Und langes Stehen, das schadete nicht nur arg empfindlichen Füßen, es schadet auch hauchdünnen Nervensträngen. Und den Blasen. Nicht den blutenden Blasen an Emelies Zehen, unseren Blasen im Bauch.

»Ich hatte nicht gesagt, dass ich dort unbedingt hin will, ich hatte nur mit meinen Gedanken gespielt, Fredy.«

So, so, sie hat also nur gespielt.

»Ach, hast du das, Hase? Mir wäre lieber, du würdest mit mir am Strand Boccia spielen, als mit deinen Gedanken.«

Da fängt der Hase doch einfach zu Lachen an. »Hihi. Und dann? Dann verlierst du wieder, mein Lieber, und nörgelst an mir herum, so wie jetzt. Aber mach dir mal keine Sorgen, ich werde dich jetzt beruhigen, ich will nicht hin. Nicht in diesem Urlaub. Außer ... du willst unbedingt hin!«

Ich überlegte chilischarf, zumindest tat ich grade so, doch Emelie durchschaute mich doch rascher, als ich die Klappe aufmachen konnte. War daran gelegen, dass ich beim überlegen meine armen Füßen anschaut hatte?

»Prima, Fredy! Ich hatte schon Bammel, du wollest mich

dazu überreden, jetzt doch hinzufahren. Aber da dem ja nun doch nicht so ist, kann ich morgen beruhigt rausgehen nach Pineda, in den Schuhladen. Da habe ich nämlich etwas ganz Tolles, etwas ganz Neues gesehen, was mir sicher eventuell stehen könnte.«

Mir stand auch schon was. Die Vorstellung, wo ich doch noch eine Anhängerkupplung herbekommen könnte. Oder wie ich die Rückbank von Emelies Auto ausbauen könnte. So würden wir zwar trotzdem keinen Platz für Terrasse und Caravan haben, aber für vier bis acht Paar neue Schuhe.

Sie meinte die schwarze Lederjacke, die in der Auslage, hing, als sie kürzlich nach den Öffnungszeiten schaute. Die habe es ihr angetan. Habe keine Ahnung, was ein Designer für so ein schwarzes Ledergerät mit ganz vielen praktischen Reißverschlüssen verlangt, aber wenn schon mal kein Preis dabeistand, dann dürfte es wohl nach obenhin keine Grenze geben, so mein Gedanke. »Sie ist auch gar nicht mal sooo teuer«, log sie mich an. »Seine Frau hat mir schon gesagt, du weißt doch, als wir unser Eis in der Hand hatten und ich nichts kaufen wollte. Sie meinte, sie würde mir auch einen Spitzenpreis machen.«

Na, sagte ich das nicht eben? Die Spitze ist immer oben, nicht nur bei Nähnadeln.

*

Der leuchtende Mond und die dazu passenden schillernden Sterne, die wohl gerade nichts Besseres zu tun hatten, spendeten uns ihre romantisches Außenbeleuchtung, damit wir uns noch ein Weilchen unterhalten konnten. Nicht über Emelies Schuhe und Lederjacken. Über den letzten Ausflug nach San Daniele, wo wir nur für die Hinfahrt allein schon mehr als zwei Stunden brauchten. Zwei, um vom Camping zur überfüllten Autobahn in Richtung Alpen zu kommen. Aber doch waren wir nach der Rückkehr hellauf begeistert gewesen, die strapaziöse Fahrt gemacht zu haben.

Erst war es steil bergan gegangen bis zum alten Dorfkern von San Daniele. Wir waren uns damals vorgekommen, als würden wir die Zugspitze und den Watzmann gleichzeitig besteigen. Geschwitzt und geschnauft hatten wir zumindest so. Emelie hatte natürlich die falschen Schuhe an für diese Bergtour, sodass ich sie hatte anschieben müssten wie eine bockige Mauleselin. Tja, liebe Wanderfreunde, wer rechnet bei einem Urlaub am Strand damit, sich Wadenkrämpfe zu holen. Wir hatten es nicht gedacht.

Doch schon das Anfangsbild des Dorfes entschädigte uns dafür. Die ganze Straße entlang, über unseren Hitzköpfen hingen x-zig Strohhüte, einer neben dem anderen. Überall waren Marktbuden gestanden, vollgepackt mit köstlichem Schinken, auch Käse und selbst gebrannten Schnäpsen aus der Region. Zwecks einer besseren Verdauung, sagten uns die schwörenden Hände, die uns einen kleinen Probebecher davon hatten reichen wollen. Wir hatte dankend abgelehnt. Auch selbst gemachte Marmeladen und Handarbeitszeug fanden wir auf dem zünftigen Dorffest vor.

Natürlich gönnten wir beide uns bald eine Schinkenplatte mit Grissini. Das waren lange italienische Gebäckstangen, die man hierzulande zum hauchdünn geschnittenen Schinken reichte. Mm, lecker!

In der Dorfkirche zündeten wir zwei Kerzen an, so wie in den meisten Kirchen und Kapellen, an denen wir vorbeikamen. Der Blick über die alte Dorfmauer am hinteren Ende, die einmalige Aussicht allein war die Reise wert gewesen.

Schade war nur, wir hatten die Führungen durch die sonst geheimen Räume der Schinkenhersteller verpasst. Was wir aber erleben durften, war die Gruppe Jugendlicher, die von einem landesweit bekannten italienischen Musicus dirigiert wurde, und die begabten Teens ihre Musikinstrumente mit heller Begeisterung bearbeiteten. Es war toll zu sehen, was der Nachwuchs noch so alles kann, wenn er nicht vor dem Spiele-PC oder Smartphon abhängt, tschillt.

Die erstklassige Profi-Band, die danach aufgetreten war, hatte nicht einmal mein Eisbein mehr ruhig stehengelassen. Das ganze Dorf hatte sich im Nu in einen riesigen Tanzsaal verwandelt. Stunden, Tage hätten wir zwei noch verweilen können. Doch wenn's am schönsten …

Ein kleines Souvenir musste noch mit, bevor wir uns auf den Heimweg gemacht hatten. So viel Zeit hatten wir uns noch genommen. Schinken und Bergkäse. Auch die lustige Stickvorlage, die wir im Schaufenster eines Wollgeschäftes gesehen hatten. Sie war zwar nicht auf Emelies Souvenir-liste gestanden, also hatte ich mich gefragt, als Emelie das Teil kaufte, wann sie Sticken wolle. Nicht, an welchem Tag, in welchem Jahr. Wenn ein im Urlaub gekauftes T-Shirt mit V-Ausschnitt es nicht schafft, nach einem Jahr ausgepackt zu werden, was passiert dann wohl mit einer Stickvorlage. Tja, was solls. Überglücklich, zufrieden und wohl genährt waren wir dann wieder auf Capalonga angekommen.

Die italienische Sonne hatte übrigens großes Mitleid mit uns gehabt an diesem unvergesslichen Tag. Sie strahlte nur unterhalb der Dreißiggradmarke. Neunundzwanzig acht.

*

»Wir sollten es dieses Jahr bleiben lassen«, wiederholte

Emelie sich. »Vielleicht in ein, zwei Jahren wieder, Fredy. Es gibt doch noch so vieles in der ganzen Gegend hier, was wir bisher noch nicht erforscht hatten. Und zudem, du bist mir noch etwas schuldig, wofür du deine Beine dringender brauchen wirst, als den Grande Monte di San Daniele«, sie meinte unseren Aufstieg ins Dorf Daniele, »noch einmal zu besteigen.« Ich wusste zuerst nicht recht, was sie mir damit andeuten wollte, doch als sie zum Fahrrad vor der Terrasse zeigte, begriff ich es. Tretboot fahren!

Emelie liebte es, wenn wir ganz weit hinaus strampelten, um verbittert gegen widerspenstige haushohe Wellen anzukämpfen, die uns partout nicht mehr ans Land zurücklassen wollten.

»Gut, ich bin dabei, Emelie! Morgen Nachmittag geht es raus aufs Meer. Aber nur, wenn es dann nicht wieder gar so stürmisch ist. Du erinnerst dich noch, wie der Besitzer vom Bootsverleih mit Händen und Füßen herumgewedelt hatte, weil der höllisch Angst gehabt hat, wir würden das Tretboot in Sizilien abliefern. Haha!«

»Ja, lach nur, Fredy. Aber morgen, da bist du fällig!«

## Kapitel 15

*Feen und Elfen*

Natürlich begrüßten Emelie und ich uns, sobald wir uns morgens über den Weg liefen. Na ja, meistens. Doch dann ging es oft so weiter.

»Du brauchst das Fahrrad nicht extra aufsperren, Fredy, ich gehe mit in die Bäckerei!«, rief Emelie mir drohend zu, als ich den Drahtesel eben startklar machen wollte.

»Du meinst wohl ins Dorf fahren, oder nicht? Ich könnte mich im Moment auch gar nicht daran erinnern, dass wir in den letzten Jahren nur ein einziges Mal zu Fuß reingelaufen waren, um uns die Frühstückssemmeln zu holen. Höchstens abends, wenn es dich noch in *deinen Schuhladen* oder uns in *unsere Pizzeria* getrieben hat. Aber nicht frühmorgens.« Hm, lag da etwa Emelies Sucht nach Eifer schon wieder in der italienischen Luft? »Und was willst du dort?«, fuhr ich fort. »*Meiner Bäckerin* auf den Ringfinger schauen? Oder hast du nur Angst, sie könnte dir die kleinste Olivensemmel eintüten, die sie im Laden hat?«

»Nein, du Kasper! Ich muss bloß in die Metzgerei, mein Schinken ist schon wieder alle. Die Marzano-Tomätchen auch. Bin aber bereits so gut wie halb fertig. Nicht, dass ich deinen Biorhythmus durcheinanderbringe, hihi.«

Und tatsächlich, ich war verblüfft. Keine hundertfünfzig Sekunden später stand Emelie schon am Wagen. Halbwegs frisch aufgebügelt und abgestriegelt. Aber selbst so konnte Emelie *unser Haus* … äh, die Terrasse jederzeit verlassen, ohne negativ aufzufallen. Sie sah nach dem Aufstehen nie aus wie eine alte Bruchbude, von der der Putz vom Vortag abbröckelte. Emelie sah stets aus wie ein niedriger Neubau, bei dem nur noch der letzte Schliff und die Höhe fehlten.

»Was ist denn, Fredy, du bist so hellgrün im Gesicht. Ist das meine Schuld, oder denkst du etwa schon ans Tretboot fahren heut Nachmittag? Hihi.«

»Nein, ich war nur seit ganzen drei Tagen nicht mehr auf dem Klo. Langsam wird's kritisch.«

»Hihi. Und ich dachte, du hättest zwanzig Kilo zugelegt, weil dein Ranzen immer dicker geworden ist. Ach, weißt du was, nimm doch eine meiner Zauberpillen, dann kannst du den Scheiß in ein paar Stunden vergessen. Aber wenn's geht, bevor wir ins Tretboot steigen. Diese Dinger haben nämlich kein Klo an Bord, hihi!«

Oh, wie lustig. Wäre ich mir nicht sicher, die letzten Tage keinen rohen Backziegelstein gegessen zu haben, ich hätte jetzt geschworen, mir läge einer im Bauch.

»Nein, Emelie, ich brauche keine Toilette auf dem Boot, ich nehme die Pille für danach. Nach dem Frühstück. Dann dauert es bis heute Nacht oder morgen Früh. Brauchst also gar nicht erst zu denken, ich möchte mich vor dem Tretboot fahren drücken.«

Das Schweigen des Osterlamms Emelie war nicht überhörbar, ihr bedröppelter Schafsblick nicht zu übersehen.

Ich hielt zuerst vor der Bäckerei an, da es dort noch keine gähnende Semmel-Anstehschlange gab. Nur eine Handvoll halbwegs ausgeschlafener Leute befand sich in dem Laden. Zum Teil Ortsansässige, der Rest war - definitiv Urlauber.

Italiener gehen nie um halb acht Uhr morgens in Bikini und Badehose einkaufen. Trotz der Bauchbeschwerden war ich dennoch zu Späßen aufgelegt. Daher bestellte ich auch, als wir dran waren, und Emelie mir eine Viererpackung Eier in die Hand drückte:

»Due Viennese, un …«

»Ach, keine Tartaruga heute?«, fragte die Bäckerin mich mit einem lächelnden und einem weinenden Auge.

»Nein, mein Schnuckelhase. Zwecks Artenschutzabkommen«, grinste ich gar schelmisch zur Lieblingsbäckerin, die gar keine Bäckerin, sondern die bezaubernde Verkäuferin dieser köstlichen Backwaren und stets zum Anbeißen war. »Ich muss leider auf die Wiener, Viennesen, zurückgreifen, Schnuckelchen, von denen gibt es laut Roter Liste mehr als Schildkröten.«

Artenschutz, das hat sie sicher schon mal gehört, war mir fast sicher. Schnuckelhase, diesen Ausdruck kannte sie seit einigen Jahren, auch wenn sie bis heute nicht recht wusste, was ein Schnuckelhase war. Zu welcher Karnickel-Familie er gehörte.

»Si, due Viennese«, versuchte ich es im zweiten Anlauf. »Un Olive! … von deinen Brioche, eines mit nix drin. Den Krapfen mit Crema lasse ich heute basta, dafür nehme ich die quattro uove ganz avanti mit. Für die Kaiserschmarren. Du, mein armes Schnuckelhäschchen, musst ja leider noch arbeiten, sonst könntest du gleich mit in die Tüte springen.« Der schnuckelige Hase lächelte mich an, als habe er mich verstanden. Hatte sie auch, zumindest was die Backwaren und die quattro, vier legefrischen Freilandeier betraf. Doch Emelie schien schon einen riesigen, einen Mordshunger zu haben, denn sie kriegte ihren Mund nicht mehr zu. Ob das Brummen aus ihrem Bauch oder von ihrer geballten Faust gekommen, war nicht schwer zu erraten.

»Schnuckelhase! Pah, was war das denn für eine kannibalistische Sprache? Suaheli mit Srilankelisch?«, fragte sie mich, als ich meine Handvoll Münzen losgeworden und wir raus zum wartenden Wagen getrottet waren. »Wenn du die Bestellung beim Metzger auch so idiotisch bringst, redest du dich um Kopf und Kragen, Freundchen!« Das konnte ich mir gut vorstellen, meine dicke Schweinsnase in der mit Würsten und Koteletts gefüllten Fleischtheke.

Doch damit es nicht so weit kommen konnte, redete ich ihn nicht mit Schnuckelhase an, Emelie aber auch nicht. Sie bestellte *ihren Schinken* und *meine Mortadella* in astreinem Italienisch, da unser nagelneuer Metzgermeister kein Wort tedesco, deutsch verstand. Was mein gar lustiges Hirn auch gleich abspeicherte, um den Makel bei Bedarf abzurufen.

»Na, Fredy, hast du zugehört? Genau so und nicht anders macht man das«, prahlte Emelie grinsend. Das konnte ich natürlich nicht auf mir sitzen, nicht mal hängen lassen.

»Ach, Emelie, wäre gerade der junge, der Sohn vom alten Metzger dagewesen, dann hätte ich bestellen müssen, weil du vor lauter stottern Hühnchen Leber und Schweindarm geordert hättest, statt Schinken und Mortadella.«

»Pah, du warst doch damals nur eifersüchtig, weil er mir immer die Tür aufgehalten hat, der Metzgersohn.«

»Es war nicht die Tür, Emelie, es war ein Moskitonetz, in dem der Dödel sich verfangen hatte, weil er wieder nur auf den Boden gestiert hat, anstatt dich anzuschauen. Auf den Knackarsch hat er dir erst gegafft, als wir wieder zum Auto gingen. Und, was hatte es dem Möchtegernadonis genutzt? Nix, weil Mutter Schlächterin ihn an seinen feuchten Ohren in den Laden zurückgeholt hat. Bis zum Campingplatz habe ich das laute Winseln gehört. Du hattest ja geglaubt, es war ein Spanferkel, das vor Todesangst gequiekt hat, weil es zur Schlachtbank, nicht zur Sparkasse musste. Wer weiß, vielleicht hat ihn die Mutter durch den Fleischwolf gedreht und zu Salsiccia verarbeitet, die ich am nächsten Abend auf den Grill warf. Der hatte dich auch nie mit Schnuckelhase oder Zuckermaus angeredet, der Depp!«

*

War denn heute wirklich schon wieder Freitag, fast zwei Wochen unseres Urlaubs rum? Kinder, wie schnell die Zeit verfliegt, grübele ich vor mich her, als Emelie mir eine ihrer winzig kleinen gelben Wunderpillen reichen will, ich aber den Mund partout nicht aufmache. Warum soll ich mir erst Mortadella, Salami und Asiago Käse in die Gedärme reinstopfen, dass ich das kostbare Gut dank deiner Pille ratzfatz wieder loswerde? Nix da. Heute Abend, sage ich mir, eher nimmst du die Abführpille nicht!

Ich blieb der strahlende Sieger. Emelie hatte es nach dem dritten Fehlversuch aufgegeben, mir das Dinges heimlich unter meine Mortadella zu schieben. Was sie nicht plötzlich alles aus dem Kühlschrank und dem Bad gebraucht hätte. Doch ich ließ mich nicht ablenken, ich kannte ihre billigen Tricks. Nicht mit mir! Zum Schluss schluckte sie das Ding selber runter. Profilaxe.

»Und was machen wir am Vormittag, Tretboot ist ja erst später dran«, fragte sie mich mit einer auf der Gabel aufgespießten Scheibe San Marzano Tomate. Sie hatte erst mich, dann zur Tomate geblickt.

Ich nahm mein schmieriges Käsemesser und ging sofort in Abwehrstellung. Wären die langerwarteten Tempelritter nun endlich einmal auf unserer Terrasse gelandet, nicht den Hauch einer Chance hätten sie gegen uns gehabt.

»Sag du mir einfach, was du unternehmen willst, Emelie, dann machen wir das auch. Bitte was Lustiges, mit gefräßigen Haifischen, die deine Füße auf Hochglanz bringen, das wäre toll. Nein, warte«, grinste ich listig. »Wie wäre es mit einem urgemütlichen Spaziergang zum … Faro? Ich mache alles mit, solang es nichts mit Schuhläden zu tun hat!«

Während Emelie eifrig überlegte, kicherten zwei kleine Mädchen bei ihrem ausgelassenen Spiel. In der Wiese, etwa fünfzig Meter von uns entfernt, trotzdem nicht zu überhören. Die größere war etwa vier Jahre, die kleinere Schwester zweieinhalb, drei. Die Kleinere trug eine Windel unter der mit hellrosa besetzten Rüschchen rosa Badehose. Wir mussten automatisch mitlachen, und sahen ihnen ab und an zu, da sie immer näher gekommen waren, um ihre Sandeimer mit Wasser zu befüllen. Der Wasserhahn dazu befand sich hinter dem Gebüsch, an unserer Grundstücksgrenze.

»Nein! Oh, mein Gott, die wird doch nicht etwa?« Emelie erstarrte zur sitzenden Salzsäule. Das ältere Mädchen hatte ihre Wasser-Pumpgun im Eimer gefüllt und der Kleinen in den Mund gesteckt. Um dann genau das zu tun, was Emelie schon befürchtet hatte. Die Große drückte tiefgefroren und eiskalt ab, ohne auch nur mit der Wimper zu zucken. Volles Kanonenrohr. Ihre kleine Schwester röchelte daraufhin so, als würde sie an Asthma leiden. Wir befürchteten, sie würde vor unseren geschockten Stielaugen ersticken. Meine sachkundige Krankenschwester, Schwester Oberin Emelie, reagierte umgehend und sprang blitzschnell auf. Umsonst. Der

Großvater der Mädchen kam herangeeilt und hämmerte der »Ertrinkenden« Enkelin auf den zierlichen Rücken. Als die nach einem weiteren Hustenanfall, laut zu kieken begann, es hätte unheimlichen Spaß gemacht, so wolle mehr davon, klärte der Opa die andere Enkelin auf, dass sie so was nicht tun dürfe, es könnte schlimme Folgen haben. Sollte ich mir auch eine Pump-Gun zuzulegen? Doppelläufig!

»Jetzt weiß ich, was wir heute Vormittag machen, Fredy.« Emelie hatte sich wieder gefangen. Sie hatte beim Zusehen der beiden hellblond gelockten Mädchen und dem bärtigen Großvater an himmlische Wesen denken müssen. »Wenn du Bock hast, wir könnten doch zu *unserem Feengeschäft* fahren. Mit dem Auto, nicht mit dem Tretboot.«

Für mystische, zauberhafte Feen und Elfen, übermenschliche Wesen und weiß der Teufel noch alles, war ich immer zu begeistern. Auch heute, auch wenn mir gerade eine echte Hexe gegenüber saß.

*

Den Feenladen, den Emelie gemeint hatte, fanden wir in Bibione. In der Viale Aurora, die am Abend zur Fußgängerzone umfunktioniert wurde. Sie wurde ab einer bestimmten Uhrzeit für den gesamten Autoverkehr gesperrt. Eine prima Sache! Der Laden lag sehr günstig für uns, genau zwischen unseren Lieblingscafés. In dem einem Café gab es Klos, im anderen sogar Toiletten. Mit dem Feen- und Elfenladen war es wie mit Venedig. Jedes Jahr ein Muss!

Wie eine düstere Grotte sah das Feen- und Elfengeschäft von innen aus, verbarg wahre Schätze in sich. Nicht nur die faszinierenden Feen, auch gar emsig arbeitende Zwerge mit roten Zipfelmützen und drollig aussehende Gnome gab es hier. Edel aussehende Schwerter und die magischen Stäbe eines weltberühmten Zauberlehrlings und dessen graubärtigem Meister. Auch Drachen, magische Amulette. Staunen und träumen!

Wir starrten ins Schaufenster wie kleine Kinder, die nur darauf warteten, eine der Feen würde jeden Moment anfangen, mit ihren hauchdünnen Flügeln zu schlagen und würde dann mit leisem surren davonschweben. Tat leider keine.

»la Fata & il Drago« stand über dem Schaufenster. Frei übersetzt: Die Fee und der Drache. Lasse deine Träume frei steht auf den Tüten, bei deren Anblick allein man schon ins Träumen gerät.

»Buongiorno, die Ladys, we are looking hier ein bisserl around your Store!«, erklärte ich den zwei Verkäuferinnen, die den Zauberlandladen mit echter Engelsgeduld führten, und Englisch nur sprachen. Sie nickten. Wir benötigten ihre Hilfe im Moment noch nicht, denn wir kannten uns bestens aus. Wir hatten auch jeder seine Lieblingsabteilung. Selbst hier gingen wir getrennte Wege, Emelie und ich.

Mich zog es sofort zu den Arbeitszwergen, die mit ihren roten Zipfelmützen echt putzig, lustig aussahen. Nicht nur, weil ihre Mützenspitze abknickt war. Emelie konnten Elfen begeistern. Heute wollte sie sich erst mal umsehen. Wegen eines Geschenks. Für mich? Iwo, für Luxemburg.

»Ich habe meinen schon, bin mir aber nicht sicher, ob ich nicht doch noch einen Zweiten nehmen soll. Kannst du mal gucken, Emelie?« Am liebsten hätte Emelie sich jetzt das magische Schwert geschnappt, das in Originalgröße an der Wand hing und hätte mich damit geköpft. Aus dem Handgelenk raus, so wie es echte Ritterinnen eben machen.

»Grr, ich war gerade am Schauen, Fredy! Zeig mal!«

»Darf leider nicht, Hase! Das Berühren mit den Händen ist verboten … steht da auf dem Schild.«

»Und, dann hebe ihn halt mit deiner Nase hoch, hihi. Oh, der ist ja putzig! Du, der passt auch genau zu den anderen Wichten, die du bereits Zuhause hast.«, klärte Emelie mich auf, da ich auf einen der Wichte zeigte. Der hatte eine bunt bekleckerte Farbpalette in seiner linken Hand, in der anderen einen gelben Pinsel. Staffelei und Leinwand lehnten an einem Baumstupf.

Zuhause hatte ich schon den Dichter und Denker, der auf einem großen Tellerpilz saß und dabei seine Beine baumeln ließ, und an einem endlos langen Liebesbrief rumkritzelte. Auch den Erfinderzwerg, der auf einem schiefen, abgebrochenen Baum herumlümmelt, im Geist an seiner nächsten genialen Erfindung tüftelte, während ein freches Eichhörnchen an seinem langen Schuh nagte, besaß ich schon. Dazu den Bücherfreund-Zwerg, der auf einem Stapel Schmöker sitzt und gespannt in einem packenden Buch liest.

Da wir uns damals vorgenommen hatten, stets nur einen der lustigen Zwerge, bezaubernden Feen und Elfen oder was auch immer zu kaufen, tat ich es auch. Obwohl Emelie meinte, ich solle den Arbeitszwerg, der an einem Brunnen Wasser hochkurbelt, und der mir ebenso gut gefiel, gleich mitnehmen, dann wäre der Kollege nicht so allein, während unserer langen Heimreise.

Emelie selbst blieb nicht so bescheiden, da bei ihr nicht der heilige Nikolaus, sondern nervige Geburtstage vor ihrer Haustür standen. Ihre Bekannten in Luxemburg hatten den Freudentag, nicht Emelie zweimal im Jahr Geburtstag. Da müsste Emelie doch inzwischen weit über … Jahre alt sein. Sie entschied sich für ein glänzendes, silbriges Amulett an einem Lederband und ein schimmerndes Schwert in Miniausführung. Beides wechselte schon bald den Eigentümer, im Austausch gegen Emelies Kreditkartengeheimnummer. Stolz wie Emelie und Fredy verließen wir, jede eine Tüte in der Hand, den Wunderlandladen, der einer Art Zauberland glich. Wir waren wir aber froh, dass es noch keine Filialen in Luxemburg oder München gab. Die wären unser Ruin.

*

»Und jetzt, Kaffee?«, fragte Emelie bestimmend.

Sie hatte im Laden die ganze Zeit über schon so komisch herumgezappelt. Ich dachte erst, sie würde mit einer dieser anmutigen Elfen tanzen. Doch bei einem Blick von mir zur Eulen-Uhr wusste ich, es wird allerhöchste Eisenbahn, ein Café samt der Toiletten aufzusuchen.

»Schaffst du es noch bis zum germanischen Café?«

»Wenn du mitläufst, statt mich vollzuquatschen, ja!«

Es folgte unser übliches Spielchen. Während Emelie eilig zur Toilette sprintete, bestellte ich Cappuccino und Sprizz Aperol. Anstatt der von mir erhofften Erdnüsse, brachte uns die Bedienung Paprikachips.

Fischgeschäft und Supermarkt folgten. Ein Riesen Glück hatten wir auch. Die gnadenlose Schranke von Capalonga stand noch genauso senkrecht wie eine Spargelstange.

*

»He, gehst du heute schon so früh dich schönpennen?«, fragte Emelie verwundert, da ich mich nach dem Espresso verabschiedete.

»Ja, muss wohl. Zuerst Tretboot fahren, dann am Abend auch noch grillen, ich muss fit sein, die Konkurrenz schläft nicht!« Sie lachte. »Brauchst gar nicht erst lachen. Komm du junger Hering, mal in mein Alter!«

»Ich lache doch nicht über dich, Fredy! Die Mittagssonne hat mich geblendet, mich praktisch dazu gezwungen.« Sie warf dabei die Hand scheinheilig vor die ungeschminkten Rehaugen und grinste frech weiter. »Bringst du bitte unsere Bocciakugeln mit an den Strand hinunter? Aber nur, wenn deine Muskeln im Schlaf genügend angewachsen sind, um sie so weit schleppen zu können, hihi.«

Frechdachs.» Aber si, signora, mach ich doch glatt. Aber dann wird dir dein blödes Grinsen vergehen. Kannst schon mal *unseren Strand* räumen lassen, dann haben wir mehr Platz. Muss doch nicht sein, dass genau dort ein Hitzkopf liegt, wo ich die rote Kugel hinwerfen möchte.«

»Hihi, du bist echt drollig, Fredymaus. Und wie bitte soll ich das anstellen? Soll ich vielleicht sagen, gleich kommt ein Depp mit mausgrauem Käppi und Bocciakugeln, keiner darf den Strand betreten?« Emelie hatte mit dem Depp ganz klar mich, keinen Piraten oder Hollywoodstar gemeint.

»Du brauchst doch nur ganz laut zu plärren, in der Stadt gäbe es heut Nachmittag Freibier und gratis Sprizz. Und für die Sprosse Eis für lau, schon ist der Adriastrand schneller leer, als ich mich starkschlafen kann. Haha.«

*

Emelie hatte es natürlich nicht mal annähernd geschafft, *unseren Strand* zu leeren, wie ich beim Nachkommen feststellen musste. Nachkommen? Das hörte sich ja grad so an, als hätte ich im Mittagsschlaf ein Kind gekriegt.

Das Gegenteil war dann der Fall gewesen. Es tummelten sich heute noch mehr Leute am Strand als sonst. Ich war so derart verzweifelt, dass ich gleich mal ins Wasser ging. Was aber auch mit der Bullenhitze heute zu tun hatte.

Die Kugeln blieben nach meinem Bad in den Körbchen. Wir in unseren Liegestühlen, die nicht im Schatten, sondern in der prallen Sonne standen. Nach kurzer Zeit musste ich Emelie mein T-Shirt leihen. Ihr Ausschnitt, das Dekolleté zeigte schon Alarmstufe Rot an. Zu meinem Glück gehörte ich zu jenen Menschen, die nur am ersten Sonnenbadetag einen Brand bekamen, danach nur noch braun wurden.

»Jetzt wäre das Meer gerade schön friedlich, Fredy.« Das war der Startschuss für unsere Bootsfahrt, kaum dass ich ihr das T-Shirt über die Vorderfront geworfen hatte.

Wir mieteten uns ein Boot mit vier Tretpedalen. Für eine halbe Stunde. Die reichte völlig, da die Sonne noch beinahe senkrecht stand. Zum Schutz setzten wir unsere Käppis auf und strampelten einfach so drauflos. So lang, bis Menschen und Sandburgen am Strand klein wie Ameisen wurden. War aber auch gut möglich, dass es tatsächlich Ameisen waren. Wir waren nämlich kaum vom Fleck gekommen. Und erst als Emelie mich zusammenschiss, ich sollte bitte so gnädig sein und auch treten, gelang die Tretfahrt hinaus aufs offene Meer. Doch wie weit wir auch hinausstrampelten, uns kam kein blasenden Wal, ein gefräßiger Schwarzflossenhai oder ein schmieriger Riesenkrake vor den Bug.

Das Tretboot gaben wir zwar pünktlich zurück, unsere Wadenkrämpfe, die mussten wir behalten. Als Souvenir.

*

Es war schon nach sieben Uhr, als Emelie im Caravan ein

mir unbekanntes Lied vor sich her summte und dabei ihre letzten Vorbereitungen fürs Abendessen erledigte. Ich stand draußen am Kugelgrill und spielte mich dort mit der Kohle. Nicht mit der Kohle, dem Geld für die Frühstückssemmeln, mit der schwarzen Grillkohle. Sie kam zwar langsam, aber immerhin, sie kam. Und sie wurde auch heiß, ohne dass ich einen ganzen Pinienwald zum Anfeuern vernichtet habe.

Unsere Fische hatte ich zuvor schon ausgenommen und gewaschen, da die liebe Emelie wieder mal vergessen hatte, die ekligen Innereien im Fischladen zurückzulassen. Wenn man beim Einkaufen nicht extra dazusagte, man wolle die Fische ausgenommen haben, blieb die scheiß Arbeit an mir und meinen Fingern kleben. Vor allem beim Schuppen. Was mir aber nicht viel ausmachte bei niedlichen Lachsforellen und Doraden. Bei den winzig kleinen Sardinen jedoch, die sich Emelie manchmal einbildete, da war das Ausnehmen dann eher lästig. Kaum hatte ich eine Sardine der Hand, flutschten sie mir schon wieder davon. Denn die Gedärme, mit zwei bloßen Augen, nicht einmal mit frisch operierten, kaum sichtbar, die musste ich unbedingt rausnehmen, sonst hätte Emelie sie nicht gegessen. Es half auch nichts, Emelie zu erklären, das glühende Grillfeuer würde die Eingeweide mikroskopisch klein zusammenschrumpfen.

»Warum erstickst du dein Feuer mit dem Adriasand, den du vor aller Leuten Stielaugen gemopst hattest, Fredy? Die Fische lagen doch noch nicht mal auf dem Grill.«

Emelie stand in der Caravantür und trocknete ihre Hände, als ich eben eine Prise von meinem stibitzten Strandsand in das noch relativ schwache Grillfeuer streute wie Salz über mein Sonntagsei. »Ich ersticke das Feuer nicht, Emelie, ich teste es!«

»Wozu mit Sand, steck doch einfach deinen Finger in den Grill, das mach ich beim Nudelwasser auch immer. Hihi.« War sie nicht drollig, meine Emelie? Nein, nicht meine, nur Emelie!

»So, jetzt pass du mal gut Obacht, Süße«, begann ich nun wie ein Oberlehrer daherzureden. »Ich habe hier zwei Kilo an astreinem Adriasand zu meinen Plattfüßen liegen. Aus dem ich dir jetzt etwas ganz Tolles, noch nie Dagewesenes, zaubern werde. Wie du sicher weißt … äh? Wie man weiß, ergeben Sand und extreme Hitze durchsichtiges Glas. Aber das wussten ja nicht nur unsere Omas schon, auch die alten Ägypter, Chinesen und Inuit. Damals, als alles noch viel durchsichtiger, glasiger war. Selbst wenn es damals weder Kugelgrill noch Schmelzofen und Grillkohle gegeben hat, um an reines Glas zukommen. Man hat nur warten müssen, bis in Griechenland ein Blitz einschlug, schon hatte Aphrodite ihre kleinen Glasfläschchen, in denen sie Parfüm und cremigen Badeschaum aufbewahrte. Das Beste daran, die Glasflaschen waren damals noch ohne Pfandgeld gewesen. Das Glas war zwar noch nicht für den Fensterbau geeignet, machte es aber nix, weil Höhlen und Säulenpaläste ja keine Fenster gehabt haben. Die dünnen Glasstangen vom Blitzeinschlag, die aussahen wie Zapfen in der Tropfsteinhöhle, haben sie dann hergenommen, um ihren Christbaum …«

»Glaubst du, die Fische landen noch vor Weihnachten auf dem Grill, Fredy? Sonst friere ich sie nämlich ein und lasse mir den Pizza-Italiener oder einen Tofu-Chinesen kommen. Besser, ich rufe den Chinesen an. Der kann dir ja, wenn der mir eine Won-Ton-Suppe gebracht hat, beim Glas machen helfen. Den Italiener, behalte ich mir selbst, hihi!«

»Jaja, lach nur, Emelie, es wird dir aber gleich gründlich

vergehen. In wenigen Sekunden, da werd ich nämlich einen Schmetterling aus der Glut herauszaubern.« Emelie bekam große Augen. »Das Anmalen musst du aber selber machen. Du hast doch Nagellack in deinem Schminkkoffer, oder?«

Selbstgemachtes Adriasand-Glas. Das sollte mir erst mal einer nachmachen! Denkste! Wie schön wäre das gewesen. Natürlich musste mein Experiment in die Badehose gehen. Emelie kam dann kaum noch zum Essen vor lauter kichern und mich aufzuziehen wie eine Spieluhr. Die Fische waren zwar vom Fleisch her nicht mehr ganz so glasig wie bei wie einem drei Sternkoch, dafür glänzten sie, als hätte ich sie beim Grillen mit einem durchsichtig schimmerndem Lack überzogen.

Das mit dem Sand und dem einschlagenden Blitzen, hatte ich irgendwo gelesen. Ich weiß nur nicht mehr genau, ob es in einem Comic oder im Münchner Telefonbuch gewesen war. Könnte aber auch in dem alten chinesischen Kochbuch für Glasnudel-Gerichte gewesen sein.

# Kapitel 16

*Im Streichelzoo*

Ach, wie war das herrlich. Die Vögel zwitscherten schon um halb fünf und der sanfte Südwind wehte mir lauwarm ums unempfindliche Näschen. Der Rest der Welt träumte noch - dem Himmel sei Dank. Ich dachte an den Rest der Campingwelt. Hauptsächlich aber an Emelie. Es war aber auch nicht jeder so blöd wie ich und stand im Urlaub schon um halb fünf Uhr morgens vor dem Maxi-Caravan »Z9«. Auf der grünen Schuhputzmatte. Ich normalerweise ja auch nicht. Meist war es erst um dreiviertel fünf oder schon kurz vor fünf. Doch heute brauchte ich diese paar Minuten eher Aufstehen unbedingt. Ich hatte mir gestern Abend noch was vorgenommen, von dem Emelie nix wusste. Ich wollte zu *unserer Muschelbucht* radeln, die natürlich im Gesamtpreis *unserer Veranda* mit drin war. Zumindest den größten Teil meines Weges wollte, besser, konnte ich mir dem Fahrrad fahren. Den Rest meines Weges, der mich durch lockeren Sandstrand hinter zur Muschelbucht führte, mit schmalen Fahrradreifen bewältigen, null Chance.

Einen leeren Joghurtbecher mit Deckel, den ich für meine geheime Mission benötigte, hatte ich bereits in der Grilltüte versteckt, da schaute Emelie nämlich nie hinein. Ich schlich leise in den Caravan hinein, um mir den ausgewaschenen Becher und zwei breite Gummis zu holen. Keine Haargummis, die hätte Emelie sofort vermisst. Sie träumte noch von ihrem Prinzen, das konnte ich nicht nur durch den flüchtigen Blick in ihr Schlafzimmertür sehen, auch hören. Somit war von der Seite her auch nicht mit bösen Überraschungen zu rechnen. Den Fahrradschlüssel nahm ich ebenso lautlos vom Haken, wie danach die Tür hinter mir ins Schloss fiel. Ich hatte die beiden Scharnier gestern Abend mit Olivenöl eingeschmiert. Zur Emelie hatte ich gesagt, als ich die Tür aus den Angeln gehoben hatte, ich wolle testen, wie es sich bei offener Tür schläft. Sie hatte es mir nicht geglaubt.

Kämpferisch und bewaffnet mit allem, was ich für meine Mission so brauchte, zog ich los. Die ersten hundert Meter schob ich den Drahtesel noch. Als ich weit genug weg war, sprang ich auf. Sehr drauf bedacht keinen unnötigen Lärm zu machen, andere Leute schliefen ja noch, fuhr ich bis zum letztmöglichen Zugang zum Strand. Danach schob das Rad durch den knirschenden Sand und fesselte es an einen der Fahnenmasten, dessen eigentliche Aufgabe darin bestand, den Urlaubern mit wehender Fahne mitzuteilen, ob sie eben ins Meer hineingehen dürfen oder vorsichtig sein müssen, da Ebbe oder hohe Wellen beim Baden gefährlich werden können. Den Rest meines Weges musste ich zu Fuß laufen, aber nicht ohne mir zuvor Schuhe und Socken auszuziehen. Die beiden Beine meiner saubequemen Italia-Jogginghose krempelte ich hoch und fixierte sie mit den zwei Gummis, so konnten sie nicht ständig runterrutschten.

Was ich danach tat, als ich die Muschelbucht nach einem kurzen Marsch erreicht hatte, war nicht ganz ungefährlich. Die Ebbe, die bereits eingesetzt hatte, war noch nicht ganz fertig damit, alles, was nicht festgetackert und instabil oder stark war wie ein starker Kühlschrankmagnet aus Venedig, ins weite offene Meer hinauszusaugen, so. Zudem lag mein Jagdrevier genau in der Einflugschneise zum Jachthafen. Es war zwar, um diese frühe Uhrzeit nicht mit allzu regem Schiffsverkehr zu rechnen, doch der breite Canal di Pineda, so mein poetischer Name, hatte eine persönliche, ureigene Strömung. Ich durfte somit seine Tücken und Macken nicht unterschätzen. Höchste Lebensgefahr!

Moment! War denn Pinedas schmucker Jachthafen zuvor nicht noch auf der ganz anderen Seite der Bucht gelegen? Ja, stimmt, aber Camping Capalonga und unser Sandstrand lagen so beieinander, dass man von der Meeresseite aus um die spitzig zulaufende Bucht laufen konnte, ohne den Campingplatz zu verlassen.

»Buongiorno!«, begrüßte ich Einheimische und Camper, die mich zum Teil kannten, da auch Frühaufsteher. Und die dasselbe vorhatten wie ich. Muscheln suchen. Nur mit dem kleinen Unterschied, dass die Italiener gefüllte, also essbare Muscheln suchten, ich und die anderen Urlauber hingegen nur solche, die nur zur Dekoration dienen sollen.

Ich hatte bestimmt ziemlich doof ausgesehen, als ich mit dem Joghurtbecher in der Hand und den hochgekrempelten Hosenbeinen im Meer stand, doch das war mir so was von wurscht gewesen. Die Frühaufsteher um mich herum sahen auch nicht aus, als wollten sie in eine Aida Aufführung oder auf die goldenen Hochzeit des Figaro gehen. Uns Muschelsammlern kam es, neben dem Spaß im tiefen Schlammboden rumzuwühlen, auf den Fang, nicht auf das Outfit an.

Wem dies natürlich ganz und gar nicht gefiel, dass ich mit einem kurzen Stock, den ich unterwegs aufgabelte, den sandigen Boden ewig aufwühlte, waren die vielen Krebse. Die fühlten sich in ihrer jetzt noch andauernden Nachtruhe gestört. Entweder sie nahmen daraufhin freiwillig, grimmig dreinschauend, Reißaus oder sie verbuddelten sich an einer anderen, aber nahen Stelle, gleich wieder im butterweichen Meeresboden. Was sich gar nicht mehr groß rentierte, denn die ganz langsam aufgehende Morgensonne nahm mir die Arbeit ab, die kneifenden Meeresbewohner aufzuwecken.

Nach einer dreiviertel Stunde hatte ich die Nase voll. An Muscheln und im Wasser rumstehen. Ich wollte auch nicht, dass meine Füße aussehen wie die einer alten Ente, bei der die Schwimmhäute fast genauso viele Falten schmeißen als Emelies brandneues Sommerkleid. Blümchenmuster! Also drückte ich den Deckel auf den Sammelbecher und schaute dabei sehnsüchtig auf das weite Meer hinaus.

Warum bist du nicht Schiffskoch geworden, so wie es dir deine Eltern geraten hatten? Du hattest doch ständig in den Töpfen und Schüsseln herumgerührt wie ein Meisterkoch, und das gar nicht mal so schlecht, dachte ich bei mir. Auch dachte ich an die alte Donna an *meinem Faro*. Dabei fielen mir die ersten zwei Zeilen für mein heutiges Gedicht ein.

*

Meinen beachtlichen Muschelfang breitete ich dann auf unserer neuen Erbeertischdecke aus. Manche sahen aus wie antike Ölfackeln. Andere waren spiralförmig, liefen nach obenhin spitz zu. Und wieder andere sahen aus wie … Muscheln. Innen arschglatt schimmernd, wie weißer Perlmutt. Wie Emelies Venusmuscheln. Viele waren gleich und doch waren sie einzigartig.

Emelie und ich, wir schimmerten zwar nicht ganz so toll, weder nach innen noch nach außen, und dennoch waren wir auch zwei sehenswerte Unikate.

Ich war gespannt wie ein Sonnenschirm, was für Augen sie machen wird, denn Emelie schlief noch fest, hatte mein heimliches Verschwinden nicht mitbekommen. Somit hatte ich die Zeit, um am heutigen Gedicht weiterzudenken, und es aufzuschreiben. Ich malte aber nie rote Herzchen darauf. Ein buongiorno, Mojen oder guten Morgen als Überschrift, eines davon reichte für Emelie.

Wie war mein Gedicht jetzt gleich wieder losgegangen? Verdammt, da brauchst du mal dein Spatzenhirn und wo ist es? Überall, nur nicht im dämlichen Dichterschädel. Oder vielleicht doch? Doch, eigentlich schon, nur nicht ganz bei der Sache war es.

Ich benutzte einen uralten Trick, der bereits so alt war wie ich selbst. Also uralt. Ich stellte mir einfach vor, ich würde jetzt wieder dort sein, wo ich zuvor gewesen war, als mir die ersten Zeilen eingefallen waren. Ich würde mit hochgekrempelten Beinen im Meer stehen und würde mich fragen, warum ich nicht Schiffskoch wurde. Zack, schon waren die ersten drei Worte wieder da.

Ich schnippte mit zwei Fingern und schon lagen der rosa Klebeblock und ein Schreiber vor mir. Ohne Zauberspruch oder magisches Hexenpulver dafür zu brauchen. Das war auch so ein uralter Trick von mir. Was du am Abend nicht vom Tisch wegräumst, liegt am nächsten Morgen noch da, wo du es hast liegenlassen. Das Ganze klappt übrigens auch mit Socken, Kaffeetassen und Lebkuchen. Aber nur, wenn du einen Singlehaushalt führst.

*Sanfte; warme Wellen, weich wie deine zarte Haut,*

*umschließen meinen Körper, alles so vertraut.*

*Wünschte, es wäre deine Hand, die mich berührt,*

*hab es nie so stark empfunden, nie so fest gespürt.*

*Kann den leisen Atem spüren, deine Gedanken hörn,*

*du bist ganz nah bei mir, und doch unendlich fern.*

*Gibt es das in echt, das Leben voll von Sinnlichkeit,*

*wird der Traum vom Traum für uns je Wirklichkeit?*

*Erzähl es mit süßen Worten, mit einem lieben Kuss,*

*damit mein Herz nun nicht mehr lange warten muss!*

Na also, ging doch noch. Eigentlich hätte es das Gedicht für Emelies Frühstückstisch werden sollen, doch nun war es eben eins geworden, das an die sehnsüchtigen Gedanken eines einsamen Seemannes erinnert, als an frischgebrühten Kaffee und deftige Schinken- und Marmeladesemmeln. Es passte wohl besser zu einem über alle sieben der Weltmeere gereisten Seebären, welcher den eigenen Hafen bisher noch nicht fand. Aber auch Emelie und ich hatten unsere Häfen noch nicht gefunden. Unsere Herzen schipperten auch noch über das weite Meer. Außer, wenn wir gerade beim Metzger oder der Bäckerin waren.

Bis zur Dusche hatte ich es dann noch geschafft, doch als ich blitzsauber, auch hinter den Ohren, wieder zurück kam, saß Emelie schon auf der Terrasse. In der linken Hand ihren dampfenden Kaffeebecher, mit der anderen drehte sie eine Muschel im Sonnenlicht und nickte.

»Sehr schön, Fredy. Auch das Liebesgedicht, das eher in die nahegelegene Bäckerei, als auf die Terrasse eines roten Caravans gehören dürfte. Oder irre ich mich da?«

Wie sie mich dabei ansah - ohne mich anzusehen!

Dass das Gedicht nicht für sie allein bestimmt war, so wie die meisten anderen auch, die ich bisher gereimt hatte, das mokierte sie sofort. Dass es aber überhaupt nichts mit einer Frau hinter der Bäckertheke zu tun hatte, sie wollte es mir partout nicht glauben. Ich glaubte es ja selbst kaum.

»Warum hattest du mich nicht geweckt?«, fuhr sie barsch fort, als sie gerade eine kleinere Muschel prüfte. »Du weißt doch, wie gerne ich an der Muschelbucht bin.«

Die ist bestimmt noch nicht richtig wach, urteilte ich.

»Ich soll einen Morgenmuffel um halb fünf Uhr aus den Federn schmeißen, Hase?« Den Hasen benutzte ich gern da Emelie öfters mit einer knackigen Karotte im Mund in der Küche stand und damit auch so aussah, wie ein Karnickel. »Du glaubst doch selbst nicht, dass du um diese Zeit ... Wie nanntest du diese Zeit neulich, als dir dein Handyanbieter eine Nachricht schickte, er hätte einen supergeilen Toppta-rif anzubieten, aber nur für gutgelaunte Frühaufsteher. Um genau eben diese Zeit. Halb fünf Uhr nachts! Das geht mir übrigens bis heute noch nicht ein, wie die ausgerechnet auf dich kamen, Hase. Top-Tarif für gutgelaunte Frühaufsteher. Haha! Ach ja, jetzt fällt es mir wieder ein. Teuflische Zeit, weil dein Handyanbieter für immer und ewig und drei Tage in der Höllenglut schmoren soll, hast du gemeint, als du das Handy wütend in eine Ecke gepfeffert hattest. Für den Rest deiner Kartenvertragszeit, soll er in der Hölle braten.«

Das tiefe Grollen, das ich nun wahrnahm, kam nicht von einem herannahenden Gewitter, so versuchte ich rasch, auf Schönwetter zu machen. »Na gut, liebste Emelie, wenn ich das nächste Mal zur Bucht gehe, werde an dich denken und dich wecken. Aber wehe, du wirfst deinen Läppi nach mir, weil ich dich so früh aufgeweckt habe.«

»Spinnst du jetzt total, Fredy? Bist jetzt ganz weich in der Birne? Kann doch mein Läppi nix für! Wenn schon, dann nehme ich einen Schuh ohne Absatz, davon habe ich stets genug in Reichweite rumliegen. Der geht auch nicht kaputt, bei deinem Weichholzkopf, hihi! Es reicht doch auch, wenn wir erst gegen halb sieben oder sieben zum Muschelsuchen aufbrechen. Oder hast du etwa Angst, man könnte dich mit hochgestülpter Hose sehen? Hihi.«

Emelie wusste genau worüber sie plapperte, denn sie war tatsächlich schon mal mit mir an der Bucht. Um fünf Uhr! Wusste so über die Maskerade mit den Gummis Bescheid. Nur gut, dass sie sich damals nicht getraut hatte ihr Handy mit ans Meer zunehmen, um uns beim Suchen zu knipsen, sonst wäre bald darauf in ganz Luxemburg und in München ein Riesenposter von einem arg dummdämlich dreinschauenden Muschelsucher mit hochgezogenen Hosen und zwei dürren Storchenbeinen an allen Litfaßsäulen geklebt, oder wäre sogar als Kurzfilm im Kino in Cannes gelaufen.

»Gut, wie du meinst, Hase, um sieben Uhr. Für mich kein Problem, wenn du auf die Frühstückssemmel verzichtest. Auf deinen Fischmann natürlich auch.« Ich wusste bis dato nicht, wie weit sie die Backen aufblähen konnte. Ich dachte, bei der Größe einer Bowlingkugel wäre Schluss, aber in ihr schlummerten noch ungeahnte Reserven.

»Bah!«, blies sie mir einen Tornado aus warm fauchender Luft ins Gesicht. Fast wäre ich darin erstickt. »Einigen wir uns auf Nachmittag, wenn du mit dem … hihi, Schönheitsschlaf fertig bist. Da ist es eh schöner an der Muschelbucht. Du musst mich bloß daran erinnern, dass ich mir ein Tuch mitnehme.«

»Für was? Willst du in der Bucht das Geschirr spülen?«

»Idiot, für die Schultern natürlich, sonst brennt es mir die Haut wieder bis auf das rohe Fleisch auf. Hatte ganz schön wehgetan das letzte Mal!«

Selber schuld, wenn man nicht auf mich hört.

Wir waren uns so was von einig. Zumindest sagte sie es, also waren wir es auch. Worüber wir uns gemeinsam einig waren? Unser Ausflug nach San Daniele war nun endgültig gestrichen. Nun grübelten wir beim ausgiebigen Frühstück, was wir stattdessen tun könnten, an dem noch blutjungen und so herrlichen Tag.

*

Triest, die schöne, herrlich an der Adria gelegene Stadt, wäre auch mal wieder reif für eine Besichtigung, doch wir wollten ja eigentlich auf der Groschenbremse bleiben. Uns ein paar Goldreserven für Südtirol aufheben. Was uns durch den letzten Triest Besuch uns leider nicht so ganz gelungen war. Wir waren wirklich toll gesessen an der Hafenpromenade. Die mit Fisch überladene Grillplatte und die diversen Beilagen hatte einmalig und gut gemundet, doch dass uns das beinah das Benzin- und Mautgeld für unsere Heimreise gekostet hatte, war nicht so delikat gewesen. Nachdem wir den herzinfarktgleichen Schock, den wir beide erlitten, als uns der Ober die stark überwürzte Rechnung präsentierte, hatten wir uns für den Fall eines nochmaligen Besuchs vorgenommen, wir werden uns bereits auf Capalonga eine deftige Brotzeit einpacken. Lebkuchen und Karotten.

Salz, Pfeffer und Chili, die waren wie das berühmte Haar in der Suppe gewesen, so gut gewürzt war die Rechnung.

*

Venedig hatten wir schon. San Daniele wollten wir nicht. Portogruaro passte uns auch nicht so wirklich in den Kram.

Kein Markttag heute. O, wie war das langweilig!

Wir wollten irgendetwas unternehmen, aber was? Etwas, wo man nicht stundenlang im Stau stand. Zwar kannte ich allerhand Abkürzungen, durch die wir auch meist sehr viel zum Ansehen und Bestaunen geboten bekamen, doch selbst da musste man erst mal hinkommen, ohne im Gänsemarsch und Schritttempo voranzukommen.

Auch wenn Emelie über meine Geheimstraßen nörgelte, später war sie dann doch noch total begeistert über das, was wir erlebt hatten. So begeistert, dass sie es dem weltweiten Netz mitteilen musste.

Ich war schon immer der Meinung: Lieber alte Kirchen, Weingüter und neue Pizzerien im Vorbeifahren entdecken, als seinem Vordermann in den stinkenden Auspuff oder der Nebenfrau ins grimmige Gesicht zu schauen.

So wie einst, als wir nach *unserem Venezia* fuhren. Nicht wie gewohnt ins komfortable Parkhaus, das geradewegs in der Stadt lag. Nein, zum Hafen außerhalb, von dem aus wir mit einem Schiff bis nach San Marco schipperten. Gerade noch mit der allerletzten Welle hatten wir das Boot damals nach drüben noch erreicht, da zig Baustellen und der fleißig rumstehende Berufsverkehr uns das Leben schwermachten. Wir hatten aber noch eine viel lustigere Fahrt, die Venedig noch um so einiges getoppt hatte. Was ich leider zugeben muss, allein meine Schuld gewesen war.

Es war unsere Heimreise gewesen, die wir nicht auf dem normalen Weg, sondern über unzählig vielen Landstraßen verteilt angetreten waren. Ich hatte die Straßennummer und Abzweigungen im Autoatlas herausgesucht. Nach meinen perfekten, haargenauen Berechnungen hätten wir schon in dreieinhalb Stunden am Gardasee sein müssen. Wir wollten uns da das malerisch am See gelegene Malcesine ansehen, das ich bereits kannte, Emelie nicht.

Die Strecke wäre auch total in Ordnung gewesen, wären wir sie an dem Tag nicht mit dem falschen Wagen gefahren, dem Vorgänger von Emelies heutigem Auto.

Der Weg über die diversen Landstraßen, so schien es, war immer länger, statt kürzer geworden. Ganze sechs Stunden waren wir durch Italiens Pampa gefahren. In der Zeit wären wir locker über Salzburg bis nach München gefahren, und hätten uns am Ziel sogar noch eine Pizza beim Münchner Lieblingsitaliener gönnen können. Wir hätten aber auch bis nach Rom fahren können, um dort seiner Heiligkeit einen Besuch abzustatten. Das hatten wir jedoch, Gott sei Dank, wie passend, doch nicht gemacht, sonst hätte sich Emelie im Vatikan über die Glocken meines Pfarrers beschwert!

Wir bescheuerten Supertouristen hatten uns ja unbedingt eingebildet, über den Gardasee nach Hause zu fahren, statt auf den Wetterbericht, den italienischen Verkehrsfunk und unser schon vorher betrübtes Bauchgefühl zu hören. Schon am Morgen hatten wir beide geahnt, dies würde nicht unser bester Tag werden. Und dennoch hatten wir nichts dagegen unternommen, waren stur und blind losgefahren.

Sehenswert war Malcesine ja allemal gewesen. Auch das Essen im »Piratenboot«, dem kleinen Speiselokal am See, war vorzüglich und auch reichlich gewesen. Es wurde uns in einer noch heißen Kupferpfanne serviert. Doch dass uns die Klimaanlage von Emelies Wagen schon bei Portogruaro verreckt war, war total scheiße gewesen. Hatte uns für den Rest des Tages arg sauer aufgestoßen. Es war auch noch der gefühlt heißeste Tag des Jahrtausends gewesen. Weit über vierzig Grad im Freien, in Emelies Scheißkarre weit über sechzig, weil wir nur ein Fenster zur Verfügung hatten, das sich auch öffnen ließ. Bei den drei anderen war, kurz nach der Garantiezeit, die Fensterheber verreckt. Ganz normaler Verschleiß, laut Autohersteller, dem dieses Problem bestens bekannt gewesen war, er aber keinerlei Interesse zeigte, den betroffenen Kunden irgendwie entgegenzukommen.

Emelie hatte ein äußerst geräumiges Auto gehabt, zwecks ihrer vielen Schuhkartons. Ganze dreieinhalb Jahre alt, aber so grausame Macken, wie wir sie bei einem fast neuen Auto noch nie erlebt hatten.

Ich war oben ohne in dem Saunawagen gesessen, passend zum luftigen Haarwuchs auf dem Kopf. Emelie im hautengen schwarzen Bikini. Ganz zur Freude der LKW-Fahrer, die ihre einmalige Aussicht auch mit langen Hupkonzerten honorierten. Wie die Schweine hatten wir geschwitzt. Auch wenn wir es noch nie erlebt hatten, dass Schweine in einen Van steigen, um dort ihre Schweißperlen loszuwerden. Ihr Grunzen in der freien Wildbahn aber, hatten wir schon Mal gehört. Und genau das hatten wir nachgemacht. Im Wagen, aus Atemnot.

In St. Leonhard im schönen Passeiertal waren wir erst um zehn Uhr nachts angekommen. Anstatt wie geplant um vier Uhr nachmittags. Natürlich war dort dann schon Ebbe, tote Hose, kein bisschen Holz mehr vor der Hütte. So waren wir dann wieder umgekehrt, um über Bozen nach München zu fahren, da ich, nur aus Rücksicht auf Emelie, den kurvigen Jaufenpass nicht bei Nacht überqueren wollte. Wer wusste schon, ob uns dabei nicht auch noch der Motor des kranken Wagens verreckt wäre. Wir, Mutter- und Vaterselenalleine, dann irgendwo auf dem Berg hätten übernachten müssen.

Womöglich noch in einem Schweinestall.

Damals, als vieles noch bescheidener war, kein so blöder Bordcomputer einer motorisierten Schrottkarre sagte, wann er zu streiken habe und wann nicht. Damals hätte man seine Wagenfenster einfach mit der Kurbel runtergedreht. Oder noch früher, als der Wagen von einem Ross gezogen wurde, da hätte es so etwas nicht gegeben. Ein süßer Apfel und eine knackige Möhre hätten genügt, um ans Ziel kommen.

Um drei Uhr - nachts, waren wir fix und alle in München angekommen. Hatten dort nur noch die randvolle Kühlbox mit Parmesankäse, Schinken und italienischer Butter aus dem Wagen genommen, um dann nur noch ins ungemachte Bett hineinzufallen. Getrennt. Nach über achtzehn Stunden Fahrt! Man erinnert sich? Emelie hasst lange Autofahrten!

*

»Du, Fredy?« Wenn Emelies Satz so begann … »Sollten wir vielleicht doch nach Latisana hochfahren? Schuhe habe ich ja jetzt mehr als genug. Reichlich Klamotten und zwei Flaschen spanische After-Sun-Lotion liegen auch schon im Schlafzimmer, aber kein Stück an neuer Unterwäsche!«

Das war mir allerdings schon längst aufgefallen gewesen, wollte ihren Dessous Teufel aber nicht unbedingt an unsere feuerrote Caravan Wand malen. Was würden die Nachbarn dazu sagen. Ach, Emelies original spanische Bodylotion, gab es tatsächlich, und auch hier in Pineda zu erstehen. Sie nannte die nur spanisch, weil sie haargenau dieselbe Creme in ihrem ersten Spanienurlaub gekauft hatte.

Da wir, vor allem Emelie, unser Geld gleichmäßig in der Region verteilen wollten, kaufte sie ihre sehr aufreizenden Dessous meist in Latisana. In einem Wäschegeschäft, das in der Nähe eines netten Café lag, in dem es natürlich nicht nur Kaffee, auch noch andere Getränke sowie Toasts, Pasta und eine mit sanfter Musik beschallte Toilette gab.

Wir entschieden, abzustimmen. Mit einem Handzeichen, öffentlich, nicht streng geheim. Ohne Kreuz zu machen. Ich machte trotzdem ein Kreuzzeichen. Nicht auf Papier, in die Luft.

Das unanfechtbare unamtliche Endergebnis lautete dann: Zwei unrechtskräftige Ja-Stimmen, keine Enthaltung und keine Gegenstimme. Ich gratulierte Emelie, hatte aber kein Blumenarrangement aus dunkelroten, langstieligen Rosen zur Hand. Für jede der beiden Ja-Stimmen eine Rose. Aber Emelie braucht keine Rosen, sie hat ja die Hängeampel.

»Soll mir recht sein, blonde Venus. Ich bin heute sowieso mit dem Bezahlen dran. Also, avanti, auf nach Latisana!«

Ich hatte absichtlich mit Ja gestimmt, da der Cappuccino in Latisana um zwanzig Cent billiger war. Und das war mir die Fahrt und das bisschen Benzingeld allemal wert. Zwanzig Cent gespart, sind zwanzig Cent gespart, auch wenn das Benzin dann sechs Euro kostet.

Wäsche-shopping mit Emelie war so wie Schuhe kaufen. Das neckische Nachthemdchen, das sie sich in dem Laden in Latisana aussuchte, war … nicht Tiefschwarz, sondern hatte einen hochglänzenden Creme-Ton. Die unermüdliche Verkäuferin hatte es der glatzköpfigen Schaufensterpuppe ausgezogen. Sie hatte das einzige Hemdchen in Emelies Größe angehabt. Es war aber auch ein wirklich heißes Teil, dieser Hauch von einem Nichts. Den ich niemals werde live und aus nächster Nähe miterleben werde. Ich war doch bloß Emelies Chauffeur, Hängeampel an die Terrasse Monteur,

Doraden Grillmeister, Olivensemmelbesorger …

Ob ich *meiner Bäckerin* auch so ein heißes …?

Zum etwas weiterzudenken, kam ich nicht mehr. Emelie ließ die amourösen Gedanken in meinem Schwärmer Kopf zerplatzen wie eine herzförmige rosa Seifenblase.

»Ich bin fertig, Fredy!«, brüllte sie kaum hörbar in mein Kleinhirn. Sie hatte, zwecks perfekter Farbgestaltung, auch noch ein Dessous-Duo in sanftem Zartschwarz mit Spitzen genommen. »Gehen wir jetzt Kaffeetrinken, oder brauchst du auch noch etwas? Die haben auch andere nette Sachen. In zwei, drei Größen größer. Die wären doch was für *deine Bäckerin*. Hihi.«

»Es ist gar nicht *meine Bäckerin*, sie ist lediglich nur eine Bäckereifachverkäuferin. Eine unwahrscheinlich nette und hübsche sogar. Du könntest dir ruhig einmal ein Vorbild an ihr nehmen und mich auch so lieb anlächeln. Zum Beispiel, wenn du das nächste Mal fragst, ob auch ich einen Kaffee trinken möchte. Sie grinste – sehr lange.

Nach einem sahnigen Cappuccino mit Schokoherzchen, einem kurzen Stadtrundgang, der so lange dauerte, dass wir die bezahlte Parkzeit auch nicht überschritten, endete unser kunterbunter Einkaufsbummel in Latisana. Emelie hatte ja bekommen, was sie sich vorgestellt hatte, meine Bäckerin wird wohl noch auf ihre Dessous warten müssen. Sollte ich Emelie ein Busticket gen Venedig spendieren, so könnte ich mal allein nach Latisana fahren und meiner Bäckerin …

*

Pünktlich zu meinem Wellness-Schlaf, waren wir wieder zurück. Während der Rückfahrt qualmten wir gemeinsam eine Friedenspfeife. Aber ohne Tabak und ohne Tomahawk. Entschieden uns ganz nebenbei, am Abend essen zu gehen. In Emelies Streichelzoo. Der war ein Restaurant mit ganz vielen wilden Tieren. Ziegen und Gänse. Nur zwei Dörfer vom Capalonga entfernt gelegen, direkt auf der Landstraße zur Autobahn Venedig-Triest. Das urgemütliche Restaurant lag natürlich nicht auf der Straße, wo jeder Autofahrer es hätte überfahren können, der in Richtung Latisana oder zur A4 musste. Es stand daneben, dort, wo seltsam müffelnde Ziegen und Schnattergänse eine unüberhörbar laute Freude hatten, Autofahrern die rosa Zunge auszublecken.

»Ich laufe nur schnell in *unseren Campingladen*«, meinte Emelie und machte sich auch sogleich auf den Weg dorthin. Ich war ja leider eben schwer am Schuften, sonst hätte ich sie gern dorthin begleitet. Ich musste unsere Espressotassen wegräumen, und mich in meiner Kinderkoje verstauen.

Als ich dann eineinhalb Stunden später wieder aufwachte wie ein fitter Jüngling, wohl eher wie ein Frischling auf der Nahrungssuche, dem Krapfen Crema, wunderte ich mich. Emelies Stimme auf der Terrasse hörte sich irgendwie fröhlich an. Sonst war sie sonst um die Zeit schon runter an den Strand gegangen, damit ihr rot gefärbter Ausschnitt keine Farbe verliert.

Sie faselte was. Aber mit nur wem? Mit dem Nachbar von gegenüber, der nun schon dreimal bei uns nachfragte, wo wir diese prächtige Hängeampel gekauft hätten? Dann wäre sie nur kurz angebunden gewesen. Sie mochte diesen grau in grau melierten Herren nicht sonderlich. Er war ihr etwas zu aufdringlich. Mit den beiden dänischen Damen, weil die unsere Klimaanlage schon lang nicht mehr gehört hatten, weil ich sie zum Mittagsschlaf stets abschaltete? Nein, die konnten es auch nicht sein. Emelie hätte auf Englisch, auch höflich, geantwortet, nicht Luxemburger Schimpfwörter.

Als ich unsere Caravantür vorsichtig und neugierig öffne, den Kopf einige Zentimeter weit rausstreckte, da wusste ich es. Sie redete mit einem Stück Papier, das scheinbar so was ähnliches wie ein Beschreibung für irgendwas war, und die ausgebreitet auf unserer Erbeertischdecke lag.

»Oha, hat der Hausmeister sie dir gebracht? Ist die für die etwa neue Fernbedienung unserer Klimaanlage?«, frage ich leicht irritiert. »Steht da auch drinnen, wie du mit der Klima menschliche Eiswürfel machen kannst. Ich weiß es, haha!«

»Depp, blöder!«, raunte Emelie mich gleich an und zeigte auf ein Bündel, das zu ihrer Rechten auf der Terrasse lag.

»Bah, was ist das? Ein Ein-Frau-Zelt? Hast du keine Lust mehr auf dein Doppelbett? Super, dann nehme ich deines mit Handkuss! Ich habe nämlich schon das taube Gefühl in den Beinen, sie sind um zehn Zentimeter kürzer geworden. Wegen dem Schlafen im Kinderbett.«

»Du hast ja vielleicht blöde Illusionen, Fredy. Das ist eine Hängematte. Ich hab sie im Laden entdeckt. Jetzt muss ich bloß noch wissen, wie ich das blöde Ding über die Terrasse spannen kann. Ich will nicht gleich herausfallen, wenn ich mich reinkuschle. Aber zum Glück hast du ja dein Mäck…, deinen Werkzeugkasten dabei, oder?«

Was für eine blöde Frage von ihr! Mit dem MacDingens-Set kann ich nicht nur eine Hängematte perfekt installieren. Ich könnte ihr noch einen dazu passenden Beistelltisch und einen hölzernen Sonnenschirm samt Ständer, sogar einen Swimmingpool damit bauen. Und das alles mit meinen drei wetterfesten Schrauben, die ich zufällig wiederfand, als ich den Joghurtbecher für die Muscheln aus der Grilltüte holte.

Ich sah mir das gestreifte Stoffbündel etwas genauer an und stelle sofort fest, es war gar kein Befestigungsmaterial dabei. »Hast du …«

»Nein, habe ich nicht! Da war nichts dabei, womit du sie aufhängen könntest, Fredy. Darum lese ich mir doch auch die Beschreibung durch. Da steht aber bloß drin, wie ich sie waschen kann. Hast du vielleicht eine geniale Idee?«

Wer, wenn nicht ich! Ich erzählte Emelie von dem ersten Baumhaus, das ich schon in zartem Kindesalter baute. Kam nicht sonderlich gut an. Auch nicht meine fachmännische Einrahmung eines Kräuter- und Gemüsebeets, das ich mit meinem tropfenden Schweiß und geballter Muskelkraft im Garten aus dem Erdboden wie nix gezaubert hatte. Damals, vor langer, sehr, sehr langer Zeit.

Emelie wollte weder von einer grünen Tannenbaumkrone aus auf röhrende Hirsche schauen, noch wollte sie in ihrer Hängematte Kräuter anbauen.

»Na gut, dann halt nicht, Hase. Zwei besonders reißfeste Schnüre müssten eigentlich genügen.« Eigentlich hieß das so viel wie: es wird schon irgendwie klappen. »Am besten wären solche, wie sie die Kapitäne an *unserem Jachthafen* vorn benutzen, um die sauteuren Luxusboote an Seilpfähle anzuknoten. Ach, ich schnappe mir jetzt das Rad und …«

»Spinnst du, am helllichten Tag?!«

»Brr, Emelie. Ganz ruhig bleiben. Ich wollte doch nur in den Campingladen radeln und nachsehen, ob die da so was in der Art haben.« Sie ließ mich nicht ausreden.

»Ja, die haben sie! Hab schon nachgeschaut, während du

dein Kopfkissen aufgeblasen und so gewaltig geschnarcht hattest, hihi.«

Wir tippelten zusammen in Richtung Campingladen los, der vor wenigen Minuten die tägliche Siesta beendet haben dürfte. Wir nahmen aber den von mir entdeckten geheimen Schleichweg, der uns zwischen bewohnten Wohnmobilen und arg schiefstehenden Zelten hindurchführte. Keine drei Minuten hätten wir bis zu dem Laden gebraucht, hätten wir den drolligen Eichhörnchen nicht bei einem rasanten Fang-mich-doch-Spiel zugeschaut.

Ein Stammcamper, mit der Frau Gemahlin und scheinbar heute angekommen, justierte gerade die Satellitenschüssel, während sie das Fernsehbild auf einem kleinen Flachbildsfernseher im voluminösen Vorzelt kontrollierte, in dem auch die Außenküche bereits komplett aufgebaut war. Ihre Kaffeemaschine stach uns sofort ins Auge. Der Kaffee war schon durchgelaufen und sein wohliger Duft zog in unsere Nasen. Zwei mit Vornamen bedruckte Kaffeehaferl standen auf dem rechteckigen Campingtisch, der mit einer hellblau gemusterter Stofftischdecke vor Kratzern geschützt wurde. Neben ihren halb vollen Bechern ruhte ein angeschnittener Schokokuchen, den sie aus Deutschland mitbrachten. Oder seine Aluverpackung war in Deutschland bedruckt worden. Emelies Blick fiel nun auf das Autokennzeichen, welches sie sofort auswendig lernte, und mir zuflüsterte: Münchner! Ich hatte es gar nicht beachtet, ich kannte das Camper-Paar schon über zwanzig Jahre. Stammgäste.

Er hob vom Dach aus die Hand zum Gruß und sie meinte mit schief liegendem Kopf: »Auch wieder hier? Capalonga ist halt doch der schönste Campingplatz, gell!«

Ich nickte wortlos, Daumen nach ganz weit oben, zurück.

Emelie schloss sich mir an.

»Du kennst aber auch Gott und die Welt, Fredy«, lächelte sie neidisch, als wir ein paar Schritte weitergelaufen waren. »Wer war das, kennst du sie von München her?«

»Nö, nur von hier. Die sind in ganz Ordnung. Friedlich, so wie wir beide. Sie kommen auch jedes Jahr und möchten in Ruhe entspannen. Verständlich, oder? Wo sonst hat man schon mal seinen Frieden vor der geliebten Verwandtschaft, wenn nicht hier?« Gesegnet sei ein jeder von mir, der sein Rentnerdasein hier genießen konnte.

Ich hatte mich mit dem sonst eher stillen Ehepaar einmal unterhalten, vor Zeiten. Damals war er kurz vor der Rente gestanden. Jetzt hatte er sie erreicht und die nötige Zeit, sie mit seiner Frau auch genießen zu können. Nach Pineda, auf Capalonga zu kommen und solange zu bleiben, solang sein Herz danach schlug, das wäre auch unser Traum.

*

»Eh, ciao, ragazzo!« Der Ladenbesitzer begrüßte mich mit festem Händedruck. »Buongiorno, schöne signora! Die wunderbare Sole, sie scheint heute natürlich nur für Sie!«, schmeichelte er Emelie, die sogleich pink bis tiefrot anlief. »Wenn du mich brauchst«, er hatte den Kopf wieder zu mir gedreht, »ruf nach mir.« Ich fand es zwar schade, dass man in Italien dem Herrn zuerst die Hand reichte, der weiblichen Begleitung nur selten oder gar nicht, doch machte dies die Italiener deswegen nicht gleich unsympathisch. Sie waren stets zu unseren Diensten, immer freundlich.

Emelie rauschte auf die hinterste Regalreihe zu, wo sich mehrere Rollen unterschiedlich dicker und verschiedenfarbiger Seemannsgarne befand. Solche, wie Seebären es dazu brauchen, um ihre stolze Jacht oder das Segelboot im Hafen anzuleinen. Ich folgte Emelie unauffällig.

Welches davon ich nehmen würde, um ihre Hängematte an der Terrasse zu befestigen, fragte sie mich. Ich schaute jedoch nur und drehte den Spieß einfach um. Fragte zurück, welches sie denn nehmen würde, wäre sie auf sich gestellt. Wenn gerade keiner in der Nähe wäre, der sich ihrem Hängemattenproblem annehmen könnte. Ohne Zögern griff sie zu einem mitteldicken, weiß-blau gemusterten Seil, zog es ein Stück weit heraus.

»Das! Ich glaube, das müsste standhaft genug sein, um mein gewaltiges Übergewicht auszuhalten.«

Hä, gewaltig? Bei Emelies Figur würde sogar ein dünner Bindfaden locker ausreichen, dachte ich und verbiss es mir, zu lachen. Lieber lobte ich ihre gute Wahl und gab ihr zu verstehen, sie sei schon auf dem besten Weg, eine richtige Camper Donna zu werden. Sie bräuchte nur noch zu lernen, wie sie sich auf einem gut bewachten Campingplatz eine Holzschraube besorgt. Ungesehen. Und wie man die neuen Nachbarn belauscht, ohne unter deren Caravan kriechen zu müssen. Was fast noch viel wichtiger wäre, wie niedrig die Tiefsttemperatur im Caravan maximal sein dürfe, damit ihr Mitbewohner und dessen Gardasee-Wasser nicht gleich zu Eiswürfeln erstarren. Immer den richtigen Riecher haben, auch wenn der nicht so riesig wie der meine wäre, hätte sie nun schon. Sie sei mir sogar, wenn es um Schuhmode und Smartphon ginge, sogar um eine ganze Nasenlänge voraus.

Emelie wollte sich ein mehrere Meter langes Stück vom von ihr ausgewählten Strick abknipsen lassen, da musste ich leider dazwischenfunken.

»Du brauchst zwei Stücke, Emelie!«

»Warum, ich habe doch nur eine Hängematte.«

»Ja, das schon, aber diese hat zwei Enden. Vorne - hinten, so wie eine Wienerwurscht. Außer, du möchtest deine von Welsen geputzten Füße auf dem Terrassenboden ablegen, während dein Blondschopf oben in der Sonne schaukelt.«

Sie nahm zwei gleichlange Seile. Die nötigte Länge hatte ich ihr mit ausgebreiteten Armen angezeigt.

Wieder an der Terrasse zurück und am roten Erdbeertisch sitzend, erklärte ich ihr, wie man die vier Enden der beiden Stricke vor dem Ausfransen schützen kann, da die sich nur allzu gern selbstständig machen würden. Die sich in nichts auflösen wie ein handgestrickter und nicht gut verknoteter Rollkragenpulli. Kaum gesagt, war's auch schon getan.

Bevor es danach richtig ernst wurde, überprüfte ich noch die vierkant Holzpfosten, die die Überdachung der Terrasse stützten. Diese rührten sich keinen Millimeter als ich daran rüttelte wie an Uromas Zwetschgenbaum. Erst dann banden wir die Hängematte fest. Nicht am Zwetschgenbaum!

Emelie kannte einen speziellen Seemannsknoten, den sie mal im Ferienlager gelernt hatte. Kann aber auch in ihrem ersten Spanienurlaub gewesen sein. Oder in jenem Kloster, in dem sie zur Schule gegangen war. Im Kloster brauchte man so etwas unbedingt. Oder wie sonst hätten sich die jungen Mädels damals an Bettlaken in den Klosterhof abseilen können, um es so nachts einmal kräftig krachen zu lassen. Oder zwei, oder drei Mal …

Überglücklich grinsend lag sie dann darin und schaukelte in der Sonne hin und her. Grad so, als wäre ihre Hängematte ein Fahrgeschäft auf der Münchner Wiesn. Ich wusste, der Tag war so gut wie gelaufen. Die glückliche Emelie würde heute keinen Sandstrand oder Schuhladen mehr brauchen.

Ich machte ein lustiges Andenkenfoto und brachte ihr ein dickes Kissen und den schnulzigen Liebesroman heraus, in dem sie sonst am Strand schmökerte.

Herrlich, wie einfach es doch war, eine Frau wie Emelie wunschlos glücklich zu machen. Noch nicht mal Designer-Schuhe hätten sie jetzt noch aus der Schaukel gelockt.

*

Es war wohl der Bärenhunger nach krossem Pizzarand und einer großen Schüssel Salat mit Thunfisch, Ziegenkäse und Oliven, was Emelie aus dem schunkelnden Freiluftbett herausgetrieben hatte.

Sie war schon bald über dem packenden Herzschmerzroman eingenickt gewesen. Hätten wir nicht ausgemacht, am Abend zum Streichelzoo zu fahren, um dort köstlich Essen zu gehen, Ziegenbockschenkel oder Gänsebrust. So würde ich mich jetzt auf unserer Fahrrad schmeißen, um uns Pizza und Salat zu holen. Für Emelie einen bunten Mischsalat to im Hängematte liegen, nicht to go by Fuß, oder auch eine Pizza mit Thunfisch und ganz viel schwarzen Oliven drauf. Ihre Lieblingspizza, gleichwertig ihrer Frutti di Mare, ohne salzigen Sardellen drauf. Alle drei Gerichte waren nicht so ganz mein Schlemmerrevier. Weder mit Thunfisch noch die mit den Meeresfrüchten, die aber in Wirklichkeit gar kein richtiges Obst waren. Mit Sardellen konnte man uns beide jagen.

Ich war dreimal schneller umgezogen und fahrfertig als Emelie, was aber keine allzu große Kunst darstellte. Stand

Frau nämlich erst mal samt ihrem Schminkkoffer vor einem Spiegelschrank, dann …

Gut, dass sich in Geduld üben schon immer zu meinen größten Stärken zählte, was sich auch heute wieder bezahlt machte. Wie heißt es doch gleich, je später der Abend, desto größer die böse Überraschung?

»Wow! Was für ein tolles T-Shirt, Emelie. Wie nennt sich der neue Farbton?«, fragte ich dämlich und mit sehr großen Froschaugen, als sie gefühlte Stunden später so weit war.

»Schwarz, du Depp!«

»Aha, schwarz! Steht dir echt bärig. Den Ausschnitt, den finde ich nicht übertrieben. Er verdeckt die Brandflecken auf deiner Brust.« Schon kam etwas durch die angenehme laue Abendluft geflogen. Nein, doch kein kleines Vöglein auf dem Weg zu seiner Mutter. Der Caravan Schlüssel, den ich in eine scheckkartengroße Hülle mit langer Schnur dran reingesteckt hatte, damit Emelie ihn in ihrer tiefgründigen Handtasche auch wieder finden konnte. Und der sauste nur ganz knapp an meiner hübschen Haarpracht vorbei.

Der tieffliegende Schlüssel hatte zum Glück keine große Narben hinterlassen. Wir waren nun nahe von San Michele al Tagliamento. Dort befand sich das einladende Restaurant mit hauseigenem Zoo. Bereits von außen machte es einen sehr positiven, einladenden Eindruck. Da sich der Parkplatz direkt neben dem Gehege mit den Schnattergänsen und den Meckerziegen befand, hatten wir diesen gleich mal einen Höflichkeitsbesuch abgestattet.

Als wir unsere Nasen voll hatten bis hinter beide Ohren, sie konnte aber auch wirklich bestialisch stinken, solch eine Handvoll Ziegen, betraten wir das Speiselokal, in dem die

Luft dann nicht mehr ziegig roch. In Bayern würde man zu so einem Bauwerk modernisierter Kuhstall sagen. Dementsprechend war die Innendekoration. Alles erinnerte daran, dass das sehr hohe, wenig unterteilte Gebäude, nicht immer eine Trattoria, Gaststätte gewesen war. Urgemütlich, um es in Bayrisch auszudrücken.

Der Ober wies uns einen Platz zu. Aber nicht ohne uns in gehacktem Deutsch zu fragen, ob uns der Platz angenehm genug wäre. Die in feinstes Ziegenleder, eine Annahme von mir, gebundenen Speisekarten folgten auf dem Fuße. Wenn ich mich richtig erinnere, es war sein Linker.

»Buonasera!«, meinte die weibliche Bedienkraft höflich, da der Chefoberkellner, wie so üblich, nur für das Verteilen der Gäste auf deren Speisesitzplätze und das abschließende Abkassieren zuständig war.

Für die Getränkewahl benötigten wir keine extrige Karte. Emelie nahm, passend zu dem Lokal, ein Viertel ländlichen Wein, ganz in Weiß, und im Krug. Mir genügte eine große Flasche Sprudelwasser. Notgedrungen aus der Flasche, da sie ihren hauseigenen Kurbelbrunnen bei der Renovierung zugeschüttet hatten. Hätte ich persönlich nicht so gemacht. Wegen der jungen Ziegen und dem bösen Wolf.

Während wir die bestens sortierte Speisekarte, vorne die erste, hinten die letzte Seite, studierten, wurde uns noch ein Schälchen mit grünen, nicht entkernten Riesenoliven und das in Olivenöl getränkte Brot gereicht. Meinen Entschluss, welche Pizza ich heute essen möchte, hatte ich während der Anfahrt gefasst. Pizza Quattro. Bei der konnte ich mich von einer Station zu nächsten durchfuttern, ohne auf den Teller des Nachbarn umsteigen zu müssen.

Emelie brauchte, wie gewohnt, etwas länger mit dem sich gelb oder grün werden. Ich hatte sie beobachtet, wie sie mit dem Finger auf ein ganz bestimmtes Gericht getippt, dabei auch nickt hatte. Doch dann blätterte sie noch mal vor und zurück, zurück und vor, um sich dann letztendlich doch zur ersten Wahl durchzuringen. Zanderfilet vom Grill.

Es sah sehr lecker und gut aus, als sie es serviert bekam. Fast schon zu gut, für Emelies Geschmack. Kein bisschen kohlrabenschwarz. Nicht mal die äußere Hautschicht hatte Brandblasen und roch auch nicht nach verbrannt. Sie hätte bei der Bestellung lieber mit angeben sollen, wie bei ihr ein toter Fisch vom Grill auszusehen habe. Mausetot, eingebettet in einen tiefschwarzen Trauermantel.

Aber auch so hatte sie ihn dann ohne zu murren ratzeputz aufgegessen. Ich auch meine Pizza. Ein wahres Kunstwerk aus Salami, Schinken und Champignons, Artischocken und noch manch anderem Gedöns, das ich mir hatte, zusätzlich drauflegen lassen. Den knusprigen Rand, bis auf ein kleines Stückchen, hatte sich die liebe Emelie gekrallt. Machte sie immer, da sie stets was speiste, von dem sie nie satt wurde.

»Weißt du eigentlich, Emelie, dass unser Urlaub in einer Woche schon wieder herum, vorbei und vorüber ist?« Ohne große Vorwarnung hatte ich sie soeben geschockt. Genau, als sie gerade dabei gewesen war, den letzten Schluck vom ihrem mit Sprudelwasser verdünnten Wein runterzukippen. Zwei Sekunden später, ich hätte in kühler Weißweinschorle gebadet. Viel eher geduscht. Ich war aber wenigstens so fair und klopfte ihr entschuldigend auf den Rücken. Aber erst, als sie schon kurz vor dem Erstickungstod war. Ich dachte, zu eine Pump-Gun kaufen, wenn ein Glas Weinschorle den gleichen Effekt hat.

»Vollidiot!«, hustete sie mich halbtrocken an. »Hättest du mit dem Scheiß nicht bis nächsten Samstag warten können, Fredy? Jetzt werde ich bestimmt jeden Tag daran denken, wir müssen in einer Woche wieder abreisen. Warum muss die Zeit eigentlich immer dann so schnell vergehen, wenn es am Schönsten ist?« Sie blies ihre Wangen auf, spielte so wieder Goldfisch im Glas. Ich dachte nur: Am Schönsten? Mir würde dieses nicht unbedingt bei Zander und Pizzarand eingefallen. Da wüsste ich schönere Orte. In einer Bäck…

»Damit man sich auch frühzeitig darüber aufregen kann, Emelie? So wie du jetzt. Ich rege mich erst immer über das Urlaubsende auf, wenn mir Daheim das ewig beschissene Regenwetter auf den Senkel geht. Bei uns daheim ist doch im Juli oft schon Schluss mit Sommer. Aber dafür freue ich mich dann aber umso mehr, wenn ich dir die Einpackliste für Capalonga mailen darf, weil du dann die diesjährige, im nächsten Jahr ganz sicher nicht mehr finden wirst.«

Emelie musste halb und halb kichern. Halb traurig, weil unser Urlaub zu zwei Drittel zu Ende war. Und halb lustig, weil ich sie mit meiner saublöden Erklärung zum Kichern gebracht hatte.

Die unübertriebene Rechnung, die der Signor Oberober uns als Betthupferl nach dem Nachtisch, servierte, zahlten wir auch halb und halb. Emelie ihre Hälfte, ich meine. Den von ihr geklauten Pizzarand stellte ich ihr übrigens nie in Rechnung, auch wenn dies gerechtfertigt wäre.

»Ach, das war richtig schön heute Abend, gell?«, seufzte sie dem krummbeinigen und langbärtigen Geißbock traurig zu. Dieser war ganz nah an den schützenden Maschendraht-zaun herangekommen. Und er antwortete ihr sogar noch. In einem Italienisch stotterndem Akzent, den wir beide nicht verstanden. Seine Stimme zitterte so wie Emelies, wenn ich ihr zwei, statt eine Olivensemmel von meiner Bäckerin mitbrachte. Aber ich konnte es mir schon denken, dank meiner genialen Italienischkenntnisse. Es hatte wohl heißen sollen: Habt ihr den bösen Wolf gesehen? Ich schüttelte den Kopf, da drehte sich der blöde Geißbock doch einfach um und lies ein paar kleine schwarze, selbst gepresste Perlen zu Boden fallen.

»Also, ich würde meine Hand nicht in den Zaun stecken, Emelie!«, warnte ich sie, da sie scheinbar dachte, es wären echte Perlen, mit denen sie sich eine hübsche Kette basteln könnte, die perfekt zu ihrem schwarzen Shirt passen würde. »Der geile Bock kann es bestimmt riechen, dass du gerade schlachtfrischen Ziegenkäse geschlemmt hast. Denn dieser war nämlich im Salat drin«, fuhr ich fort. »Ich weiß nicht, wie er das findet, aber es könnte ja leicht sein, dass er nicht nur drauf scheißt. Die Hörner wetzt er jedenfalls schon.«

»Ach«, winkte Emelie ab. »Der kleine Scheißer will doch nur spielen, Fredy.« Sie grinste über ihre Schulter zurück, zog aber gleichzeitig ihre Hand aus dem Zaun. »Ich wollte eh gerade zum Wagen gehen. Mit unserem schönen Abend habe ich auch nicht den Ziegenbock, sondern dich gemeint. Komm, lass uns heimfahren.«

*

Wir saßen gemütlich auf *unserer Terrasse* und sogen erst die laue Abendluft, dann den Qualm einer Zigarette in uns ein. Die noch wärmende Spätabendsonne war gerade dabei, hinter den uns gegenüberliegenden Pinien unterzutauchen. Auch ich war müde. Emelie, das Nachtgespenst, wollte die himmlische Ruhe noch ein bisschen allein genießen. Ohne die Gedanken an irgendetwas Unnötiges zu verschwenden, schon gar nicht an unser Urlaubsende. Ich zog mich unaufgefordert zurück, warf mich in die Kinderkoje und hoffte, etwas einmalig Schönes zu träumen. Von wem, das war mir ehrlich gesagt Pupsegal.

Ich befand mich schon beinah im Halbschlaf, da vernahm ich das leise Klicken einer schwarzen Maus. Emelie musste ihr digitales Surfbrett, den Läppi, noch mal rausgeholt und hochgefahren haben, um ihren Anker im endlosen Ozean der E-Mails, Posting, Videos und deren meterhohen Wellen der Werbung zu auszuwerfen.

Das ständige Klicken der zum Shirt passenden schwarzen Maus von Emelie war so gleichmäßig, dass ich davon nicht nur müde, sondern auch gleich hypnotisiert wurde. Klick, klick, klick. Schließe die Augen, Fredy, und höre nur noch auf mein Kommando. Wenn ich mit den Fingern schnippe, fährst du mich zum nächsten Schuhladen. Wenn ich mit der Zunge schnalze, ziehst du *deine* Kreditkarte heraus und …

»Nein, das werde ich nicht tun!«

»Mit wem redest du, Fredy?«

»Mit mir. Gute Nacht, Emelie, und träume was Schönes! Du auch, Läppi! Buonanotte, Pizzarand!«

»Gute Nacht, Depp!«

## Kapitel 17

### *Die Bucht*

Bei so manchem Gedicht brauchte ich den Schreiberling noch nicht einmal richtig ansetzen, schon war es auf Papier. Bei anderen Reimen hingegen, musste ich ewig lang rumbasteln. Doch egal welch nette Worte ich aus meinem sonst endlosen Wortbaukasten auch rausfischte, heraus kam dann oftmals ein Gedicht, das an ein altes Haus ohne Türen und Fenster erinnerte. Ein furchtbarer Reim, bei dem entweder das Dach undicht oder der Keller nicht zu erreichen war, da es in diesem Dichterhaus weder Treppenhaus noch Aufzug gab. Gedichte, rein für einen Papiercontainer geschrieben, also nicht als Tagesgedicht für Emelie taugten.

Heute war wieder einer dieser blöden Tage, an denen ich meinen Reimsetzkasten gleich nach den ersten Versuchen wieder zuklappte und der rosa Zettel so leer blieb, wie mein Kopf es war. Oh Mann, was war ich froh, dass ich keinen Vertrag mit Emelie besaß, der mich zu täglichen Gedichten hätte festnageln können. Aber sie hatte Verständnis dafür, auch wenn sie dann am Morgen etwas traurig dreinschaute. Und so machte ich mir eben, aus purer Langeweile, ein paar Notizen für das Buch, das, so Gott will, eines Tages unsere wahren Urlaubsgeschichten erzählen soll.

Damit ich auch halbwegs im tatsächlichen Urlaubsablauf bleibe, wenn ich es zuhause schreibe, versah ich das Erlebte mit dem jeweils dazugehörigen Datum. Auch wenn ich es schon jetzt wusste, ich werde mich später ganz sicher nicht daran halten, doch für den Moment war es für mich besser, wenn schon zur so frühen Stunde aufgestanden, irgendwas auf mein Schmierblatt zu schreiben, als nur sinnlos herumzusitzen und in der Nase zu bohren. Ich wäre auch fündig geworden, doch was hätte ich mit dem ekligen Ding dann machen sollen. Es als Titelbild für unser Italia-Urlaubsbuch hernehmen? Nein, da schreibe ich schon lieber Sachen auf, die ich dann zuhause problemlos vernichten kann, weil ich sie genauso wenig gebrauchen kann wie einen Nasenpopel auf dem Titelbild.

»Du bist natürlich schon wieder seit ewig wach, Fredy, oder?«, fragte ein weit aufgerissener und gähnender Mund, als sich die Tür des Caravans lautlos öffnete. Emelie stand in ihrem Morgenmantel, ohne ihren Kaffee in der Hand, da, und schaute flüchtig auf ihren Platz. Sie meinte weiter, ob sie lieber wieder ins Bett verschwinden soll, damit ich das Gedicht für sie in Ruhe fertigschreiben könne.

»Nö, kannst ruhig dableiben, Hase. Mir fällt sowieso nix passendes ein, was deinem nur allzu bezaubernden Wesen wenigstens so einigermaßen gerecht werden könnte.« Sie lächelte, nahm also die außergewöhnliche Entschuldigung, noch keinen einzigen Reim geschrieben zu haben, an.

»Es gibt nur ein Mittel, das gegen eine Schreibblockade hilft, Fredy. Wir müssen zur Muschelbucht laufen, bevor es noch richtig chronisch wird bei dir. Hihi. Es wäre doch jammerschade, wenn deine Zettel«, sie zeigte zum rosa Würfel, der stumm auf dem Tisch lag, »alle leer blieben. Du hattest sie doch eigens für meine Morgengedichte mitgenommen. Heute Nachmittag um drei, Muschelbucht?«

Das war genau meine Uhrzeit. Ich sagte zu, wenn auch mit einem komischen Bauchgefühl, das mich bis zum Kopf hinauf kribbelte. Emelie schaute mich so seltsam an, als sie es mir anbot. Wie eine hinterlistige Füchsin. Hatte sie etwas Bestimmtes vor mit mir? Gab es ein Geheimnis, das mit der Muschelbucht zu tun hat? Ich traute ihr nicht.

»Wir könnten aber auch zu meinem Leuchtturm laufen, dann könntest du dir endlich mal die schönste Geheimecke von Bibione aus der Nähe anschauen, nicht nur auf deinen Postkarten«, schlug ich ihr als Alternative vor. Sie hatte erst kürzlich wieder eine Ansichtskarte mit Leuchtturmmotiv in Händen gehabt.

»Du gibst wohl nie auf?« Sie umfasste sich dabei selbst, da die Morgenluft heute ungewöhnlich frisch, beinah schon kühl war. »Wenn ich schon unbedingt einen Gewaltmarsch hinlegen soll, dann laufe ich von hier aus den ganzen Strand entlang. Bis zum Springbrunnen in Bibione!«

Jaja, träume du ruhig weiter, Süße. Gegen den Marsch bis zum Springbrunnen, ich schätze auf mindestens eineinhalb Stunden, einfach, wäre der Lauf zu *meinem Faro* ein kurzes Beine vertreten. Ich hatte extra ausgiebig recherchiert, die Strecke vom östlichen Stadtrand aus bis zum Leuchtturm, wäre doch um einiges kürzer gewesen als der Weg, den ich in der brütenden Mittagshitze gelaufen war. Ohne Käppi.

Da fiel mir ein, dass heute Sonntag war. Der Tag, an dem der Fischmann und der Sohnemann ihren gekühlten Transporter in Capalonga aufbauten. Vorn, wo der Campingladen und der Supermarkt waren. Gegen acht Uhr, noch bevor die Durchsage über die Lautsprecher kam, es gäbe »eute frise Fise«, also frischen Fisch zu kaufen.

»Was hältst du eigentlich davon, liebste, beste Emelie, wenn wir erst zum Fischmann laufen und uns was Leckeres für unseren Kugelgrill holen, den ich heut Abend besonders heiß anschmeißen werde. Und danach knobeln wir, was wir am Nachmittag machen. Gewinnst du, gehen wir zur …«

»Muschelbucht oder Hängematte, dir bleibt keine andere Wahl, Fredy! Fast schade, dass du nicht auch so ein ulkiges Ding besitzt wie ich, aus dem du deine langen Storchhaxen heraushängen lassen, und dir nebenbei ein paar tolle Ideen für unser Buch holen könntest. Hihi. Äh, apropos Buch. Ich habe dir jetzt schon ein paar Mal über die Schulter geschaut und gelesen, was du so alles an Dummheiten notierst. Ich hoffe nur, dass wenn unser Schmöker dann irgendwann mal erscheint, man mich auf der Straße nicht erkennt. Du weißt ja, die schwarzen T-Shirts, sie könnten mir zum Verhängnis werden!«

Es war heute zum graue Haare kriegen. Was gar nicht mal so schlecht wäre, dann hätte ich wenigsten ein paar Haare mehr auf meinem lichten Oberhaupt. Ob blonde oder graue Haare, spielt das eine Rolle?

Noch vor dem ersten Biss in unsere Frühstückssemmeln, und nachdem ich Emelie einen wahnsinnig liebreizenden Gruß von *meiner Bäckerin*, den diese mir noch nicht einmal mitgegeben hatte, auf ihr halbiertes Olivenbrot schmierte, tapsten wir gemeinsam zum Fischmann vor, ohne irgendwo stehen zu bleiben, ohne dabei ein Wort zu wechseln.

Emelie drängelte sich beim Fischkühlwagen einfach vor mich hin und baute sich mit ihren breiten Schultern auf und tat so, als müsse sie überlegen, was sie gerne haben möchte. So wie im Streichelzoo-Restaurant, wo sie die Speisekarte auch nur zum Spaß dreimal vor und zurückgeblättert hatte. Das mit den Schultern breit machen, war eigentlich nur ein schwacher Versuch von ihr. Ich hatte das an ihrem Schatten gesehen, den die Morgensonne zu Boden geworfen hatte, ohne dabei breiter zu werden. Laut meinem Pfarrer soll ich mindestens eine gute Tat pro Tag vollbringen. Schön, dann soll Emelie in Herrgottsnamen breite Schultern haben.

»Buongiorno!«, huschte ich bald ungeduldig aus Emelies schmalen und dunklen Schulterschatten hervor. »Haben Sie auch Kugelfisch?« Der Fischmann schaute mich nur an, als habe mich eben nicht richtig verstanden. Emelie schon, sie malträtierte mich mit ihren unsichtbaren Giftpfeilen, die in großer Zahl aus ihren glühenden Augen herausschossen.

»Was gaffst du mich so ungläubig an, Hase? Hast du etwa noch keinen Kugelfisch vom Kugelgrill gegessen? Warum, meinst du, baut man die eckigen Grills heutzutage in runder Form?« Ich merkte zwar, wie sich Emelies Hände ballten, doch ließ ich mich nicht einschüchtern. »Bloß schade, dass er keine runden Fische hat, ich würde ihn sogar selbst und fachmännisch ausnehmen. Auch entschuppen, ehe ich ihn dir schön knusprig schwarz serviere., haha!«

Sie trat mir gegen das spitzknochige Schienbein, was ihr aber wesentlich mehr wehtat als mir. Emelie hatte nämlich nur die biegsamen Badetreter angezogen. »Tja, das hat man davon, wenn man zu faul ist, am Morgen mit High-Heels rumzulaufen, Emelie«, grinste ich. Sie aber fluchte wie ein ausgewachsener Rohrspatz. »Das war jetzt die Strafe, weil du mir *meinen Faro* madig gemacht hast, Hase. Haha.«

Mit einer halb durchsichtigen grünen Plastiktüte, in der sich neben meiner Lachsforelle auch Emelies Dorade, zwei Jakobsmuscheln und ein Strauß frische Petersilie befanden, gingen wir zu unserem Domizil zurück. Beide lachend.

»Du, Fredy, Einkaufen müssen wir auch noch!« Frage ich mich also stumm, was wir zwei gerade eben getan hatten, und ließ die Einkaufstüte so zappeln, als würden die Fische darin noch leben. »Und das Käffchen danach, das wird dir heute mal richtig teuer zu stehen bekommen, Fredy. Du bist nämlich mit dem Bezahlen dran. Hihi!«

»Und, wenn schon, ich kann es mir leisten, Emelie«, gab ich ihr gleich mal kontra. »Mein Fisch hat schließlich nur lächerliche fünftausend Lire gekostet. Doch sollte mir die Kohle wirklich mal ausgehen, lasse ich eben anschreiben. Bei *meiner Bäckerin*, bei der habe ich sicher immer Kredit. Zinslos! Die wartet nämlich, nein, sie freut sich schon heute drauf, dass ich nächstes Jahr wiederkomme!«

*

Der Kurzbesuch in unserem Erstlieblingscafé am Corso del Sole hatte mich dann doch nicht in den Ruin getrieben. Dafür trieb es das Thermometer umso bunter. Nachmittags am Strand. Es war drauf und dran, aus ihrem wohl zu engen Glasröhrchen herauszuspringen. Das behauptete zumindest ein schlauer Dauercamper, der mir nicht nur seit langem auf den Keks ging, sondern er mir auch noch auf meinem Weg zum Strand den unbezahlbaren Hinweis gab, ich solle mich heute besonders dick eincremen. Seine Gattin läge nämlich mit Brandblasen im klimatisierten Wohnmobil und könne sich nicht mehr rühren vor lauter Schmerzen. Was natürlich reiner Humbug war. Eben weil ich Schmerzen habe, würde ich mich rühren. Und das Ganze auch nicht unbedingt sehr leise. Ich glaube auch nicht, dass es seiner Frau viel helfen würde, wenn ich mir die Sonnencreme dick draufklatsche. Zumal die gute Frau noch selbst schuld war. Sie gehörte zu denjenigen, die sich schon vormittags neun Uhr morgens in der Sonne aalten, ohne sich bis zum Nachmittag wenigstens einmal gewendet zu haben. Oder sich einen Bund kühlende

Minze in den Rachen zu stopften. Scherz. Die Minze. Aber man könnte zumindest hin und wieder mal in den hautschonenden Schatten hüpfen. So wie Emelie, wenn aus dem rot auf ihrer Haut ein schwarzes Shirt aus hundert Prozent Bio-Haut wird.

Emelie war übrigens schon vorausgegangen. Wie immer. Ich konnte ihre angeschmorte Haut schon riechen.

»Hallo, Emelie! Ich habe vorsichtshalber noch eine große Flasche gut gekühltes Gardasee-Wässerchen mitgebracht. Und eine Gefriertüte für später, zum Muschelsuchen! Mein Joghurtbecher ist ja leider besetzt.« Sie nickte. Im wahrsten Sinne des Wortes. Sie war über ihrem Liebesschmöker im Schatten ihres blauen Sonnenschirms, der nicht ihr selbst, sondern Capalonga gehörte, eingenickt. Sie schien ganz tief abgetaucht zu sein, denn sie bemerkte mich nicht. Ich ließ sie weiterdösen. Mein gelb-oranges Bibione-Strandtuch, es stand auch wirklich Bibione drauf, warf ich über die blaue Sonnenliege, zog mein Muskelshirt und die selbst gekürzte Jeans aus und ließ mich gemütlich neben ihr nieder.

Eigentlich wollte ich ja zu dem fesselnden Buch greifen, dem Mittelalterroman, doch dann schaute ich einfach nur den Leuten zu, wie sie sich am und im Wasser vergnügten.

Der kleiner Racker in den wasserfesten Windeln quiekte wie ein junges Ferkel. Er hustete dabei literweise salziges Meerwasser aus und klimperte mit seinen kleinen, runden Kulleraugen, als ihn der Vater von seinem Tauchgang wieder an die Luft holte. »Mehr, viel mehr, Papa!«, schien der Junior zu fordern, was ich aber aufgrund ihrer Entfernung nicht hören konnte. Ich dachte, wenn ihn der Vater noch ein paar Mal untertaucht, dann hat er einen Salzhering, keinen Sohnemann mehr. So war das dann noch eine ganze Weile gegangen, weil der kichernde Filius nicht genug bekam. Es war einfach wundervoll und amüsant zugleich, zuzusehen, wie viel Lebensfreude in dem kleinen Wurm steckte.

Nicht weit von den Beiden entfernt schoben zwei Frauen, ich mutmaßte, Mutter und Oma, eine breitere Luftmatratze über die ruhige Adria. Darauf drei Kinder in verschiedenen Alters. Eins davon warf seine dünnen Ärmchen zum fernen Horizont, um den Damen anzuzeigen: »Da hinten, wo der Himmel ins Wasser plumpst, da wollen wir auch hin!«

Das junge Pärchen mit dem Federballspiel hatte ebenfalls seinen Spaß, weil sie es nicht sonderlich gut beherrschten. Und sich nach bald jedem Schlag des anderen, der Partner bücken musste, um die im heißen Sand gelandete Feder wieder aufzuheben. Sie zählten nicht ihre Punkte, sondern wie oft sie sich schon hatten bücken müssen. Sie beendeten ihr lustiges Spiel mit einem dicken, innigen Kuss. Voll auf den Mund! Vor all den anderen Leuten! Na gut, sie waren schon volljährig, durften es von mir aus. Ausnahmsweise!

»Dank dir, Fredy!«, murmelte Emelie, als sie gerade ihre Rehaugen öffnete und mein T-Shirt dabei drückte wie ihren Teddybären, der im gerade einsam in ihrem Schlafzimmer lag. »Ich bin wohl kurz eingenickt. Wie lange bist du schon da, Fredy?« Ich hatte ihr mein Leonardo da Vinci Shirt über die Brustpartie gelegt, weil das Dunkelrot schon bald in ein Holzkohleschwarz überzugehen gedroht hatte.

»Nicht lange, Hase. Zehn Minuten vielleicht.« Natürlich war ich schon länger neben ihr gelegen. Unsere Urlaubszeit eilte uns aber heute wieder davon. Wie Ziegen dem bösen Wolf.

Sie rückte ihre getönte Sonnenbrille zurecht, die mit den

zwei Buchstaben, und fragt mich, ob ich schon im Wasser war. Es sei nämlich heute noch wärmer als ihre Badewanne. Konnte man leicht behaupten, wenn man gar keine Wanne, bloß eine Duschkabine zuhause hatte. »Nein, war ich noch nicht, hatte es aber eben vor. Gehst du auch mit? Noch mal ordentlich abkühlen, bevor wir zur Muschelbucht gehen.«

Emelie war sofort dabei. Stand aber grade mal bis zu den Knien im Wasser. Sie wäre vor ihrem Schläfchen schon mit dem ganzen Revue-Körper drin gewesen. Ihr das Gegenteil zu beweisen, war nicht mehr möglich, denn ein schwarzer Bikini trocknete bei heißer Sonne wesentlich schneller, als eine Weintraube zur Rosine werden konnte.

Ich schwamm die kleinere Runde. Drehte bereits kurz vor Triest wieder um. Quatsch mit Sugo di pomodore! Ich war nur einen Steinwurf weit hinausgekrault und schwamm in Rückenlage wieder zurück. Das Ganze aber zwei Mal!

Bis ich meinen zweiten kleinen Zeh wieder raus hatte aus dem pisswarmen Meer, war Emelie längst wieder auf ihrem Platz gelegen. Um mir vorzuschreiben, ich bräuchte mich nicht mehr hinlegen. Ihr frisch eingeölter Muschelfangarm wurde dabei nach rechts ausgefahren. Nein, sie wollte nicht im Liegen nach rechts abbiegen. In dieser Richtung lag nur *unsere Bucht*. Mit bloßem Auge kaum zu erkennen. Auch nicht nach einer Star-OP.

*

»Wie viel an Graden haben wir, Fredy? Irgendwie kommt es mir heute um einiges wärmer vor als gestern«, bemerkte Emelie, als wir gerade mal die Hälfte unseres Weges hinter uns gebracht hatten.

»Bestimmt vierzig Graden«, sagte ich und musste lachen.

Aber dies, weil ich mir so eben vorstellte, man hätte eine Tafel Schokolade auf dem Armaturenbrett eines Wagens liegen. Das war mir schon passiert. Nicht mit Schokolade, aber immerhin mit kleinen bunten Gummibären. Die Tüte war in der Fahrertür gewesen, und es war auch im Sommer gewesen. Hier, in Pineda, auf dem vier Sterne Capalonga. Mit einem scharfen Messer hatte ich den klebrigen Gelatine Block in feinste Würfel geschnitten. Hätt ich Depp mir aber locker sparen können. Bereits am nächsten Tag war der Batzen wieder dagewesen. Noch klebriger als zuvor.

»He, so lustig ist das jetzt auch wieder nicht!«, moserte Emelie. »Ich schwitze mir mein Hirn aus der Seele, und du lachst dämlich. Hast du Glück, dass du noch Wasser mitgebracht hast.«

»Ui, schau mal, was dort vorn im Kanal steht!, lenkte ich ab.« Jetzt bauen die hier auch schon Häuser ins Meer rein. Sicher ist an Land kein Platz mehr frei. Du weißt schon, so wie in Venedig, Emelie.«

Es hatte von Weitem tatsächlich so ausgesehen, als würde jemand im Seitenkanal zum Hafen herumbuddeln. Als wir jedoch näher rankamen, stellten wir jedoch fest, es handelte sich dabei um ein Arbeitsschiff, das mithilfe eines langen, biegsamen Saugrohrs Schlamm, Sand und sonstigen Dreck vom Meeresgrund holte, um das Zeug dann an seiner Seite wieder auszuspeien wie ein kotzender Drache. Ebenfalls mit einem flexiblen Rohr, welches ein sich gerade zu Tode schwitzender Arbeiter genau dahin schwenken konnte, wo er das Schlammzeugs aus dem Meer auch hinhaben wollte. Es war eine gründliche Kanalreinigung, die eben in vollem Gange war. Es stank aber bei Weitem nicht so eklig wie bei einer ähnlichen Arbeit in der Großstadt.

Wie wir an der Muschelbucht ankommen und von einem genauso neugierigen Italiener erfuhren, muss diese Art der Säuberung alle heilige Zeiten mal gemacht werden. Damit der Kanal nicht eines schönen Tages noch dichter wäre als der Siphon einer Campingspüle. Die hier in den Hafen ein- und ausfahrenden Jachten und Schiffe könnten ja sonst auf Grund laufen, sich sozusagen den Arsch aufreißen.

»Hoffentlich vertreibt uns der grausame Lärm jetzt nicht die schönen Muscheln«, scherzte ich und wedelte dabei mit meiner Sammeltüte. »Wenn uns die Muscheln davonlaufen, kommen sie nie mehr zurück!« Emelie reagierte nicht.

Ich schwenkte weit nach rechts rüber, wo sich durch den momentan niedrigen Meeresspiegel, im Jägerlatein Ebbe genannt, nun ein kleiner und separat gelegener See gebildet hatte. Mitten im Adriasand. Emelie blieb am Kanal stehen und adelte mich nachträglich einen Schokoscherzkeks. Es war ihr nun doch noch aufgefallen, dass leere Muscheln gar nicht laufen können.

Nach eben solchen Muscheln wollten wir auch Ausschau halten. Mit großem Erfolg, wie Emelie mir bald laut zurief, den ersten Fund stolz in ihren zarten Fingern haltend.

»Ich habe auch so eine Wunderschöne gefunden, Emelie, aber der Untermieter, der ist leider noch Zuhause!«

»Oh, schade. Lass ihm sein Haus! Schau dich nach leer stehenden Häusern um. Aber nicht wieder so angeknackste Bruchbuden, bei denen schon das halbe Dach fehlt wie bei der einen, die ich im Joghurtbecher gefunden habe. Hihi!«

Wir suchten und wühlten noch eine ganze Weile, selbst wenn uns dabei der Rücken brannte. Wir zwei Schlaumeier hatten unsere Shirts bei den Sonnenliegen liegenlassen.

Das brummende Arbeitsschiff war während unserer Zeit als Muschelexperten höchstens drei Meter achtzig bis fünf Meter siebzehn vorangekommen. Es konnten aber auch um vier Meter dreiundsechzig gewesen sein. War grad schlecht zu schätzen, war herrschte Ebbe.

Unsere Ausbeute hatte sich auch in italienischen Grenzen gehalten. Wir hatten mehr Muscheln der Adria zurückgegeben, als wir eingepackt hatten. Aber die Muschelsammelei war ja nur Spaß an der Freude. Zeitvertreib, während eines ausgedehnten Spaziergangs.

Auf dem Rückweg wichen wir den am Strand liegenden toten Quallen wieder genauso geschickt aus, wie schon am Hinweg. Sie sahen zwar einerseits äußerst interessant aus, andererseits war ihr Anblick auch mit Mitleid verbunden.

Irgendwie war sie schon seltsam - die alles beherrschende Mutter Natur. Wir Menschen durften nicht zu weit ins Meer hinaus, da wir sonst jämmerlich ertrinken könnten. Und die durchsichtigen Quallen, durften sich nicht zu nah ans Ufer heranwagen weil … Exodus!

Als wir zu den sonnengewärmten Liegen zurückkehrten, sah ich den Vater mit seinem juchzenden Salzhering erneut. Sie buddelten am Ufer in feuchtem Sand, um eine Sandburg zu bauen. Mit Wassergraben und Wehrtürmen. Doch kaum hatte der Padre den ersten Turm stehen, verarbeitete ihn der Bambino, der kleine Windelscheißer, mit gar übermäßiger Freude, auch einer handlichen Plastikschaufel, wieder zu feinstem Paniermehl. Von diesem klebte ihm schon einiges an den aufgeweichten dunkelblau eingefärbten Lippen. Die beiden Sandburgbastler hatten scheinbar zuvor schon einen leckeren Sandkuchen gebacken.

Auch die sportlich gekleideten Hupfdohlen waren schon wieder fleißig Zugange. Sie warfen ihre strammen Waden gen Himmel, wackelten mit den Hinterteilen und klatschten dabei noch im Takt der fetzigen Musik in die verschwitzten Hände. Ein längerer Blick zu den munteren Damen, danach ein kurzer zur schon schräg stehenden Sonne, die mir sagte, dass es gegen fünf Uhr sein musste. Zeit also, um unser Zelt am Strand für heute abzubrechen und zu unserer hölzernen Terrasse und dem dunkelroten Caravan zurückzukehren.

Da *unser Maxi-Caravan* »Z9« ja bereits im All-Inklusive Mietpreis mit inbegriffen war, benutzen wir diesen auch so oft es nur ging. Emelie war unter die Dusche gesprungen. Ich hatte, wenn ich ihre kleine Dusche denn überhaupt mal benutzen durfte, Startnummer due. Zwei. Das ersparte uns das Auslosen, wer sich den Sandstrand zuerst vom schmierigen Sonnenölleib und der Salzwasserbadehose abbrausen durfte. Weil der schwarze Bikini Emelies Trumpfkarte war, gewann auch stets der schwarze Bikini. Ganz egal, ob mit oder ohne auslosen. Tradition!

Ich hatte mich derweil, bis ich an der Reihe war, hinaus auf die Veranda gesetzt, eine gemütliche Zigarette geraucht und auf Emelies ersten Hilferuf gewartet. Achtung, jetzt!

»Hilfe!! Kannst du mir bitte das große Handtuch bringen, das weiße! Sorry, aber ich habe es einmal wieder vergessen, Fredy!« Das passierte Emelie bei dreimal Duschen ganze drei Mal. »Ja nicht luren!«, forderte sie mich auf, als ich es ihr durch den winzigen Spalt, den ihre Badtür offenstand, presste. Viel hätte ich sowieso nicht sehen können, sie die Dusche in eine finnische Sauna oder türkisches Dampfbad umgewandelt hatte.

Nur gut, dass sie sich nach der Heißduscherei nicht noch

ihr hübsches Gesicht mit Farbe und Puder zukleisterte, ich wäre erst beim nächsten Sonnenaufgang drangekommen.

Bei Emelie fand nur morgens etwas Farbe in ihrem natürliches Gesicht Platz, und das nur ganz dezent. Hauchdünn, so wie das Nachthemd aus Latisana. Nicht so übertrieben, dass man sie für eine Fantasiefigur aus dem Wachsfigurenkabinett halten könnte. So wie das eine Fräulein bei unserer Busfahrt zum Brunnen. Oder wie bei mach anderen Frauen, wo der Gatte die eigene Gemahlin am Frühstückstisch erst mal komisch ansieht und sich fragt, ob er vielleicht einen One-Night-Stand mit nach Hause gebracht, oder die Gattin eine neue Haushälterin eingestellt habe. Bei Emelie konnte man auch nach der Schminkstunde zu über hundert Prozent erkennen, dass sie auch die echte Emelie war.

Als ich dann endlich dran war mit Warmduschen, war mir ein lustiger Spruch in den Unsinn gekommen. Traute mich aber nicht, ihn auch auszusprechen, sonst hätte Emelie mir die Heißwasserleitung gekappt.

Du Emelie, könntest du mir mal *meine Bäckerin* in die Dusche reinreichen! Ich Trottel habe sie wieder vergessen! Wie gesagt, nur ein Gedanke unter der warmen Dusche.

»Ist dein Wasser heute so gut gelaunt, Fredy, oder warum lachst während du duscht?«

»Ach, hab mich nur beim Ohren ausspülen verschluckt!«

»Aha!? Und das ist lustig? Lass halt einfach deine Augen zu, so kommt auch kein Wasser ins Ohr. Hihi. Und sieh zu, dass du endlich fertig wirst, du musst nämlich noch …«

»Den Grill anschmeißen! Ja, ich weiß, Hase. Das mache ich, sobald die Adria aus meinem Ohr raus ist!«

»Warum schreist du eigentlich so, Fredy, ich sitze doch neben dir, im Schlafzimmer.« Es war direkt nebenan.

»Weil ich das verdammte Wasser noch immer Ohr habe!«

»Na, ist doch besser als im Kopf! Hihi!«

Na warte, du Biest, dachte ich und überlegte, mit welcher Schandtat ich mich rächen könnte. Ob ich ihr Chili in das Gesichtspuder mischen sollte? Lieber nicht, da müsste ich nicht den Hausmeister, sondern einen Schönheitschirurgen zu Hilfe holen. Und am Grill konnte ich auch nicht tricksen. Den hat Emelie auch von innen aus mit einem Auge immer im Blick. Damit ich ihre Dorade ja nicht ein Sekündchen zu früh vom Grill runterhole. Aber ich könnte ja am Abend ganz aus Versehen vergessen, den Morgenkaffee hinzustellen. Um Himmelswillen! Damit ich dann einen ganzen Tag ihre miese Laune ertragen darf? Nix da. Wenn ich vergesse, abends die Antimückenspirale unter unserem Erdbeertisch anzuzünden? Die wohl blödeste meiner glorreichen Ideen. Diese verdammten Blutsauger würden sich doch nicht nur auf Emelies schlanke Waden stürzen. Ich habe Blutgruppe A positiv, sehr beliebt bei den Blutsaugern.

So beschloss ich, auf dem linken Bein hüpfend, ich hatte tatsächlich einen Tropfen Wasser in einem Gehörgang, die Rachegedanken ruhen zu lassen. Für den Moment!

## Kapitel 18

*Der erste Schnee!*

Dicke weiße Schneeflocken, groß wie mein Fingernagel, schwebten langsam vom dichtgrauen Himmel nieder, doch ein tänzelnder Ausreißer schaukelte aus der Reihe. Trotzig machte er es sich auf meiner ihm genügend Platz bietenden Nase bequem, während seine Brüder und Schwestern langsam zu Boden fielen, um die ganze Erde mit einem weichen weißen Teppich zu bedecken. Die lustige Flocke schien ein letztes Mal zu grinsen, danach schmolz sie langsam dahin, so wie köstliches Himbeereis auf der Zunge. Im Lagerfeuer züngelten meterhohe Flammen und versprühten glühende Funken, die im eisigen Nordwind leuchteten, um dann bald darauf auszugehen, als habe es sie nie gegeben. Am Rand des wärmenden Lagerfeuers, das am Adriastrand fachmännisch und sehr liebevoll aufgebaut worden war, brutzelten an entrinden Pinienästen zwei fangfrische Fische gemütlich vor sich her. Direkt darüber, eine silberne Kanne, in der sich dampfender Früchtetee befand.

»Wo bist du schon wieder mit deinen Gedanken, Fredy, du alter Träumer? Dreimal habe ich dir schon vom Caravan aus zugerufen, dass dein Kaffee sehr gut schmeckt, aber du hast mir dreimal nicht geantwortet. Ich dachte, du wärst zur Muschelbucht. Oder in *deiner Dusche*, oder bei … hihi, bei *deiner Frau Bäckerin*. Hihi«, grinste Emelie. Sie hatte mich überrascht, als ich gedankenverloren auf der Terrasse saß. Mit meinen Kaffeebecher, den ich mit beiden Händen fest umschlossen hielt, als würde ich mich an ihm aufwärmen wollen.

»Du-hu, Emelie, weißt du eigentlich«, ich drehte meinen Kopf zur roten Tür, in der sie im hauchdünnen Nachthemd stand, »dass ich seit zwei Wochen keine Lebkuchen mehr habe? Also hatte ich mir gerade vorgestellt, wir beide säßen vorn am Adriastrand. An einem mollig warmen Lagerfeuer, das ich aus vertrockneten Pinienästen gebaut hatte. Und wir hatten Fische zum Räuchern aufgespießt, auch eine Kanne Früchtetee hing über dem Lagerfeuer. Wir froren arg, weil wir die Handschuhe und Wollmützen nicht dabeihatten. In unserer Nähe, auf einem verschneiten Hügel, saß ein alter Silberreiher, der im tiefen Schnee Würmer suchte. Er hatte ganz vergessen, ins Winterquartier in den Süden zu fliegen. Es schneite schneeweiße Kristallflocken …«

»Schneeweiß? Aber sonst geht's dir noch gut, Fredy? Soll ich den Arzt rufen? Ich hatte dir aber extra noch gesagt, als wir zur Muschelbucht liefen, lass dein Käppi auf!«

»Meinem Kopf geht es bestens bis prima, Frau Holle. Ich hab halt nur ein bisschen so vor mich hingeträumt. Schade, dass du mich gerade da gestört hast, als *meine Bäckerin* von einer weißen Schneewolke gestiegen kam, mir ein riesiges Fresspaket Lebkuchen unter den Christbaum legte.«

Langt die mir doch glatt an die ganz normal temperierte Stirn. Die sich kaputtlachende Emelie, nicht die Bäckerin! Und meint, ich soll gut aufpassen, dass mir die Zehen nicht abfrieren. Ich hätte nämlich keine Socken an.

»Denk lieber an die Kühlbox, du hoffnungsloser Fantast, sonst läuft uns der ganze Käse davon, wenn wir am Markt in Lignano nach dem Käsemann noch etwas rumbummeln. Angeblich solls heute ziemlich warm werden. Vierzig Plus,

Fredy! Kannst also Christbaumkugeln und Schneeschaufel wieder einpacken, hihi.«

Sie hing die Caravantür in den dehnbaren Hosengummi ein, den ich mit einer Schlaufe versehen und einer gekl …, äh, ausgeborgten, wetterfesten Holzschraube an der Außenwand des Caravan eigens dafür befestig hatte. Sie schüttelte den noch schlaftrunkenen Wuschelblondschopf. Ich nicht.

»Trau dir jetzt bloß nicht, unser Weihnachtsgespräch ins weltweite Ich-blamier-mich-Webnet reinzustellen, Emelie. Ich kenne diesen arg schiefen Blick von dir.« Das hätte sie natürlich nie getan, solang ich noch in ihrer Nähe war.

Da ich längst bei meiner ausgiebigen Morgendusche, in der großen, gewesen war, nur noch meine Fahrradtour zum Bäckerinnenfachgeschäft vor mir liegen hatte, tat ich dies auch umgehend. Um mir Emelies dämliches Grinsen nicht mehr länger ansehen zu müssen.

»Darf ich dir vielleicht ein Stück vom Apfelstrudel oder ein Brioche ohne was drin mitbringen, Emelie?«, fragte ich leicht ironisch. Ich saß schon fest im Sattel. »Oder liegt der Strudel, den du dir am zweiten Urlaubstag gekauft hattest, noch immer im Kühlschrank?« Es kam aber nix Positives zurück, also musste der mit süßlichen Äpfeln gefüllte und mit Puderzucker bestreute Strudelteig noch am Leben sein. Als ich den ersten Tritt in die Pedale machte, kam was nach.

»Nein, vielen Dank, Fredy! Weder noch, aber sollte *deine Bäckerin* rein zufällig einen hübschen Schoko-Nikolaus in Metzgerform in der Theke haben, den könntest du mir ruhig mitbringen. Hihi!«

Es hatte natürlich seinen guten Grund gehabt, warum ich heute so wirre Gedanken an Schneeflocken, vor allem aber an Lebkuchen hatte. Entzugserscheinungen!

*

Heute war der allerletzte Montag unseres Italienurlaubs. Das war genau jener Tag, an dem wir noch mal zum Markt nach Lignano Sabbiodoro fuhren, um richtig zuzuschlagen. Mit unseren Lieblingskäsenaschereien, die wir in der zum Glück noch sehr fernen Heimat entweder überhaupt nicht oder nur zu solch grauenhaft horrenden Preisen bekamen, dass es keinen Spaß machte, den Käse richtig zu genießen.

Wir mussten somit nicht nur an Käse für die paar letzten Urlaubstage denken, sondern auch an die großen Batzen, die wir stets mit nach Hause nahmen. Gut in Vakuumbeutel eingeschweißt, was wir dem Käsemann jedoch nicht mehr anschaffen mussten. Der wusste, bei der anomalen Menge, die wir heute bei ihm kaufen, dass unsere diesjährige Adria-Sanduhr angefangen hat, rasant zu ticken. Der altbekannte Käsefreund brauchte also nur die einzelnen, ungleich dick abgeschnittenen Käsestücke in seine festen Klarsichtbeutel stopfen und alle Luft herauslassen, schon war unser Käse reisefertig. Erster Klasse, im Kühlbox-Schlafwagen.

Der Käsemann machte uns immer einen unschlagbaren Hammerpreis, der sicherlich mit dazu dienen soll, dass wir auch nächstes Jahr wieder nur an seinem Käsestand kaufen. Eine sicher preisgünstige Werbevariante, er verdiente auch trotz seiner niedrigen Preise, vergleichbar mit dem Benzin Luxemburg und Villach gegen Autobahn, noch genug.

Während wir noch auf den Probehäppchen herumkauten, die er uns von jeder Sorte überreichte, die wir eben gekauft hatten, drückte er mir schon mal die gut zweieinhalb Kilo schwere Tüte mit dem Käse in die Hand und meinte: »Ciao, bis nächstes Jahr!« Wie ein Filou, grinste das Schlitzohr.

»Ja, sicher, du auch, ciao!«, entgegnete ich ihm mit noch vollem Mund. Emelie nickte traurig.

»Oh, wie ich es hasse, wenn du unsere letzte Käsetüte in den Wagen bringst, Fredy!«

Ich fühlte mich ja auch nicht recht viel besser, als ich zum Parkplatz eilte, um den Käse schnellst möglich aus der nun bereits arg gleißenden Sonne herauszukriegen, damit dieser ja keinen Fluchtversuch unternehmen könne. Die Kühlbox freute sich schon auf die neuen Mieter.

Emelie blieb auf dem Marktgelände, saß am Imbissstand gegenüber dem Käsemannwagen. Sie gönnte sich eine von den Halbliterflaschen eiskaltem Mineralwasser, hielt diese sich an die glühende Stirn. Ich brauchte das nicht, ich hatte mein graues Lieblingskäppi auf dem Kopf. Zudem machte mir die Sonne heute sowieso wenig aus. Lag sicher daran, weil ich mich in der Früh mit Neuschnee abgekühlt hatte.

»Ach, machst du dir einen Früchtetee, Emelie? Ich mein ja nur, weil du das Wasser aufkochst mit deinem Hitzkopf.« Ich hatte mich so hingestellt, dass sie mehr im Schatten saß, und mir zum Dank ihre rosa Zunge ausbleckte. »Möchtest du noch über den Marktplatz bummeln? Später, wenn dein Tee fertig ist, oder wir es dir heute zu viel?«

»Mir? Ich habe mich nur hier hingesetzt, damit mir nicht noch so ein drei Zentner Trampeltier auf die Füße stampft. Die tun mir auch schon von allein weh genug.« Emelie warf dabei ein Bein nach vorne, das, wie ich sogleich bemerkte, noch in einwandfreiem Topzustand war. Weder waren ihre Zehen platt wie eine Flundern auf dem Meeresgrund, noch lief Blut aus ihrem Schuh. Petzende Hochzeitstauben, die einen Prinzen auf weißem Ross angekündigt hätten, waren auch nicht in Sichtweite. Ein Arzt würde jetzt wohl sagen, das Bein sähe, entsprechend dem Alter der Patientin, völlig normal aus.

»Grins mich nicht so blöd an, Fredy! Du langer Lulatsch bist ja nicht zu übersehen, aber ich Zwerg! Ich komme mir vor, als würden die ungehobelten Trampeltiere bloß darauf warten, dass ich über ihren Trampelpfad laufe. Damit sie an mir ausprobieren können, wie viel Schmerzen so ein zartes Frauenzimmer wie ich ertragen kann!«

O, arme Emelie! Sie konnte mir manchmal echt leidtun.

»Na, dann schlag doch zurück, Hase. Aber so richtig, mit viel Schmackes. Du, vielleicht finden wir noch einen Stand, an dem es entzückend modische, schwarze Sommerschuhe mit Stahlspitzeneinlagen gibt. Haha.«

»Depp!« Sie erhob sich ruckartig und boxte mir dabei an die rechte Schulter.

Schuhe sahen wir genügend. In Hülle und Fülle. In Hell- bis Dunkelschwarz. Doch kein einziges Paar davon eignete sich zum Nahkampf mit gar unachtsamen Touris. Stopp! Es waren natürlich auch Einheimische auf dem Wochenmarkt, die ebenfalls auf Emelies rot lackierte Zehenspitzen hätten treten können. Nur, über freundliche Italiener, ließ Emelie ebenso wenig kommen wie ich über die Italienerinnen.

*

»Oh, was bin ich glücklich, Fredy, dass wir zwei doch noch über den Markt gelaufen sind, auch wenn mir meine Füße wehtun, weil heute mehr Elefanten als Mitmenschen unterwegs waren«, erfreute sich die überstrahlende Emelie, als wir in *unserem Eiscafé* auf dem Corso del Sole saßen. Sprizz, Cappuccino und Chips. Aha, dachte ich. Hannibal befindet sich also noch auf dem Markt in Lignano. Es wird also nur noch eine Frage der Zeit sein, dann werden meine lang ersehnten Tempelritter auch hier auftauchen.

»Ach, habe ich dir überhaupt schon gesagt, dass ich heute Morgen im Internet war?«, fragte Emelie neugierig.

»Aha?! Und wie bist du wieder rausgekommen?«

»Depp! Ich hatte doch nur etwas nachgeschaut.« Schuhe, war mein erster Gedankenflug. »Wegen der Elefanten, die deiner Meinung nach über die Alpen rüber getrampelt sind. So wie diese törichten Bleifußtouristen über meine armen Füßchen. Dieser Hannibal, und seine mutigen Männer, die waren ja gar keine richtigen Italiener. Die kamen nämlich von Karthago herüber! Frag mich jetzt aber nicht, wo das Nest auf unserem Globus rumliegt. Ich weiß nur, die hatten etwas gegen die anderen. Die anderen waren erst zu mehr. Und trotzdem haben sie was auf die Stahlmützen gekriegt. Sie konnten das verlorene Lorbeerblatt aber irgendwie umdrehen. Krach! Bumm. Autsch! Einreisevisum abgelaufen. Hannibal wieder zack ab nach Hause. Nicht mal ein kleines Stückchen Parmesan und eine Pizza Frutti di Mare oder hübschen Kühlschrankmagnet aus Venedig hatte er sich als Souvenir mitnehmen dürfen. Schon scheiße, gell?«

Ich war echt platt, dass ich ganz früher, als ich noch dazu genötigt wurde, zur Schule zu gehen, im Geschichtsunterricht so schlecht aufpasst hatte, ich das mit Hannibal heute nicht wusste. Damals, als alles noch einfacher war, weil es noch kein unauffälliges Smartphon-Internet, sondern bloß praktische Spickzettel gab. Ich hätte wahrscheinlich schon damals an meine so geniale Idee gedacht, die italienische

Adria etwas günstiger abzulegen. Im Schwabenländle.

»O, du schaust schon wieder so geistesabwesend, Fredy. Mich hat halt nur mal interessiert, ob die Elefanten damals auch Frauenschuhe in ihren Satteltaschen hatten. Oder nur die langweiligen Treter für Männer.

»Nur für Männer, Hase. Cowboystiefel! Haha.«

Wir zechten dann mit unserem einfachen Satz, »Il konto, per favore!« Sagten danach aber keinen einzigen Satz mehr. Doch bloß so lang, bis wir an den Kreisverkehr von Bibione kamen und Emelie mich wieder zu Tode erschreckte. Laut schreiend, als wäre sie von einer Mörderwespe gestochen, einer Tarantella gebissen oder den Tempelritten überfallen geworden.

»Mann, die Pescheria, der Fischladen!«, fiel ihr ein, als ich den Wagen gerade in Schräglage gebracht und sie ans heutige Abendessen gedacht hatte.

Also, umdrehen, Atlantik-Hummer kaufen. Und da wir schon in der Nähe waren, kehrten wir auch gleich noch im Supermarkt ein, wofür uns danach die Mittagsschranke am Camping Capalonga die Rote Karte zeigte. Ihr zwei kommt jetzt hier ganz bestimmt nicht mehr rein! Machte uns aber wenig. Die volle Kühlbox war bloß gute fünf Kilo schwer. Zum Glück musste ich sie bloß bis in die Mitte des Platzes tragen, nicht bis nach Luxemburg.

Die gute Emelie, die trug natürlich auch etwas Schweres. Die Verantwortung und ihr allwissendes Smartphon!

Im Kühlschrank ging es zu wie Emelies Schlafkammer. Kein Millimeter Platz mehr frei. Hummer und Käse lagen genauso dicht an dicht, wie ihre Schuhkartons neben dem

Doppelbett. Doch diese hatten wenigstens den Vorteil, man konnte sie bis zur Decke stapeln. Beim Eisschrank war da schon viel eher Schluss.

Emelie war selig und entzückt, doch noch ein letztes Mal über den Markt von Lignano Sabbiodoro geschlendert zu sein. Ich war inzwischen heilfroh, dass es der letzte Markt gewesen war für dieses Jahr. Wurde aber mal wieder eines Besseren belehrt. Natürlich von Emelie, aber ohne dass sie diesmal ihr Netz-Lexikon befragen musste.

»Und was ist mit deinem Honig, Fredy?«

»Scheiße! Ach, liefern die Marktleute von Bibione auch ins Haus?« Bei dem raschen Gedanken hatte ich übersehen, wir verweilten ja noch in Italien, nicht schon in München, wo sie einem sogar noch bis zehn Uhr nachts Erdnüsse mit Vanille-Schinkengeschmack bis in die Haustür bringen. Für einen winzigen Obolus, von dem ich ganz locker zwei Tage schlemmen könnte … bis zum Platzen. »Erinnerst du mich bitte morgen noch mal dran, Hase, sonst habe ich ein großes Problem. Ein ganzes Jahr lang Frust und Depressionen, so wie jetzt, ohne meine Lebkuchen.«

»Und wenn ich es vergesse? Hihi.«

»Tja, dann, meine liebste Emelie, spendiere ich meinem Herrn Pfarrer Kirchenglocken, die du bis nach Luxemburg hörst. Ohne offenes Fenster, ohne Telefon! Oder ich frage in Rom nach, ob sie nicht eine neue Kirche bauen könnten. Vor deinem Balkon, mit so großen Glocken, die meine in München übertönen. Haha.«

Sie grinste, ich schrieb mir eine meterlange Einkaufsliste. Honig!!

»Ach, wenn du eben dabei bist, Fredy, schreib bitte noch das scharfe Pasta Gewürz mit auf. Du weißt, das kriege ich auch nur auf dem Bibione Markt, so wie du den Miele.«

»Aha, und was, wenn ich den blöden Zettel morgen Früh vergesse?« Ha, dachte ich schadenfreudig, jetzt hat Emelie ein gewaltiges Problem, nicht ich. Ich hatte mir nämlich klammheimlich eine Kopie von dem Zettel gemacht und in meiner Zigarettenschachtel versteckt. Ich mag ja vielleicht manchmal Käppi, Wasser oder Fotoapparat vergessen, aber nicht meine Zigaretten.

»Wenn dem wirklich so sein sollte, Fredy, dann wird es höchste Eisenbahn, such dir einen guten Neurologen!« Sie nahm mir den Kugelschreiber aus der Hand und kritzelte noch was auf den Originalzettel: Bitte Morgen mitnehmen! Damit ich es nicht wieder durchstreichen konnte, legte sie den Block auf ihre Tischhälfte. Denn auch auf dem Tisch gab es eine Grenze der Gemeinsamkeiten. Unsichtbar, wäre ja jammerschade, um die neue schöne Erdbeertischdecke, wenn ich sie jetzt mit Kugelschreiber beschmieren würde. Schon lenkte sie mich ab.

»Öh, was ganz anderes, Fredy. Was futterst du eigentlich heute Abend? Hast mir diesmal nix aufgetragen, als ich in den Fischladen gehüpft war.« Ich brauchte auch nichts, ich hatte ja noch etwas Delikates in Reserve, doch sie hüstelte verdächtig trocken. »Äh! Wenn du jetzt an deine Pasta von gestern denkst, die noch im Kühlschrank standen … Pech gehabt. Die musste ich letzte Nacht leider essen, sonst hätte der Käse von keinen Platz mehr gehabt, hihi.«

Ah, so war das! Hatte ich also doch keinen Albtraum, als ich letzte Nacht erst unsere Kühlschranktür hörte, danach, wie jemand genüsslich laut schmatze. Das war aber nichts

Neues für mich, wie etwa die rote Farbe unseres Caravans. Und war mal kein Restetopf von Pasta mit Bolo-Soße im Kühlschrank, fiel Emelie, das Raubtier, einfach über mein Zuckerbrot her, das ich im Geschirrschrank versteckte.

»Naja«, steckte ich Emelies Bemerkung locker weg wie ein Mann, dem man letzte Nacht den aktuellen Playboy-Kalender geklaut hat. »Dann gibt es eben keine Nudeln, ist aber halb so schlimm. Dann hole ich mir eben vorne am Capalonga Restaurant eine leckere Pizza Hawaii. Mit ganz viel Ananas drauf - ohne Rand drum herum, haha.«

Während ich am Nachmittag auf unserer Terrasse gelesen hatte, war Emelie in den Spa spaziert, der auch noch recht neu war auf Capalonga. Dort ließ sie so was ähnliches machen mit sich, wie mit ihren Fingernägeln in Luxemburg. Eine Rundumerneuerung – aber ohne Schutzlack.

Es war dann nicht mal gelogen, als ich Emelie von dort abgeholt und ihr gesagt hatte, sie würde mindestens zehn Jahre jünger aussehen. Die zwei Mädels, die den Spa unter sic hatten, verstanden ihr Handwerk wirklich von A bis Z. Sie hatten mich gleich zu einer Sitzung überreden wollen. Drei, vier Stunden, schon sähe ich drei Tage jünger aus.

## Kapitel 19

*Ein Roter muss es sein!*

Natürlich gab es in ganz Italien keine Pizza Hawaii ohne Rand, auch nicht mit einem anderen Belag als Ananas. Also musste ich mir etwas anderes einfallen lassen, um Emelie zu ärgern. Ich dachte also heute Morgen beim Dichten an etwas Heiteres, denn schlecht drauf, war ich schon selbst. Mir war nämlich eingefallen, dass wir nur noch kleine vier Tage in Pineda verweilen dürfen. Unseren Abreisetag hatte ich schon abgezogen, denn der hatte weiß Gott nichts mehr mit Urlaub, mit Entschleunigen zu tun.

*Stehen Elefanten hoch oben auf dem Alpenberge,*
*sehen die Menschen aus wie lustig Gartenwerge.*
*Trampeln aber Dickhäute auf deinen Füßen rum,*
*scheiß dir nix, mach einfach ein paar Pflaster rum.*

So etwas Ähnliches hatte ich ihr dann auch geschrieben. Emelie lachte sich schief wie ein Stahlnagel, in einer Stahlbetonwand. Danach erinnerte sie mich daran, dass wir noch zum Wochenmarkt nach Bibione mussten. Unter unserem Motto: Einer geht noch! Was auch fix passierte.

Honigmann und Gewürzfrau lagen sich mit ihren beiden Ständen direkt gegenüber. Emelies Venusmuscheln lagen, wegen ihres etwas ureigenen Geruchs, separat, also erst auf unserem Rückweg herum. Der Rest des Vormittags war nur noch reine Routine, somit auch nicht nennenswert. Bis auf jenen einen Moment, in dem Emelie noch einfiel, sie hätte keine Zigaretten mehr. Doch glücklicherweise mussten wir für ihren blauen, nicht schwarzen Dunst keinen Umweg laufen. Emelies Paffladen befand sich nämlich gleich neben *unserem Lieblingseiscafé*.

Während Emelie sich ihren Rauch besorgte, wartete ich geduldig wie eine Puppe vor dem Schaufenster des Ladens. Dabei entdeckte ich was, was mir in meiner Einmann-WG unbedingt fehlte. Nein, doch keine Wasserpfeife, in der ich Ringelblumen, Steinnelken, Kokosnüsse und rote, grüne, und gelbe Paprikaschoten rauchen könnte. Das, was in dem Schaufenster stand und mich so fasziniere, mich durch das Panzerglas des Laden direkt anflehte, ich sollte es befreien, war ein Roller gewesen. Eine dunkelrote Vespa. Ein antiker italienischer Motorroller in Miniaturgröße. Ich also hinein, als Emelie gerade wieder rauskam. Ich fackelte nicht lange und krallte mir das geile Gefährt.

»Ui! Ich auch haben will, Fredy!«

Haben, haben, haben. Typisch Emelie.

Ich wieder also rein, doch Emelie hatte Pech, den Roller gab es nur noch in Schwarz. Eigentlich ihre Lieblingsfarbe, doch sie wollte ihn in demselben leuchtrot wie ich haben.

»Da steht doch noch einer«, stupste Emelie mich an. »Da, im Schaufenster!« Dritter Anlauf. Donna Besitzerin wollte ihre Auslage erst nicht ruinieren, doch dank meines unwiderstehlichen Charmes, gab sie dann doch noch nach.

Emelie glücklich, da sie auch einen Roten bekam. Meine Beine glücklich, da wir uns danach in das Café setzten. Die Verkäuferin sowieso felice, hatte die mit den beiden Vespa auf die Schnelle über fünfzig Euro Umsatz gemacht. Also hatten wir auch ihren Laden nun vor dem Ruin gerettet, die italienische Stahl- und Lackindustrie sowieso, unsere roten Roller waren aus echtem, rot lackierten Metall.

*

Nicht ganz so erfreut verlief dann unser Nachmittag. Wir legten uns, wie nun seit mehr als zwei Wochen gewohnt, an den Strand. Maunzten aber heute auch nicht gerade weniger als sonst über die Tollpatschigkeit mancher Urlauber. Und ich behielt auch Emelies knallrotes Dekolleté im operierten Auge. Die sonst so friedliche Adria war heute irgendwie auf Krawall machen aus.

So wie wir vom Marktbummel zurückkammen, kam auch die Flut von ihrem Ausflug gen Süden zurück. Jedoch nicht mit Honig oder Pastawürzer. Mit derartigen Wellen, die uns zum Bauklötze staunen brachten. Komisch, denn die Nachmittagssonne schien total sonnenklar und ungetrübt. Keine einzige schwarze Schaf-Wölkchen weit und breit in Sicht. Ganz weit draußen, mit bloßem Auge kaum zu erkennen, zog ein riesiger Luxusliner seine Runde, die ihn sicherlich auch nach Venedig treiben dürfte. Eben der riesige Pott war dafür verantwortlich, dass Kinder nun jammerten, manche gar kreischten und heulten, da ihre Sandburgen am Strand durch die fast mannshohen Wellen zu Sandbruch gingen. Ohne dass die Kinder mit der Plastikschaufel nachgeholfen hätten. Ein hektischer Bootsverleiher warnte die im Meer draußen strampelnden Tretbootfahrer, ganz nah am Ufer zu bleiben. Dass manch Verrückter trotzdem ins Meer rannte, obwohl die feuerrote Warnfahne längst gehisst war, selber schuld, die Wellen werden gewinnen. Tja, und wer war bei den todesmutigen, bescheuerten Leuten mit dabei? Genau.

Ich!

»Soll ich deine Mutter anrufen, sie könnte ja schon mal deine Münchner Wohnung vermieten, Fredy?«, rief Emelie mir ernsthaft hinterher, als ich in die erste mannshohe Welle sprang, sie selbst am Ufer stand und laut kicherte, sodass ich dieses sogar noch unter Wasser hören konnte.. »Ich sage auch *deiner Bäckerin*, sie muss sich das Kleingeld, das sie von dir immer bekommen hat, ab sofort auf der Bank holen, weil du nicht mehr aus der Adria rauskommen kannst, ohne Badehose. Die schwimmt nämlich gerade neben dir! Hihi.«

Sie brauchte die beiden dann doch nicht zu informieren. Ich hatte gegen die monströsen Wellen angekämpft wie ein furchtloser Löwe mit Seepferdchen-Zeichen auf der Badehose. Ich hatte natürlich Haus hoch gewonnen. Wenn auch mit einem kleineren Mangel. Meine Badehose konnte ich zwar wiederfinden, sogar wieder anziehen, doch erlitt ich dabei einen schmerzhaften Wadenkrampf. Weit draußen, am Horn von Afrika. Kleiner Scherz. Aber nur das mit dem Horn, nicht aber mein Wadenkrampf. Dass ich mir bei dem ungleichen Kampf, Mann gegen Adria, auch was Glitschiges eingefangen hatte, hatte nicht nur Emelie gesehen. Sah aber auch wirklich zum Schießen aus, das lange grüne Teil, das aus meiner Badehose hing. Ein Halm Seegras.

»Hier, Emelie, kannst dir ja heute Abend einen leckeren Salat daraus machen«, lachte ich verlegen, und warf ihr den aalglatten Grashalm auf den Blondschopf. Sie wusste aber Besseres damit anzufangen. Sie bastelte sich ein hübsches, dunkelgrünes Armband daraus.

## Kapitel 20

*Es tut so weh!*

Die nächsten beiden Tage verliefen dann so ähnlich, nur total anders. Ohne Wochenmarkt, ohne meterhohen Wellen. Wir gingen durch Dorf und Stadt bummeln, jedoch ohne weitere Schuhe oder Klamotten zu kaufen. Wir tranken wie gewohnt Cappuccino und Sprizz, doch immer mit dem saublöden Gedanken im weinenden Hinterkopf, es werden nun nicht mehr allzu viele Cappuccini und Sprizz sein in diesem Urlaub. Fernweh, ohne Zuhause zu sein, so nannten wir den abscheulichen Zustand, der wesentlich schlimmer war als vor einem verpackten Weihnachtsgeschenk zu sitzen und es nicht öffnen zu dürfen.

Aber wir ließen unsere Köpfe deshalb nicht ganz hängen. Wir lachten und scherzten trotzdem weiter, trieben auch die letzten Urlaubstage noch unser Unwesen. Ganz zur Freude der anderen Camper auf *unserem Capalonga*.

Emelie wurde bereits am Donnerstagabend ganz nervös. Ich heiterte sie mit einer schwarzen Dorade vom Kugelgrill und meinen dummen Sprüchen etwas auf.

»Du-hu, Emelie, weißt du eigentlich schon, dass es in nur sieben Wochen schon wieder frische Lebkuchen gibt?«

»Toll! Ich, an deiner Stelle, ich würde jetzt einen freihändigen Purzelbaum rückwärts machen. Der interessiert mich genauso viel!« War sie gar neidisch? »Du hast es ja einfach, Fredy. Gehst einfach in den nächsten Supermarkt rein und schon hast du für ein ganzes Jahr deinen blöden Süßkram.

Und was ist mit mir? Was habe ich, was mein noch junges Bio-Leben lebenswert macht? Wie soll ich denn, wenn wir erst mal wieder zu Hause sind, an die brandneuen heißesten Schuhmodelle kommen, die *Maestro di Scarpe* ab nächster Woche im Schaufenster stehen hat? Weißt du was, Fredy?« Wusste ich nicht, würde aber ihre bittere Wahrheit sicher gleich erfahren. Reiner Erfahrungswert. »Du, Fredy, du bist ein elendiger Egoist. Denkst immer bloß an dich und deine Lebkuchen. Und an deine …«

»Stimmt ja gar nicht«, unterbrach ich sie mit erhobenem Finger. »Ich bringe dir sogar öfter Mal einen mit, aber du isst ja keine Lebkuchen, weil du sie im gefrorenem Zustand nicht beißen kannst. Ich hab dir aber extra noch dazugesagt, Lebkuchen einfrieren kannst du dir sparen, Emelie. Wegen der Kaloriengeister, das klappt zwar bei echt italienischem Eis, nicht bei Weihnachtsgebäck.« Keine Reaktion. »Ach, weißt du, was du machen könntest, Emelie? Schreibe doch einfach einen lieben Brief an das Christkind. Das schick ihn weiter an deinen Schuhkünstler. Deine seltene Schuhgröße kennt der ja auswendig. Die kann er sogar blind herstellen. Du musst also nur Farbe und Höhe vom Absatz schreiben.«

»Depp!«

*

Auch der Freitag verlief ziemlich humorvoll. Gleich nach dem Frühstück waren wir nach Bibione reingefahren, um dort unsere nun letzten Einkäufe zu tätigen. Die bestand aus italienischer Butter, Hartweizengrieß-Nudeln … äh, Pasta in allen möglichen Variationen, acht Gläser Bolognese Soße, Thunfisch in der Dose in doppelter Menge als sie ein vier Personenhaushalt in einem Jahr verzehren konnte, und Emelies San Marzano Tomaten. Teils frisch und zum Teil konserviert. Der Knoblauch hing am Hanfstrick und meine Vanillehörnchen mussten im Sechserpack mit. Das Garda Wasser wanderte in zwei verschiedenen Größen in den Einkaufswagen. Die Zwei-Liter Flaschen im Sechser-Pack für zuhause als eiserne Reserve. Es könnte ja sein, die Tempelritter würden dort auf uns warten. Vom Wasser packen wir auch noch die praktische Ein-Liter Hundeknochen Flasche mit ein. Davon brauchten wir zwei Sixpacks. Ach, all die schönen Sachen jetzt einzeln aufzuführen, würde etwas zu weit führen.

Emelies Kleinwagen bedankte sich für die Zuladung, er ging gleich mal in die vier schwarzen runden Knie. Danach kam eine sehr schmerzliche Etappe unserer Abschiedstournee. Wir mussten uns von den Damen in *unserem Eiscafé*, dem Lieblings-Eiscafé am Corso del Sole verabschieden.

Ich dachte, oder bildete es mir auch nur ein, die Italiener hätten irgendwie tierische Berührungsangst. Denn, manche verabschiedeten sich, indem sie aus sicherem Abstand nur die Hand zum Gruß hoben und ein »Ciao, grazie, bis nächstes Jahr!«, hinterherschickten. Andere gaben dir dann zwar die Hand, zogen diese aber nach einem eher laschen Druck schnell wieder zurück. So als hätten wir eine ansteckende, unheilbare Krankheit. Hatten wir auch. Ganze drei sogar.

Schuhkauferitis, Eismampfomanie und einen noch kaum erforschten Lästerei-Pilz.

Bei unseren due amica in unserem Lieblingscafé Numero uno, trafen wir auf zwei unterschiedliche Abschiedstypen. Die eine, eine waschechte Italienerin, fiel uns sogleich um den Hals. Bussi links und bacio rechts. Garniert mit einem spitzbübischen Lächeln. Ihre Kollegin hingegen, eine langgewachsene Deutsche, die nach Italien ausgewandert war, bei der sah die Abschiedsszene dann etwas anders aus. Erst spürte man einen festen Händedruck a la Preußenkaiser, der von einer ernsten Grußformel begleitet wurde. Doch dann, nach kurzem Zögern, kam doch noch etwas Wärme in ihr auf. Und auch sie drückte uns zwei dicke Schmatzer auf die Wangen. Und da es nicht schön ist, sich für ein ganzes Jahr zu verabschieden, gab es von den Mädels noch ein kleines Abschiedspräsent obendrauf. Aber erst, nachdem wir einen großen Eisbecher mit Sahne vernascht und Sprizz und Cappuccino geschlürft hatten. Dann flossen Abschiedstränen.

In Emelies Pescheria, dem gut bestückten Fisch-Fachgeschäft für Atlantik-Hummer und Muscheln von Venus und Jakob, auch in den diversen Schuh- und Klamottenläden, uns noch zu verabschieden, verkniffen wir uns lieber. Auch wenn man uns in diesen bestens kannte und uns auch stets zuvorkommend bediente. Aber sie waren eben nicht *unsere Lieblingseisdiele*. Denn in der waren wir gleich in unserem ersten Italienurlaub in ihre grande famiglia aufgenommen worden, als wären wir hier in Bibione geboren worden.

\*

Die Vorbereitung, um den Wagen packen zu können, war amüsant, eine Lachorgie, das Klo daher ständig besetzt.

Emelie hatte, trotz ihrer nächtlichen Kühlschranksünden, zwei Kilo abgenommen. Ihr Trolley jedoch– vier zugelegt. Es wäre wieder ein Bild für meine Galerie gewesen, wäre es direkt wert gewesen, es in Gold gemalt zu malen. Titel: »Emelie auf dem Koffer«.

Der dicke Trolley lag nämlich wehrlos auf dem Boden, sie stand mit beiden Beinen darauf und versuchte, sich dann schwerer zu machen, als sie es in Wirklichkeit war. Und ich versuchte dabei störrischen Reißverschluss zuzukriegen. In der Zeit hätte ich Winterreifen, hätten wir sie dabeigehabt, aufziehen können. Wir hatten sie aus taktischen und Platzgründen nicht mitgenommen. Die jetzt hilfreich gewesene Anhängerkupplung bis dreieinhalb Tonnen Zuladung, die besaßen wir leider noch immer nicht, sonst hätten wir uns jetzt das akribisch genaue Einpacken sparen können, hätten unseren Krempel nur auf die Terrasse legen und diese dann samt rotem Caravan an Emelies Wagen hängen müssen.

Unser Dachkoffer war flott aufmontiert, schneller als der bockige Trolley zu gewesen war. Was größer und schwerer war als ein Kilogramm Zucker, wanderte Stück für Stück, wie ein Puzzlespiel, in den nicht allzu großen Kofferraum und in den Dachkoffer. So brauchen wir morgen bloß noch den ganzen Kleinkram wir Zahnbürsten und Bettdecken im Inneren des Wagens verstauen. Fragte sich nur, wie?

In der Pizzeria in Pineda genoss Emelie am Abend dann Vongole in weißem vino bianco, ich die Pizza Capriccioso. Zum letzten Mal teilte ich den knusprigen dicken Hefeteigrand mit Emelie. Ganz brüderlich. Siebzig – dreißig. Unser Oberkellnerkassierer, der mit den beiden Bambini, bekam das letzte Trinkgeld dieser Saison, wir dafür eine herzliche Umarmung. Dann war unser letzter Urlaubstag fast zu Ende gegangen.

Zurück auf Capalonga, setzten wir uns noch ein bisschen auf die Alles-mit-drin-Terrasse. Ich entzündete noch einmal eine Mückenspirale und hoffte, die verdammten Blutsauger würden uns wenigstens am letzten Abend verschonen. Doch sie störten uns auch beim langsam Abschiednehmen.

Über die Venus und die Welt, auch über Venedig, Caorle und all die anderen schönen Orte, die wir heuer und in den letzten Jahren besucht hatten, quatschten und scherzten wir zwei. Mit etwas Wehmut im Herzen, nicht mit viel Wermut in der Kehle. Und mit einer, nein, es waren sicher zwei oder drei, kleine Tränen in einem Auge. Das andere Auge hatte noch Schonfrist, aber nur noch bis morgen Vormittag.

Venedig, das trotz des enorm hohen Wasserstandes wohl nie aus der Touristen-Mode kommen wird, hatten wir mit unserer Anwesenheit beglückt. Ebenso Caorle, diese kleine Stadt an der Adria, die mit ihren kunterbunten Häusern und dem schiefen Kirchturm Tagesbesucher und Camper lockt. San Daniele, das hübsche Dorf hoch oben auf einem Berg gelegen, wo ein cielo azzuro, der azurblaue Himmel, voller köstlichem Schinken hing. Triest, die einst stolze sagenhaft reiche Stadt, wo man den Glanz der vergangenen Zeit noch heute bestaunen kann. Bibione, wo man nicht nur leckeres Eis schlemmen, Sprizz und Cappuccino schlürfen, sondern auch den weiß-orangen Faro bestaunen konnte. Wenn man unwahrscheinlich viel Glück hatte, so wie ich, durfte man sich auch mit einer sehr bemerkenswerten älteren Donna über die endlosen Weiten der Adria unterhalten.

Ach, es gab so vieles, woran Emelie und ich uns erinnerten. Natürlich plauderten wir beide auch über unser kleines Paradies bei Pineda – Capalonga, wo alles im Preis *unserer Terrasse* mit inbegriffen gewesen war. Das wir nun morgen wieder an seine eigentlichen Besitzer zurückgeben werden. So spielt das Leben. Leider! Das tat unheimlich weh. Was? Weil wir zwei es in den drei Wochen Urlaub nicht geschafft hatten, eine passende Anhängerkupplung zu finden.

## Kapitel 21

*Arrivederci, terrazza!*

Emelies Morgenmuffel Abschiedskaffee hatte ich gestern Abend, nach unserem ausgiebigen Revue-passieren-lassen vorbereitet. Somit brauchte sie nur auf den roten Knopf an der Front ihrer *macchina Café* zu drücken, um diesen schon bald mit einem leisen, für die Nachbarn etwas zweideutigen Stöhnen genießen zu können.

Und wie ich hörte, als ich mich auf das Fahrrad schwang, um uns bei *meiner Bäckerin* das letzte Frühstück und den Reiseproviant für die lange Heimfahrt zu holen, schmeckte Emelie das mit fettarmer Kuhmilch verdünnte Gebräu auch am Abschiedstag. Ich trank meinen starken, pechschwarzen Herzschrittmacher ohne alles mit gar nix drin. Den ersten schon spätestens um halb fünf Uhr morgens. Es gab nichts Wohltuenderes für mich, als starken Kaffee, in dem jeder Löffel, den ich aber nie reintat, senkrecht stehenblieb. Der Kaffeelöffel konnte bei mir ruhig fehlen, die Glimmstängel nicht. Was die morgens bei mir, war bei Emelie der Läppi.

\*

Die wohl zuckersüßeste Schnuckelhase von ganz Pineda, *meine Bäckerin*, der ich nun so viele unruhige Nächte mit schönen Träumen zu verdanken hatte, umarmte mich beim Abschied wieder genauso herzlich wie bei meiner Ankunft. Ihre Kollegin, die inzwischen gelernt hatte, mein Kleingeld nicht mehr nachzuzählen, schloss sich ihr an. Half mit, mir zum Abschied ein paar Rippen zu brechen. Als Andenken.

Ob die früher Maurermeisterin oder Catcherin gewesen war und den Beruf gewechselt hatte, keine Ahnung. Ob die gute Frau aber Mörtel, Gips oder Tartaruga und Olivenbrotteig in ihre Mangel nimmt, darin dürfte bei der kein allzu großer Unterschied liegen. Doch leider war ich weder Mörtel noch Semmelmehl, was sie durch meinen leisen Aufschrei dann auch kapiert hatte. Das restliche Münzgeld, das mir jetzt noch übriggeblieben war, war für die Sau. Die jedoch nicht quiekend und grunzend vor der Bäckereitür stand, sondern stillschweigend auf der Theke der zwei Bäckermädels.

*

»Na, wie war dein Abschiedsschmerz dieses Mal, Fredy? Warst aber ziemlich lang weg heute. Viel länger als sonst!« Warum sie das heute wohl gar so brennend interessierte, die neugierige Emelie? »Aha, da wird doch nicht nächstes Jahr ein rot-weiß-grüner Zwillings-Kinderwagen zwischen deiner Tartaruga und meiner Olive stehen?«, fragte die doofe Nuss mich kichernd.

»Pha, von wegen Kinderwagen!«, sage ich und werfe ihr eine dünne Schachtel Zigaretten auf die Erdbeertischdecke. »Hier, die wirst du sicher für die Heimfahrt brauchen?« Es handelte sich um Zigaretten, die dünn wie Salzstangen und Emelies Hausmarkenrauch waren. »Du hast gestern Abend gequalmt, schlimmer als jeder Ozean-Riese!«

Ich war in Pineda noch in einem Laden gewesen, der auch Zeitungen und Strandartikel führte. Der lag gegenüber dem Supermarkt, den wir nur gelegentlich aufsuchten, wenn wir in Bibione Stadt was vergessen hatten. Oder der Markt am Campingplatz nicht das führte, das wir uns einbildeten.

»Quassele nicht lang herum, Fredy, du altes Waschweib!

Gib lieber Gas, sonst geht es uns wie die letzten Male!«

»Pah, und wenn schon, dann kommen wir nicht um Punkt zehn, sondern eben erst um zwölf Uhr hier heraus«, winkte ich lässig ab. »Ich hab keine Eile. Wir mussten schließlich auch bis Nachmittag warten, um den Caravan Schlüssel zu kriegen.«

Es war manchmal ein arg schiefes Kreuz mit mir. Denn ich wusste, dass unsere Elektroniksicherheitskarte vor zehn Uhr in der Rezeption sein musste. Und trotzdem schaffe ich es nie, erst mit hastig Frühstücken, dann mit dem Restezeug einpacken, zu der vorgeschriebenen Zeit fertig zu werden. Und der tutti completo Caravan und die Terrasse samt Grill mussten auch picobello geputzt werden, sonst verlöre doch Emelie ihre ganze Kaution. Und die war ja schließlich das Benzin- und Mautgeld für unsere Heimreise.

Emelie lief rechtzeitig mit dem Schlüssel zur Rezeption. Ich stapelte derweil alles, was über Nacht noch im Caravan geblieben war, neben den Wagen ohne Anhängerkupplung. So konnten zumindest schon mal die Putzfrauen frisch ans Werk gehen. Was nicht mehr viel war, denn wir hinterließen unsere All-Inklusive-Terrasse, Caravan und Kugelgrill stets picobello bildhübsch zurück. Jetzt könnten die Tempelritter aber doch langsam mal aufkreuzen, dachte ich grinsend, als ich mir Emelies Kleinagen etwas genauer betrachtete. Der war durch das umherstehende Restgepäck besser geschützt als eine Ritterburg. Nur die Zugbrücke fehlte.

»Na, das war fast schon olympischer Weltrekord, Hase!«, jubilierte ich und schwenkte die Hängeampel, die ich neben den Wagen gestellt hatte, um sie ja nicht zu vergessen. »So schnell waren wir noch nie fertig. Du hättest mich also gar nicht so herummotzen und mich zu hetzen gebraucht. Wir hätten sogar noch jede Menge Zeit für ein richtig schönes Frühstück gehabt. Aber nein, jetzt darf ich mit halb leerem Magen durch ganz Europa düsen!«

»Mach deine Klappe zu und steig endlich ein, Fredy! Du weißt, hasse Abschiede!«

Emelie hatte die Kofferraumklappe gemeint, nicht mein Mundwerk. Wir stiegen ein wie zwei Stiefel. Stinkstiefel, darum drehte ich auch keine Ehrenrunde mehr durch *unser Capalonga*. Ich fuhr schnurstracks bis an die Schranke, wo mir der freundliche Pförtner meinen Ausweis zurückgab, den ich zu Beginn des Urlaubs ja hatte abgeben müssen. Ich war also drei Wochen lang staatenlos, ein totaler Niemand gewesen.

Die fünfundsiebzig Euro Bürgschaft für *unsere Terrasse*, hatte Emelie beim Schlüssel abgeben zurückerhalten. Nach der gründlichen Handtaschenkontrolle. Nein! Quatsch! Als sie den Schlüssel für die rote Caravantür abgab.

Die roten Armbändchen, auf denen nicht unser, sondern der Name von Capalonga draufstand, versteckten wir dann absichtlich, samt rechtem Arm, unter den Oberschenkeln. So vergaß der zum Abschied noch mal freundlich grüßende Schrankenwärter, sie abzuschneiden. Manchmal klappe es und wir konnten die roten Armbänder hinausschmuggeln. Die Farbe änderte sich jedes Jahr, so wie beim österreichischen Pickerl. Wenn wir unsere Terrasse und den Rest von Camping Capalonga schon nicht mitnehmen konnten, dann wenigstens die Freundschaftsbänder. Tradition!

## *Epilog*

»Warum lachst du schon wieder gar so dümmlich, Fredy? Du hast doch nicht etwa all meine neuen Schuhe aus ihren praktischen Kartons rausgenommen und die Schachteln in die Papiertonne geschmissen? Zutrauen würde ich es dir ja. Genug Zeit dazu hättest du ja gehabt, als ich den Schlüssel zurückgebracht habe.« Sie fauchte und fletschte ihre Zähne wie eine Fledermaus im Blutrausch.

»Nein! Himmel! Entschuldige bitte, aber ich grinse, weil du, Hase, ab sofort an der Reihe sein wirst mit dem kräftig Blechen. Ich habe mein Sprit-Pickerl-Maut-Soll bereits auf der Herreise erfüllt. Und das Pickerl sogar noch in einer dir angenehmen Farbe gekauft. Am besten, du legst dir deinen prallen Geldbeutel schon mal auf den Schoß, dann brauchst du am sprechenden Blechkassierautomaten nicht ständig in der Handtasche rumkramen. Nicht, dass du an der Mautstation auch noch Parkgebühr zahlen musst, weil du dein Geld nicht finden kannst, haha.«

»Halt die Klappe, Fredy, gib Gas! Oder willst du nächstes Jahr zuhause bleiben?« Emelie verstand heute wenig Spaß, eigentlich gar keinen, was sich jedoch im Laufe des Tages noch ändern sollte. In beide Richtungen! Denn wie man es so schön sagt: Auf Regen folgt Sonnenschein. Und dazwischen gibt es ein trockenes Gewitter.

*

Dass ich jetzt noch mal durch *unser Dorf* Pineda fahren musste, brauchte sie mir auch nicht extra anschaffen. Schon gar nicht in ihrem aktuellen, stark unterschwelligen Ton. In Brumm-Moll. Ich hätte es sowieso gemacht. Ganz langsam durchfahren, als würden wir die Öffnungszeiten der Läden, und speziell die von Emelies Schuhdesignerladen, aus dem Auto aus ablesen. Und das mit Dachkoffer obendrauf und einer Hängeampel im Rückfenster. Und das noch Richtung Dorf auswärts fahrend. Scheißegal. Hauptsache, die Leute bemerkten uns und winkten und auch fleißig zurück. Doch bei manchen hatten wir aber das garstige Gefühl in unserem halb vollen Bauch, sie würden unseren optimal beladenen, ganz langsam durchs Dorf schleichenden Wagen, mit ihren Augen anschieben. Ich war mir nicht ganz sicher, aber ich dachte, die neidische Frau aus der Pizzeria damals, die mit der Spaghetti an der Backe, wäre auch mit dabei gewesen.

Vor der schönsten Bäckerei Italiens, jenem Haus, das für mich interessanter, anziehender war als dieser schiefe Turm in Paris, quatsch, in Pisa, oder die Kirchenglocken auf dem Alex-Platz in Berlin, war ich bis auf Schritttempo vom Gas gegangen. Ich hielt aber nicht an, als Emelie mich dazu aufforderte. Ich meinte nur, es wäre heute ungefähr so wie zu Hause bei der Weihnachtsbescherung. Danach musste man auch wieder ein ganzes Jahr warten, weil das langersehnte Geschenk doch nicht unter dem Baum gelegen war.

*

Um uns nicht in diesen katastrophalen Stau des Samstag Abreiseverkehrs einreihen zu müssen, griff ich kurzerhand in meine Trickkiste, in der es bekanntlich nur so wimmelte vor Abwegen und Schleichkürzungen.

Bis zur Tankstelle kurz vor Portogruaro klappe dies auch prima. Wir waren bis dorthin mehr gefahren als gestanden.

»Puh, wann kommt endlich die blöde Tankstelle, Fredy? Ich müsste mal … ganz dringendst!«

Das hätte mich stark gewundert, wenn Emelies Bläschen bis zum Gardasee oder nach Südtirol durchgehalten hätte. Meine Blase stand erst auf halbdreiviertel.

»Tankstellen sind nicht blöd, Hase. Trocken Brot ja, das ist blöd!«

»Dumm wie trocken Brot. Sage das mal *deiner Bäckerin.* Hihi.«

Während unser Tank immer voller wurde, entleerte sich was anderes bis auf den Grund. Und schon ging es weiter. Immer den grünen Verkehrsschildern nach. Die Wegweiser in Richtung Venedig waren zwar grün von ihrer Farbe her, aber ganz sicher nicht Bio.

Als sich die Schranke am Ticketautomat zur Autostrada A4 vor uns aufmachte, hinter uns wieder ordnungsgemäß verschloss, wussten wir, der Sommerurlaub war nun so gut wie vorbei. Unser winziger Wermutstropfen war, dass wir drei, Emelie, der Wagen ohne Anhängerkupplung und auch ich, nicht den kürzesten, direkten Nachhauseweg nahmen. Das schmälerte unseren Herzschmerz wenigstens etwas.

Unsere jährliche Ewigkeitsfahrt über Venedig und Garda, war echt zum Einschlafen langweilig. Dagegen musste ich etwas tun. Nicht wegen Emelie, die pennte schon wieder. Was sie aber im Gegensatz zu der Herfahrt nach Capalonga im Dunklen kaum tat. Ein kurzes Nickerchen, bei dem sie es noch nicht mal bis zu einem leisen Schnarchen brachte, weil sie vor jeder Auto-Raststation mit Klo, auf die wir zusteuerten, ganz automatisch aufwachte. Entweder war ihre Nase so gemacht, so wie bei Udine-Süd, als sie das Meer schon weit vorher hatte riechen können, oder sie hatte eine eingebaute App, die auf Meerwasser und Autobahntoiletten reagiert und sofort Alarm schlägt, sobald eines von beiden in der Nähe war.

»Schau mal auf das Schild, das jetzt kommt, Emelie! Soll ich die nächste Ausfahrt rausfahren, ein Käffchen trinken?« Nur gut, dass der Wagen randvoll war, Emelie keinen Platz hatte, auszuholen, sonst hätte sie mir glatt eine geballert. Es handelte sich nämlich um die Autobahnausfahrt mit dem so ehrwürdig klingenden Namen »S. Doná di Piave«.

Wir kannten das verlockende Nest, denn wir waren sogar, wenn auch nicht ganz freiwillig, einmal hindurchgefahren. Damals, als wir über tausend Landstraßen an den Gardasee fuhren - mit defekter Klimaanlage. Ich hatte mich in San Donna total verfranzt, war ständig im Kreis herumgekurvt und hatte dann aber irgendwann genervt angehalten, um bei italienischem Kaffee in den Autoatlas zu schauen. Was uns weit über eine ganze Stunde Fahrzeit gekostet hatte. Neben der Rechnung für unsere zwei Kaffees und einem belegten Sandwich, das wir in einer ortsansässigen Trattoria zu uns genommen hatten.

»Ach, das war doch bloß ein Späßchen, Emelie! Wir wäre es, wenn du deine hirschbraunen Äuglein noch ein bisschen schließt, dann kann ich mich auf die grünen Straßenschilder konzentrieren.«

»Ja, das würde dir so passen, Freundchen! Und wenn ich aufwache, weil ich dringend ein Klo brauche, dann stehen wir in Barcelona, weil dir unterwegs eingefallen ist, dass du dir schon seit langem die gigantische Kirche dort mal anschauen willst. So, wie du es dieses Jahr mit deinem Faro gemacht hast. Aber ich hatte gewusst, danke Internet, dass aus deinen paar Metern, acht Kilometer werden würden, hihi!«

Das Thema Autoschlaf war für den Moment gestorben. Also stierte weiter ich auf die freudlos schwarze Fahrbahn und passte höllisch auf, die vorgegebene Höchstgeschwindigkeit von hundertdreißig nicht zu überschreiten. Aber nur wegen dem vollen Dachkoffer, der vertrug nicht mehr.

An den beiden Städten Padua und Verona kamen wir erst vorbei, da lag unsere zurückgelassene Heimat Pineda, auch Bibione, Portogruaro und Venedig bereits weit hinter uns. Am Kreuz von »Torino-Trieste« folgte ich, laut Anweisung meines Sprachnavis Emelie, dem grünen Autobahnschild »Brennero«. Es las sich zwar prima, täuschte aber gewaltig. Ab dem Schild hatten wir noch gut zweihundert Kilometer bis zum nächsten Ziel, das in den italienischen Alpen lag. Wir hatten gerade mal die Hälfte der Fahrstrecke geschafft. Unseren arg jammernden Arschbacken nach, da waren wir aber schon seit zweitausend Seemeilen unterwegs.

Verona hatte ich leider Gottes neben der A4 liegenlassen müssen. Auch wenn es mich tierisch gejuckt hatte, dass wir uns ihre weltberühmte Musikarena endlich mal vor Augen führen könnten. Das hatte ich schon mal versucht. Doch das Einzige, was ich Emelie von Verona zeigen konnte. Sechs Wochen später, ein hässliches Schwarz-Weiß-Foto von mir und ihrem damaligen Auto, das uns die netten Carabinieri bis nach Hause geschickt hatten. Ich Depp war durch eine für den Verkehr gesperrte Straße gefahren. Toll daran war, dass die Zeiten damals noch besser, auch billiger gewesen waren. Der von uns versehentlich nicht bezahlte Strafzettel so nach ein paar Jahren hinfällig geworden war.

Wenn man bislang glaubte, auf dem Oktoberfest würden

viele Menschen an den Toiletten anstehen, der war noch nie auf dem Autostrada-Rastplatz am Gardasee. Der manchmal in leichten Dunst eingebettete See lag ganz in unserer Nähe, war aber durch die hohen Berge ringsherum nicht zu sehen. Nach Klogang numero due, oder war es sogar schon Drei, ignorierten wir den unsichtbaren See und steuerten geradewegs auf das Schild »Bolzano« zu, wo selbst die Autobahn dann ihr zähes Ende fand. Stau! Bei Bozen-Süd fuhr ich die blau beschilderte Ausfahrt bis zu der Schnellstraße, die täuschend echt, wie eine grüne Autobahn aussah. Der einzige Unterschied zwischen den zwei Straßen, die blaue kostete keinen einzigen Heller Mautgebühren. Sie brachte uns fast verkehrslos bis nach Merano hinein, wo traditionell üblich, unsere Straßenschildersucherei nach unserem Weiterweg begann. Der war braun, so wie meine Haut, nicht schwarz, wie die von Emelie.

Folgen Sie der braunen Route, stand auf einer der vielen Hinweistafeln. Es gab sie auch in anderen Farben, und zur freien Auswahl. Wir wollten aber unbedingt zur SS44, zur braun bemalten Landstraße, da nur diese nach St. Leonhard führte. Unserem eigentlichen Zwischenziel, bevor wir dann morgen Mittag endgültig in München landen werden.

*

»Schade, Fredy, dass *unsere Delicious* und *meine Walnüsse* noch nicht reif sind!, meldete sich mein sprechendes Navi nach einer kurzen Auszeit zurück. Emelie zeigte dabei auf Bäume am Straßenrand, an denen wir uns vor Jahren Ende August ganz ungeniert bedient hatten. Bei Dorf Tirol war dies gewesen. Seither liebte Emelie die Berge wieder. Als Kind hatte sie alles, was höher als ihre flachen Schuhe war, noch mehr gehasst als die schmierige Mayonnaise auf einem lappigen Sandwich.

Bald kam St. Martin, das sich, seit ich in der Kindheit das erste Mal hier gewesen war, ziemlich verändert hatte. Kein Wunder, ich hatte mich die letzten fünfzig Jahre auch leicht verändert. Zu meinem Glück, denn damals hatte ich zwei hässliche Segelohren. Ideal zum Paragliding. Aber fand ich damals einen Gleitschirm unter dem Weihnachtsbaum? Nö, aber eine geile Ritterburg mit Zugbrücke. Ich hatte fast so ausgesehen, wie Prinz … Auch die heute blonde Emelie sah früher anders aus. Sie hatte rehbraunes Naturhaar, passend zu ihren Rehaugen. Heute passen ihre Augen zu allem, was hell- bis dunkelschwarz ist. Auch zum österreichischen Autobahnpickerl.

Zwei winzige, kurze Kilometer lagen jetzt noch vor uns. Emelie hatte während der Fahrt von Dorf Tirol bis hierher, fünf Kilometer, kaum herumgemault. Auch nicht zuvor, an der Mautstation Bozen, wo sie auf einen Schlag gut dreißig Euro vierzig losgeworden war. Die waren aber Erdnüsse für sie, hatte sie doch eben noch fünfundsiebzig Euro für die Kaution unserer Alles-drin-Terrasse zurückbekommen.

*

Am Marktplatz des gerade erreichten Ziels St. Leonhard, wo wir verzweifelt einen Parkplatz suchen, staunen wir nur noch Bauklötze. Auch hier hatte man einige Neuerung vorgenommen. Überall an den Straßenrändern standen Schilder mit dem Warnhinweis: Totales Halteverbot! Doch wen würde so was jucken. Nein, ich stellte Emelies Auto nicht einfach neben der Figur des berühmten Freiheitskämpfers Andreas Hofer ab. Diese stand nämlich gar nicht mehr auf dem gewohnten Platz auf der Brücke. Ich fuhr brav um die Ecke rum, da der Parkplatz, den ich soeben ansteuerte, zu unserer Unterkunft gehörte wie ein Maxi-Caravan »Z9« zu einer Terrasse.

Wir hatten eine Übernachtung für eine Nacht gebucht. In der schmucken Herberge waren die Daunenbetten nicht nur so dick wie anno dazumal. Auch die hervorragende Küche hatte sich nun seit Jahrtausenden nicht verändert. Genau so gut wie zu Zeiten von Großmutters Uroma schmeckte hier noch alles, was auf die Tische ohne Tischdecken kam, und die Bettrahmen knarzen auch ganz leise.

Wie fast üblich in Südtirol, so war auch *unser Hotel* ein Familienbetrieb. Mitten in den Bergen, wo frische Atemluft auch noch nach frischer Luft roch und das Bergwasser noch nach Gebirgswasser schmeckt.

Der Check-in, in der mit Holz vertäfelten Rezeption, war von der Tochter des Hauses besetzt. Angemeldet hatten wir, Emelie, uns bereits online. Schon im Frühjahr, da wir sonst kein Übernachtungszimmer mehr bekommen hätten und in einer Pension auf dem Jaufenpass hätten schlafen müssen.

Das fast einsam dastehende Haus auf dem Berg gefiel mir persönlich sogar besser, doch Emelies Seekrankheit machte auch vor hohen Bergen nicht halt. Doch wir hatten damals einen Kompromiss geschlossen und so wechselten wir uns ab. Das eine Jahr übernachteten wir im Tal, das nächste Mal auf dem Berg.

»Yippie! Wir haben wieder dasselbe Zimmernummer wie beim letzten Mal, Fredy!«, jauchzte Emelie. Am liebsten wäre sie der Kleinen an der Anmeldung gleich um den Hals gefallen. »Ach, könntest du mir bitte noch mein Beautycase holen, Fredy?« Emelies Schönheitslabor, lag noch in ihrem Wagen. »Ich laufe derweil schon mal in unser Zimmer hoch und schau, ob die Betten immer noch so elefantendick und butterweich sind wie früher. Du weißt schon noch, wo unser Zimmer liegt, oder?«

Na, wo könnten Hotelzimmer in einem Alpendorf schon groß liegen. Am Strand wohl eher nicht. »Äh, ja?« Ich stand da wie der sprichwörtliche Ochse vor dem Berg.

Das junge Mädel in der ortsüblichen Tracht hob nur ihre Schulter und zeigte zu einem Gang, der nach rechts abging. Dort hinten sei ein Aufzug, falls mir das Gepäck zu schwer werden würde, doch das wusste ich bereits. Beides. Wo sich der hauseigene Lift befand, und wie schwer Emelies für nur eine Nacht benötigtes Gepäck war.

Wie pflegte Emelies Großvater doch immer zu sagen? Ja, genau. »Mädl, du hast bloß einen Arsch. Für wen brauchst du dann zehn Hosen?« Welch kluger Mann, auch wenn es bei Emelie scheinbar nix genutzt hat.

Ich lief ganz entschleunigt zum Auto zurück und kämpfte mich durch den ganzen Ramsch, der in Dachkoffer, Kofferraum und der Rückbank gleichmäßig und unsortiert verteilt lag. Zog jedoch nur das Allernötigste heraus und schleppte den tonnenschweren Krempel bis zum Treppenaufgang am Außenaufzug. Dort schüttelte ich die verkrampften Arme aus. Den schweißnassen Blondschopf schüttelte ich auch. Erst im Parterre unten am Lift, später oben im ersten Stock. Warum? Weil ich nicht reinkam, Emelie eben auf dem Klo saß und die Zimmertür zugemacht hatte.

Während der Wartezeit fiel mir die alte Bauernkommode wieder auf, die wie früher auf dem Hotelflur stand und als Stauraum für die sauberen Handtücher genutzt wurde. Die mit ausdrucksvoller Holzschnitzerei und bunten Motiven versehene Truhe würde doch bestens in mein trautes Heim passen, dachte ich. Und schon war es wieder da, das leidige, nie endende Problem. Die fehlende Anhängerkupplung.

Dachkoffer runter, Truhe rauf? Klebeband hätte ich auch dabei. Emelies zig Schuhkartons danach noch irgendwo unterzubringen, kein Problem. Die würde ich in die Truhe auf dem Dach packen.

»Signora, pronto, Zimmerservice!«, scherzte ich, als ich mir beim Anklopfen an der Tür die Knöchel blutig schlug.

»Hey, schlag doch die arme Tür nicht kaputt! Ich komme doch schon, Fredy! Mann, nicht mal in Ruhe aufs Häuschen kann man mehr gehen, ohne von dir gehetzt zu werden!«

Ich, sie hetzten. Ich war der Einzige, der seit drei Wochen am Rumschwitzen war. Am Campingplatz zur kleinen Dusche laufen. Rad fahren bis ins Dorf zu meiner schnuckligen Bäckerin. Mit dem Tretboot die ganze Adriaküste lang bis meine Knie explodieren. Und auf allen Vieren bis zum Faro kriechen. Und was macht Signora Emelie? Die hockt gemütlich auf dem Klo und redet von Stress.

»Wenn du noch mehr Schminke, Klamotten und Schuhe für die Nacht brauchst, Hase, der Wagen steht unten. Er hat nicht bloß nicht mehr in den Lift gepasst. Haha.«

»Wahnsinn, man merkt genau, dass du heute noch keinen Mittagsschlaf gemacht hast, Fredy!«

»An was, bitte?«

»Wenn du übermüdet bist so wie gerade, dann schwafelst du noch mehr Scheiß daher als sonst! Weißt du was, stelle meine paar Sachen einfach irgendwo im Zimmer ab. Wenn es geht, bitte in unserem Zimmer, nicht irgendwo im dritten

Stock oben«, fügte Emelie blitzschnell an, »und einkaufen müssen auch noch gehen … fahren. Ich bräuchte nämlich einen Grappa und echten Passeirer Speck. Und ein Kilo von dem sagenhaft leckeren Bergbauern Rindfleisch.«

»Und Bergschuhe! Haha.«

»Depp!«

*

Wir gingen shoppen, fanden auch alles. Außer passende Bergschuhe. Da Emelies dürre Qualmstängel hier noch um einiges günstiger waren als zu Hause, besuchten wir auch den Kramer am Dorfplatz. Der Besitzer konnte sich sofort an uns erinnern. Wir hatten auch früher schon bei ihm reingeschaut. Hier, in dem beschaulichen Idyll, traf mein Motto weniger zu als auf Capalonga.

»Wer Emelie und mich nicht kennt, hat zwar nicht allzu viel verpasst, aber trotzdem eine enorme Bildungslücke!«

Wenn keine Mütze voll Schlaf zur Mittagszeit, dann eben eine Kugel Eis am Nachmittag. In der Eisdiele um die Ecke. Tipp top - in Geschmack, Cremigkeit und Bedienung.

Unser langersehntes Abendessen nahmen wir im Hotel ein. Dass es uns von der handgeschnitzten Eckbank hauen würde, hatte ich ja schon löblich erwähnt. Dass Emelie kein Schwein mochte, war kein Problem. Sie bekam dafür ein Fischfilet. Nicht kohlrabenschwarz, nicht vom Kugelgrill, trotzdem saulecker. Schwein essen, mied Emelie aber nur, weil sie als Kind ein Schweine-Dilemma erlitt. Auf einem Bauernhof, als ein Schwein geschlachtet wurde.

Ich genoss, was die robuste Alpenküche zu bieten hatte. Von der Tiroler Speckknödelsuppe mit Schnittlauch bis hin zum gemischten Eis, das aus den beiden Sorten Erdbeere und Vanille bestand. Oder war es eine Williams-Birne aus der Region, was ich noch als Nachtisch schlemmte? Egal, das komplette Menü war für uns ein einziges, harmonisch gereimtes Gedicht. Hundert Mal besser als mein Gereime auf den rosa Klebezetteln.

*

Draußen war die Nacht ruhig geblieben. Emelie drinnen auch. Erst stärkten wir uns mit dem ausgiebigen Frühstück, das keine Wünsche offenließ. Außer einem, dem Wunsch nach einer Anhängerkupplung. Als unser Koffeinspiegel in uns hoch genug war, um damit bis München zu kommen, schleppten wir gemeinsam … Ja! Wir zwei trugen Emelies Kosmetikkoffer, die drei Handtaschen, wovon eine so groß war, dass die halbe Truhe auf dem Flur reingepasst hätte, und ihren Kleiderberg, der so groß war, dass wir noch zwei Wochen hätten im Passeiertal bleiben können, zusammen zum Wagen. Zahlten aber auch hier wieder getrennt, so wie geschiedene Leute. Ein jeder von uns blechte die Hälfte der Nächtigungsgebühr, was wir aber bei so einer hervorragenden Bewirtung auch gerne taten. Schon düsten wir davon. Ohne der alten Truhe!

Vom Jaufenpass aus warfen wir noch einen letzten Blick ins Tal hinunter. Ganz Bio, da wir ja in unberührter Natur standen. Zweitausend Meter über dem Adriaspiegel war der Gigant Jaufen hoch, und von etlichen Kurven und Kehren durchzogen. Der Jaufen war uns vertraut. Emelies Würgereize während der Fahrt nach ganz oben hielten in Grenzen. Dafür fröstelte sie nun mehr als eine Sommereiskönigin, da ein frischer Wind über den Gipfel hinweg düste, auf dem Emelie eben Alpenkräuter und Wiesenblumen pflückte. Ein glückliches Mädchen, Emelie, hockte im hohen Gras und erklärte mir jedes Kraut, das sie dort fand. Wenn sie sich mit was auskannte, außer mit Schuhen, schwarzen T-Shirts und dem Läppi, dann mit Kräuter. Und das, obwohl sie den kleineren Riecher von uns beiden hatte.

Noch ein selig lächelnder Blick für ein Abschiedsbild in die Handykamera. Zwei Gipfelstürmer im Kräutergarten des Herrn, danach ging es mit uns steil bergab. Bis zur Stadt Sterzing hinunter, die auf der nördlichen, der Schattenseite des Jaufenpass lag. Dort fuhren direkt an meiner Lieblingsmolkerei vorbei, die auch den große Pfundbecher Joghurt herstellte, den ich auf Capalonga in verschiedenen Sorten, auch etwas größeren Mengen genossen hatte. Man erinnert sich? Joghurtbecher, Hosengummi, Muschelbucht. Auch Kreisverkehre gab es hier im Großen. Der erste war gleich nach dem Jaufen auf der Straße gelegen. Ich hatte ihn aber nach einer halben Umrundung dort liegengelassen. In den riesigen Supermarkt nach dem zweiten oder dritten Kreisel mussten wir, wen wundert es, auch reinschauen. Der hatte auch sonntags geöffnet!

Platz zum Atmen hatten wir danach gerade noch so, als unser letzter italienische Einkauf für dieses Jahr im Wagen verstaut war. Wieder hatten wir kein bisschen Platz mehr frei, um Anhalter mitnehmen zu können, die nach München gemusst hätten.

Auf der Autobahn, die uns unter anderem auch über die berühmte Europabrücke führte, musste Emelie noch einmal blechen. Auch an der Raststation, da wir eine zweite, Glück für Emelies Wagen, gleichfarbige Vignette für die weitere Fahrt durch Österreich benötigten, da das alte Pickerl nicht mehr galt. Leider war das Pickerl für einen Tag noch nicht erfunden, also mussten wir das für zehn nehmen. Um den Verlust von neun Tagen auszugleichen, benutzten wir deren Toiletten, obwohl wir nicht mal dringendst gemusst hätten. Emelie hätte es noch knapp eine halbe Stunde ausgehalten, ich neunundzwanzig Minuten.

Das Restprogramm nach dem Brenner bestand dann nur noch aus Autobahnen. Innsbruck – Kufstein und Kufstein – München. Wir erreichten München gesund und munter. Bei einem doppeltem Espresso in meiner Bude zogen wir ein erstes Resümee über den diesjährigen Sommerurlaub.

Weit über dreißig Tote hatte es während unseres Urlaubs in Italien gegeben. Nicht etwa Nachbarn auf dem Camping. Stechmücken! Emelie hatte zwanzig von den Blutsaugern erschlagen, ich nur fünfzehn, da diese vor meinen qualmenden Zigaretten Reißaus genommen hatten. Oder lag es gar an meinen Socken? Waren etwa zwei Paar zu wenig für drei Wochen Urlaub? Zu spät, um im Nachhinein jetzt noch eine Probe zu wagen. Münchner Großstadtmücken waren mehr gewohnt als nur meine Strümpfe.

Doch Emelie und ich, wir hatten uns nicht nur Todfeinde gemacht. Auch so manch herzliche Freundschaft schlossen wir in *unserem Paradies*. Emelie mit zwei Dutzend Welsen, die sich an ihren zarten Füßchen sattfressen durften. Nicht zu vergessen, Emelies unzählige INN's, die Internationalen Netz Nutzer, die nun so ziemlich alles über mich und meine geklau…geborgten Holzschrauben wussten.

Ich hatte auch ein paar Höhepunkte. Eine neue und eine vertiefte Freundschaft. Der gütige Baum im Wald, der mir mit seinem Schatten das Leben rettete. Der in strahlendem weiß-orange … scusi, Emelie hatte im Netz nachgeschaut. Der weiß-ockergelb strahlende Faro, Leuchtturm, dem ich hatte zum ersten Male gegenüberstehen dürfen. Nachdem ich mich schweren Herzens vom Baum getrennt hatte. Und die beneidenswerte Donna, die wahrscheinlich auch heute wieder an dem kleinen Fenster stand und auf das endlose Meer schaute.

Wir hatten auch sehr viel gelernt, Emelie und ich. Dass der Pegelstand in unserem Venedig völlig normal, nicht von einer geborstenen Trinkwasserleitung oder durchgedrehten Ehemann zustande kam. Jedoch, und das gilt es in unserem nächsten Urlaub auf Capalonga, unbedingt noch zu klären. Liegt Venedig nun an oder in der Adria? Erst Huhn, dann Ei?

Emelie war auf den vergoldeten Trichter gekommen, zu spät, dass es vielleicht besser gewesen wäre, sie hätte sich ihre Brustpartie doch vor dem Gang in die gleißende Sonne eincremen sollen, da nämlich sich selbst schwarzgrillen am Strand nicht nur Dummheit sei, sondern dieses auch gleich per feuerrotem Warnschild, am Strand verboten gehöre.

Mir kam die blendende Erleuchtung, mein MacDingens-Notfallset muss noch um eine digitale Wasserwaage, einen Akkubohrer, eine Terrassenerweiterungsstichsäge und eine universal Fernbedienung für eine italienische Klimaanlage ergänzt werden.

Doch auch herbe Niederlagen mussten wir einzustecken. Der Farbton, mattgestreift perlschwarz und karoschattiert, der Emelie in ihrer Sammlung an schwarzfarbigen T-Shirts mit V-Ausschnitt noch fehlte, war auf keinem einzigen der Wochenmärkte oder in einer Boutique zu kriegen gewesen.

Ich hatte die arg säuerliche Niederlage zu verkraften, dass *meine geliebte* Bäckerin, *mein Schnuckelhäschen*, nicht nur das zuckersüße Lebkuchenrezept in diesem Sommer nicht gefunden hatte.

Doch damit Emelie noch zu dem schwarzen Shirt kommt und ich *meiner Bäckerin* helfen kann das Lebkuchenrezept zu finden, müssen wir also auch im nächsten Urlaub wieder nach Italia fahren. In *unser Pineda*, auf unseren geliebten Camping Capalonga. Ohne meinen werten Herrn Pfarrer, der in dem Moment wie wild drauflosbimmelte, als Emelie mein Wohnzimmerfenster öffnete. Herrlich!

Nun hieß es wieder einmal ein ganzes Jahr warten. Nein, kein Jahr, eine Ewigkeit. Doch wenn diese vorüber ist, dann heißt es nicht arrivederci Capalonga, Pineda, und Bibione. Denn dann packen wir, falls Emelie ihre Einpackliste findet, die Koffer und sagen:

Buongiorno Bibione, Pineda und Capalonga!

ENDE

Spaghetti alla Ragout

(Geheimrezept!)

Die Zutaten:

Spaghetti, Rinderhackfleisch, Olivenöl, Salz, Parmesan und italienisches Nudelgewürz für Pasta und Soßen.

Die Zubereitung:

Auch wenn es Pasta sind, Nudelwasser aufsetzen, Herd einschalten nicht vergessen! Olivenöl in einen Schmortopf geben und ihm ebenfalls ordentlich Feuer unter den Hintern machen. Hackfleisch darin scharf anbraten. So lang, bis das Fleisch nicht mehr rot sondern grau ist. Sieht zwar dann alt und eklig aus, macht aber nix. Fleisch mit kaltem Wasser ablöschen, zwei Packungen Fix für Spaghetti Bolognese einrühren. Hab ich vergessen, bei den Zutaten zu erwähnen. Derweil dürfte auch das Pasta Wasser heiß genug sein, um es kräftig zu salzen. Spaghetti reinschmeißen und so lang köcheln lassen, bis sie al dente oder matschig sind. Ich mag sie lieber matschig, das schont die Zähne. Bolognese aufkochen und drei bis fünf Prisen vom italienischen Gewürz hinzugeben. Achtung, sind viele Chiliflocken drin. Pasta im Nudelsieb abgießen, in die fertige Bolognese geben und unterheben. Wer unnötig Geschirr einsauen möchte, kann das Ganze aus dem Teller essen, ansonsten: Topf auf den Tisch, Gabel in die Hand, fertig. Und ja keinen Löffel benutzen, das verboten. Ach ja, den Parmesan vorher drüberstreuen.

Nachtisch: Espresso mit Zuppa Romana oder Tiramisu.

Buon appetito!

# Nachwort

Meine Eltern hatten mich einst gewarnt: »Junge, glaube nicht alles, was man sagt!« Ich würde dem heute noch mit hinzufügen: »… und auch nicht, was man schreibt!«

Wieviel Wahrheit in diesem Buch stecken mag, dieses zu beurteilen, überlasse ich jedem Leser selbst.

Aber ganz egal, ob Emelie nun ein Wesen aus Fleisch und Blut, oder nur eines meiner zahlreichen Hirngespinste ist, so muss ich es doch sagen: Danke Emelie! Ohne dich wäre dieses Werk noch nicht mal halb so amüsant geworden, wie es geworden ist.

Und es gibt noch jemanden, zu dem ich gern Danke sagen möchte. Danke ans gesamte Camping Capalonga Team, das sich jedes Jahr aufs Neue bemüht, dass sich ihre Gäste mehr noch als nur zuhause fühlen können. Und natürlich auch ein dickes Danke dafür, ihr hattet mir, ohne zu zögern gestattet, dass ich den Namen Capalonga für das Buch benutzen darf.

Besucht mich doch einmal auf Facebook. Vielleicht hat ja der oder die eine von euch ähnliches erlebt.


*Alfred Kreusel*

Un Tartaruga, bitte!